2015年度
公安文学精选
（中篇小说卷）

风住尘香

全国公安文联◎选编

代表本年度中国公安文学最高创作水平
一年一度的中国公安文学盛宴

群众出版社·北京

图书在版编目（CIP）数据

风住尘香：中篇小说卷／全国公安文联编．—北京：群众出版社，2016.7
（2015年度公安文学精选）
ISBN 978-7-5014-5532-4
Ⅰ.①风… Ⅱ.①全… Ⅲ.①中篇小说—小说集—中国—当代
Ⅳ.①I247.5
中国版本图书馆CIP数据核字（2016）第156405号

风住尘香

全国公安文联　选编

出版发行：群众出版社
地　　址：北京市丰台区方庄芳星园三区15号楼
邮政编码：100078
经　　销：新华书店
印　　刷：北京通天印刷责任有限公司
版　　次：2016年8月第1版
印　　次：2016年8月第1次
印　　张：9.625
开　　本：880毫米×1230毫米　1/32
字　　数：265千字
书　　号：ISBN 978-7-5014-5532-4
定　　价：33.00元
网　　址：www.qzcbs.com
电子邮箱：qzcbs@sohu.com
营销中心电话：010-83903254
读者服务部电话（门市）：010-83903257
警官读者俱乐部电话（网购、邮购）：010-83903253
文艺分社电话：010-83903973

本社图书出现印装质量问题，由本社负责退换
版权所有　侵权必究

出版说明

　　由全国公安文联编选的"年度中国公安文学精选"已经出版了十四卷，即《2011年度公安文学精选》（共三卷，含中篇小说卷《特殊任务》、短篇小说卷《结案风波》、纪实文学卷《追捕始于新婚之夜》）、《2012年度公安文学精选》（共四卷，含中篇小说卷《归案》、短篇小说卷《编外神探》、纪实文学卷《亮剑湄公河》、散文诗歌卷《我的贺年卡》）、《2013年度公安文学精选》（共三卷，含中篇小说卷《命运之魅》、短篇小说卷《沙堡》、纪实文学卷《追捕深海"掠食者"》）和《2014年度公安文学精选》（共四卷，含中篇小说卷《派出所长》、短篇小说卷

《无处可逃》、纪实文学卷《"猎狐"行动》、散文诗歌卷《心中有座百草园》）。这十四卷作品出版后，受到了广大读者，特别是全国各级公安机关民警的欢迎和喜爱。为深入学习贯彻党的十八届四中全会精神和习近平总书记在文艺工作座谈会上的讲话精神，积极落实好公安部关于推动公安文化大发展大繁荣的实施方案中提出的"推出更多公安题材优秀文化作品，出版年度公安文学精选"的要求，进一步加强公安队伍思想文化建设，着力打造公安文化品牌，推出公安文学精品，发现和扶持公安文学创作人才，满足新时期公安民警对公安文化的新期待、新需求，推动公安文化大发展大繁荣，同时更好地满足社会广大读者对优秀公安文学作品的阅读需求，全国公安文联和中国人民公安出版社决定继续编选、出版《2015年度公安文学精选》。

《2015年度公安文学精选》的入选作品，均为发表后受到读者广泛好评，并产生较好的社会效益的优秀公安文学作品，代表2015年度中国公安文学创作在中篇小说、短篇小说、纪实文学、散文、诗歌体裁中的最高创作水平，在思想性和艺术性方面具有突出特色，是奉献给广大关心和热爱公安文学的读者的精神大餐。

这是中国公安文坛第五次举办全国性年度公安文学作品精选的征集选编活动。《2015年度公安文学精选》共出版四卷，即中篇小说卷、短篇小说卷、纪实文学卷、散文诗歌卷。

"年度中国公安文学精选"编委会办公室
2016年5月16日

目　录

每个西西弗斯都知道 / 漆雕醒 …………… 1

风住尘香 / 张　军 …………… 44

麻辣烫 / 周建新 …………… 85

子丑寅卯 / 张国庆 …………… 125

无妄之灾 / 彭祖贻 …………… 192

囚　禁 / 刘荣书 …………… 261

每个西西弗斯都知道

漆雕醒

一

我将手里的身份证掰了掰，瞄了一眼花纹，便知道这是一张假证。

如果换在五年前，我一定会问出一大堆问题，不到水落石出真相大白决不罢休，但现在的我只是把身份证递还给站在我面前的男人。

"租多久？"

"一年。"很明显他对自己的答案很犹豫，"您一般是租多久？"

"一年。如果提前搬走，押金不退。"我拿出从房屋中介公司的熟人那里要来的一份空白合同,"你看看,没问题就签字吧。"

他似乎对这么顺利地租到房子十分意外,简直有些受宠若惊。他爽快地支付了一个季度的房租,拙劣地藏起他的庆幸,生疏地签下那个对他来说也绝对陌生的名字:黄德胜。

可以肯定他没什么租房经验,经过我提醒他才去检查了电器和水表,记下了煤气表上的数字。他压根儿没有问物业费是多少,有没有网络,在哪里缴纳水电气费。卧室里的纱窗坏了,他也没有要求维修——他小心翼翼地不提出任何异议,生怕他的不满和问题会得罪了我,进而毁掉我们刚刚签下的合同。

"清洁你就自己请个人打扫吧,到处都有家政公司,随便找一家,保证做得比我干净。"我毫不客气地占着他的心虚的便宜,"那个浴霸的灯泡坏了一个,其他三个都能用,这个没问题吧?"

"没事。"他说,"够用了。"

"要换也得你自己换,我是没办法爬梯子给你换的。"我用右手夸张地拍着自己的右腿,它发出"吭吭吭"的声音——假肢特有的响声。

"我自己换就行了,不麻烦您的,您这儿我挺满意的。"我的租客连忙弯下了腰,不知道要做出一副什么样的表情来应对:想要同情,又害怕同情会产生刺激作用;想要讨好,又觉得太过谄媚。

我心里觉得好笑,他不知道现在对我来说,任何人的表情和态度都不重要,我不是那种活在他人眼光里的人,或者说,不再是了。

但他的态度让我很满意,因为至少说明他不是一个通缉犯或者惯犯。通缉犯一般无暇顾及别人的情绪,邪恶的人压根儿就没有那根筋。如果是惯犯,不会像他这样小心翼翼到欲盖弥彰,那些家伙通常有一整套躲藏和掩饰的技巧。当然,也有些罪犯一辈子都没学会伪装,所以即便他们离开了监狱,也还是被人们的目光所跟踪或者囚禁。

使用假身份证固然是违法的,但不是每一个使用假身份的人都是邪恶的,总有原因让他放弃了真实的身份——那也许是一个被追捕的罪犯身份，也许是一个需要隐藏起来以获取保护的清白身份，也许是一个需要通过逃避来遗忘的痛苦身份，甚至可能只是简单地想要体验另一种身份是什么感觉。

　　身份并不只是一个名字、一串数字、一张脸或是一个地址，它代表的其实更多是一种社会关系。一个单独生活在原始丛林里的野人是不需要身份的，大自然不会因为他没有身份证就禁止他通过捕猎获取食物，一条毒蛇也不会因为他有了一张身份证就对他网开一面。身份的本质是社会对个人的认可，而个人对这种认可的需要程度决定了身份的重要程度，名字、年龄、性别、身高、长相、身份证号、社保卡号只是身份信息中最基础的一部分，家庭成员、左邻右舍、同事朋友……恰恰正是这些与你的生命有交集却又独立于你生命之外的人占据了你身份的绝大部分——因为你所遇到的就是你的社会，你的身份是基于这些人对你的认可，而你毕生都注定与这些认可纠缠不休。

　　首先，你需要是父母的儿女，没有父母的儿女被定义为孤儿。孤儿是一种存在于主流之外的身份，因为有一个与大多数人完全不同的开始，所以他们也会有与大多数人完全不同的命运。还有一种有父母但不被社会伦德所认可的儿女，比如私生子，这是另一种偏离了正轨的身份。带着这种身份生活的人会难以避免地受到来自所谓正轨的攻击和鄙视，尽管这个身份本身并不触犯法律，甚至不触犯道德，但这个身份的权利却会因为外界的认可度而受到威胁。接着，兄弟姐妹的弟兄妹姐、儿女的父母，这些是你无法选择的身份。还有一部分是可选的，比如丈夫的妻子、妻子的丈夫、朋友的朋友、邻居的邻居……你选择了什么人，便选择了什么样的生活圈子，也就选择了你在他人眼中的生活状态。

　　从某种意义上来说，身份又是你在别人眼中的形象和地位，因此，职业也是一个重要的可选项。可以说，职业是身份最重要的组成部分之一。它决定了你在你的社会中是一个工程师还是一个老师，是一个民工还是一个总裁，是不可或缺还是可有可无，是一个参与者还是一个旁观者，是一个零件还是一个中枢；决定了你被称为"你"还是"您"——平等只是一个可爱的概念,其实每个人的心中都有一座金字塔,按照某种标准排列每个人的重要程度。有些人的标准是利益,有些人的标准是感情,这是一个心照不宣的秘密,所以大多数人都会一面喊着平等的口号,一面力争上游,谁都不喜欢待在金字塔底。金钱、权力、美貌都是改变身份的热门工具,因此催生了一系列让人趋之若鹜的热门行业。

身份承载着我们的信息,我们也不得不背负着自己的身份,尤其是因这些身份而获得的责任与权利、利益与人脉、感情与关系……这一切都是千丝万缕糅合在一起的,难以分解,所以舍弃一个身份也就意味着放弃的不止是令人难受的那一部分,还需要割断美好的那一部分——在漫长的生命岁月里好不容易沉淀下来的、为数不多的美好。如果生命就此戛然而止,那么舍弃的或许也就是生命的全部意义。

完全舍弃一个身份需要极大的勇气和一个非此不可的动机,当然,也有草率者或是智商不足者的冲动行为,但他们都将会面临他们完全想象不到的后果和痛苦,所以到最后大多数都是半途而废。

我很想知道我的租客属于哪一类。很明显,他有一个秘密,这个秘密藏在他发青的脸色之下,藏在他眼神中一闪而过的惊慌里,藏在他局促僵硬的举止里。如果在几年前,我会以警察的身份,堂而皇之地挖掘出真相,然后拿出手铐直接把他关进拘留所。

在脱离警察身份多年之后,我依然还有追求真相的热情,我把它称为职业的惯性——这惯性把我和过去微妙地连接在一起,使我的人生不至于有一个突兀的中断,同时又赋予我的现在一种完全不同的崭新意义——失去的警察身份固然让我失去了追求真相的便利,但正是这增加的难度让我找到了增加出来的趣味。对于乏味而孤独的日子来讲,这种趣味是珍贵而美妙的。

"有什么事就随时找我,我就住对门。"我打量着我的"趣味"。我之所以不拆穿假身份证的谎言就是因为我太想保留这趣味,我很怕过多的问题把他吓跑了。我比他还要害怕这合同无法成功签订,只是我的小心翼翼包藏得要比他高明,他认不出来。现在,他完全是我一个人的了。我不再是警察,也就不必再受这个身份的限制,不必基于责任把他交给公安局,也不用赶着知道真相,我可以慢慢地享受这个趣味。

"好的。"他说。

二

我的租客有着很好的生活习惯,每天早上六点钟起床出门,在社区的活动广场打一圈太极拳。在一众头发花白或全白的老人里,他的年轻显得格格不入,但是他的面色和体力弥补了这种不和谐感。他的脸色是黄里发青的,眼白里掺着红血丝,那是一种病态的面容。他很小心地计算着运动量,似乎很怕超出某种范围,如果有人邀请他做更多的动作,他会惊慌地逃掉。于是我猜测,他很可能受着某种疾病的困扰。

中午十二点和晚上六点,隔壁会准时地传出炒菜的香味。晚上十点整,电视的声音会戛然而止。他不上班,除去晨练、买菜和购物,基本不出门——他出门几乎都会被我看见。我在楼下开了一家社区杂货店,我给自己规定的上班时间是上午九点到十二点,下午两点到五点,风雨无阻——我不想做一个被囚禁在铺子里的杂货店老板。

他偶尔会出于礼貌光顾我的生意,但看得出他每次都为要买什么而头疼。他说他不吸烟,不喝酒,也不喝碳酸饮料,更不吃任何含有添加剂的食品;他不相信冷冻饺子、罐头、味精和酱油,连卫生纸也只用固定的品牌。他也不相信小店铺的信誉,所以最后他每次来都只是买走一包盐或是一瓶矿泉水。

看得出来,他有一张严格的生活管理表,它精准地计算着与生命和健康有关的数据,时时刻刻都在权衡着利弊。他是如此热爱它,像电脑里的程序一样虔诚地执行它。而我几乎可以算得上是一个反面而极端的对比:我不但吸烟,而且会在二手烟弥漫的麻将室里一待就是一下午;我也喝酒,最喜欢啤酒,高兴的时候喝一瓶,不高兴的时候喝两瓶，碰上朋友聚会，白酒、红酒也都来者不拒；我的肚子里塞满了可乐、薯片、方便面、豆腐干、卤猪耳以及各式各样让我的新邻居一听就皱眉头的东西；我要过了午夜十二点才能睡得着，因此早起对我来说是件苦差事，如果没有杂货店，没准我会一觉睡个对时……我知道隔壁的生活方式是貌似更高级的也是更有道理的，但我仍然不打算效仿。在我们身边永远会存在着与我们截然不同的"看上去很好"，正是它们总在诱惑我们脱离过去，但脱离不一定总会有好结果。我曾经脱离过，那是一把刀，从天而降，咔嚓一声就斩断了我的右腿，也把我和以前斩成两段，之后的我曾在噩梦里待过很长一段时间。

现在的我已经离开了噩梦，那消耗掉了我仅存的力气。现在的我正在休息期，如果没有第二把刀落下来，我便不认为我有效仿的力量，也不认为有这样的必要。在我的眼里，他活得太费劲儿。他像一匹驮着重物的骆驼，艰难地跋涉在荒无人烟的大沙漠里，为了生存而挣扎着寻找水源和食物。他的重物就是他的生命。

任何东西，只要你把它看得过于重要，它就会成为一个压在你脊梁上的重物，你便要为它弯腰，为它失去自由，变得笨拙、缓慢和痛苦。比如说我的右腿，在失去它的时候我认为世界上没有任何东西比它更为重要，而与它一起失去的我所热爱的职业、健康、自由和女友都加倍了它的重要性与我的愤怒。我认定我遭遇的厄运都是因为我失去了它，我的心里除了恐惧与怨气什么也装不下，我使劲儿抓着队长的手，我要他发誓，发毒誓抓住那个家伙——那个开着车从我的右腿上碾过去的浑蛋，他仅为了十几克海洛因就对我痛下杀手。可是他消失了，藏起来了。我安上了义肢，带着怒气满世界地找。即便他坐牢也不能消除我的仇恨了，我要亲手杀了他，我把这当作我生存的唯一目的，为此我错过了我父亲的死，之后又是我母亲的死。

直到有一天，我亲眼看见一辆旅游车在我眼前不到十米的地方被泥石流冲得无影无踪。看着那股怪兽般强大的泥石流，听着它的轰鸣，我像个被我蔑视过的胆小鬼一样瑟瑟发抖。我看到了一股我无法征服的力量，在这力量之下所有的生命都是蝼蚁，所有的生存都是幸运中的幸运。我在别人的不幸里找到了我的幸运和我失落已久的感恩。

于是，我回家了。虽然这个家里已经不再有我爱着的人——我的父亲，我的母亲，我爱过的女友。在不幸发生的时候我只想到了我自己，却忘记了背负着那条断腿重压的还有他们。如果我站不起来，我的父母便要去代替那条断腿承担并不应该由他们来承担的负荷——我的人生。对于两个老人来说，那是一种酷刑，但他们是父母，所以他们用这个身份的力量默默忍受了这酷刑。可我的女友梅则直接被这断腿给压断了脊梁，她说分手的时候是跪下来的。其实选择背叛并不比选择忠诚更容易，我相信她曾经真心爱过我，她只是不爱缺失了一部分的我，不敢面对这个我所必须要面对的生活。所以，这是一种更为痛苦的选择——在某种程度上她背叛的是她自己。

这个选择的结果是，她不得不离开她所生活的城市以阻断熟人们对她的质问与谴责，不得不离开与我有关的一切。事实上很多人因为我的缘故与她绝交——八年的共同生活里我们有了太多共用的关系——这一切她都必须斩断。从某种意义上来说，她不得不放弃八年的生命，甚至更多。

我去过她生活的城市。她已经嫁了人，丈夫是个小商人，说不上他们是相爱还是不相爱，总之过着平常的日子。但她的眼里仍有那条断腿的阴影，她在看见我的时候仍然心虚。我看见她粗暴地打骂她的孩子。她常常不忘用某种方式折磨自己，以惩罚她当初的背叛。

我忽然意识到我并不希望她这样。我过去的确曾经希望她过得不幸，最好糟糕透顶，但那一刻我明白了，我不能依靠别人的残疾来拯救我的残疾。我对她说我原谅她了。但即便是我的原谅也没有办法消除那阴影——我很遗憾，但那已经超出了我的能力范围。

现在我不愿意为任何事情改变，包括我的生命。我亦不觉得是在亏待它，我相信所有的欲望都有它的道理，如果我想抽烟喝酒，那一定是我的身体或者我的心灵需要抽烟喝酒。我不跟我的欲望较劲儿，但在肉体需求和心灵需求发生矛盾的时候我选择后者。我精减琐事，是因为我不喜欢把时间过多地浪费在柴米油盐酱醋茶上。除了这些我还有朋友及回忆，有事做有爱好——我喜欢看书。昆德拉说幸福是对重复的渴望，我对现在的生活并无不满，并且希望重复，所以，我确定自己是幸福的。

可我不确定我的租客是幸福的，虽然他那漂亮的生活模式也是千篇一律的重复，但他的重复看上去似乎非常费力。后来我想通了这种观感的原因——他始终是一个人，除了我之外，我没有看到他和外界的接触。一个人的旋转很难是一种幸福——分享是一种基本的精神需求。

"你应该出去交几个朋友。"

在我对他说完这句话之后不久，一个女人出现了——一个漂亮的年轻女人，二十七八岁的样子。这是他的第一个也是到目前为止唯一的一个访客。因为她出现的时间刚好是在黄德胜应付房租的前一日，所以我十分怀疑她到访的目的就是给后者送钱。她刻意把她的漂亮掩藏在眼镜后面，藏在土里土气的包裹之下，至少对我来说那是失败的伪装，这反而激起了我浓厚的兴趣。

之后的三个月，她来了三次，每个月一次，每次都是周末，每次都是第二天早晨离开。我不敢肯定他们是恋人，于是我用戏谑的口吻问黄德胜："你的妞？"

他很不自然地回答："临时的。"

他大概自以为这个模棱两可的答案是聪明的，但正是它把我引向了新的方向——这家伙总是会犯欲盖弥彰的错误。

那个女人的气质可不像是妓女。她有一双漂亮的长腿，站姿优雅，指甲被很认真地修理过，举手投足都体现着良好的教养。不是拙劣的模仿，微笑一出现便是标准的商务型：只露出八颗牙，应该受过相当长时间的训练。她的衣服虽然寒酸，但香水是正流行的迪奥，脚下的鞋子是普拉达今年的新款。她不可能是一个低级妓女，而高级妓女大约也不是我这位穿着超市大众衣服的邻居所能消费得起的，前者也不大可能选中他作为长期客户。当然，这世界上也有深藏不露、大隐于市的富翁，我倒是很期望遇上一个。

以前做刑警的时候，为了破案的需要我们必须关注时尚信息，这个习惯我至今仍然保留着。奢侈品常常会成为很重要的证物，首先它们总是在第一时间吸引到证人的注意。有个证人曾经说过一句令我印象深刻的话——"如果不是爱马仕谁会去看她的脸？"

而在很多经济类的犯罪案件中，奢侈品往往是偷窃犯和抢劫犯重点下手的对象，它们简直就是一个身份 GPS，让罪犯能轻易地在人群中锁定目标。同时奢侈品又常常会被用作增加信任度的工具，穿着阿玛尼或者古驰的行骗者成功率也总是更高——在看不见身份证及工作证的时候，购买力常常成为代替品。奢侈品在很多人的眼里等于看得见的安全感——人们有一种奇怪的思维定式：有能力购买奢侈品的人至少不会去觊觎他们的钱财。但事实上，这种推论的准确性和赌硬币正反面的概率差不多。

另外一个有趣的现象是相当一部分罪犯也非常喜欢把"辛苦"得来的钱财花在奢侈品上，这恰恰说明他们的原始动机并不是金钱——而是期望在金字塔的上层获得一个位置，哪怕这个身份只是一个短暂的幻觉。

我对这个藏起自己身份却又在某些细节炫耀身份的女人非常好奇。很明显，她之所以伪装自己是因为不想被人认出来。伪装的原则是让自己看上去和平时完全不同，所以她平时应该不戴眼镜，而寒酸的衣着对应的应该是体面和讲究的穿戴。至于为什么她没有伪装到鞋子，大约有三种可能性：第一，她认为没有必要，因为她相信没有人能从鞋子认出一个人；第二，她是真的完完全全地忽略掉了鞋子的问题，压根儿就没有想过它可能会给她带来什么影响；第三，她故意留着鞋子成为一个疑点。我也不知道为什么自己会有这样一个古怪的念头，但我确实见识过不少古怪的人，他们有着不同于常人的逻辑和思考方式，还有极少数，他们有着远远超过正常人的智商，以至于常人完全无法理解他们的动机和行为。

我决定丢出一颗"石头"。

"你的妞挺有钱啊!"我找了个机会对我的租客说,"想不到你还挺有本事!"

他吃了一惊:"你别开玩笑了!"

"那双鞋子,普拉达的,要六千多呢!"我面不改色地撒谎,"我哥们儿的女朋友,非要买,我那哥们儿买不起,就跟他掰了。"

我的石头砸到痛处了。他的脸色变了,白,而且扭曲。他的嘴上仍然逞强:"哦,那个,那个是高仿的,你知道,这些女人,虚荣着呢!"

第二天,那个女人便急匆匆地来了。两个人在房间里大吵大闹,不断有摔破东西的声音传出来。我很得意地偷听着我的"石头"弄出来的动静。"你凭什么用我的钱去买这么贵的东西!"男人在发狂,"你简直太过分了!"

"我怎么过分了?不就是一双鞋子吗?你至于嘛!"女人也在发狂,"我跟了你这么多年,连一双鞋子都不值吗?你自己算算,你给我买过什么?我找你要过什么?我是你的保姆吗?连保姆也有工钱呢!这些年我吃的花的都是我自己的工资,还得伺候你吃喝拉撒睡,我容易吗?你拿我当什么,奴隶吗?"

"六千多,一双鞋子六千多!"男人受的刺激实在太大了,以至于完全没有被女人牵着鼻子走,"我的钱来得容易吗?你看看我现在的样子,你明明知道这钱我是拿来救命的,你这钱花得心安理得吗?"

这是文明人的吵架方式,虽然大声,但都还是守着讲道理的原则,都还在理智的控制范围内,没有用到脏字,也没有数落对方的软肋,没有用对方的短处作为攻击手段,说明两个人都受过一定的教育而且长期处于一种需要自控力的环境之中。也就是说,他们都生活在这个社会的中层,有一定的经济能力,但不算是有钱人,否则也不至于会为了一双六千多的鞋子大发雷霆。而黄德胜对时尚方面应该是一窍不通的,否则不需要由我来提醒。

"我没花你的钱!"女人忽然大叫,"这鞋子是别人送的!你满意了吧!"

"谁?!"男人不信。

他们忽然完全恢复了理智,声音低了下来。我没有办法听清,只得蹑手蹑脚地下楼去。这个时候我是不能回家的,否则他们便会听见关门的声音。这一次,女人是在晚上十一点离开的,她在路口拦了一辆出租车。我靠着路灯杆,一面抽烟一面看着那辆车飞驰而去。

今天是星期四。她提到了工资,所以她应该有一份比较正式的工作——有着相对固定的工作时间,周末有休息日。她不大可能有家庭,没有丈夫会允许妻子每个周末都在外面留宿。她和黄德胜的亲密程度超出了我的想象——她对他积怨颇深,怨气通常和曾经的亲密程度成正比。而当一个女人开始衡量和计较她的付出时,她对这个男人的感情也就基本走到了末路——但首先,她必须和他发生感情;其次,她要付出,女人不会为她不在乎的人付出;最后,是他令她失望,而没有期望就没有失望。

黄德胜指责女人花了他的钱,这说明他有一笔钱放在女人那里,而且是"救命的钱"——这表示他对她有着相当程度的信任。同时他的指责也说明了另一个问题——女人并不具备给自己购买奢侈品的经济实力,所以他才会一口认定女人花的是"他的钱"。女人为了辩驳这一点,所用的借口是"别人送的"——这也说明女人认同黄德胜的推理,因此女人所从事的应该是一份工资不高的工作,很有可能是小公司里的小白领。

如此,黄德胜自然也就不是小白脸。

一个用假身份证租房的中年男人和一个小公司的年轻女白领之间,会有怎样一个故事?

真有意思。我想,既然是"救命的钱",他又是钱的主人,黄德胜为什么要放在那个女人身边而不是自己保存呢?可见这"命"并不是急着要救,而且,得有一个非放在那里不可的原因。

三

我看着铁窗里的那个家伙。那是一张完全陌生的脸。他整了容,如果在街上见到他,我肯定会与他擦肩而过。

我突然感到幸运,如果不是当年遇上那场泥石流,我可能会像个疯子一样度过余生——因为我永远都不会找到那张我憎恨的脸。幸运的是 DNA 无法"整容",当年他被我打掉的那颗牙齿成了最重要的物证。

我看着铁窗后的那张脸,像看着一个陌生人。

队长说:"总算对得住你。"他背负的毒誓终于可以卸下来了,他的头发白了一半。

我们喝酒,他没敢把自己灌醉,因为第二天还有工作。他要把醉了的我送回家,我说不用,我又不是女人。

我扶着楼梯把手,一面走一面大声唱歌。我做出大仇得报、欣喜若狂的姿态,这是应有的姿态,但我知道那只是做出来的。那么我的快乐呢?它为什么没有出现?

是的,那个人会被判死刑,或者无期,铁定的,可是他的死亡或是囚禁对我的人生又有什么意义呢?我的人生不会因为他的人生结束就发生任何突破性的进展。

我用醉眼看着我的两套房子,其中一套原本是婚房。那一年,我原本应该结婚,我和妻子住一套,父母就住在对门。既有二人世界,又方便照顾老人——所有的计划都很完美。

现在只剩下我一个人。

我大叫一声跌倒在了楼梯口。这个动静太大,我的邻居兼租客被惊动了,他打开门跑出来把我扶起来。他把我送回屋里。我抓着他的手,说:"你什么也控制不了,因为你永远不知道明天会发生什么事。"

凌晨五点的时候,我酒醒了。我觉得应该要让日子有所不同,于是出门去跑步。断肢压在义肢上,痛得撕心裂肺,于是我停下来，等着静谧的街道上出现第一个行人，第二个，第三个……赶车的、上学的、晨练的，人类是习惯于重复生活的生物。

活动广场上的老人群里没有黄德胜。

我在他的门缝里闻到了煤气味。我用特制的钥匙开了门——他换了锁，但这种东西，在技术面前只是摆设。

他一个人躺在床上，仍然在酣睡。

我迅速地打开窗户，关掉了煤气炉的开关。没有明火，炉子上放着一个不锈钢的鸣警式水壶，水壶里的水温大概有摄氏三十度。炉边上有水迹，看上去似乎是水开了之后把炉子浇熄了。现在是深秋，从摄氏一百度到三十度，大概要花去四十分钟。

黄德胜裸着上身盖着被子——他在四十分钟以前起床烧水，然后又倒回床上睡着了？

我把他推醒，拽着憎憎懂懂的他出门呼吸新鲜空气。

"水是你烧的吗？"我问。

他有些发蒙，捂着头，犹豫了一阵儿："嗯。对。"

"怎么这么不小心？"我狐疑地看着他，"今天怎么起晚了？"

"感冒了，吃了药，睡过了。"他倒吸了一口冷气，"真是危险，幸好有你。"

接着他马上就疑惑："你怎么进来的？"

撒谎于我是拿手活："我看你真是晕了头了，大门都没关好，一拉就开了。"

他吓了一跳："没关？"

"幸好没关。"我说，"谁这么不小心，是你还是你朋友？"

"什么我朋友？"

"今早上谁关的门啊！"

"哦。"他想了想，"没人，就我，我关的。"

"你啊，太大意了！"我说，"幸好遇上我，天意让我来救你！"

"没错。"他脸上的肌肉跳了跳，露出一个极为复杂的表情，"天意！"

"一个人住，尤其要小心。"我说，"干脆我给你换一个可以自动报警断气的炉子。"

他点点头:"那真是太谢谢了。"

"你住在我的房子里,"我说,"我也不希望你出事。可是性命这种事,靠技术靠别人都是靠不住的,到底是要靠自己的。"

"是。"他似乎深有感触,"绝对是这样。"

他在掩饰。他不是职业的说谎人。

炉子上的水迹十分可疑。炉子煤气眼周围湿得太多了,炉子钢圈边上的水也太多了——这不符合逻辑。正常的水灭煤气的状态应该是这样:沸水从壶盖溢出来,沿着壶壁一直流到壶底,然后从壶底垂直落到火苗上,而火一灭,水就不会再溢出。因为这个壶是上大下小式,壶壁有一个内收的弧度,所以壶里的水一般不会落在壶底圈以外的范围,炉边的水会很少。而且还有另一个可疑点:炉边缺少沸水飞溅出来的水滴。

以我的经验来讲,这太不寻常了。

看上去更像是有人烧了水,又用壶里的水将炉子上的火淋熄了,目的是伪造煤气中毒的意外。而对方之所以加入人工干预就是为了确保结果——因为并不是所有的水烧开后都会涌出熄灭炉子,所以我们也常常会听见这样的意外:烧水忘了关火的某户人家,把壶底都烧穿了。我可以肯定烧水的人绝不是黄德胜,因为他的睡衣是叠好放在床边的椅子上的——睡衣放在床边的用途很明显,为了起夜或起床时不着凉而临时加披。睡衣既然没动过,说明黄德胜没起过床,或者,他起床穿了睡衣,去厨房烧了一壶水,接着又忘了这回事,倒头大睡回笼觉,在他睡觉之前,他没有忘记叠好自己的睡衣——我不敢完全排除这种可能性,但它显得十分古怪。当然,也有些人起床时贪懒不穿睡衣的,但黄德胜这样一个爱惜健康的人不大可能做出这种行为。同时,这把放睡衣的椅子十分靠近黄德胜的床,与床沿呈平行状态,鞋子也在同一侧,整整齐齐地放在椅子旁边。如果他要起床是不可能不碰到这把椅子的,如果椅子和鞋子都是重新摆好的,那说明他的大脑是清醒的,一个清醒的人怎么会忘记炉子上烧着一壶水呢?

我拿了一件外套给黄德胜，和他一起在楼下待了一个小时，等到煤气味差不多散尽之后才返回。

这一次，我注意到除了这睡衣和鞋子之外，屋子里其他地方都十分凌乱。运动服扔在沙发上，袜子扔在地上，而且一双袜子两个方向。一个人怎么可能同时呈现出两种完全不同的生活状态呢？

茶几上摆着两个杯子，我找了个借口坐在沙发上，发现杯子里面都是同样的茶——应该是昨天的茶，都泡胀了。一个人也不大可能在家里同时泡两杯一样的茶。

这里曾经有过一个访客。如果房间里有第二个人，那么很多事就很好解释了——那人趁着黄德胜熟睡的时候，烧水，灭火，走人。

我脑子里跳出的第一个人就是那个戴眼镜的女人。他和她刚吵过架，后者还被质疑动了"他的钱"。而那晚的对话里，那女人分明和黄德胜长期同居，那么会不会是她叠好了睡衣放在床头的椅子上——作为一种长期养成的惯性行为？

可如果是她，那么黄德胜为什么不说出来？他难道还意识不到他所经历的是一次不同寻常的"意外"？

"病了多久了？怎么病了也不说一声？！"我假装帮黄德胜收拾东西，"你应该把你女朋友叫过来照顾你嘛！至少烧个水也有人看着。"

"不是什么大不了的病，她也有她的工作，不想麻烦人家，我们也不是多好的朋友。"他诚惶诚恐，"真的，我没事。"

"你就该卧床休息。"我把黄德胜强行拽回到床上，"你的药在哪儿？"

他指了指床头柜，确实有一堆感冒药。其中一板复方氨酚烷胺片，已经空出来两格，说明书上是一天两次。

"你昨天晚上啥时候吃的？"我问。

"十点。"他回答，同时看了看墙上的挂钟，"现在八点。我觉得最好十点钟再吃，刚好一个对时。"

很好，我在心里想，他不会乱吃药。他应该是昨天早上开始吃药的。药应该是他在晨练之后在附近的药店买的。他昨天有没有去晨练，这一点很容易证实。

除此之外，还有一盒胸腺肽肠溶片，桌面上是一板吃空的，盒子里还有一板。说明这个药在他感冒之前就一直服用。胸腺肽是用于治疗慢性乙肝、肿瘤、T细胞缺陷症、自身免疫性疾病以及免疫力低下——这大概就是他精准执行那张健康管理表的真正原因吧？

他突然捂住脸，显出极为痛苦的表情。

"怎么啦?！"

他差不多五分钟之后才回答我："是三叉神经痛。老毛病发了。"

服用了镇痛剂之后他又用电子温度计测量自己的体温。我凑过去看：摄氏三十八度。

"麻烦你，送我去医院吧。"他几乎带着央求的语气，马上换好衣服。

四

到医院检查完之后，医生把我留了下来。

"他是肝癌，晚期。这事你知道吗？"

我吓了一跳，想起那盒胸腺肽，看来那家伙自己也是知道的。

"有救吗？"我连忙问。

"最好的方法是移植肝脏。"医生想了想说，"但肝源不是随时都有，得看运气。"

"这钱我是拿来救命的！"我的脑子里突然蹦出一声大喊。

"这种手术大概要花多少钱？"我问道。

"准备个四五十万吧。"他说，"保守估计。"

"如果不移植他能活多久？"

医生意味深长地看了我一眼："化疗也不是完全没有希望，也有病人通过化疗治好的。"

黄德胜给了我五千元，预交了住院费。

"给您添麻烦了。"他解释，"我不想让人知道这事，所以就没告诉你。"

那么这是他躲起来的原因？有些得了绝症的人会有这种奇怪的行为，他们躲起来一个人死去，为了不拖累家里，或是不想让自己在乎的人看见自己的痛苦。他们中有一部分会选择自杀。那么，我是无意间破坏了一个自杀计划吗？

可如果他是要自杀，为什么要做出意外的样子？如果真的想死，为什么又仅仅因为感冒发烧便央求我送他到医院治疗——是的，他是珍惜自己的性命的，他不可能自杀。

他似乎也并不缺钱，那个女人的手里有他的"救命钱"——应该就是指治病的钱。难怪他会因为那双皮鞋大发雷霆了，那个女人挥霍的不是钱，而是他的生存机会——可还是那个问题，他为什么要把这一笔救命钱放在那个女人那里？这里一定有原因，而且是个非常关键的原因。

如果是谋杀，那个女人倒有一个足够的动机——她想要私吞那笔钱，数目应该不少。一个经济能力养不起虚荣心的女人，也养不起"情分"二字，这并不新鲜。而且她也有作案的便利条件。我能想到的，黄德胜自然也能想到——他为什么反而要替她掩盖呢？

报警？这两个字在我的脑子里跳出来的样子很有些滑稽。如果连受害人都不承认受害，那么我便是个笑话了。

"我还有事，得走了。"我试探着他，"给你女朋友打个电话，让她来照顾你吧。"

黄德胜摇着头："不用麻烦了，这里有医生护士，足够了。"

"你知道自己得的是什么病吗？"

"知道。"他看定我，"还有希望，不是吗？"

"你可得好好活着，我可不希望我那房子变成凶宅。"

显然，我开了一个不讨好的玩笑。黄德胜的脸色变了，他捂住腹部的肝脏部位，大口大口地喘着气，接着便向后倒在床上——他晕过去了。医生冲进来，我被赶了出去。

我拿到了黄德胜的手机，通讯录里只有一个号码，而最近的通话记录也全都是那一个号码。我拨通了那个号码。

女人的声音也很漂亮，虽然听上去很不耐烦："又怎么了？"

这四个字推翻了我之前的所有猜测，因此我很沮丧地说："我是黄德胜的房东，他现在正在医院抢救呢！你是他朋友吧？能不能到医院来一趟？"

她对他并非完全没有情分。医生宣布黄德胜脱离危险期的时候，她重重地舒了口气。她为他庆幸，但并不为自己庆幸——她的眼里是那种"不知何日是尽头"的眼神。

"你不该丢下他一个人，他那种病人，感冒也会有危险。"我责备她。

她很诧异，显然并不认为我具有审判的资格，她强压着不满解释："我们只是普通朋友——再说，我得上班养活自己，实在也是没办法。"

"再忙，出门前也得检查煤气炉啊！你看，今天要不是我，可就出大事了！"我说，"今儿是煤气泄漏，下一次说不定就是煤气爆炸。说实话，我真后悔把房子租给他。"

她吓了一跳："什么煤气泄漏？"

"早上你出门前烧开水了吧？忘关火了！那家伙一直没醒。你看看，多危险！"我讹她。

"我没有烧水啊！"她脱口而出，"我昨天晚上就走了。"

"不是你？"

"不是我。"她皱着眉头，"肯定是他自己忘了。"

"哦！那你劝他买个自动断电的电热水壶吧，太危险了。"

她点点头："好。"

"医生说了，他这病，最好是做肝脏移植。"我说道。

"这得等。"她叹了口气，"已经登记了，他一直在等。即便有了，也得排队，因为不止他一个人在等。"

是的，奇迹总是限量发行的。总有人得到幸运之神的垂青，也总会有人承担不幸。

"我得回去了，公司还有事，有什么情况你给我打电话。"

"我又不是你们家保姆！"我装作生气，"我也有事。他只是租我家房子，我可没义务照顾他！"

"我可以付你酬劳的，拜托你了。"她看着我的义肢，从钱包里数出一千元塞到我手里，"一天两百，预付五天，你就当赚个外快吧。"

我把钱扔回去，笑着说："老子是残疾，可不代表缺钱花。你这点儿钱，还不够我打一天麻将输的。"

她的脸涨得通红，急忙蹲下来拾起地上的钞票。我大步走出医院，叫了辆出租车坐进去。"先别开，我等人。"

两分钟后那女人便出来了。我让司机跟着她坐的出租车。她在东区的一个写字楼前停了下来，走进了写字楼左边的一家名为"陌陌"的小咖啡厅。半小时后，她和一个中年男子手牵着手从里面走出来，女人的眼圈泛红，显然是哭过了。男人开车把女人送到西边一个名叫"华庭秋光"的住宅小区，接着又自己开车离开。我想了想，决定跟踪男人。我的出租车司机忍不住了："你是不是男人啊，咋不上去抽他们！"

我忍住笑，拍拍自己的残腿："我上去，吃亏的是我啊！就算把人打死了又怎样，这种女人，犯不着为她坐牢。我呀，只想找到证据，让他们吃不了兜着走。"

司机很赞同："没错，就该这样。"

男人进了一家名为"艺美"的美容医院。他不认识我，我也就用不着忌讳，也跟着走了进去。漂亮的接待小姐正跟他打招呼："大帅哥来啦！等你的人都排队啦！"

后者笑起来："你要来排队，我就让你插队做第一个。不过你已经这么漂亮了，用不着我啊！"接待小姐抿着嘴笑："李医生最会哄人开心了！"

被称为李医生的男子走进了办公室。

我在医师宣传册上找到了他的名字：李舒东，整形医师，擅长隆鼻、割双眼皮、祛眼袋、开眼角等面部手术。三十八岁，北京医科大学毕业，曾在三甲医院整形科担任副主任医师。

接待小姐小心翼翼地走上来："先生，有什么可以帮您的吗？"

"我来帮我老婆打听一下，你们这儿可以做彩光嫩肤吗？"我撒了个谎,"能不能给我点儿资料?"

接待小姐礼貌地微笑着:"每个人的情况都不同,如果您太太有这方面的需要,最好让她亲自到这里来做个检测,我们会为她量身定做一个解决方案。"

真是意外的收获。

这个故事似乎越来越有趣了。

五

朱雅唯,二十八岁,在一家只有十名员工的小广告公司做行政助理,月薪三千五,新寡半年——她的丈夫罗浩死于一场车祸。由于罗的父母早亡,没有公婆需要守护,于是朱雅唯现在又住回了娘家,地址即上次我去过的那个叫"华庭秋光"的小区。

有人说广告公司是这样的一个地方:一群平均年薪不到十万的人帮着年薪五千万的人从年薪五万的人手里捞钱。好吧,现在我知道朱雅唯的虚荣心是从哪里养出来的了——她的工作就是帮助诱惑人们的虚荣心。但她大约并非一直如此,否则不会嫁给一个普通的销售员,唯一的资产还是负资产——那套按揭房至今还未完工。

想来当初也是奔着爱情进入婚姻的,两个人的心里都驻着希望。但是现实的大刀一挥过来,希望与爱人都阴阳两隔。

朱家的经济状况也很普通:两个退休的老人,靠着微薄的退休工资度日;朱雅唯的弟弟朱重山是一个出租车司机,他的收入基本上就两个去向:一是嘴,二是麻将桌。据说罗浩的一百万人身意外赔偿金有一大半都用来还了他的赌债,为此他父亲差点儿与其断绝关系。

我不由得替黄德胜担心——这些情况他难道不知道吗?那为什么还要把救命钱放在一个赌徒家里?没有任何地方比一个赌徒的家更危险,这与把鲜肉放在狼窝里何异?

还有朱雅唯,我并不觉得她有同时周旋于两个男人之间的智商——也不知这两个男人是否知道对方的存在。作为一个失去丈夫才半年的女人来说，这朱雅唯的感情生活也未免太丰富了点儿——而且有一点可以肯定，在她丈夫还在世的时候，她就和黄德胜有着不可告人的关系。

"我跟了你这么多年，连一双鞋子都不值吗？你自己算算，你给我买过什么？我找你要过什么？我是你的保姆吗？连保姆也有工钱呢！这些年我吃的花的都是我自己的工资，还得伺候你吃喝拉撒睡，我容易吗？你拿我当什么，奴隶吗？"

即使是婚外情，看来她也是认了真，否则不会有期待，没有期待，也就不会有怨气。选择并不难做出——无论从哪个方面，黄德胜都远远比不上年轻健康、英俊多金的整容医生。我也可以想象朱雅唯对黄德胜的态度，一个已经令她失望的男人，同时也是一个将死的男人，一个她想要离开而且注定会离开的男人，但死亡在这里反而成为他们彻底分开的障碍——因为她并不想成为厄运的帮凶，为了确保这一点，她还得压抑住自己的痛苦，履行最后的责任——以避免日后他成为她良心上的负担。

但是另一方面，她的未来又在向她招手，那是更好的男人和更好的生活。但也许正是这"更好"会成为最后一根稻草，压死她的良心骆驼。如果再加上金钱作为催化剂，那么她就会变成一个魔鬼。

医生无法知道黄德胜能在什么时候等到肝源，也无法断定他会在哪一年哪一月死去，奇迹和意外都无法预言，所以等待的期限是不可知的。没有人愿意等待一个不可知的结果。所以即便朱雅唯对黄德胜仍有感情，甚至希望他活下去，但也不能排除她会亲手杀了他的可能。自相矛盾是人类最显著的特征之一，在我看来，比"会使用工具"更能把人与动物区分开来。

至于李舒东，他的杀人动机却没那么明显，虽然他似乎和朱雅唯关系暧昧。当然爱情有时也会令人头晕，男人可能会犯傻，但是要让一个男人为一个女人去杀人，只有爱情还不够。

我见过为情杀人的案子，丈夫杀死情夫，或是男友杀死情敌——多数与强烈的占有欲和脆弱的自尊心有关，绝大多数都是荷尔蒙超越了理智所致。女人们一厢情愿地把这种行为归于爱情实在是可笑而愚蠢的，那只是一种冠以爱情之名的伤害，而所有的伤害，都恰恰出自于"不爱"的那一部分。

李舒东有着旁人羡慕的职业和收入，是女人们趋之若鹜的优质对象。当一个男人处于优势地位的时候，他有很多的选择，是很难为了一个女人去做出对自己不利的行为的——尤其他还是一个整容医生。拿手术刀的人有一种共性：职业要求他们理智、冷静、果断，包括残忍。

更何况，他有什么理由杀死一个行将就木的癌症患者？他何必多此一举？他又不赶着跟朱雅唯结婚。倒是后者，很可能把他当作人生最后的一根救命稻草呢。如果我是朱雅唯，一定会费尽心机隐瞒此事。当然，我也可能高估了李舒东，所以他依旧是一个怀疑对象。

不管怎样，凶手的作案能力不敢恭维——能成功地杀人并不值得一提，众目睽睽之下拿着一把匕首同样可以杀人，能不留破绽地杀人并能成功地逃出法律的制裁，这才是能力——幸运的是，绝大多数罪犯都不具备这样的能力。

当我还是警察的时候，我会认为抓住罪犯是值得骄傲的，巴不得破上一堆奇案，好让自己成为一个传奇人物。但是现在，我想要做点儿别的事情。

六

我给朱雅唯打了个电话，约在她和李舒东见过面的"陌陌"咖啡馆。当秘密不再是秘密的时候，人们也就失去了要保守秘密的必要性。朱雅唯脸色苍白地看着我，做着最后的抵抗。

"我和谁好，和谁不好，这都是我的自由，我的隐私，关你什么事？要你来多管什么闲事？你有什么权力调查我，跟踪我？"

"我并不是来指责你的。我是来建议你离开他的。"我说。

朱雅唯怔住了。

"有时候残忍比优柔寡断要好。"我说，"你并不需要为别人的人生负责，这绝不是自私。"我跟她讲了我的故事。

"我现在一点儿也不恨她。"我说,"如果她当初没有跟我说分手,而是留了下来,我想事情的结果未必会像现在这样好。"

"你认为这叫'好'?"她很疑惑。

"是的,现在的结果,我认为是相对更好的,不论对我,还是对她。"我说,"欺骗带来的伤害是双倍的,明明已经结束了,却还要让人怀着一丝希望,等那一线希望也被夺走的时候,人是会崩溃的。我是那种人,我不愿意成为别人的累赘,那比杀了我还难受。虽然我不想被人抛弃,可是更不想被人嫌弃,所以她将就和我在一起,我会非常恨她。而她,也会被怨气压垮。我现在都不敢去想,到最后我们会变成什么样子,也许,不是她杀了我,就是我杀了她。"

这绝不是危言耸听,我见过太多被怨气附体的魔鬼,他们残忍杀死的往往是曾经最爱的人。希望常常是最后一根稻草。

朱雅唯打了个寒战。

"我们的情况不一样,"她说,"他是一个病人,他随时可能会死,医生说了他不能受刺激。"

"那个时候的我一样不能受刺激。"我说,"每一个人都有可能随时死去,除了疾病,还有意外。相信我,他会挺过来,我相信他总有一天会明白你的苦衷,会知道他不应该把他的痛苦强加在你身上,他会明白的。"

朱雅唯哭了起来,她拿出纸巾小心翼翼地擦拭眼角,以免弄花了她画得很漂亮的眼线。

"你真的原谅她了吗?"

"是的。"我说,"而且,我会祝福她。"

"你是个好人。"朱雅唯说,"他也是个好人,可是,他不是你。他也未必能等到原谅我的那个时候。所以,我不能冒险。"

"你提出分手,并不是要你丢下他不管,你仍然可以照顾他,你可以在经济上帮助他。"我没有提到我偷听到的内容,"我的意思不是让你倾家荡产,而是力所能及。你还年轻,花了的钱以后还可以挣回来,关键是问心无愧,可以让你以后的日子过得坦然舒服。"

我现在觉得，没什么比这个更重要了。再说你现在的男朋友经济能力也不错，完全可以照顾你以后的生活嘛，你完全不用担心以后的问题。这样呢，黄德胜也会感觉到你的诚意。相信我，我是为你们好，我不想看见你们最后弄得满腹怨气，搞出不可收拾的结局来。两害相权取其轻，分手的伤害比起两败俱伤的伤害来，要小得多。"

"他不提，我是不会主动分手的。"朱雅唯沉默了一会儿，停止了哭泣，"不管怎么样，都谢谢你。真的，非常感谢你。"

她的公司打来电话，催她回去工作，于是她匆忙地离开了。

我松了口气，其实我的目的也并不是劝她分手，而只是提醒她钱财乃身外之物，它救不了她的生活，也救不了她的未来；同时也要她放下良心上的重压，要她知道，她即便提出分手，也还是有人能理解她，并且认为这是正当的。

如果不必承担道德上的压力，她心里纵有杀意也会减少很多，不至于破罐子破摔。

曾经有个判死刑的谋杀犯跟我说："那个时候，如果有人跟我说一句话，只要他们稍微能站在我的角度想想我的感受，也许就拉住我了。我一直在等有人跟我说那句话，没有人说。如果我有一个值得我做回好人的朋友，我也不会那么干，可是没有。"

人之所以会走极端是因为他看不到其他的世界，和其他的可能性。得让他们看见。

七

第二个谈话对象自然是黄德胜。

解铃还须系铃人。他在医院里住了一个月才出院。第二天早晨，我带着他去他每天晨练的广场，指着一个六十来岁的正生龙活虎地舞着太极剑的老头儿让他看。

"那是老吴，六年前得了癌症，切掉了半个肺、整个胃和一截肠子。做完第一次手术，他便跟老婆离了婚，现在一个人住。"

黄德胜哭笑不得地看着我："我知道你的意思，谢谢你的好意了。"

"那边练扇舞的穿黄衣服的老太太就是他以前的老婆刘阿姨,她好像就快结婚了。"

黄德胜的脸上露出鄙夷的神色:"女人!"

"对象是她前夫老吴介绍的。"

黄德胜被噎住了:"他有病吧?"

"以前没离婚的时候,两个人经常吵。老吴脾气特别坏,稍微有点儿不顺心就骂人,有一次还用杯子把刘阿姨的头给砸出血了。"我一边说一边观察黄德胜的脸色,"老吴跟我说,看见刘阿姨晕过去的时候他才忽然醒悟了,他之所以那么容易愤怒,是因为他的心上不仅扛着自己的病,还扛着对刘阿姨的不满——因为他太依赖她了。他越依赖她,她越惯着他,他就越没有力气自己站起来;而他每发一次脾气,也都要内疚一次,可是又控制不住。太多的愤怒、内疚还有焦虑,所以他的病才会越来越严重,所以他一定要跟刘阿姨离婚。他要放了她,他得把她从心里放出去,这样他才有力气管自己的病。"

"这话倒是新鲜。"黄德胜若有所思。

"说也奇怪,他们离了婚,他的病就真的好起来了。"我说,"现在两个人还是朋友。老吴跟我说,通过这事他领悟出一个道理:病这种东西吧,真的得全心全意地去对它,不能分神,没有什么比安心更重要。有个老中医也这么说,这病人顶重要的就是个神,有这个神守着,病气就进不了最里面,没有这个神守着,神仙来了都没用。"

"既然病都好了,他们为什么不复婚呢?"黄德胜幽幽地说,"不是都扛过去了吗?"

"都获得新生了呀!"我说,"大概,都想着过一过新的生活吧?走,带你去个地方。"

我带他去了我常去的南郊小河,将一块石头用力扔进去。

"你想着这石头就是从你心里长出来的,现在拿出来,扔出去了,跟着水流走了,沉到河底去了,整个人就轻松了。那段时间我一觉得想不开，就到这里来。"

黄德胜沉默了一会儿："你心真大。"

"我心可不大。"我乐了，"就是因为不大，所以才要经常腾空，才能装得下好东西。"

我将一块石头递给他："试试？"

他把它拿在手里摩挲了一会儿，用力扔出。

"感觉怎么样？"

黄德胜看着那块石头入水的地方，嘴角抽了两下，似乎想要笑，但他把它忍住了。

第二天，我一觉睡到中午。外面下着大雨，但凡这种天气，我都不想起来开店。

我很有成就感地敲着邻居的门，想蹭一顿饭。敲了有五分钟，也没人开门。腕表上的时针指向十二点——那家伙从不耽误自己的午饭。我拨打他的手机——语音提示关机。我到门卫处询问，值班的保安小杨说看见他一大早出去了。

"我还问他下这么大雨也出门啊！他说'嗯'。"

他对黄德胜撑着的那把大黑伞印象颇深："很久没见过那种伞了，人怪，用的东西也怪！"

整整一天，我都有一种不太舒服的预感。我打开门，心神不宁地关注着对门的情况——黄德胜一直没有回来。

半夜四点的时候，我的手机响了。打电话的人是队长："姜卫华，你马上到公安局来一趟！有事找你！"

到了久违的局办公室，队长劈头盖脸就问："我说你跟这朱雅唯到底什么关系啊？！啊，她的手机里怎么会有你的号码？她家里人说她前天下午回来就不太对劲儿，她前天下午是跟你在一起吧？"朱雅唯现在躺在法医的刀下。死亡时间：晚上十点；死亡原因：煤气中毒；死亡地点：家中。尸体的发现人是她的弟弟朱重山。她的父母还在外地旅游。朱重山是凌晨零点一刻回到家中的，一进门便闻见煤气味。朱雅唯和衣躺在床上，已经没了呼吸。他连忙将姐姐送到医院，但没有医生能够救活一个死人。

"是谋杀?"我连声音都在发抖。如果只是单纯的自杀案,队长不会去查她的手机,更不会大半夜的把我叫到局里来。

队长没有否认我的猜测。

"怎么看出是谋杀的?"那个不祥的预感越来越强烈,我深切地感觉到我正是这不祥的始作俑者——那是潘多拉式的罪恶感。

"说吧,你都知道些什么?"队长很专业,在程序上绝不徇私。

我只能和盘托出。

"你他妈脑子进水啦?!你以为自己是神父啊?你那十年警察白干啦?这种情况你不知道该怎么做吗?"队长大发雷霆,他卸下了内疚,现在可以酣畅淋漓地骂我,"以后别跟人说你做过我手下,我不想跟着你丢人!"

他是真的气坏了。是的,现在出事了,所以他是对的,这本来是一个可以被阻止的谋杀——假如我在第一时间就把我看到的疑点汇报给他,这一切也许都不会发生。凶手的作案手法与谋杀黄德胜的手法如出一辙,连破绽都是一样的。看上去,很像是如法炮制,以牙还牙。

"我以为,我已经说服他们了。"我的腿在颤抖,不论是好腿还是义肢。

"你以为你以为!"队长则是气得发抖,"要是靠张嘴就能说服人不犯法,还要警察干吗?你说还要警察干吗?"

八

黄德胜失踪了。屋子依旧凌乱着,像是主人随时可能回来。我真希望他回来,然后我能证明这一切都与他无关,也与我的参与无关。他的衣物依旧留在衣柜里,行李箱是空着的,抽屉里还有五千元现金,一切都在表明这是一次不在计划中的离开。

"哪有带着行李去杀人的?"队长不以为然,"他连身份证都是假的,这些东西要来干吗?有钱什么买不到?"

队长所指的钱是那笔神秘的"救命钱"。毫无疑问,这是谋杀的导火索，而黄德胜也不大可能在没拿到钱以前就杀死朱雅唯。朱雅唯或许爱钱，但应该还没爱到可以视死如归的地步。她的死并非暴力致死，也说明杀人者不是因为达不到目的而恼羞成怒。但既然已经达到了目的，为什么还要杀人呢？

"来路不正。"队长分析道，"这个黄德胜隐姓埋名，用假身份证就说明他的真实身份不能曝光。假身份证就不能存钱进银行，但是带一大笔钱在身边又不安全，所以他只能找一个信得过的人寄存，这个人就是朱雅唯。这个女人很明显跟黄德胜的关系很深，否则不会替他担风险。还有一种可能，她和这钱一样都不干净，有把柄在黄德胜手里，所以不得不为他做事。"

这倒是我从没想过的。可是黄德胜一个死期将至的癌症患者，他能犯什么案子？贪污？携款潜逃？诈骗？盗窃？抢劫？

"坏人就不得病啦？"队长说，"可能正因为知道自己得了绝症，所以铤而走险啊。"

但朱重山并没有申报财产损失。朱雅唯的银行账户也没有异动，这说明朱雅唯很可能将那笔钱以现金的方式保管着，连她的家人都不知晓。

在朱雅唯的体液里检测出了镇静剂的成分——同样的药物在她的茶杯里也被发现。这是对黄德胜不利的另一个证据，因为这说明下药者是朱雅唯认识并且没有防备的人，否则没有机会得手。

李舒东已经被排除——他整个晚上都在一个并不那么正规的手术室里——那是为了赚外快，他背着老板接了个私活儿。虽然为了这个不在场证明他弄丢了工作，但能摆脱谋杀嫌疑，也算是值得了。

除此之外，警察们还查到他有另一个交往了两年的女朋友于蕾，后者声称他们年底便要结婚。这个结果让我十分恼怒，因为这说明我给朱雅唯描述的美好未来其实只是一个海市蜃楼。

于是最大的嫌疑人仍然是黄德胜。我的怀疑是：假如朱雅唯曾经企图谋杀黄德胜，那么她怎么可能不对后者设防？

在朱家并没有发现黄德胜的指纹，煤气炉开关上也只有朱重山的指纹——这说明凶手很可能是戴手套的。

左邻右舍都没有听到异动。也就是说,整个谋杀过程都很安静。但恰恰这一点不合逻辑:难道黄德胜没有使用任何逼迫手段就让朱雅唯把钱吐出来了?两人仅仅通过谈判就达成了一致?如果是这样,黄德胜为什么还要杀人?队长显然也想不通这一点:"或许是他杀了人之后很轻易就找到了钱,或许,你的话起了作用,朱雅唯本就打算把钱还给黄德胜,以后要过干净日子,所以谈判过程很顺利。只是黄德胜不相信她会守口如瓶,所以杀人灭口。"

我实在不愿意相信黄德胜竟如此丧心病狂。

我见过很多亡命徒,他们不重视别人的性命是因为他们连自己的命也没放在眼里。可黄德胜是一个那样热爱生命的人,他的眼里依然有真诚的关心和感动。在我告诉他那样一个故事之后,却反而让他的良知泯灭了吗?

"希特勒也会为一只鸟儿的死亡而流泪呢!"队长提醒我,"但这并不妨碍他杀死那么多的犹太人。"

我没有办法反驳。

"希望他有良心吧。"队长意味深长地看着我,"如果他真的还有良心,那他会让自己付出代价,我也巴不得他能来自首呢!"

是的,如果他有良心,他应该会来自首的。我相信杀人的罪恶感不是普通人能承受的,即便有一千个杀人的理由。我有一个同事,曾经在执行任务的时候杀死了一个歹徒。那家伙入室抢劫杀死了一个七十岁的老人,在逃避追捕时又杀死了一个才二十岁的年轻警察——我们都对他恨之入骨,可是我的同事依旧接受了很长时间的心理治疗。他跟我说:"当那家伙死在我面前的时候,我突然觉得很害怕,好像我倒成了一个受审判的人,我想要在他面前跪下去——我没那么做是因为我一再提醒自己他是个该死的罪犯。我一直跟自己说,如果我不杀死他,他就要杀死我。可是我说服不了自己——我还是会梦见他。"

一条命就是一条命,好与坏只是一个评判,它们与生命的价值永远不能相提并论。

黄德胜有一张"干净"的脸,所谓"干净"就是他确实不是一个有前科的罪犯,在电脑数据库里没有他的资料和照片。不过,他不再"干净"了。消息都发出去了,我们等着从大海里捞出针来——他可能会用别的假身份继续生活下去,可不再像以前那么容易了。可以说他是自由的,但同时他也已经在监狱中,他不能进银行,不能买社保,他无法落户,无法获得一份正经的工作,和过去的生活及亲友要断掉联系,时时刻刻都会提心吊胆——当然,还有他的良心,那是一个永不退休的法官。

"还不算太难,至少他总得进医院,找到肝源也就找到他了。"我说。

"但愿他等得到那时候。"队长叹了口气。

九

人去屋空。虽然并没成为凶宅,但警察来来去去地查案和取证,这房子怕是也要空上相当长一段时间了。

我在空屋子里转了几圈。如果他不是租了我的房子,事情会不会有不同的结局呢?

我在写字桌前坐下来。窗外的阳光透进来,在橙黄色的桌面上趴着两个明晃晃的斜方形。

桌上的东西都被带走了。我记得以前桌上有几本书,还有一本硬笔书法字帖,我见过黄德胜用练字来打发时间。其实他一直都在坐牢。但把他困在这里的不只是疾病。想起在河边的那一次,我突然觉得羞愧,我有什么资格对一个我根本不了解的人指手画脚,充当什么救世主?我从没真正走进他的内心世界。如果我老老实实地做一个真诚的倾听者,那么我现在就能知道他在哪儿了。

我盯着书桌前的墙壁发呆。墙壁上似乎有一些刻痕——在出租前我曾经重新粉刷过墙壁。我把眼睛凑上去,那刻痕有四五个,都是一样的,一组花体英文字母:L&Z。这种符号很常见,它可能是一个商标,一本书的名字,也有可能是两个人的名字缩写。那花体实在太漂亮，像是专门设计过。朱雅唯名字拼音的首字母正是Z。黄德胜是个假名，所以不确定那个人是不是代表他。假如是，那么这些刻痕说明他对朱雅唯仍有很深的感情。

我用手机将刻痕拍下来。调查很快有了结果。"这个标记是朱雅唯请他们广告公司的设计师刘伟专门设计的。"队长拿出一枚婚戒给我看，我在戒指的内侧看见了同样的刻痕：L&Z。

L代表的是朱雅唯的亡夫浩。奇怪，黄德胜为什么要在墙上刻下这个代表朱雅唯与罗浩婚姻的符号呢？难道朱雅唯还挂念着亡夫，而黄德胜在嫉妒着一个死人吗？如果朱雅唯还惦记着罗浩，又怎么会在罗浩去世后不久便同时和两个男人保持暧昧关系？

罗浩出车祸的地点是在离城大约五十里外的山路上。那天是周四，他被公司派去对乡镇市场进行调查，他们公司经营的是农药和杀虫剂，没想到却连人带车翻下了悬崖。

朱雅唯其实是根据车子认出丈夫的，因为车子还有车牌幸存，但罗浩却被烧得面目全非。

"一百万的人身意外险。"我打了个寒战。这笔保险是罗浩在买车时一起购买的，他在出事前三个月购买了一辆六万多的二手车。当时负责调查意外的人员指出正是这辆车的隐患导致了刹车失灵。"要在二手车上动手脚是很容易的。"

办案有时候恰恰需要小人之心，甚至是恶人之心——如果罗浩的意外不是意外呢？

"最清楚罗浩行踪的人除了他的公司那便是朱雅唯了，她也有机会在丈夫的车上做手脚。"队长说道，"如果她不懂，可以找人干，假如动手的人是黄德胜，这个案子就很好解释了。他们两人合谋制造了意外，拿到了保险金，黄德胜指着这笔钱救命，所以当发现朱雅唯有了二心的时候，便对其下了杀手。他在墙上刻下这个标记，也许就是潜意识里对朱雅唯的鄙视，一日夫妻百日恩，她能对丈夫下手，自然也就能对他下手，所以，他毫不犹豫地杀死了她。"

"可是那天他为什么要说那是'我的钱'？就算他参与了谋杀，那钱也应该是两个人共有的啊，他这么说是不是有点儿奇怪？"我很困惑。

队长却不以为然:"这不过就是个说法罢了。我们平常人说话哪有那么多逻辑?比如说这案子,我也会跟别人说这是'我的案子',正确的说法应该是'我经办的案子',可谁真那么讲究?也许黄德胜的意思就是'我那份钱'——也可能朱雅唯承诺过他,弄到的钱都用来给他治病,所以他才会在下意识里认为所有的钱都是他的。"

这并不是没有道理的,可始终有些地方不太对劲儿。"可是,人人都知道,这笔保险金已经被朱重山拿去还赌债了。黄德胜没理由不知道。如果黄德胜的'救命钱'就是指这笔保险金,那么应该是早就打了水漂了,他后来怎么还会跟朱雅唯掰扯钱的问题呢?如果朱雅唯拿不出证据证明那笔钱没有被她的弟弟输掉,只怕黄德胜早就对她下毒手了。"

队长想了想:"我也纳闷呢!但是,不排除有一种可能性。"

"哪种可能性?"

"朱家人对外面的人说了谎。你想呀,谁家没几个亲戚朋友的,不排除有些人知道朱家得了这么大一笔保险金之后上门借钱。换了你,要是不想借钱给别人,会怎么说?"

"你是说,还赌债,其实是一个不让人借钱的借口?"

"反正朱重山爱赌人人都知道,这个借口最好不过。"队长说道,"帮的是自己的亲姐姐,搞不好还能得些好处,不过是背了个恶名,反正他也是声名狼藉了,朱重山也没什么不愿意的吧?"

十

朱重山比朱雅唯只小一岁,但是看上去要比朱雅唯大十岁。你可以轻易地在他的身上发现某种人的特征:他故意做出对什么都无所谓的样子,恰恰是为了掩饰他对一切都感到不满,包括对他自己——不修边幅,满口脏话,在邋遢的外表下是蓄势已久的愤怒。他有一双典型的赌徒的眼睛,在这双眼睛里,即便是地上的一枚硬币也可以化身为骰子上的一个点数。他很瘦,似乎体内有一个巨大的寄生虫替他消耗了营养。他的出租车里挂着不知道从什么地方请来的菩提子和道士符,在座位的夹缝里不时便能摸出一张过期的废彩票。

队长问完话便将朱重山放了。后者坚称自己确实用那笔钱还了债,但坚决否认是赌债。可是他怎么都列不出债主的名字和联系方式,耍着无赖说自己全忘了。

"很有问题。"队长松了口气,不管怎样,案子总算有了进展。

队长专门派人跟着朱重山。这家伙却像是忽然振作起来了,一反懒散的常态,成了一个最勤快可亲的司机。以前隔三岔五便会受到投诉,现在却连麻将都戒了,一有空儿便在医院里陪着生病的母亲,有邻居还看见他破天荒地出门买菜。

"要真是因为他姐姐的死改邪归正,这倒也是件好事。"队长说道,"那两个老人看上去委实可怜。失去女儿的打击让朱雅唯的母亲一病不起,并被检查出患有严重的心脏疾病,需要做一个'搭桥'手术。她父亲没有倒下,但多半也不过是在强撑罢了。就怕……"

"就怕无事献殷勤,非奸即盗。他不过是在装装样子,图的只是那一百万的遗产——朱雅唯没有丈夫子女,她的父母便成了第一顺位的继承人。他们死后,那一百万自然也就成了朱重山的囊中之物。"

"我若是他的父亲,也要防着他。"队长最鄙视的便是赌徒,"这世上最难回头的就是赌徒,那毛病是骨子里带出来的。"

从朱重山的嘴里是不大可能听到实话的,但是朱父却也一口咬定那一百万的保险金被自己的儿子拿去还了债。在反复调查了几次之后,队长选择相信朱父。后者是那种老实而懦弱的男人,属于没做贼也心虚的类型,进了公安局甚至会发抖。这种人太好审,几乎没有什么技术难度。朱父正为朱母的医疗费发愁,四处借钱,如果他手里有一百万,应不至于如此。

"要不然是朱雅唯和朱重山联手,把父母都给骗过去了。他们怕父母不够精明,会泄密。"我说,"要不,那一百万真的用来还了债,与黄德胜也真的没什么关系。"

所有的推测都缺乏证据。黄德胜是关键,只要抓到他,一切难题都会迎刃而解。

他没有回来自首,也没有任何踪迹。飞机与火车都需要身份证,他拿着假身份证只能选择公路甚至是徒步,这可以大大缩小搜索范围,但是撒出去的网却始终颗粒无收。

我去了一趟梅所在的城市。她刚跟她的丈夫离了婚,没有争到孩子的抚养权,如今一个人过,找了个超市营业员的工作。她的经济状况不太好,仅是房租便要花去她收入的一大半。我犹豫了很久,最终没有把准备好的钱拿给她。我不想破坏她的平静——救济会成为新的负担,压在她还没有完全消除的内疚上。事实上,我专门去看她已经让她感到很不安。"赶快找个女人结婚吧,好好过日子。"她一直嘱咐我,大约她希望让她的良心更好过一些。

我回到家,怎么也找不到一件证明我和她有过交集的纪念品。所有与她有关的东西:照片、礼物、影像、书……统统被我烧掉了。在我极为痛恨她的那段时间,我不想看见任何与她有关的东西。即便是后来我原谅了她,我也把幸存下来的一些物品找出来毁掉了——因为我想要开始新的生活。我做得很彻底。

我给队长打电话:"你在哪里找到那枚婚戒的?"

队长告诉我,那枚婚戒就放在梳妆台的抽屉里。这也就是说,她天天都能看见它。如果她和人合谋杀死了她的丈夫,她为什么要把这枚婚戒放在最显眼的地方,难道她真的强大到可以随时面对良心的审判?即便她与罗浩的死无关,她在婚内与人偷情,在丈夫去世后又与两位情夫厮混——这些都不足以让她愧对这枚婚戒吗?

队长对朱雅唯和罗浩的婚姻状况做了一次调查:她嫁给他的时候刚刚大学毕业,她身边也不乏条件优越的追求者。两人婚后感情算是相当不错,左邻右舍很少听见他们吵架,更没有什么红杏出墙的丑闻。所以朱雅唯的婚外情是什么时候发生的基本上无法考证。我很奇怪她竟能成功瞒过那么多耳目。我总是忍不住想起那双普拉达的鞋子,从某种意义上说,正是它把一切暴露出来的。

鞋子是李舒东送的，这一点李舒东已经承认了，他对漂亮女人都是很大方的。可是朱雅唯为什么要穿着李舒东送的鞋子去见黄德胜呢？这与她把亡夫的婚戒放在梳妆台的抽屉里同样不可思议。或许她潜意识里想要折磨自己，想要惩罚自己？阿加莎·克里斯蒂写了一本书叫《罗杰疑案》，我一直认为那绝顶聪明的凶手之所以会被抓住只是因为他想要被抓住，他想要摆脱他背上的石头。

还有黄德胜，他为什么要在墙上刻下那个缩写？我并不认为队长的解释合乎逻辑——尽管人们并不是总会做合乎逻辑的事。但是一个杀人凶手，或者仅仅只是一个情夫，他所做的，难道不应该是尽量把这种痕迹排除出他的生活吗？抑或，他是怀着一种完全不同的心情刻下那些符号的？

我在自己的头上猛拍了一下，一个念头急速地闪过去——一个匪夷所思的、令人震颤的可能性。

我找到黄德胜曾经住院的医院，谢天谢地，他们依然保留着他的医疗记录。他和罗浩一样，都是 A 型血。而罗浩的医疗记录显示，两年前他曾经有过一次农药中毒的经历。起因是他在送农药样品给客户时因操作不当，使得样品溅出，不慎入眼。虽然经医院治疗后视力未受到损害，但是却出现了神经中毒症状，住院一周才出院。从此之后，他便落下一个后遗症：三叉神经痛。

"医药费是由他的公司支付的，你猜怎么着？"队长将几张资料放到我的面前，"当时他的公司正在打官司，他们工厂里有一名员工声称其得癌症属于工伤，要求公司赔偿两百万。"

"赔了吗？"

"他们找来了一个化学专家，化学专家只能证明他们公司生产的有机氯农药有可能导致肝功能损伤，有可能是工人在制造农药的过程中因为接触到有毒物质而导致细胞畸变。但是，'有可能'不能成为证据。"

我与队长对视着，他点着头，这证明我们想到一块儿去了。

"罗浩的身高是一米七四，体重大约七十公斤。"

"黄德胜也差不多，而且他也有三叉神经痛。"我说。

"罗浩长期接触农药样品,也可能因为这个原因而得上癌症。只是脸不同。"

我重复着队长的话:"只是脸不同。"

十一

通过电脑分析和整容专家对照片的判断,黄德胜与罗浩确实是同一个人。可以看出,罗浩一共进行了四项整容手术:鼻形改造、丰唇、割双眼皮和隆下巴。大约由于身患重病不能冒险的缘故,他没有磨骨,因此黄德胜与罗浩的脸型基本是一样的,但四个关键部位的改变已经可以让他成为连亲近之人都无法认出的陌生人。

很明显,这是一个保险诈骗案。罗浩制造了一场假死的车祸,成功地获得了一百万的保险金——这笔钱确实是一笔救命钱,是用来治疗他的癌症的。因为他与朱雅唯的正常收入永远也无法支付这笔庞大的开支,而他也不能指望通过诉讼从公司获得赔偿。朱雅唯是他的同谋,这也就解释了为什么黄德胜如此信任朱雅唯——因为那根本就是他唯一的亲人,除了她之外,他也是实在没有别人可以托付。

这种手术不可能正大光明地到医院去做,为了防止被识破,只能选择那些见不得光的地下医院或者地下医生。艺美美容医院的记录显示,在罗浩出事前三个月,朱雅唯在该院做了一个开眼角的小手术,手术的实施者正是李舒东。与李舒东的交代相吻合——那是他们第一次见面。

为了给丈夫治病,不惜冒险诈骗保险公司——在法律上应该被制裁的行为却也在某种程度上证明了朱雅唯的忠诚。她那时候对丈夫自然是怀着深刻的爱情,但到底还是被现实压碎了。我回忆着她那一日咬牙切齿地说绝不离开黄德胜时候的神情——成为一个背叛者从来不是她的愿望。

"那么,罗浩可能是因为发现了妻子的背叛才杀死了她。"队长叹了口气,"很多不合理的地方都能解释得通了。"

"杀死一个曾经肯冒那么大风险来救自己的女人?"我唏嘘着,

"看来我的苦口婆心都白费了。"

可李舒东坚决否认自己更深地参与了朱雅唯与罗浩的计划。"她从没提起过她丈夫，也从来没有要求我帮别人做整容手术——大概是不想连累我吧。"

李舒东有着干外科那一行的人特有的精明和冷静。他每一个用词都很小心，费尽心思要将自己排除在麻烦之外。他当然可能撒谎。朱雅唯能获得的资源有限，他甚至可能是她能利用的唯一一个。

我可以想象朱雅唯的恐慌，她迫切需要一个依赖，李舒东是一个最好的选择——假如他已经被卷入，这个不能说的秘密需要一个出口。在背负着那么大压力的情况下，我很怀疑一个女人会再去给自己找一段需要消耗她更多精力的感情，与其说她当时需要的是爱情，不如说是友情和慰藉。

跟踪李舒东的收获并不大。在离开公安局后他去了墓地，在朱雅唯的墓碑前放了一束百合花。他本没必要这么做，这说明他对她并不心虚。

"后天是她二十九岁的生日。她最喜欢百合花。"

也许李舒东并不像我想象中那般无情。

回家的时候门卫递给我一个包裹——从国外寄来的包裹，收件人是黄德胜。我犹豫了一阵，将包裹拆开，发现里面是一条漂亮的蓝底白花真丝围巾，花纹是百合花。围巾的标价为1099美元。订单日期是17号——正是朱雅唯被杀的那一天。也就是说，那天黄德胜，不，罗浩冒雨出去，是为了到邮局汇款，给朱雅唯买一份生日礼物！他如果打算在那天杀死朱雅唯，为什么还要花这一笔冤枉钱？！对于一个求生的人来说，他的每一分钱都是珍贵的。

也许他想用礼物慰藉妻子，也许他想用礼物挽回感情，也许他想用礼物道歉。这个礼物的价钱刚好和那双鞋子差不多——也许罗浩是想借这个价钱表明他的态度。

我说："也许我们都错怪了好人，朱雅唯根本不是罗浩杀死的！"

队长沉默了半响："如果不是罗浩，那么罗浩到哪里去了呢？如果不是罗浩，那么那笔钱到哪儿去了呢？"

十二

医院传来消息,有一个女人匿名结清了朱雅唯母亲的手术费及住院费——八万六千三。

"长头发,大波浪,戴着墨镜和口罩,个子很高,至少有一米七五以上。"负责结算的护士对她印象颇深,"穿的大衣是那种披风式的,挺波西米亚风的,蓝色格子的。脖子上也系着蓝色丝巾,估计不是模特儿就是空姐吧?"

护士没有义务追查缴费人的身份,所以那女人的姓名便不得而知。

朱家人比警察更诧异,他们一直在向亲戚朋友借钱,但只借到了一万五千。肯一下拿出这么多钱来资助朱家,证明关系匪浅,但朱家人对这个时髦的高个女人毫无印象。来付钱的女人显然并不想被人认出来——可身高便是她最大的特征。

"如果有这么个人,我们肯定知道她是谁。可我们真不知道她是谁啊!谁能平白无故给我们这么多钱呢?哪有人借钱还不想让人还的?"

朱父提了个好问题。送钱给人花无非五种情况:还债、慈善、赎罪、报恩、铁打的交情。交情们已经被验证过了,那一万五便是结果。朱家因为有朱重山的缘故,所以常年只能居于欠债的一方。虽然现在朱重山戒了赌,但经济上仍不宽裕,但也还没到让人救济的地步。他们没有通过媒体向外求助,所以自然也就不会有主动上门的好心人。说是报恩,朱家任何一个人身上都找不出能值这价钱的恩情——至于赎罪,朱家唯一需要补偿的便是朱雅唯的死。

突然冒出来的女人就像是棋盘上多出来的一枚棋子,局全都乱了。

"没来历,没姓名,没理由!"队长十分郁闷,他不喜欢意外,"非亲、非故、非友,哪儿蹦出来的?"

对这么个"三无"人员,实在很难给她找一个合适的位置。

"或许，是受人所托？"我终于找出了一个理由，我脑子里闪过了罗浩的名字。

假如罗浩不是凶手，假如他还对朱雅唯有感情，那么他也许不会对朱母的困境视若无睹；假如他是凶手，可能也会出于补偿和愧疚的心理而给予朱家帮助。不管怎样，他都是最大的可能性。

假如真的如此，那么这个女人是他从哪里找来的呢？她跟他又是什么关系呢？医院调出来的监控录像里只有那女人的一小段影像。她从缴费窗口离开之后，在走廊靠近楼梯的地方崴了一下脚，但她并没有坐下来休息——在她身边几米远便是空着的椅子，她很着急地、一瘸一拐地离开，一个男人跟她撞了一下，她也没有回头。

我们反复看着录像，那女人的走姿始终有些别扭，看上去像是很不习惯穿高跟鞋。

"等一等。"队长忽然将录像放慢，那个与高个儿女人相撞的男子伸手在她的胸部快速摸了一下。可是女子完全没有任何反应。怎样一种情况会让一个女人连非礼都不在乎？

"男扮女装！"我和队长几乎异口同声地得出结论。

披风可以掩盖身材问题，丝巾可以遮住喉结，口罩可以让口音听起来含混，同时又可以遮住脸部特征。罗浩的身高是一米七四，与女子的身高相仿。影像中的女子比罗浩要瘦得多——但癌症末期的患者通常也会快速消瘦。

"人哪！人哪！"队长叹息着。

罗浩当然不会再使用黄德胜的身份。那么他会用一个什么样的身份生活在这个城市里呢？他是住在旅馆里，还是又租了别人的房子？他是否又做了一次整容手术呢？现在，他应该成了一个有经验的逃犯了。一个没有身份的人，脸也成了衣服，唯一不变的只有他的身体，以及身体里的那颗定时炸弹。他费尽心机，失去一切，只是想要活下去。

一个最原始、最本能的动机。

我站在窗口，看着远处的万家灯火。车来车往，如此繁华的城市，于他，和原始丛林大概也无异吧？至少我无法想象我失去了身份之后会是什么样,尽管我在这几千万人口中不过是个蝼蚁般的存在。

"他留在这个城市不走,可能是为了肝源。"

队长很是苦恼,近期医院所登记的需要肝脏移植的记录中,没有可疑人物。

如果他不打算走正规渠道,那么很可能会涉及另一种罪案:非法的器官买卖。会有无辜的生命因此而被损害吗?在利益的链条下总不缺乏牺牲者。

对生命的过度执着也可能未必是一件好事。

西西弗斯因为愚弄死神而被众神惩罚不断重复地推动巨石上山,这块石头是西西弗斯自己制造出来的命运。西西弗斯什么时候能够获得自由?当他认出这其实是他自己的石头并愿意为自己的命运负责的时候。

死亡是每个人都必须要面对的命运。回头吧!

回头吧!我对着灯光大喊。罗浩应该也就站在其中一盏灯光之下。我跌坐到地上,哭泣。我真希望我与这一切毫无关系。

十三

穿着蓝色格子披风大衣的高个女子从售货员的手里接过了六根金条,差不多九十万的交易,整个购买过程还不到半小时。

这段影像来自于某一金店里的监控录像,时间是在朱雅唯死后的第七天。我不知道队长从哪里搞来的资料,但是很明显,这是一个突破性的进展——购买金条的"女人"也戴着口罩和墨镜,除此之外,服装、发型以及步态都说明"她"和在医院里替朱母缴纳医药费的"女人"是同一个人。

"罗浩没理由把现金换成金条的。"我说,"他的病需要他随时使用现金。"

队长点点头:"我也这么想。把钱换成黄金,这做的是长期储蓄的打算。而且,六根金条比较容易保存,只需要一个很小的地方就可以藏得住。"

加上为朱母支付的医药费,总额差不多也接近一百万了。

"也就是说,这个人身边没多少现金——他应该不是一个无业游民,应该有一份正经的工作。"

"他不把钱存银行,是怕这么一大笔钱引起别人的怀疑。但是如果他不告诉别人,别人是不会知道的,银行也不会泄密,除非……"

"除非他本来就是我们的监视对象,只要他存钱,我们就一定会知道,而他自己也很清楚这一点。"

罗浩可以被排除。李舒东身高超过一米八,也被排除。剩下的只有一个可疑者。他有杀人时间、杀人的便利性、杀人的动机。之所以在以前排除他是因为我们一直有一位首席嫌疑犯,而且这个人与死者的关系实在太密切。

我与队长面面相觑。如果我们的推论是正确的,那么,这对那个家庭来说实在太残忍了。

朱重山为自己特制了一件背心,三公斤的金条被缝进背心的口袋里,他每天都背在身上。队长找人照着录像中女子所穿的大衣买了一件一模一样的,其衣物纤维与在朱重山的出租车地毯上发现的蓝色毛呢纤维,出自同一个厂家。

朱重山的脚趾有因穿高跟鞋而被磨破的痕迹,他的脚踝还残留着肿胀。这些证据和那些黄金一样,每天都压在他的身上。

逮捕朱重山的时候,他回头望了一眼他姐姐住过的房间,如释重负地叹了口气。在他的房间里放着一瓶安眠药。他赌自己能骗过警察,但不敢赌自己能扛得过内疚,尽管他一直说服自己仇恨朱雅唯。

在罗浩的骗保案中,他不只是一个背负骂名的角色,事实上,他既是主谋又是主力。正是他在罗浩那辆二手车的刹车上动了手脚,之后又找来一具流浪汉的尸体——他跟踪一个有着精神问题的流浪汉,一直等到那人把自己折腾死,他把那人的尸体藏进出租车后备厢,而罗浩第二天便申请了一个送样品下乡的差事……

"我早就改了,早就不赌了,可是为了他们,我来背着骂名,我成了坏人。老爸、老妈对我失望了，女朋友也跟我分手了，大家都躲着我，觉得我是个瘟神。我冒最大的险做了一切，可是他们呢？他们却只想着自己，好像这些都是我该做的！"铁窗后的朱重山仍然试图用他的愤怒去压制他的罪恶感，"他们从来没想过要给我报酬，要给我补偿，他们只关心他们自己！"

最初的义气逐渐变成愤恨。他们利用了他的坏名声，毫不在意他失去的尊重，忘记了他的尊严，这是比外人的误解更为可恶的侮辱——而这两个人，是他最亲的人。于是他把注意力渐渐转移到金钱上——金钱可以弥补他的痛苦。

一百万可以彻底改变一个活人的未来，但是未必能改变一个将死者的命运。如果罗浩最终等不到奇迹，那么这些钱也就统统打了水漂。在深思熟虑之后，他决定先对罗浩下手。罗浩一死，朱雅唯便可以独自处置那笔钱。他很想看看，在没有罗浩的情况下，朱雅唯是否会考虑到他的需求。

那一天清晨，朱重山偷偷复制了朱雅唯的钥匙，溜进化名为黄德胜的罗浩屋中，制造了第一次煤气意外。可惜由于我的干涉，他没能成功。

当得知罗浩准备和朱雅唯分手，而朱雅唯也将把那一百万现金全都交给罗浩的时候，朱重山对朱雅唯说，放弃罗浩吧，让那个男人自生自灭吧，这种病是个无底洞。

朱雅唯给了他一记耳光。这一记耳光让朱重山失去了耐心，他决定为了他的未来进行一次彻底的障碍清除。在那个未来里，他拥有金钱，拥有尊重，拥有父母全部的爱，是一个完全新生的朱重山，这个新生需要两个死人。

于是，他偷偷用朱雅唯和罗浩联络的专用手机给罗浩发了一条短信，约后者早上在北郊的树林见面，然后他趁着罗浩不备对其痛下杀手。九点左右，他又驱车赶回家里，在朱雅唯的饮水里下了安眠药，等到后者昏迷之后，制造了第二次"煤气意外"，最后又装作意外的发现者，送医、报警……演足全套戏码。

在北郊的树林里，警察们挖出了罗浩的尸体——早已面目难辨，只有没有腐烂的鼻部硅胶假体和那把埋在他身边的黑伞可以证明这确实是罗浩。

"其实我知道，我最后是逃不过的。"朱重山说，"看见姐姐尸体的时候我就知道了。"

是的，逃不过的。

西西弗斯们推着巨石一次又一次地上山去，巨石一次又一次地滚落下来——只因为这巨石并不在他们的手里，而在他们的心里。

每个西西弗斯都知道。

（原载《啄木鸟》2015 年第 2 期）

风住尘香

张 军

一

新一轮机关警力精简即将开始。宣传科科长赵治标听到这个消息,心里就长了草,一直想"动一动"的想法就像忽明忽暗的木炭,倏地一下遇风又复燃了。"几十年如一日"纯粹是一个扯淡的说法,谁被人这样评价,注定这一辈子平平凡凡,甚至窝窝囊囊。老赵倒不是希望自己的一生有多轰轰烈烈,就是在一个岗位上时间长了,腻歪了。他做不到几十年如一日。社会阅历告诉他,对一些不切实际的宣传语不能信以为真。他相信这个世界上也没有人能做到几十年如一日。

老赵把自己的想法一说出口，办公室主任反问："你说什么？"

老赵从他的眼神看出，他并非没有听清，而是怀疑自己是不是有病。老赵又明确地表述了一遍。办公室主任半晌没说话。老赵是旧话重提，办公室主任早就此问题表过态。他想，老赵是知道自己意思的，再说就是多余。很多人削尖脑袋往机关挤，老赵却哭着喊着要去基层，除了老赵自己，恐怕谁都会认为他有病。

办公室主任说："这次机关警力精简，各处室都要下沉警力支援一线……"

他的话还没说完，老赵不识时务地抢着接茬儿："那就让我下去吧。"

办公室主任见他如此"不可救药"，想说的话不得不拐了个弯儿："老赵，我是不是哪儿对不起你？"

"对得起我，谁都对得起我。我不是有情绪想离开这个集体，想离开你这个英明的领导，我就是想下基层，这是我目前的一个小愿望而已。"

办公室主任见他态度如此坚决，便以更坚决的态度掐断了他的念头，不紧不慢地说："我知道，老哥你是为我着想，怕我为难。但是，我合着眼瞎摸也抓不到你的头上。你是办公室的一面旗帜，我不能自毁城墙。"

老赵知道自己的愿望又一次泡汤了，长长叹了口气。

见目光炯炯的老赵委顿下去，办公室主任又给垂头丧气的老赵打气："你的价值只有在现在的岗位才能体现，你就是我们的拐棍，我还要指靠你，市公安的形象还要指靠你，你的作用大着哩！"

旗帜？狗屁旗帜！赵治标在心里愤怒地低吼："什么时候我才能走呀！"

二

有一个励志小故事。小鸡问母鸡："妈妈，今天周末，可不可以不下蛋，带我出去玩儿啊？"

母鸡说:"不行的,我要工作。"

小鸡说:"可你已经下了很多蛋了。"

母鸡意味深长地对小鸡说:"一天一个蛋,菜刀靠边站;半年不生蛋,高压锅里见。孩子,你要记住,存在是因为你创造价值,淘汰是因为你丧失价值。"

存在,就要下蛋。很快,赵治标又一次体现了自己的价值。

某日下午,赵治标无所事事地刷着微博,办公室主任的电话打了进来。主任一开口就把他砸蒙了,主任说:"你说你怎么能走呢?你要是走了我不就抓瞎了吗?齐大海死了!"

但凡身边熟悉的人故去,都会在或大或小的范围引起一次周期或长或短的震动。这个震动来自于对故去者的熟悉和了解,有的人还与其有着共同的身份和经历。如果是突然而殁,人生的不确定性对他身边人造成的震动就更大。不知道自己的去留怎么还和一个人的生死有关,赵治标一时没反应过来:"谁?齐大海?哪个齐大海?"

"还有哪个齐大海,刑侦支队的齐大海!昨天还好好的,今天就没了,心肌炎。下班先别走呀,局领导有推树典型的意思,现在正在开会研究。等我话。"主任说完挂了电话。

生活就是这样,前一秒还风平浪静,后一秒就不知有什么惊涛骇浪。在一个地区、一个单位工作十几年,想不认识谁都难。但是客观地说,赵治标对这个齐大海并不十分了解。以前觉得和这个人还熟,接完电话后,脑子里能搜索到的就是几个碎片式的笑容。人一走,有关他的信息、气场马上就从这个世界消失了。

"他外表斯文儒雅、谦逊随和,内心却坚强果敢、刚正不阿。'这辈子就得当警察,当警察就得干刑警'是他执着追求的人生梦想。他始终战斗在打击刑事犯罪的第一线,倾尽毕生精力投入公安事业,直至献出年轻的生命。他就是刑侦支队侦查员齐大海。"

一条微信,貌似一条死皮赖脸的拙劣广告,出现在赵治标的手机上。发送者是"红色战士"。"红色战士"的真身是政治处的李主任。如果没猜错的话,他现在正在党委会的会场。看来,宣传齐大海的事已经敲定。处处抢占先机是政工干部的基本素质,赵治标有预感，这条微信先吹了个风，平地又将掀起一个大的波澜。

　　看着微信，赵治标的脑子还在办公室主任刚才那几句话上。心肌炎是什么病？除了心梗、脑梗，还有这么快夺人性命的疾病？这个世界上有文盲、法盲，还有更可怕的病盲。法盲在犯罪之后，才知道法律是保护自己和他人的武器，病盲在自己和家人与死神只有一步之遥的时候，才看清疾病的狰狞面目。

　　当晚，政治处召开宣传工作协调会，内外宣传作了分工。政治处负责起草党委学习决定，制定全局的学习方案，牵头组织全局学习宣传活动。对外宣传归办公室负责，或者说归宣传科长赵治标负责，在深入采访的基础上要撰写一篇长篇通讯。研究宣传方案时，政治处的一个科长口若悬河说了一大堆思路，开设网络专栏、悬挂标语、制作展板、召开追思会、征集纪念文章等，好像量身定做了一份套餐，一下就推到了齐大海的遗像前。政治处李主任听得频频点头，他需要这样的下属，剩下的就是自己一点头，提出者具体落实了。李主任看了一眼一言不发的赵治标，故意点将："老赵，你的那篇通讯什么时间出来？"

　　赵治标心里清楚，这件事政治处是主责，他们说的那些事关起门来，自己在屋里就能定，所谓的协调会主要是给办公室开的，怕的就是内外宣尿不到一个壶里。作为老同志，老赵大事不糊涂，说："把你们手头有的材料先给我，我明天就去采访，尽快吧。"

　　李主任对这个模棱两可的回答并不满意，但还是显出了他在官场上的老到，自己不说意见，拿一个大帽子出来压他："局党委期待着你的精彩大作呢。"

　　这是赵治标所反感的。他油盐不进，依旧给了一个模棱两可的回答："我尽力。"

三

　　说归说，做归做。此后，赵治标马不停蹄地进行着采访。世界上很多事物是相通的，比如办案和采访，一般都是按照先外围后核心的打法。老赵先采访齐大海的领导、同事，又通过他的领导、同事扩大到案件的事主。两天下来，从同事的讲述中，大致可以还原大海去世前的一些情况。

10月11日，外出办案时，大海和同事说心口不好受。同事劝他就医，大海说没有时间。

10月12日，大海和同事外调，在车上再次说不舒服。同事再劝，大海说等孔娟娟的同案批捕之后再说。

10月15日早上，妻子佟翎发现齐大海发烧，要他请假就医。大海不同意，穿好衣服拿起车钥匙要去上班。两人吵了一架，大海被佟翎强拉了回来。上午，到医院打吊针。

10月16日凌晨，大海病情恶化，被妻子送到区医院，诊断为急性心肌炎，急诊治疗。上午，转诊到市医院，途中打了一针强心剂。到市医院时血压下降，脉搏微弱，紧急手术。

10月17日凌晨，大海出现术后并发症，抢救无效去世，年仅三十五岁。

去世前一个月，齐大海因主办孔娟娟票据诈骗案，连续两次出差，共计十九天，直至抓获公安部B级逃犯孔娟娟，使沉寂三年、涉案金额五千万元的特大诈骗案得以突破。

这么捋下来，谁都会得出一个结论——齐大海是为了工作被累死的。这是一个可怕的结论。

老赵本想从第三方角度将事主的采访做扎实，捋到这里，去市医院采访就成了迫不及待的事情了。他迫切想知道，心肌炎怎么就能死人？心肌炎的主要病因是什么？是不是过度劳累所致？

当晚的主治大夫是个三十出头的小伙儿，听说是个博士，再加上一副无框眼镜，典型的专家样子。主治大夫板着脸调出了齐大海的病历，对照病历介绍病情。

老赵不满意他的照本宣科，问："这种病的致病原因是什么？"

主治大夫说："引起心肌炎的原因很多，病毒、细菌、真菌、寄生虫、免疫反应，均可引起心肌炎。最常见的是病毒感染，齐大海就是急性病毒性心肌炎。多数患者经过适当治疗后可以痊愈，不留任何症状或体征,极少数患者在急性期会因严重心律失常、急性心力衰竭和心源性休克而死亡。"

老赵继续追问:"那和劳累有没有关系?"

主治大夫合上了病历,把两只手攥成拳头,"每个人都有免疫力,免疫力和病毒无时无刻不在博弈,免疫力下降,病毒就占了上风。"他将一个拳头砸在另一个拳头上面,下面的手顺势摊开,"很多疾病是由劳累引起的,所以我们医生提倡劳逸结合、规律作息、均衡营养。我知道你想问的是直接因果关系,这个,我无法证实。"看老赵还是一副穷追不舍的样子,主治大夫推了一下眼镜,"我能介绍的只有这些了,我的查房时间已经推迟了十分钟,实习大夫、病房护士、病人都在等我。"

老赵看出来了,若不是出示工作证,人家肯定搭理都不搭理。现在,若是不识趣地再多说一句,他肯定抬屁股走人。老赵道了一声谢,起身告辞。

出门时,老赵突然想起一件事:"大夫,我再求证一个事。齐大海同志在手术前是不是说过,'这点儿病还用动手术,我还有一个案子该报检察院了'?"

主治大夫白了老赵一眼:"你是不是电影看多了?警察再伟大也是人,我没听说一个已经被死神牵手的人,还有精力想着自己的工作!"

虽然遭了抢白,可毕竟挤出了齐大海事迹材料里面的一些水分,老赵不但没有生气,还因此对这个冷冰冰的大夫有了一丝好感。更没想到的是,主治大夫顺手将桌上的一张市医院自己编印的院报递给他,"上面有一些知识,看看吧。"

从医院出来,面对进进出出的车辆和纷繁嘈杂的人群,赵治标一时感到无所适从。

老赵还没有接触齐大海的家属。一是不敢接触。正是上有老下有小的年纪,家里的顶梁柱塌了,全家就没有了依靠和指望,对家庭的打击可想而知。很多人对这种伤痛都爱用"天塌下来"来形容,可那种伤痛非经历是不能感受到的。二是不愿接触。干了一辈子宣传，典型没少推树，但老赵觉得自己是失败的。推出来的典型在一段时间里红红火火，过后就杳无声息。别说组织，就是典型本人都烦了："求求你了，赵哥。宣传别人吧，干得好的多着呢。"

典型宣传到这种程度也就没什么意思了。人无百日好，花无百日红。长江后浪推前浪，这也是一个规律。只要干宣传，就得活在这个规律中。推陈出新，无可厚非，老赵也乐此不疲。他从内心排斥另外一种规律。类似齐大海这样，在人去世之后，拼命地挖掘、提炼、深化，用各种手段，不遗余力地在人们心目中塑造一个个万世不朽的光辉形象。

没有人站出来棒喝一声，各级领导就永远沉湎于这个怪圈中。其实，里面的原因大家都明白，即使明白也不愿意走出来——活典型不好树。今天你说他这好那好，明天说不定因为嫖娼遭到举报，或因为受贿被判刑。人呀，是最不把牢的一种动物。看不准人，他一犯错误就等于往领导脸上抽大嘴巴子。挨几次抽，谁还不长记性？还是推死的吧，推死的保险。已经盖棺定论，你怎么说怎么是，不会有变化了。即使对他生前的事迹添油加醋、移花接木，别人也默许这种张冠李戴——不在同一个层面上了嘛。其实，这才是此类典型层出不穷的原因。

规律就是规律，人在规律面前如同在自然界面前一样渺小，尽管整个分局的人都知道赵治标与众不同，规律也不会因老赵的意志有半点儿转移。

在医院门口犹豫了片刻，老赵漫无目的地向街心公园走去。国庆节摆放的巨大花坛还没有撤走，人们在五彩斑斓的花坛前驻足赏花、留影，不乏其乐融融的三口之家。不久之前，眼前的一幕里也许就有齐大海一家的身影。看着人们幸福的神态，赵治标决定对家属的采访先放一放，他不想在这个时候拿刀去戳家属的心窝子，这是一个记者最基本的职业道德——尽管自己仅仅是一个被别人称作"局内"的记者。老赵喜欢这个能证明自己价值的称呼，在齐大海的宣传上自己能发挥多大作用，他心里清楚。

在公园的长椅上坐下，赵治标无意翻开了那个年轻大夫给他的医院的报纸,在"保健直通车"栏目看到了下面的文字——

……

一、紧张致病。易患乳腺癌的小白鼠放入不同转速的笼子,转速越快,小白鼠越紧张,免疫系统功能越弱;转速最快的笼子里的小白鼠,它们的肿瘤长得最快,体积最大。在另一项实验中,把有遗传病症体质的小白鼠分别放在不同环境中饲养,结果发现,在有压力环境中的小白鼠有92%长了肿瘤,而在没有压力环境中的小白鼠只有7%长了肿瘤。

二、睡眠致病。每晚睡眠不足四小时的成年人,其死亡率比每晚能睡七八个小时的人要高180%。睡眠不足对健康的危害是迅猛的,睡不够的人的衰老速度是正常人的2.5至3倍。

三、饮食致病……

看着上面的文字,他觉得齐大海活着的时候就是一只关在笼子里的小白鼠,笼子的转速越来越快,齐大海的脚步随着笼子的转速也在逐渐加快……

一大堆问题摆在乱了套的齐家人面前。大海的妻子佟翎几度昏厥,精神恍惚。齐父至今一言不发。齐大海那上三年级的孩子根本不相信爸爸永远离开了他。大海的妈妈,曾经的一位农村党支部书记,这个半头白发的老太太在关键时刻再次显出了刚强本色,在失去唯一的儿子后,身心俱疲的她还勉强支应着家里的大事小情。

前来慰问的分局领导走后,老太太向留下来的李主任提出了一个问题:"我们孩子算不算因公牺牲?"

回答这个问题,相当于为大海的死定性。是因公牺牲还是病故?这需要组织来回答。

从对家属的抚恤上来说,因公牺牲和病故有很大差距。仅一次性抚恤金一项，因公牺牲的标准是死者生前四十个月的工资，而病故只有二十个月的工资。此外，特别补助金、人身意外伤害保险金等，都有很大差别。李主任显然按照一般人的想法曲解了老太太的意思。他说："党委的意见是按因公牺牲上报，这也是我们期待的结果，我们会积极努力的。"

老太太说："我孩子是累死的！"

这个说法吓了李主任一大跳。一个单位累死人，是一个事故，天大的事故，恐怕要由单位领导承担责任。复杂的治安形势、艰巨的公安保卫任务、光荣神圣的职责使命、一线警力严重不足这些思想政治工作是做给活人的，面对停在太平间里的冷冰冰的尸体，对家属说这个，不挨大嘴巴才怪。

李主任一时语塞。

问题的关键是，根据警察伤亡抚恤规定，在执行任务中或者在工作岗位上因病猝死，属于因公牺牲。因其他疾病死亡的，均属于病故。大海从家去的医院，不是倒在工作岗位上。佟翎当天阻止了要去上班的齐大海。干了这么多年人事工作，李主任知道这种情况市局不可能批复。不过，即使预知了结果，他也不能当场把老太太的一点儿希望扑灭。他语无伦次地说："当然……不管能不能定，分局党委还是高度重视的……我们一定将抚恤工作做好，多渠道为家属多争取一些补助。"

老太太的情绪就在这时失控了，失声嚷道："我不要什么补助，我想要的是我的儿子——"话音没落，老太太昏厥过去。

"妈——"

哭声、喊声在齐家再次冲腾而起。鸣着笛的急救车卡在了胡同口，老太太被亲属七手八脚抬上救护车，车子呜咽着快速向医院驶去……

齐家发生的情况老赵并不知道。彼时，他看完了大夫给他的院报，正呆坐在街心公园的木质长椅上，在脑中梳理着这两日来收集到的各种信息。手机铃声倏地响起，渐要成形的齐大海的形象在铃声里"啪"地碎了。办公室主任在电话里说："暂停采访。"

老赵问:"为什么?"

主任说:"家属好像不同意。"

其实,问之前,老赵已经猜到了这个可能性,这个阻力的最大可能性来自于家属。实际上,宣传齐大海这个决定来自于分局领导据李主任汇报的情况所做出的主观判断,并不是家属的明确意思。老太太的反应让他们感觉到,这件事没那么简单。

四

齐大海还躺在冰冷的太平间里,等着组织结论。历朝历代对功臣名将都是盖棺定论,大海的这个莫名其妙的死法需要定论才能盖棺。

市局的答复下来了,根据大海去世时的具体情况,认定为"病故"。这个结果给分局党委出了个难题。难办的是,大海去世前连续出差将近二十天,在外地办案加班加点,饮食休息不规律,谁都会认为他的病与高强度工作有关,仅仅是因为从家里去的医院就被认定病故,这个结论恐怕家属是不能接受的。

偏偏在这个时候网上曝出了两条新闻。一则是四川的一名公务员午休时在厕所摔倒,抢救无效死亡,被认定为因公牺牲;更不靠谱的是,云南的一位副局长因为包养情人,被情敌砍死,单位领导脑袋让驴踢了,竟然也公然申请因公牺牲。因公牺牲就这么不值钱吗?这些事之所以被网民热议,说明老百姓在关注它的不公正性。在这种情况下,市局的决定肯定是反复推敲后谨慎做出的。

分局党委专门研究了一次,考虑到齐大海的特殊情况,认为不能完全按病故办理后事,要参照因公牺牲,由组织出面为其办理丧事。这样一来,追悼会无论参加民警的数量还是出席领导的级别、范围都有所扩大,算是对家属有个交代。

怎样将市局的定性传达给家属并让家属接受,这是一个难题。老太太自从上次昏厥后,人就像丢了魂儿一样,整天守在儿子的遗像前,不是发愣,就是和儿子说话:"你有病咋不知道赶紧瞧呢?

傻孩子！妈以为你长大了，会自己照顾自己了，谁知道你还是个孩子呀！妈年岁大了，人傻了，也不知道多跟你说一句。我做梦也没想到你会走在我前面呀！你走了，省心了，把难事都留给我们了。你也不想想，妈生你为了啥呀，你还有事没完成呢……"

在巨大的变故面前，老爹仍然一言不发。两位老人注定将孤独终老。大海的妻子佟翎则一反常态，和人一说话就停不住嘴，回忆结婚十年来和大海在一起的点点滴滴，回忆大海去世前一天的分分秒秒，说着说着，还会无端地笑笑。她不敢让自己停下来，一停下来就会面对失去亲人的现实。她想永远活在记忆中，记忆中的大海永远是鲜活的。

"歇歇吧，孩子。"亲戚朋友劝。

"我没事，他不知道心疼我们娘儿俩，我自个儿知道……"说着，佟翎的眼泪不由自主又流了下来。

局里决定委托政治处李主任和大海的妻子谈，谈不下来的话，分局大领导再出面。他们分析，佟翎是区里一家事业单位的办公室主任，能在这个位置上工作还是有一定素质的。《红楼梦》里秦可卿病亡，贾珍花大价钱为儿子贾蓉捐了个龙禁尉的官职，无非就是为了在儿媳妇牌位上"写出来好看"。齐大海的家属也是一样。分局政委嘱咐："致大海同志亡故的是可恶的心肌炎，不是组织，一定要让家属明白这个道理。在争取家属利益上，分局是和他们站在一起的。要将相关政策掰开揉碎和家属讲清楚、讲透彻。"接着，他再次把握时机，重提宣传的事，"在家属接受这个意见的基础上，再征求一下家属意见，看看佟翎能不能加入到齐大海同志的先进事迹报告团中来。这个时候，家属能站出来亲口说说自己爱人的事迹，是最有说服力和感染力的。当然，对他们来说就等于自揭伤疤，不是每个家属都有这个勇气。"

因为站位不同，有些事对一些具体任务的执行者来说，是很难理解的。在这种尴尬的境况下，对逝者的宣传就等于对生命的化妆。哀荣备至，无疑是对家属的一个交代。不过，一个人的去世，不论他生前优秀也好，平庸也罢，对家属来说最需要的不是宣传，宣传往往是组织意图，冠冕堂皇地说是工作需要。有的事是摆不上桌面的，在家属的悲痛欲绝中，有的人有自己的利益在其中，只不过他们给这种利益穿上了华丽的外衣。

另外，一个民警的非正常死亡对一个单位有没有影响？这种看法来自于家属和社会也就罢了，就怕来自于上级领导。无论怎么说，这绝对不是一件好事。当然，好事和坏事是可以相互转化的，宣传部门的任务就是要用正面弘扬盖过负面影响。

稍加思考，还是能窥破这些心机的。都是在外边混的，即使窥破也都心照不宣。没人点破它，点破就搞得大家都没意思了。

最后，分局政委又慷慨陈词了一番："别拿大海的死没完没了往工作上扯，有没有因果关系医生都说不透，所以说，咱们也没必要拿屎盆子往自己脑袋上扣，扣上了你就洗不干净。要深挖事迹，用平时的点滴小事将爱岗敬业、无私奉献的齐大海的形象堆塑出来。要让人们觉得他死得其所，死得重于泰山！"

进了齐大海的家门，李主任先向大海的遗像鞠了一个躬，才悄没声儿地坐在佟翎面前。绕来绕去铺垫了半天，终于小心翼翼地碰到了绕不开的话题。佟翎低着头，回答他的只是一声长长的、无奈的叹息。接着，含混不清的几个音节从她喉咙里滚了出来："人都没了，这还有什么用……"她努力压制着，即将倾泻而出的情感在她强大的克制力下被逼退了。"老人那里我去说吧，我们的想法还不一致。我想让大海尽快入土为安，商量好日期通知您。"

李主任适时地开始了下一个话题。没等李主任说完，佟翎已经明白了他的意思，明确表态说："我愿意把心里话说出来。"

不是每个家属都有这种自我施虐式的勇气。她面前的这个基层公安机关的政工领导，真真正正地感受到了一个女人的坚强。佟翎补充说："我要让大家知道一个真实的齐大海。"

从齐大海家出来，在车上，李主任给政委电话汇报了一下。他知道这件事是政委的兴奋点。某位领导说过：能被领导盯上是你的机遇。这句话他一直记在心里，并形成了自己的理念——每一项任务都是一次机遇。政委的高兴劲儿溢于言表，通过无线电波就飘了过来。政委根据工作进展马上做出了下一步指示:"你马上组织一个写作班子,抽全局最好的写手,从作协、文联请笔杆子也可以,这件事上不计成本。"

李主任忙着表态的同时,没有忘记在大脑中迅速检索办好这件事的必要条件。他脑子里先出现了一个人——赵治标。得一人者得天下。对,就是他。

政委点了头,赵治标即日起抽调到政治处,负责齐大海同志先进事迹报告会的统稿。

五

齐大海去世的第三天,遗体告别仪式在区殡仪馆举行。

天空碧蓝如洗,艳阳高照。即使是秋天,这样好的天气也不多见。在一个晴好的日子参加一个英年早逝的人的丧礼,更容易让人参悟"山河大地已属微尘,而况尘中之尘"的禅意。

早上八点前,殡仪馆前面的小广场上已经来了几十个民警,大部分是刑侦支队的,其他人在从四面八方赶来的路上。临近九点,在分局领导的迎候下,各路领导先后进入贵宾休息室。

老赵背着摄像包出现在了人群中。

每个签到的人都会领到一支黄色或白色的鲜菊花、一朵白绢花、一份逝者生平。一般没有人会好好读一下别人的生平,但也不排除有心者,比如文字工作者或者家属。齐大海生平上的错误正是老赵发现的。上面写着:齐大海,男,中共党员,大学文化,出生于1908年11月12日。1980年写成了1908年,这帮笔杆子的脑子里在想什么?

再往下看,全是对党忠诚、任劳任怨、几十年如一日云云的套话,显然是在一个模板上套出来的,换上个名字也适用。

简直驴唇不对马嘴!在老赵看来,这不仅仅是文字上的错误,而且是对一个人的政治态度太草率。怎么能这样对待逝去的同志?人的一生经历不同,岗位不同,再平庸者也会有可圈可点的地方,怎么就不能花一些时间，为人家客观公正地总结一下？这些耍文字的大老爷呀，不该拉长的讲话和工作部署写得又臭又长；不该吝惜的溢美之词，却惜墨如金。

老赵气愤地捏着生平的一角，另一只手背将纸弹得哗哗响。本想说些什么，顾及工作台后站着几位政治处的工作人员，桌子上还放着一沓砖头一样厚的生平材料，这大作指不定就出自他们中的某人之手，最终，他把想要说的话生生咽了回去。沉甸甸的摄像包一下一下拍打着老赵的屁股，催促他走进吊唁大厅。

就像一粒石子丢到了水中，尽管丢石子的人走了，溅起来的涟漪却在一圈圈扩大。民警传看着生平，议论声嗡嗡响成一片。

"什么玩意儿！这是对同志负责吗？"

"记着，死之前，一定要自己把生平写好了，要不别人把你糟蹋成什么样都不知道。"

……

就像很多新闻报道写的一样，齐大海身着笔挺的警服，覆盖鲜红的中国共产党党旗，安详地仰卧在鲜花丛中。他的遗容经过整理和化妆，与挂在大厅中间的遗像相比有些走样。佟翎已经站立不稳，政治处的一位科长看着手表，焦急地说："还有半个小时开始，一定要坚持住，领导接见时一定要打起精神。"

现在别说精神，佟翎的魂儿都跟着齐大海一起飘走了。

哀婉低回的哀乐声中，全体默哀，领导宣读生平，参加吊唁人员鞠躬致哀，最后环绕遗体一周做最后告别……告别仪式都是这个程序，谁都没想到会出岔子。

齐大海的爸妈和孩子走进吊唁大厅时，大家才注意到，一直围绕在遗体周边的家属中没有他们的身影。自从儿子死后一直没有开口的齐大海的老爹说话了，他斥责儿媳："他的衣服是谁给穿的？你还嫌他没累够是吗？"

齐大海身着冬季警服，这是作为民警最后的福利。佟翎被问得哑口无言，在场的人全都愣了，不知该如何是好。谁都没想到老爷子会在这个时候提出这个问题。他有自己的想法，谁也不能拿政治觉悟约束一个平民百姓。尽管他是警察家属,警察家属的想法也不可能全都"高大上"。可谁也没有为齐大海准备寿衣。告别仪式说话就开始了,怎么办?吊唁大厅的气氛凝固了。

老人显然是有备而来。大海的儿子拎着一个大大的包裹从人群后走出来,将包裹交给了奶奶。奶奶缓步走到大海的遗体前,干涸的双眼没有一滴眼泪,一双枯干的手摸索着大海的眉毛、颧骨、鼻子、嘴唇……就像大海小时候,在一个普通的午后,她坐在门口的石头上,一边望着胡同口,等疯玩儿的大海回家,一边从容不迫地在布鞋底上纳着细密的针脚。老人哆嗦着嘴唇说:"傻孩子,妈没告诉你怎么照顾自己,以后就你自己了,你听着……"

老人打开了包裹,轻柔仔细地为儿子换装。

她先把寿衣上的一道道褶子用手抚平,大海僵硬的胳膊腿被她抻了又抻,她想尽量让儿子躺舒坦了。好长时间没这样看过儿子了,那一幕似乎就在眼前——大海小时候熟睡后,她不止一次这样看着他。看着看着,不自觉地伸出手去梳理孩子的眉眼,就笑了,那笑容里满含着一个母亲的幸福和满足。现在,她的心思是想把儿子的面容一刀一刀刻在自己的脑子里。离开母亲的孩子再也不会回来,自己的记性越来越不好了,她担心时间长了忘记儿子的长相,如果是那样,孩子就真的丢了。

大海的儿子在一旁看着奶奶的举动,鼻孔下不知何时悄悄爬出了两行鼻血,蜿蜒到了嘴边。

齐大海的遗像静静地看着眼前的一切。赵治标早已开启摄像机,将镜头推了上去,定格在大海的双眸上,好让他看得更专注、更清晰些。

看着齐大海的母亲在忙活,政治处的科长要上前制止,又觉得不合适,走上几步又退了回去,连忙跑进休息室去报告。李主任也觉得问题很严重,几步走到政委跟前耳语。局长已经注意到了这家人反常的举动,用目光询问政委。领导就是领导,关键时刻显出了举重若轻的应变能力。政委站起来,清了一下嗓子:"遗体告别仪式马上开始,我将仪式流程向各位领导汇报一下。另外向各位领导解释一下,今天遗体告别仪式得以顺利举办得到了家属的理解和支持,家属只向分局提出了一个要求,就是要按照家乡的丧俗来办理丧事。我们考虑再三,觉得还是要充分尊重家属的意见。所以,一会儿各位领导瞻仰的遗体没有按照惯例着警服。"

局外的几位领导纷纷表态:"这个可以嘛。"

但局长轻轻皱起了眉头。领导习惯了仪式感很强的正式场合,尽管已经有了心理准备,但出席一个民警的追悼会,看到的亡者却如同乡下人一样穿一身老百姓的寿衣,怎么都有一种怪怪的感觉。局长面色凝重,政治处几个办事人员都心怀忐忑,猜不透这貌似悲哀的面容下藏着几许不满。看来,家属对病故这个定性依然不甘。他们的工作只做到佟翎这一步,至于佟翎怎样说服老人,其间有什么周折,又怎么节外生出这么一枝,都在他们的掌控之外。

政委宣读齐大海生平时,已经不是赵治标在外面看到的样子了,其中一大段话摘自会前朝赵治标要过去的报道稿。散场时,政委向赵治标招手,将半成品稿子还给他,和颜悦色地说:"写得不错,很感人,再好好完善!"

赵治标几乎没听过领导用这种口气和自己说话,一时竟有一种激动的感觉,转身看到齐大海的遗像,高大宽阔的吊唁大厅里,只有齐大海的一双眼睛在凝视着他。

老赵心里默默地说:"放心吧,兄弟,我一定把你的事办好。"

六

齐大海同志先进事迹宣讲团的成员初步拟定四个人,分别是刑侦支队的王政委、大海的战友小陈、大海的妻子佟翎,还有一位是农行的周尹玲副行长。两年前,农行下属一个分理处发生一起特大票据诈骗案,周副行长就是该案的报案人,此后一直代表银行一方与齐大海的办案组联系。几个宣讲人的讲述各有侧重点,用一条主线串起来,齐大海的形象就饱满得呼之欲出了。老赵介入时,还有两个难点没有定下来,一是周副行长能不能参加还打着问号,二是宣讲的主线还没有最终敲定。

两年前的3月2日，农行幸福大街分理处发现其客户海通运达投资管理有限公司账户被人划走人民币五千万元，该公司否认是其所为。继而，银行发现划款支票上的印鉴可能为假冒。警方以涉嫌票据诈骗立案侦查。很快，警方发现一个叫孔娟娟的沈阳籍女子有重大嫌疑。当年2月，孔娟娟找到海通运达公司业务部经理，说自己的朋友在A区做房地产，准备向农行幸福大街分理处贷款；分理处贷款的条件是先要为银行拉一些存款，为此，要求公司在分理处开立账户，存入五千万元，办完贷款手续后，银行将付给公司一百万元利息作为回报。

事前，孔娟娟冒充该公司工作人员，以私刻的公司财务章、公司领导个人章从银行购买了一本转账支票。2月底，海通运达公司在分理处开户，存入五千万元。钱一到账，孔娟娟即分两笔将存款从公司账户上全部划走。诈骗金融机构案件在全区是首发，涉案金额之巨在全区历史上也是没有过的。案发后，孔娟娟人间蒸发。

警方连续两年的调查没有什么结果。没想到，今年该案突然冒出一条重要线索。齐大海探组先后两次赴沈阳和大连，最终在大连将化名为代雁的孔娟娟抓获。孔娟娟不仅对罪行供认不讳，还交代了警方不掌握的一个同伙。直至齐大海去世，该同伙尚未批捕。

周副行长在电话里婉拒了李主任的邀请。周副行长说："齐警官工作认真负责，在侦办这起案件中付出了很大努力。作为事主，我们有责任为宣传他的事迹做一些力所能及的工作。但是，我们在私下怎么做都行，这事拿不上台面。案件的发生，银行是有责任的，对银行来说，好说不好听。别的不说，谁还敢往我们行存款？现在银行业竞争又这么激烈……我们班子刚研究完，下午就去慰问大海同志的家属。我们用实际行动支持，您看好不好？"

银行方面说到做到，当天下午，周副行长就将五千元慰问金送到了大海家里。周副行长说得已经很明白，宣传工作从来都是"双刃剑"，不能因为宣传一个民警让银行声誉扫地吧？在这个问题上，银行是反衬的角色，将民警推树得越高，就越显得银行的人白痴。

之所以说这件事还打着问号,是分局一厢情愿地不想放弃。大海是在办理这起案件的过程中去世的,这起案件的事主就最具典型性,银行方面不出面就缺了一角,整个报告就撑不起来。

政治处把这个啃不动的骨头扔给了办案单位,理由是办案单位跟事主熟悉。不仅活儿扔了过来,还将了他们一军:"多难的案子都能破,还请不动一个人?"

办案单位自然把活儿派给了办案民警,愁得小陈吸溜吸溜直牙疼,不满地和老赵嘟囔:"要说熟悉,齐哥和他们最熟。"

几个人脱产撰稿,老赵负责统稿,因为这个事由,老赵算是他们的临时领导。老赵一听银行的态度,就冒出了一股火,愤愤地说:"有没有一点儿良心!不为他们那个破案子,我们的人会死吗?人都没了,让他们站出来说几句有人情味儿的话就这么难?"

小陈借故闪了,故意含混不清地说:"那就拜托您了,我这牙还真得看看去。"

老赵决定去会会这个周副行长。几天的采访,他对诈骗案的前前后后已经了如指掌。齐大海自己都不知道,他死前已经用行动为自己的宣传做好了铺垫。

想见周副行长没那么容易。赵治标打她的电话,自报家门,刚刚说个开头,对方压低声音打断了他:"我正开会呢,散会后打给您。"

老赵信以为真,边修改稿子边等电话。稿子改完了,一抬眼见小陈都回来了,才觉得周副行长的答复不靠谱。老赵拿起电话再打过去,对方电话却一直在通话中。老赵气得立马起身,拿起包就要出门。

"您干吗去呀?"小陈拦住他。

"我去银行找她!"老赵气呼呼地说。

小陈朝他摆了摆手,将他按坐在椅子上,"少安毋躁,恐怕门口的保安您都绕不过去。"说着,小陈拿起电话,"这件事上,我还是能做一些工作的。"

气人的是,周副行长的电话一打就通了。小陈说:"周行长,是这样,现在这个案子又出现新的情况,要找您补充一些证据。我手里还有一个案子,就不去了。我们的领导亲自去,他跟您谈,您定个时间……下午三点?"小陈看了一下老赵,得到确认后接着说,"好,那就说好了,三点。我们领导姓赵,一会儿我把您的电话给他。"

挂了电话,小陈说:"您见了人家,别逮住不撒口。回来和我通个气,我还得想着咋把这瞎话圆回来。"

老赵说:"你不跟我去呀?"

小陈说:"您让我跑跑颠颠行,我笨嘴拙舌的,这活儿真干不了。我打听好了,中午食堂有烙饼卷肘子,刷我卡,您随便造。吃完了,趁中午这空儿,您得打打腹稿。"

下午三点,赵治标准时出现在周副行长的办公室。

老赵说:"我们聊聊案子吧。"

周副行长示意老赵坐下:"愿闻其详。"

老赵说:"当年,五千万从银行账户划走后,分散到全国各地一百五十多个账户上。这些账户涉及北京、河北、山西、辽宁、安徽、广东等地二十多家银行。警方迅速冻结涉案账户,就在警方采取措施的同时,涉案账户的资金还在频繁地划出、提现。是警方争分夺秒,扣押、冻结存款四千三百多万,最大限度地减少了银行的损失。"

周副行长点点头:"这个我知道。"

"那就说点儿您不知道的吧。冻结存款、汇款等财产的期限是六个月,到期只能续冻,因为初次冻结的时间不一样,续冻的时间也就不一样。所有涉案账户信息都掌握在齐大海手里,每个账户什么时间到期,他都记在本子上,选日期接近的集中到银行办理续冻手续。续冻一个账户,没有两三个小时办不下来。北京的账户,一组办案人员一天只能冻结三个,大海和小陈中午不吃饭,能办四个。每次续冻手续办完,前后要历时一个月。两年多的时间,到现在应该续冻了五六次。因为逾期不办理续冻,视为自动解除冻结,大海如果有半点儿闪失,就会导致账户资金外流……"

周副行长听得入了神。

老赵接着说:"今年6月的一天,大海在梳理这起案件时,在网上发现孔娟娟的女儿从澳大利亚归国的信息。是他和小陈赶赴民航总局票务查询中心,查出孔娟娟的女儿频繁往返于北京和大连之间,从而踩住了狐狸尾巴。"

周副行长给老赵续了些水,"这个我也知道。"

"可您一定不知道,大海的遗物中有一个笔记本,里面夹着一张全家福照片。不了解的,会以为是大海一家人,其实那是孔娟娟的全家福。大海的手机里还存着孔娟娟若干张照片,被他的妻子佟翎发现后,大海为这些照片向妻子解释了半宿。"

周副行长摇摇头,轻轻叹息一声。

"9月20日,大海和小陈找到'代雁'也就是孔娟娟经常出入的那座大厦的安保部,想要调取大厦的监控,研究'代雁'的活动规律。这天是星期日,安保部经理休班,工作人员做不了主。两人打车直奔大连郊区经理的家中,在他家里等到下午五点,央求了半天,外加送上两条好烟,人家才答应配合。经理给手下人打了一个电话,两人忙了一天就是为了他的一个电话。回到安保部,两人一天一天地往前倒着查看,终于掌握了'代雁'的出行规律。第二天,'代雁'就被抓获。"

赵治标说累了,稍作停歇,放慢了语速:"就是在这一天,小陈见大海不停地咳嗽,提醒他吃一些药,可大海说——没事。

"您一定不知道,一天夜里,大海在加油站加油,看见一个刚加完油的女子上了一辆宝马车,这个女子酷似孔娟娟。刚加了几升油,他拔下加油枪,开着他那辆破奥拓就向宝马车追去。因为车速太快,车在拐弯时侧翻,造成他身上两处骨折。

"您一定不知道,他的孩子已经三年级了,他却没有参加过一次家长会。

"您一定不知道,出差在外的大海每天早上六点会准时给妻子打一个电话,叫她起床。现在,他妻子的手机再也不会在早上六点响起鸟鸣声了……"

几天采访积累的情愫迸发了，赵治标还要滔滔不绝地说下去，已经听傻了的周副行长缓过神来，"你不是来补证的，你是想说服我？"

老赵不置可否，兀自说着："我真心实意想请您出马，这样的民警，你们不该为他做点儿什么吗？"

周副行长叹了口气，将手背贴在额头上，一副疲惫的样子，"轮番轰炸……哪个部门要全都像你们这样工作，中华民族的伟大复兴早就实现了。我现在觉得有点儿乱，容我想一想。"

老赵一时没懂她的意思："轮番轰炸？"

"不是吗？你们政治处的李主任刚支应走，没想到又来了一个不好对付的。"

老赵这才意识到，这件事分局也是不遗余力。他笑了笑，算是承认了自己是个"不好对付的"，又解释说："他是官方，我仅仅代表我个人和您交流一些看法。相信您会有同感，真心希望您能加入我们的团队。"

夕阳西坠的时候，周副行长客气地将老赵送到了银行的风雨廊外。灿烂的晚霞恣意铺陈在天边，将天空一隅堆积起来的云朵边缘渲染出金子般的光芒，让即将暗淡下去的天色减缓了走向黑暗的脚步。黄昏的大街上，行人们步履匆匆往家赶，而眼前这个男人——周副行长望着赵治标融入霞光里的背影——他的脚步还在为一个普通的同事奔波。

分局政委亲自带人研究了一次宣讲工作，参会人员都比老赵级别高。听了一圈，老赵心里已经有了小九九。问题的关键在于典型的定位。发言者都揣摩领导的意思，把这次典型推树当作了一次千载难逢的机会。功利心作祟，他们争先恐后把齐大海说得越来越高、越来越大、越来越全。谁都想让别人接受自己的观点，谁又说服不了谁，腰都坐疼了，还没有一个定论。面对一堆杂芜的意见，分局政委仰靠在椅子上，疲惫地说："赵治标，说说你的意见。"

这样的会，领导不点名，没有老赵说话的机会，领导一点名，相当于授权，憋久了的老赵毫不客气。老赵说："齐大海就是一名侦查员，一名普通得不能再普通的侦查员，像他这样的侦查员别说全市刑侦系统，就是咱们刑侦支队也是成筐成筐。如果不是因公牺牲——当然，这个说法还有待商榷——可能一辈子都不会引人注意。让我说，宣传定位就八个字：立足平凡，献身使命。"

一直仰靠着的政委突然坐直了身子："什么？你再说一遍。"

老赵说着，政委将那几个字写在纸上，在每个字的下面加了一个小三角符号，思忖片刻，拍案叫道："好！就是它了。"

半夜，老赵迷迷糊糊醒来，上了趟厕所，觉得天都快亮了。经过客厅时看了眼墙上的石英钟，才凌晨两点。关灯躺下，床头柜上的手机屏幕突然亮了，屏幕的亮光在黑暗中特别刺眼。老赵一激灵，谁在这个时候还没睡觉？点开一看，是一条刚发来的短信："我同意参加齐大海事迹报告团，稿子由我自己来写！周尹玲。"

老赵将短信又读了一遍，复又轻轻躺下。妻子在他的身边翻了个身，鼾声又响了起来。天亮还早着呢，他想说服自己再睡一会儿，可是做不了自己的主。透过窗户，他看着深邃的夜空出神。

他的兴奋劲儿一直持续到一早上班，在单位见到第一个人将这个消息传递出去才消退。同事说："行呀，老赵，真有你的！"

老赵很高兴，不是因为同事的夸奖。他知道真正说服周副行长出面的不是他赵治标，是齐大海自己。

七

老赵的稿子终于杀青。稿子一出来，他就联系了几家党报党刊，都说可以发。社会媒体他没联系。如今社会媒体满版都是"人咬狗"的社会新闻，唯恐天下不乱。这帮人的职业良心都让狗给吃了，别指望他们能传递出一点儿正能量。

老赵将洋洋洒洒一万五千字的长篇通讯稿报给了办公室主任。主任一口气看完，连连叫好："再平凡的人，让你一挖掘也金光闪闪！"

老赵谦虚地说："是人家大海干到那份儿上了。"

主任说:"我签给李主任,让他把把关。"

老赵说:"您签了就行了吧,编辑等着用稿呢。"

主任没有采纳他的意见,在阅批单上落了字,"这么大的事,还是让他们看看。"

老赵不情愿地拿着稿子去找政治处李主任。李主任接过稿子扫了一眼,"放我这儿吧,我仔细看看。给那几个宣讲人也提供一份,让他们补充宣讲稿。"

宣讲团的主持人是政治处的一个女孩儿,串词写得很有文采,也很煽情,起承转合恰到好处。老赵暗暗称奇,真是个写材料的好苗子。几个宣讲人的报告稿水平就参差不一了,大体也算有了个模样,汇总到老赵手里,还没来得及细改,分局政委就催着想听宣讲人串讲。几个宣讲人集中到分局大会议室,按正式宣讲程序一个一个上场。一圈下来,政委让几个听众一个一个说意见。

说实话,效果并不怎么好。稿子还夹着生呢,老赵掌握的一些细节也没补充进去,还有的稿子不叙事,老是高调煽情。前面几位听众都说好,听了之后如何感动,轮到老赵发言,他就不知道怎么张口了。说实话吧,等于把前面几位都给否了,里面有主管的分局副局长、有政治处主任、有刑侦支队的领导。难道别人都不行,就你能,一伤人就是一大串。不说实话吧,这稿子真让人堵心。犹豫的当口,分局政委再次点将:"说说吧,赵治标,听听你这个专家的意见。"

关键时刻还是本性占了上风,老赵说:"要我说,这几篇稿子还要下工夫。先说最主要的,"赵治标转头问佟翎,"你说的话是你想说的吗?"

佟翎摇摇头。

老赵接着说:"什么好丈夫、好儿子、好爸爸、好警察,这人要什么都好,就什么都不好了。他是一个称职的丈夫、儿子、爸爸吗?只能说他是一个称职的警察,这是我们宣讲的主旨,其他方面建议就不要说了。要说,就说他不好。他不是一个好丈夫、好儿子、好父亲,因此才成为一个好警察,这就叫重点突出。"

老赵担心的情况没有出现,刚才发言的几位也在轻轻地点头。老赵就更放开了些,又问:"这稿子不是你自己写的吧?"

佟翎又点点头。

无疑又是哪位大老爷写的官样文章。老赵扫了一眼在座的几位,都神情专注地想听老赵往下说些什么,只有李主任板着脸,眼睛盯着笔记本,不知是不是在上面认真画着小王八。老赵将目光转向分局政委:"我建议,佟翎的发言别人不能代笔。她说的应该是真情的流露,是最真实的东西,不能矫揉造作。她应该想怎么说就怎么说,想说什么就说什么。请相信她。"

大家的目光都转向了佟翎,佟翎用自信的目光回应着大家。接下来,老赵一一点评其他几个宣讲人的稿子,并说了具体修改意见。最后,分局政委说:"赵治标同志说得很好,我全同意。我说两点意见,一是周行长的稿子里有一句,'进入21世纪,中国人的平均寿命已过七十,而一线民警的平均寿命只有四十八岁'。这句要删掉,给人一种感觉,在向领导叫苦叫累。"

周尹玲忙翻稿子找这句话,在上面做了标记。

政委又指了一下小陈:"你的那篇稿子里说他9月份以来多少天没有休息,这里面涉及一个科学用警的问题,领导把人使得这么狠,是不是太没人情味了?改一下,说大海同志主动加班加点。"

分局政委说完,老赵还有话要讲的意思。政委扫了他一眼,没有再给他犯上作乱的机会,拿起水杯起身离座,临走时说:"你们再好好研究研究吧。"

老赵突然感觉今天风头有点儿出大了。

第二次串讲是在一周后,地点、程序如前,只是分局政委没有参加。串讲效果已经有了明显改进,轮到佟翎上场,被老赵叫停。他说:"别人都可以反复说,佟翎不行。她说一次情感就爆发一次,不用多了,三次下来就像说别人的事了,感觉就不一样了。这和'一鼓作气,再而衰,三而竭'一个道理。所以,佟翎只能在心里熟悉自己的稿子,到那天一次成功。"

李主任说:"老赵说得有理,但是真的不过一下,你能保证一次成功?"

老赵拍了胸脯:"出了闪失,拿我是问。"

老赵敢拍胸脯不是瞎拍,他与佟翎反复沟通过,细节让她自己把握,他相信佟翎这个办公室主任的能力和水平。其实,不让佟翎反复说,老赵只说出了一部分原因。说实在的,他不忍心让家属参与到这样的事情中来。佟翎肯定说一次哭一次,每次述说对她而言都是一次打击。老赵见过太多这样的场合,不觉就落下一种毛病——见到牺牲民警家属的眼泪,心里就一抽一抽地发紧。

前几天,办公室主任把老赵的稿子拿给政治处李主任批,到现在还没批下来。老赵催问了一次,李主任问:"稿子里面的事迹都是真的?"

老赵一时没反应过来,打了一个愣,反问道:"你说哪个是假的?"

领导被反问,觉得很不自在,但也感觉自己的话问得有些唐突,讪笑道:"真的就好。和政委商量了一下,稿子先压一压,等报告会开完了再发。现在发了就等于剧透,会影响报告会的效果。"

老赵不明白他们怎么会这么思考问题,这两件事矛盾吗?事迹宣传就是利用各种手段最大化,还有什么藏着掖着的?老赵还不懂官场思维。礼花只有在瞬间绽放才显示出自己的价值,点礼花的火柴怎能让老赵拿在手里?

旁边一个人轻轻把它吹灭了。

八

写出的稿子就像母鸡下出了蛋,鸡蛋被主人拿走了,就跟母鸡没关系了。母鸡的任务就是继续下蛋。

忙得焦头烂额的老赵又被码了一个活儿。政治处请来了市电视台一档非常有名的法制专题栏目的记者,老赵的任务是陪同记者到看守所采访嫌疑人孔娟娟,并负责外宣把关。预审处也出了一名预审员配合。

老赵纳闷儿，电视台怎么会对这类题材感兴趣？一般来说，电视台只在"两会"、春节和政治性节日期间勉强播两期正面题材，其他时间就是各种稀奇古怪的案子。以往，栏目记者只要盯着案子找老赵，一准儿会吃个闭门羹。开始的时候，老赵都是直接拒绝。后来听说栏目负责人手眼通天，会挂上单位老大，给人"扎针"，还真有人被扣上"不配合工作"的帽子丢了官，老赵就改变了策略，接到这类电话时就说："这个案子正在侦办，不能报呢。"

过一段时间，电话又追过来，老赵先跟人家道歉，再说："这个案子已经到检察院了，我们没管辖权了。"时间久了，电视台的人都知道区公安局的大门不好进，找老赵的记者越来越少。

向老赵交代完任务，办公室主任解释："这是李主任动用了私人关系才请来的。这个节目一播，齐大海就名扬天下了。"接下来，办公室主任将从政治处领来的苟记者交给赵治标，小声交代："无冕之王，伺候好了。"

苟记者四十多岁，和老赵一见面又是握手又是拍肩膀，一副老相识的样子。几句话下来，提了七八个公安系统各条战线上的朋友，好似全市的警察他认识一多半。他提到的都是有头有脸的人物，老赵一个都不认识，聊天就不好再进行下去。看得出，苟记者想尽快拉近两人的距离，给人的感觉，此人很江湖。果然，临出发前，苟记者将老赵拉到一边，要借一步说话。他偷偷摸摸把一个封好的信封递到老赵手上，小声交代："这个，你和李主任合计一下，能办就办，我等你话啊。"

老赵一时猜不透里面是什么东西，疑疑惑惑地将信封收进了包里。

嫌疑人羁押在B区看守所，有四十公里的路程。中午时分，一前一后两辆车停在了B区看守所高大的铁门前。在看守所门口，苟记者和老赵商量，由预审员和老赵先和孔娟娟谈一谈，做一下铺垫，然后苟记者再采访。

讯问室里，随着一声清脆的"报告——"，老赵见到了这起特大诈骗案的嫌疑人孔娟娟。孔娟娟已经是四十多岁的年龄，但是身形依然匀称,皮肤白皙,一双眼睛特别有神,只是眼角和颌下的皱纹出卖了她的真实年龄。

老赵说:"我们今天来是为了一个人——齐大海。"

孔娟娟抢话:"齐警官我熟,是他抓的我,怎么他今天没来?"

老赵立即判断出这是一个十分健谈的女人,或者说是个话痨,这是一个骗子的基本素质。停顿了一下,老赵说:"他不会来了,积劳成疾,患急性心肌炎去世了。我们找你,是为了宣传他的事迹。"

孔娟娟的反应超出所有人的意料。她"啊"了一声,随即眼圈就红了,用手背擦着眼泪。"齐警官是好人。刚被他抓住的时候,我被押在大连的看守所。当晚,齐警官审了我七个小时,他没有休息,也没有吃饭,却向看守所为我协调了病号饭。我给他出了个难题,没吃,还把饭扣在他脸上。那饭还热着,肯定烫到他了。他没急。现在我也不明白,他为什么那样对我。"

递给孔娟娟的纸巾已经被泅湿了,孔娟娟将它团在手心里,嗓音哽咽。赵治标觉得时机成熟了,看了一眼预审员,预审员会意,起身去请记者。当摄像师扛着大个儿摄像机进来时,孔娟娟突然变得十分紧张。

摄像师支好三脚架,调好黑白平衡。苟记者在她对面坐了下来,话筒杵到了孔娟娟的嘴边。那一瞬间,孔娟娟看到了话筒上的台标。苟记者向摄像师打了一个OK的手势。孔娟娟却先说话了:"我的案子正在侦查阶段,你们播出去要加马赛克的。另外,如果用我的真实姓名,我的律师会起诉你们。"

苟记者嚼着口香糖点点头。他一开口,老赵就觉出了不对路。苟记者问:"当时,你是怎样策划实施这起案件的?"

闻听此言,孔娟娟突然用双手紧紧捂住脸,因而说出来的话也含混不清——"你们不是说宣传齐警官吗?案子不是已经侦查清楚了吗?我无可奉告。"

苟记者看了一眼老赵,说:"要宣传齐警官,离不开他办的案子。我们从案子开始说吧。"

孔娟娟依然不说话。摄像机的工作指示灯一闪一闪,空转了五分钟后，摄像师只得按下了暂停键。

摄像师无奈的叹息声刚落，孔娟娟的手也随即放了下来。她说："三年来，我每时每刻都做好了被抓的准备。但是，当警察真的出现在我面前时，我才发现有好多事情没来得及处理——我们家'王子'会不会饿死？谁照顾它？我的这些担心齐警官都给我解决了。"

老赵判断，"王子"是一条狗。果然，随后的谈话证实"王子"是她养的一只泰迪犬。说到"王子"，孔娟娟有些激动："有人帮我照看它，我就很感激了。没想到，我被拘押后，齐警官还把它带到了看守所。"

"看守所？狗在看守所？"老赵惊讶地问。

"对呀，放风时我还能见一见。你听，是不是我的'王子'在叫呢？"说着，孔娟娟眼睛放光，歪头侧耳。外面传来看守嚓嚓的脚步声。

苟记者对这样的谈话显然不感兴趣，追问："到案后，你是不是又供认了一名同伙？你和他是什么关系？"

孔娟娟再次闭口不言。

老赵打破了尴尬："除了你家'王子'，你还有什么放心不下的？"

孔娟娟叹了口气："我老妈。八十多了，我委托齐警官每年去看一趟，等我服刑出去，还他所有费用，他答应了。他要是不死，肯定去。对一条狗都这么好的人，不会不遵守诺言。老天爷不开眼啊……"

苟记者还是想往案件上引，但他低估了一个诈骗嫌疑人的智商。整个儿采访几乎都是老赵和孔娟娟在交流，苟记者成了旁听者。采访结束，老赵和苟记者客气地告别，分头复命。

看着苟记者远去的汽车，预审员说："赵哥，等着立功吧。这节目影响大了去了。"

"切——"老赵不屑一顾。

预审员又说："孔娟娟说得挺好的，没想到她有这么好的表达能力。"

"可惜了，我应该拿个摄像机来。"老赵越说越有气，"真他妈孙子，丫都没开机！我就知道他们是奔案子来的！"

九

几番修改，宣讲稿终于定了下来，剩下的时间就是背稿子。脱稿还是不脱稿，没有一定之规，开到人民大会堂的报告会也有不脱稿的，但政治处的意见是脱稿。几个宣讲人就辛苦了。让周副行长天天到公安局背稿子不现实，老赵就每天打一个电话叮问一下情况。其他几个人，没有特殊情况都到局里集中背稿子。

但佟翎不常来。以她现在的状态，一时还无法上班，向单位请了长假在家休息。很快就过了"头七"，佟翎看似慢慢地接受了现实，和人谈笑说话一如既往。大海离去的日子还浅，医治这种伤痛最好的办法就是让时间这种溶液慢慢将伤痛稀释淡化。

随着丧事办完，频繁登门慰问看望的亲朋好友都复归了自己的工作和生活，大海家里又平静下来。对于家属来说，真正难过的日子在后头。这段时间，最好避免让佟翎独处，可她偏偏害怕与别人相处。大海一没，不仅她失去了所有的自信，孩子都变得格外敏感。在学校门口，看到别的同学有爸爸来接，大海的儿子会立即扭过头去，抿起小嘴，牵着奶奶的手就走。失落、孤独、委屈，会在任何时候疯狗一般地追着人咬，让本来就落魄的人在这个世界上无处可逃。

这天早上上班，老赵又没有看到佟翎，果断地拨通了她的电话。老赵说："我过去找你，有东西让你看。"

佟翎迟疑地说："家里太乱了……"

"没事，家又不是让别人天天参观的，就应该乱。告诉我你的地址。"

老赵执意要去，佟翎不好再拒绝。

老赵去过大海的父母家，那时大海的灵堂设在那里。大海家他没去过。有洁癖的家庭主妇说家里乱，实际是一种炫耀，但佟翎不是谦虚，家里是实事求是地乱。就老赵看到的景象，也是佟翎放下电话后一刻不停收拾才出来的效果，感觉还是每样东西摆得都不是地方。谁家出这么大的事,还有心思把屋子收拾得井井有条?

老赵在沙发上扒拉出屁股大的一块地儿,尽快让自己坐了进去。佟翎带着歉意,忙着为老赵沏茶,翻了好几个地方才找到了落满尘土的水壶,赶紧拿到厨房去洗。老赵扫了一眼客厅,一张钢化桌摆在客厅的一角,上面摆放着几个高高矮矮的恐龙和战车模型。墙上挂着一把三弦,中间的弦子已经断了,断了的弦子像垂下来的丝瓜藤蔓,无力地缠绕在另外两根弦子上。赵治标一惊,弦子显然已经断了许久,看来早有不祥之兆呀。

佟翎烧上水,见老赵正在端详挂在墙上的三弦,解释说:"孩子学了几年民族乐器,考过了四级。我们两个顾不上管他,半途而废了。"说完,又开始翻找茶叶。

老赵暗忖,警察就是绷紧的弦子,而谁都可以当琴师。每日被无数的手来回拨弄,谁动一下指头,都要跳跃出一个音符,连贯起来还要组成和谐的旋律。而操控者从来没有想过,绷紧的弦子总有一天会断的。

这么想着,他顺势起身。卧室的门半开着,老赵想走进去,又觉得放肆了。眼前一晃,他仿佛看到了什么,终究没有管住自己的脚步。推开半掩的卧室门,并排放在床上的一对枕头映入眼帘。在床的内侧、枕头的下方,鲜亮地摆放着一套叠得整整齐齐的冬装警服。

原来是它!原本以为被家属遗弃的警服,被佟翎仔细收着,纤尘不染地躺在床上。添缀上去的银色徽章一闪一闪,晃痛了老赵的眼睛。

警服是警察的灵魂。穿上警服,一个普通的人才有了神圣的职责和担当。佟翎知道,大海是在乎这身警服的。正因为在乎,他才把自己更多地交给它,而忽略了至亲至爱的家人。以前的日子,佟翎与它明争暗斗,争夺着齐大海,更多的时候是败下阵来。最后一次,齐大海还要带病上班,不是佟翎歇斯底里地坚持,它会又一次成为胜利者。但是,不该退却的时候,它却毫无原则地退却了。佟翎这次貌似胜利,似乎隐藏着它的一个大阴谋——在主人为它付出无数泪水汗水和鲜血后,它毫无良心地让主人死得不明不白。

现在好了,主人走了,警服同样失去了灵魂。失魂的警服驯服地躺在床上,胜利时扬扬自得的神情已荡然无存。现在,它和佟翎两败俱伤握手言和了。从它受到的礼遇看,佟翎前嫌尽弃,同样是在乎它的。不是爱屋及乌,在她眼里,显然把警服当作了齐大海的灵魂。她只承认,失去的只是他的躯壳。现在,她要让他陪在自己身边,寸步不离!

一股锥心的痛狠狠袭来。这就是我们识大体,又如此悲凉无奈的警察家属啊!她在虚妄的幻想中舔舐着自己受伤的内心。谁说弱者是女人的名字?谁说的?在这种无奈中,分明还可以看到她们在用女人的脊梁,扛着老天强加给她们的不公正的命运。她们在一点点学会坚强。

一种强烈的窒息感让老赵想冲上山巅大声狂吼,一消心中块垒。在起伏的情绪中,他还看见床边的写字台上放着几张信纸,上面斑斑泪痕洇浸着毛主席的一首词:

虞美人·枕上

堆来枕上愁何状,江海翻波浪。
夜长天色总难明,寂寞披衣起坐数寒星。
晓来百念都灰烬,剩有离人影。
一钩残月向西流,对此不抛眼泪也无由。

诗贵情,情贵真。诗词曲赋之类向来是抒发人类情感的。人的情感在彷徨迷惑时,终归会找到这种古老的载体来寄托。泪眼描来易,愁肠写来难。这首词想必在昨晚赚取了佟翎不少泪水。想着她此时的境况,李清照《武陵春·春晚》中的两句词突现脑际,"风住尘香花已尽,日晚倦梳头。物是人非事事休,欲语泪先流"。

佟翎不知何时站在了老赵的身后,幽幽地说:"我说收起来,孩子不让,说他爸还回来呢……"

老赵心头一震。佟翎接着说:"在太平间,孩子摸着他爸冰凉的身体，不让火化，说美国有一种冷冻技术，人在遇到不可攻克的疾病时就先冻上，什么时候技术成熟了再解冻，可以复活。"

老赵强忍泪水，怕它失态地跌落下来，赶紧转身出了卧室。水已经烧开了，佟翎还是没找到茶叶，只得歉意地倒了一杯白水。老赵接过水杯，看佟翎眼泡红红的，心疼地说："你得注意身体呀，你要是再倒下了，老人孩子谁管？"

佟翎点头："放心，我撑得住。"

临出门时，老赵才想起今天是为什么来的。他从包里拿出一张报纸，展开给佟翎看。二版上刊登着整版的人物通讯，佟翎的目光一下撞到了文章的副标题——追记战友罗霄同志。黑体大标题却在第一时间没能入眼，也许是因为"追记"二字格外抢眼吧。

佟翎抬眼看了一下老赵。老赵说："就在大海去世的第二天，C区公安分局的一个派出所，这位罗霄同志在单位值班时突发脑出血，三天后去世。他比大海还小一岁，更不幸的是，他们夫妻至今没有孩子。"

佟翎的目光垂落在报纸上。老赵又从包里拿出了一本杂志："这儿还有一位，治安总队的，也是猝死，都是今年的事。"

佟翎一失神，没接住老赵递过来的杂志。杂志啪地掉在地上，扬起了一片尘土。老赵说："在他们看来，这样的人在队伍里不是多了，而是少了，他们认为应该越多越好！人没了，再花大力气熏衣剃面，傅粉施朱。这就是我的工作，应该遭人唾弃的、毫无意义的工作！"

老赵的话对佟翎震动很大，她也震惊于这支队伍的状况。直到此时她才意识到，遭受这种痛苦的不仅仅是她自己，而是一个群体，而且是不知道有多么庞大的一个群体。只不过这个群体散落在人群中，变得星星点点，因而被人忽视。

老赵最后说了一句："没事别猫在家里，去单位找我们聊聊，大家都想你了。"

回到单位，老赵才想起刚才给佟翎翻报纸时，无意看到了苟记者给自己的那个信封。拆开鼓鼓的信封，老赵有些吃惊，里面净是些五花八门的票据，餐费、加油费、过路费、停车费、出租车费……粗略算了一下，不会少于五六千元。这个苟记者原来想从采访单位揩油。都是些什么人呀！看来李主任不知道这个他看作神仙般的大记者包藏着这个心思。票据通过自己这一手，可以避免被拒绝的尴尬。在这个单位，他是多需要一个跑腿办事的衙役呀，怪不得那天死皮赖脸和自己套近乎。

老赵按下碎纸机的开关，碎纸机就像一个永远喂不饱的动物，在嗡嗡的低鸣声中，来者不拒，贪婪地将一张张票据吞下去。

做完这一切，老赵起身去水房洗了一下手，回来时在楼道给预审员打了一个电话："这两天我一直在琢磨这个孔娟娟。这案子你好好审吧，里面戏多着呢。孔娟娟为什么不说案子？指不定有多少事主还不知道她是骗子呢！电视上一播，能招来一帮事主。这事儿苟记者肯定还蒙着呢，就跟他妈的我们调教好了似的。咱们可是一块儿进去的，得统一口径，防止有人'扎针'，是孔娟娟不配合啊。"

预审员说："那是自然，谢谢提醒。"

老赵接着说："你别忘了，大海还给你留了一个活儿呢。探望孔娟娟老妈的任务得落在你身上了。"

预审员笑道："我没齐哥那定力，整天加班加班。我亲妈长啥样我都想不起来了。"

老赵大笑。挂了电话，顺手翻出苟记者的电话号码，手指轻触了一下删除键。手机屏幕弹出一行字：确定要删除苟记者吗？

老赵毫不犹豫地点了"确定"。

十

人生就如舞台，不到谢幕，你自己永远不知道有多精彩。

经过紧张筹备，齐大海同志先进事迹报告会终于在区人民剧院举行了。时间是11月16日，这一天距大海离开的日子整整一个月。报告会搞得动静很大，市局、区委区政府、区委政法委、检察院、法院、司法局，但凡能与此事沾上边的领导，分局都送了邀请函。而后，政委亲自打电话叮问领导是否能出席。观众的参会范围也扩大到政法系统各单位。政法委协调区电视台全程录像，报告会实况要在电视台转播。

上午八点，参会人员陆续进场。外请的专业公司工作人员调试着灯光和音响，政治处的科长在第七排座椅上张贴领导背签——七上八下，这是必须奉行的官场规则。李主任在手下的陪同下在场内巡视各个工作点位。报告人和主持人则聚在一间会议室里，一副大战将临的样子，踱来踱去熟悉报告词。老赵也在这儿，用长焦镜头对准他们，拍完后一张张翻看，欣赏他们不同的神态和表情，看到有意思的，哧哧傻笑。

只有佟翎伏在一张桌上，边思考边删改着自己的稿子。笔尖点在一处，想了许久，犹豫再三，抬眼看到了举着"炮筒"寻找目标的老赵，走上前说："赵哥，我想在最后说点儿自己的心里话。"

"就是要说自己的心里话，你怎么想就怎么说。我从一开始就是这个观点。你们不是领导，你们的身份是同事、家属和事主，说官话、大话、空话、假话是领导们的事。"

"有您这话我就放心了。要不您听听，这样说合不合适？"

"不听，一会儿我在台下听，和大家一起分享。你敞开说吧，没问题。家属想说点儿话还画条条框框，这报告会就没意思了。"说到这儿，老赵提高了嗓门儿，给大家打气，"记着，只要你们说的时候想着大海、念着大海，这场报告会就成功了。你们行，一定行！"

几个宣讲人和主持人回应以掌声。

九点钟，报告会准时开始。黑场，一个开场短片将现场观众带进大海主办的那起特大诈骗案中，画面到孔娟娟被抓获戛然而止。接着，舞台灯光大亮，主持人上场，简短几句开场白后，小陈出场。观众被小陈沙哑而又具有磁性的嗓音带回了与战友并肩战斗的岁月；刑侦支队的政委回忆了大海的成长过程；周尹玲则从群众的视角谈对大海的印象。一千多人的会场，鸦雀无声。人们静静地听着大海的故事，观众中有人发出唏嘘声。放眼望去，一片泪光闪动，自发的掌声一次次热烈而持久地响起。

老赵满场游动，不时举起相机，按动快门，定格了一帧帧感人的画面。

佟翎压场。主持人话音一落，人还没出场，就赢得了满场掌声。在人们的注视下，大海至亲至爱的妻子缓缓走到了报告台前。

"各位领导、同志们：大海离开我已经有三十天了。三十天来……"佟翎语调沉缓，利用十多分钟的时间，详略得当，一一晾晒他们十年的恩恩怨怨。在她平静的讲述中，有的人在默默地流泪，有的人不能自已地泪奔。几个刚参加工作的小姑娘跑到楼道里，抱在一起，哭得抽抽噎噎。

佟翎的声音哽咽了，她停了下来，想平复一下自己的情绪。主持人及时递上去几张纸巾，佟翎只擦了一下，纸巾就洇透了。她试图接着讲，刚一张嘴，眼泪又来了。老赵的心提到了嗓子眼儿，这个时候佟翎最有可能一鞠躬就走下台去。老赵盯着她，带了几下掌。台下的观众都醒了似的，掌声潮水一般一浪高过一浪。在观众的鼓励和期许中，佟翎从自己的情绪中艰难地走了出来。

领导席上，几个领导把头凑在一起，低声交流着什么。听众席上，人们毫不吝惜地将掌声热烈地送给这个坚强的妻子，其中或许还包含着敬佩、爱怜、怜悯等复杂情绪。佟翎的宣讲到了尾声——

"最后，我有几句话，想说给大海的战友：在家庭，你真的很重要！离开了你，那个家庭就不完整了。有时候生命可以很坚强，但很多时候，生命却真的很脆弱……倘若，你因任何原因病倒或离世，那么，对于你的家和家人，天就真的塌下来了！没有你的支撑和存在，这个家庭该怎么运转……不要过度地透支身体，家人需要的不是荣华富贵，而是你的陪伴。所以，请记住：对于你的家人来说，你，是最重要的！"

十一

佟翎的最后几句话,与组织提倡的爱岗敬业、无私奉献、任劳任怨有些不搭调,但她充满人情味、接地气的心声引起了听众的强烈共鸣。台下,响起了雷鸣般的掌声。

在散场的嘈杂人声中,出席的领导也在交流自己参加宣讲会的感受。有的领导说很感动,也有的领导提出佟翎最后的发言偏离了主旨。市局领导临走时说:"这类报告会要把握一个基本定位,不仅要催人泪下,还要催人奋进!"

分局领导仔细品味上司的话,越掂越觉得分量沉。政治处的领导在这个时候闪到了一边。

在这个社会,追求与众不同是有一定风险的。无论怎么说,负责统稿的赵治标难辞其咎。佟翎一下台就风闻了各种反响,为自己的自由发挥感到惴惴不安。她问老赵:"赵哥,我的发言是不是有些不妥?"

老赵淡然一笑:"我觉得挺好,这就是我想要的效果。"

人在不知深浅的时候,就不知道害怕。老赵还不知死,看他的自信,似乎像个神闲气定的指挥,坦然掌握着整个儿事件的走向。山雨欲来风满楼,赵治标说话就要人头落地的时候,风向突转,一场更大的风暴几分钟内在网络上悄然酝酿,以不可阻挡之势汹涌而来。

A区论坛上出现了一张会场照片,照片虚实对比强烈:在前后排民警一片泪光中,中间一排居然有一名领导在瞌睡。领导垂下来的头顶光秃秃的,形成反光点,在照片中格外抢眼。有人第一时间跟帖,披露此兄是分局政委。置人民警察牺牲奉献于不顾,其表现之卑劣,俨然又是一个在车祸现场腆胸叠肚微笑的"表哥"。网民愤怒了,在照片发出的短短几分钟内,评论此起彼伏。A区公安分局遭遇从未有过的网络舆情风暴,一时成为全国网民关注的焦点。

这场风暴来得如此突然,没有任何人有思想准备。宣传部门惊慌失措地对帖子和评论进行删堵封。但此前帖子已经被网民在微博、微信中大量转发,负面舆情就像决了堤的洪水恣意横流。在强大的舆论压力下,市局责令Ａ区公安分局及时召开新闻发布会,分局政委不得不公开向网民道歉。

至于为什么这种达到一定级别的领导在关键时刻犯了如此低级的错误,那是他向市局说明的事了。谁也没想到这场宣讲会的发起者、倡导者成了自己的掘墓者。最终,分局政委不仅丢了官,还在媒体无休止的追击下,被查出了贪腐问题。媒体和网民一路护送,直至走入司法程序。

几场秋雨,行道树的叶子来不及慢慢变黄,已经被秋风捡拾得所剩无几。时间不觉已至深秋,再迈一步就会步入冬天的门槛。在季节交替的时候,事件终于平息了下来。

此时,公安局的领导们才有精力去思考,是谁把照片发到网上的?事件炙手可热时,网民没给被曝光者一丝喘息的机会,他若反手,这个肇事者会死得很惨。现在再找寻这个答案,对公安局来说,凭借技术手段绝对不难。但是,分局领导明智地选择了放弃。真要查下去,揪出来的也不是肇事者,而是被网民称作"鹰眼"的幕后英雄。在这场风暴面前,民意已经取得了绝对胜利,而领导们在强大的民意面前精疲力竭,不想再惹半点儿麻烦。

首场报告会后,宣讲团到全区政法单位和全市公安系统进行巡回宣讲的计划随之流产。宣讲团散伙,成员各自归队。长篇通讯的稿子还压在领导手里。老赵在这篇稿子上下了功夫,再说以前联系的党媒编辑也在催问,他厚着脸皮又找了一次李主任。李主任说:"稿子不是已经发了吗?"

老赵明白了,在李主任看来,报告会开完,稿子就算发了。李主任又说:"翻来覆去说,也还是那点儿事。"

领导的意思很明白,这件事已经结束了。稿子相当于被毙了,和齐大海一样死得不明不白。

十二

　　机关警力精简方案终于出炉了，公布的名单上赫然出现了赵治标的名字，他的去向是山区最偏远的一个检查站。

　　同事过来安慰老赵，发现他打好捆的纸箱上已经落了薄薄一层尘土，值班室的床上就剩下一套随时可以卷起来的铺盖。他们这才知道，安慰已是多余，原来老赵早已做好了离开的准备。

　　福祸相依，老赵多年的夙愿终于如愿以偿。

　　办公室主任和老赵谈话前先叫了一通苦。那意思是说，他不是自毁城墙，先撤除自己卸磨杀驴的嫌疑。此举已是多余，老赵认为是好事，在他眼里却是坏事。只有换位思考，他才能体会到老赵心里是多么滋润！至于判官的笔怎么点到自己的头上，赵治标想都不愿多想，心无恨而无怨。他反过来安慰办公室主任："死了张屠夫，也没人吃带毛猪。别人会干得更好哩。"

　　时间过得好快，第一场雪悄没声儿地就来了。

　　雪花费尽力气飘了一夜，才将检查站周边的山梁勉强覆盖得斑斑驳驳。第一场雪，身子骨还不怎么硬朗，路上的雪化掉一半，又被山风吹冻了，青灰的柏油路半隐半现，让人捉摸不定。大货车司机都避开了这样的天气，检查站的站口也就显得格外冷清。一扇窗户被拉开，一股寒气觊觎窗内，立即乘虚而入。站里的同志朝外边原地跑圈的老赵喊："进来吧，今天上午没车！"

　　老赵"啊啊"两声，没有回去的意思，依旧原地跑圈。同事拉上窗户，又推严了缝隙，将凛冽的寒风和固执的老赵都关在了外边。

　　一辆小车在老赵的目光中慢悠悠地从山下爬了上来。车打着滑在站口停下，司机放下车窗。老赵走向前去，向司机敬礼。车后门突然打开，一只黄色薄牛皮短靴从车厢里探了下来，下车的竟然是农行的周尹玲副行长。

　　"老赵！怎么是你？什么时候调到这里来了？"周尹玲惊叫。

老赵绝没想到会在这个荒郊野岭的鬼地方遇到老熟人，赶紧褪手套。皮手套太厚，一时没有褪下来。周尹玲紧走两步，抓住老赵戴着手套的双手。老赵问："你这是去哪儿？"

周尹玲手指着高高的山梁："去B区农行报到，我被交流到B区啦。"

"提啦？"

"没有，还是副的。"

老赵心里很不自在，满怀愧疚地说："是我害了你。"

"哪里！跟参不参加那个报告会没关系。我告诉你，到最后，我被你们感动了，你不让我说都不行了。我这是正常的工作交流。"

"怎么不找个好天气？这样的路太危险了。"

"本来应该昨天报到，有事，已经推迟一天了，再也不能耽搁了。"

看着漫漫山路，老赵说："你去屋里待会儿，我给你加一个防滑链。耽搁不了多久，我现在干这个比我以前按快门慢不了多少。"

周尹玲被老赵推进了屋里，司机留下帮忙。透过玻璃，看着撅着屁股忙活的老赵，不知是因为窗上的水雾，还是因为泪水充盈了眼眶，她的眼前蒙眬一片。

防滑链很快加好，老赵叮嘱："翻过这座山就到了，一定要慢，不要踩刹车。有时间我给你打电话。形散神不散，咱们报告团要聚一聚呀。"

"我听你的集结号！"

车开出很远了，从车窗伸出来的一只手一直朝后挥舞着，迟迟不肯收回去。

十三

事情至此并没有结束。在刚刚过去的那场舆情风暴中，齐大海的名字和事迹的传播达到了意想不到的效果。在两年一届的"人民卫士"评选中，齐大海被上级单位确定为特别奖获得者。有关方面正在筹备一场高规格的颁奖典礼，组织方争取请中央领导出席，为获奖者颁奖。

准备工作在紧锣密鼓地进行,已经组织了两场彩排。尽管每一个环节、每一个细节已经磨合得滴水不漏,当天上午最后一次走场时,还是被到场审查的更高一层领导发现了一个小纰漏——齐大海同志的家属没有被安排上台领奖。

组织者是这样解释的:"这个问题事先我们想到了,领导接见时,难免会问家属还有什么困难。考虑到齐大海同志没有被确定为因公牺牲,根据上次分局报告会家属的表现,我们怕家属和领导交流时出现不可控的情况,所以把这个环节取消了。至于奖牌,在会后安排单位代领。"

领导很不满:"欠妥!齐大海的知名度这么高,说不定已经装进首长脑子里了,他如果在台上找齐大海的家属怎么办?"

最后终于确定了一个两全的方案:齐大海的家属在侧台备场。

A区公安分局接到紧急通知已经是中午十二点,距晚上颁奖典礼开场时间还有八个小时。李主任一边掐算钟点,一边拨佟翎的电话。铃声响了许久终于接通,李主任急切地通知了这个消息。佟翎在电话那边平静地说:"谢谢领导关心,大海只是一个普通的民警。你们给了他的,相对于他所做的,已经很多了。"

"是中央领导接见,大领导!大得你一辈子都不会有第二次见面的机会!这是对大海同志的褒奖和肯定,不是谁都有这个殊荣。争取因公牺牲不也就是为了一份荣誉吗?现在机会来了,这比那个荣誉要重要得多!"

相比之下,佟翎的语气显得无比淡定:"经过这件事,我明白了一个道理:当你失去了最重要的,再苦苦追求什么,也都是虚无缥缈。以前,听别人说'神马都是浮云'我还不懂,现在我懂了。就这样了,领导。我今天安排了事,晚上的典礼确实不能参加了。对不起,失礼了!"

李主任还想说服佟翎,说了半天,才发现电话那端已经挂机。再次拨打,听到的是一串忙音。李主任的耳畔最后回响的是电话中的背景音:"下一站是车公庄站……"

十四

半个小时后,佟翎的身影出现在一个老旧的小区里。在一个单元门前,她按响了门铃。半响,防盗门的栅栏窗后才出现了一张少妇黯然无神、苍白消瘦的脸。

"请问,这是罗霄同志的家吗?"佟翎将赵治标留给她的报纸贴在了栅栏窗上。

少妇迟疑地问:"你们是……"她看到栅栏窗口下沿还有一个黑黑的小脑瓜。

"我是齐大海的妻子佟翎。"

防盗门哗地拉开了。执手相看泪眼,竟无语凝噎,对方在彼此的眼中都已身影憧憧。不知过了多久,佟翎抽出了手,推了一下身边的孩子,轻声说:"叫妈妈。她也是你的妈妈。"

少妇蹲下身子,将大海的儿子紧紧地搂在怀里。

(原载《啄木鸟》2015 年第 5 期)

麻辣烫

周建新

一

三伏天,我到辽西钼矿区体验生活。这里矛盾多,怪事儿多,镇派出所又是聚焦点,易于素材收集,我就落脚在这里。

第一天,矿山纠纷,全体警察穿防弹衣去了现场,留我看家,怕我出危险。我失去了体验的机会,在办公室闲得五脊六兽。回来后,他们说矿山斗殴,常有的事儿,以后就知道了。可没人跟我说,我还是啥也不知道。第二天,尾矿坝下边的村子闹事儿,说大坝是悬在他们头顶上的阎罗殿,必须搬走。警察去维持秩序,双方对峙到日落，没有结果，我白挨了一天晒。大坝十几平方公里，把大坝搬走，不比把科威特搬到美国容易，谁也不敢答应。

第三天，总算平静下来，却接到三起报案。那天气温摄氏三十多度，派出所没有空调，民警们都很烦，却耐着性子做记录。

我们的故事就从第三天说起吧。

那天，马所长黑着脸说，派出所没小事儿，谁跟老百姓耍脸子，我就要谁的脸子。

我不知道马所长是故意说给我这个作家听的，还是他真的立下了铁规矩，反正大家听了，脸上都讪讪的。

第一宗案子是失踪案，一个绰号叫大辣椒的人丢了三天。他媳妇哭得鼻涕一把眼泪一把，求派出所给找找，再看不到她丈夫，他们家的天就塌了。

接案的警察叫王英，男的，和水浒里的那个矮脚虎一个名儿。生得又黑又胖，满口鼻音，枉担了清秀的名字。大家叫他胖老虎，睁着眼睛能打呼噜，改名张飞还差不多。

胖老虎粗大的手指头在键盘上扫了一圈，漫不经心地调出了大辣椒的户籍信息。

我在电脑屏幕上看到了方头方脑胖乎乎的大辣椒，除了脸不是绿的，那模样真像市场上卖的新品种——大甜椒。

大辣椒媳妇说，天底下的人没有比大辣椒更爱家的，从早到晚，忙着干活儿，不抽烟不喝酒更不赌博，赚到每一分钱都交给家里，从来没夜不归宿；闺女马上就念高中了，他说趁暑假陪孩子到外地逛逛风景，可人说没影儿就没影儿了，咋不叫人着急？

胖老虎只接案子，不接话茬儿，闷声闷气地要了大辣椒的电话号码，就丢下报案人，到了另一台电脑前，噼里啪啦地打字。派出所有两套网络，一个是独立的公安内网，黑客甭想进来；还有一个外网，可以聊天，玩QQ农场，还可以打游戏。胖老虎鼓捣的那台电脑连接的就是外网。

大辣椒的媳妇说起来没完，恨不得把他们两口子的事儿底朝天地全兜出来，好像她念叨得越多，警察就越有办法，大辣椒就会离她越近。说着说着,她发现胖老虎的眼睛只盯在花花绿绿的电脑屏幕上,根本不听她说啥,觉得胖老虎慢待了她,大着嗓门提醒,你能不能不玩儿电脑,快点儿出去帮我找男人。

胖老虎王英忍了忍,没要脸子,却白了眼大辣椒媳妇,回到自己的办公桌,上了公安网,将大辣椒的图像挂到网上,附带着一大串电话号码。号码是大辣椒失踪前两天的通话记录,刚才电信公司的朋友刚从外网上传过来的。他皱着眉头,不耐烦地说,没看见吗?我正找呢!

大辣椒媳妇说,屁股都没挪窝,这也叫找啊?

胖老虎真的要脸子了。他说,街上的电子眼,耗子都逃不过去。非得逼警察都出去,满大街喊名字?别弄不明白,满嘴胡呛!

我怔了一下,刚才马所长拉着包公一般的脸,警告大家不许要脸子,胖老虎没听见一般,该要脸子照样要。一个年轻警察哧哧地笑,我悄悄问他,咋回事儿?他附在我的耳边告诉我,胖老虎在咱所地位特殊,马所长不敢惹。我问,怎么个特殊法?他没正面回答,只是说了句,以后就知道了。

又是一个"以后就知道了"。

我扫了一眼大厅,幸好马所长不在,没瞅到胖老虎要脸子。

大辣椒媳妇的口气软下来,我不是急的吗?接着,又没完没了地叨咕了起来。

我也听得絮烦了,车轱辘话没完没了,不外乎大辣椒怎么怎么好,天底下难找的好男人,就像祥林嫂念叨阿毛。我没有了听下去的兴趣,转身去找马所长,想听他讲讲破案的故事。所长的故事多,没准儿就能给我讲出篇小说来。

所长办公室人来人往,婆媳打架,邻里纠葛,生活无着,入学无门,甚至钥匙锁在屋里,都让马所长给想招儿。他讲的故事经常被打断,就没有了讲下去的兴趣。我听得也是半生不熟的,不再刨根问底了。

这时,第二个报案人进来了。这个人没到办案大厅登记,直接奔所长办公室，神秘兮兮地贴近马所长，一副欲言又止的样子。

这个人我认识，在市里的名气，远远高于我这个作家，还当着市人大的常委。他叫齐大柱，企业家，有一个矿区里最富的钼矿，还有一家日处理矿石二百吨的选矿厂。大家都说他日进斗金，否则也成不了全市民营企业里的纳税大户。

既然齐大老板有事儿找马所长，我想回避一下，给他们一个私密空间。马所长却不许，让我坐下听。我猜想，坊间传闻警察和大老板猫儿腻多，所长是怕摊嫌疑吧，故意留我在现场，证明他们之间没啥。

齐大柱瞄了我一眼，显然，他不认识我。我在市政协当委员，他在市人大当常委，不搭界。

马所长指着我说，一个码字儿的好哥们儿，不碍事儿。

我有一点儿不高兴，好歹我也是个作家，马所长太不尊重我了，怎么也得介绍一下我的真实身份，诸如主席之类的，居然拿我自谦的话当真了。好在齐大老板不知道我是谁，否则太丢面子了。

齐大柱听说我不是警察，也就无视我的存在，趴在马所长的耳旁，神色紧张地说，三麻子想绑架我、我儿子，还有我媳妇。

马所长听了，笑得把嘴里的茶水喷了出来。他说，你有司机，有保镖，还有一大群矿把头。他连逮个耗子都怕咬手，一个人绑架你们一家三口人？你是不是发烧了？

齐大柱说，不是一个人，是一伙人，趸摸着我们家谁，我都得破财免灾。

马所长没理睬破财的话题，追问道，一伙人都有谁？

齐大柱说，三麻子，大辣椒，烫不熟。

马所长的眼神游离了去，他把齐大柱的话当笑话，漫不经心地问，谁告诉你的？

齐大柱说，烫不熟。

马所长笑得合不拢嘴了。他说，你也不动动脑子，他为啥叫烫不熟？一辈子做不成一件正经事儿，嘴和屁股有啥区别？他的话你也信？就算这是真的，他们那三头烂蒜，别说是绑人，白给他们一头猪也绑不成。再说了，他们密谋绑你的票，还跑过来告诉你呀？我看是你心里闹鬼了。

齐大柱说，烫不熟就是这么说的，他到我这儿领赏来了。

马所长高兴地说，这就对了，你们哥儿四个拜过把子，就你一个人发了，他们仨还受穷呢，就想和你要俩钱儿，给了他们，不就结了吗？

齐大柱摇着头说，不是钱的事儿，落下了挨熊的名儿，谁都敢来敲诈我了，你们得把三麻子抓起来，让他动一下邪念都不行。

马所长说，好了好了，有人还说把月球炸了呢，你也信？

齐大柱正颜厉色地说，你得立案，把三麻子抓起来。

马所长满脸的不屑，他说，没发生的案子不能立，你放心吧，我找个人暗中盯着三麻子，就当保护经济环境了。

齐大柱临走时还叮嘱一句，别给我张扬出去。

马所长没吱声，等到齐大柱出去了，他才骂了句，什么玩意儿，报案还怕别人知道。

中午，大家都到镇政府食堂就餐。派出所就在镇政府的院内，没必要单设食堂。刚刚端上饭碗，还没吃上几口，有人在院里突然喊了声，又着火了。

我来镇里三天，着了三把火，一天一场。虽说烧得不算大，损失的不过是些柴柴草草，或是木门、棚子之类，影响却不小，镇里人心惶惶，恐怕有一天会火烧连营，殃及自己的家。这两天，派出所调了电子眼里的录像，纵火案都发生在镇里最偏僻的地段，拍不到作案的现场。几个目击证人登门来访，搬来监控器，硬是从茫茫人海中找到了嫌疑人。

烧掉几堆柴草垛，不算个啥，镇上有消防队，灭火的事儿有人管，警察们只是向外张望了几眼，接着埋头吃饭。

马所长见大家没反应，举起饭碗，猛地摔在地上。一声脆响，警察们吓了一跳，镇政府的人瞅着马所长，停止了咀嚼。食堂静默下来。随即，他爆发出了狼一样的吼叫，耳朵都塞鸡毛了？到各街口堵人去，别让他再跑了！

警察们丢下饭碗，或蹬上摩托车，或钻进警车，各奔东西去了。

半个时辰后，人抓回来了。审了十几分钟，还没问出名字。镇上的常住人口，片警们大体都认识，这个嫌疑人大家都陌生，显然不是镇上的。他目光游离，不管问啥，都回答，我没放火，我杀人了。种种迹象表明，这是个流浪的精神病。大家不再审了，等做了医学鉴定，再送到市里的收养所。

一番折腾过后，镇里的食堂管理员已经下班。马所长挥下手，大家到街上吃快餐。镇里没有肯德基，更没有麦当劳，所谓的快餐，就是麻辣烫，在镇政府门外的大街上，老板麻利，用不着等，端起碗就能吃。大家边稀稀溜溜地吃边开玩笑，说今天就是麻辣烫的日子。我想了一会儿，明白了，可不是吗，齐大柱说三麻子要绑架他，大辣椒媳妇找丈夫，烫不熟告诉齐大柱一个玩笑。这哥儿仨每个人抽出一个字，不就是我们嘴里吃的吗？

马所长辣得直咧嘴，也笑了，真是的，和麻辣烫干上了。他刚要给我讲麻辣烫和齐大柱二十年前结拜的事儿，第三个案子来了，是110转过来的，镇子北边的北地村苞米地里发现了一具尸体，命令派出所马上去保护现场。

好歹才算把麻辣烫吃完，身上的汗还没落，案子又追来了，而且是命案，刻不容缓。出了小店，天空突然暗下来，往东北方向一看，一片彤云滚滚而来。有几个警察想回去取雨衣，被马所长喝住了，三伏天还怕雨吗，现场被人破坏了，案子就没得破了！

我正疑惑，通常都是西北来天头，今天怎么从东北来了？莫非是冤魂闹的？或许这个人就是失踪三天的大辣椒吧，等着我们前去认他呢。

二

到了北地村的那片苞米地，警车再也开不进去了。马所长打开后备厢，掏了好几把，掏出一堆警用雨衣，看来他早有预备。他抓出一件，塞进我怀里说，书生娇贵，别让雨淋着。我们分头坐上其他警察的摩托车，开进了苞米地间的一条羊肠小道。

没走多远，我就闻到了腐臭味儿。摩托车接二连三地停下，发现死尸的那位村民引领着我们钻了进去。

拨开厚密的苞米叶，蹚出一条人行道，臭味越来越重。突然间，"嗡"的一声，天阴了，不是云彩，一群苍蝇腾空飞起，遮天蔽日。接下来，我就看到了躺在垄沟里的尸体，头肿胀得变了形，肚子鼓破了，一团团的蛆，白亮亮地涌动着。

一瞬间，臭气熏天，我再也承受不了，跑了出去，胃里翻江倒海，"哇哇"大吐。

陪我一块儿离开尸体的，还有那个报案人，他没有吐，蹲了下来，眼光呆滞地望着远方。他大概在懊恼第一个发现了尸体，如果不是非得下地看一看庄稼的长势，就不会遇到这件倒霉事儿。

有一件事儿，我没来得及去想，这个可怜的倒霉鬼到底是谁？

一股凉风吹过，滚滚雷声平地而起，天上的彤云变成了乌云，气势汹汹地向西南蔓延过去，侵蚀掉了太阳。

一瞬间，黑云压城城欲摧。

不再是可能下雨的判断了，而是一场暴风雨的前奏。马所长从苞米地里跑出来，手伸到我的腋下，一把抢下了准备给我遮风挡雨的雨衣，车钥匙往我手里一塞，让我和那个报案人快快往警车那儿跑，到车里躲雨，顺便等待刑警队的人。

真是风来雨就来。我们沿着小路，还没跑到苞米地外边的警车旁，豆粒般的雨点就下来了。等到我们躲进车里，雨已经下冒了烟儿。车窗外白茫茫的一片，什么也看不见，车里边，黑得仪表盘都看不清楚了。

没多久，车顶棚"嘭嘭嘭"地响起来。雨点再大，也不会这么有力呀。显而易见，下冰雹了。开始的冰雹还没花生米大，溅落在风挡玻璃的雨刷器上，眼见得化掉了。后来的冰雹就不那么温柔了，大得像乒乓球，砸在车顶棚上，声音震得耳朵疼。

最终，警车的风挡玻璃被砸出了几圈儿放射性的裂纹。

那一刻，我觉得冰雹像幽灵，拼命地想往车里挤，狠狠地揍我一顿。躲在车里的我，恐惧得直捂脑袋。

一刻钟过后，风声弱了，雷声远了，车顶棚上再没有响动了，天上也露出了一道缝，挤出了一片红霞、半缕阳光。

一场冰雹来也匆匆，去也匆匆。

这时，警笛大作，一排警车闪着警灯，向着我们这片苞米地奔来。第一个下车的就是刑警队的岳大队长，他们刚从市区赶来。看到他们的警车毫发无损，我就知道了，这场冰雹是专门给我们下的。

岳队长我认识，最初体验警察生活时，我在刑警队待过几天。引领他进现场，自然也成了我的责任。

大家顾不上脚上的皮鞋了，蹚进了泥泞的土路，钻进了苞米地里。没多久，就和马所长会合了。

马所长他们狼狈极了，一个个都成了水牛犊子，龇牙咧嘴地揉着脑袋上的大包。那具尸体的警戒线外边，丢了好几件雨衣，尸体和尸体周边的土却是干的。

啥也不用说了，我明白了一切，马所长他们是拼了命，用雨衣遮住尸体，自己裸露在外边，任凭风吹雨打雹砸，死活不让大雨和冰雹破坏掉现场。

岳队长却不领情，也不安慰一下，还一副幸灾乐祸的样子。

马所长见到岳队长，眼泪快下来了，第一句话就是骂人，骂得很恶毒，我操你妈的，你才来。岳队长眼里没有马所长，眼睛掉进现场里就没拔出来。他在不动声色地勘查现场，回敬的话也非常平淡，骂也没用，我妈早死了。

我做不了别的事情，现场有我也是多余，看都看不明白。尽管刚下过雨，臭味却没减少，蛆虫也让我的眼睛无法忍受。让刑警队那些干专业的人处理去吧，我扶着马所长，出了苞米地，帮他揉脑袋上的包。

我的手上揉出了殷红的血。

大辣椒媳妇张牙舞爪地跑了过来,她顽固地认为,苞米地里的死人就是她丈夫。这几天没听说镇上谁家丢人,突然冒出一具尸体,不是她丈夫,还能是谁?她拨开苞米叶子,边往尸体那儿奔边喊着,你咋死得这么冤啊!

我觉得我也有警察的思维了,大辣椒的媳妇真是可疑,还没看上一眼,她咋就知道死的人就是大辣椒呢?除非这个人的死和她有关系,就像古时候的谋杀亲夫案。我尾随在大辣椒媳妇的身后,想亲眼看一看岳队长怎么询问她,让她解释一番,还没见到尸体呢,咋就肯定是大辣椒呢?

怀着好奇心,我忍着奇臭,重回现场。

岳队长呢,没听见一样,该拍照拍照,时不时用放大镜搜索,哪怕地下有个头发丝儿,也用塑料袋装起来。久闻其臭,臭味对我的刺激也减弱了,可是面对尸体,我还是有些恐惧,不敢大胆地看,还不如大辣椒的媳妇,爬到了尸体的脑袋前痛哭流涕。

马所长怕大辣椒媳妇弄乱了现场,顾不上脑袋疼,始终跟在大辣椒媳妇的身后。我看到,他怀疑的眼神和我没啥差别。他踢了下大辣椒媳妇的屁股,提醒道,别看着脑袋大就瞎哭,看准了,是不是你丈夫?别哭错了人。

大辣椒媳妇这才左一眼右一眼地看,看着看着,她的眼神就有些怀疑了。岳队长把死者的裤带抽下来,让她认,又让她摸手摸脚,找身上特殊的标志。越看,她的神色越黯淡,眼睛越迷离,最终,她的头便摇成了拨浪鼓,嘴角咧出了一道笑纹。

太阳快落山时,刑警队收队了。那具无名尸装进了尸袋里,拉回去,等待着法医进一步尸检。这时我才发现,有个装着证据的塑料袋沉甸甸的,是两根铁钎子。

我知道了,这桩命案的凶器,就是那两根铁钎子。

回去的路上,大辣椒的媳妇坐进了我们的警车。她不停地拍着自己的胸脯,一个劲儿地说,吓死我了。

我挺佩服马所长的,人家的媳妇都认错了,他怎么一眼就看出不是大辣椒？我想问个明白，全镇三万多人呢，他不可能人人都了如指掌，怎么一下子就排除了他是大辣椒？我的好奇心刚涌上来，却看见马所长的车开得不稳了，脸色煞白，浑身哆嗦不止。

我忙让他停下，接替他，直接把车开进了镇医院。

三天后，马所长出院了。

这三天，我在心里不停地进行案情推理。一般情况，命案有三种：图财，报复，情杀。北地的命案属于哪一种呢？图财？死者手上脚上都是老茧，能有几个钱？情感纠葛？一个年岁大的受穷人，哪个女人不长眼睛，和他搞婚外恋？在杀人的动机中，只剩下一种可能，因仇杀人。我倒是想知道穷人的仇人是谁。

闲暇时，我想和马所长探讨案情。马所长却闭口不谈，他不相信推理，只相信证据。派出所说出的话，外边的人就有可能当成结论。他劝我不要瞎想，更不能瞎讲，好奇害死猫。

我是体验生活的，不想当猫，更何况镇里没有我的熟人。

当天下午，法医报告结果出来了，完全出乎我的意料。北地命案是自杀，死者喝了毒鼠强，难受得受不了，拿铁钎子砸自己的脑袋，砸得颅骨骨折，脸肿得不成样子。假如派出所不把现场保护得那样好，大雨一冲，许多证据就没了，就无法准确地定性为自杀了。

我愕然，无法弄明白，凶杀怎么变成了自杀？

人总归活着好，干吗去死？

马所长拍拍我的肩头，让我不谈案子，只谈人情世故，那意思是在案子面前，我是幼儿园小朋友。

马所长的家也住在市区，和我的家相距不远。

我们俩同在异乡，却不能成为异客，我需要熟悉生活，他需要知道更深层次的人际关系，都得和镇上的人打交道。一般的时候，我们俩不回市区，就住在办公室。那天晚上，难得地没人讨扰，我们简单地吃了碗麻辣烫，就聊了起来。他吧嗒着被辣麻了的嘴，讲起了麻辣烫和齐大柱结拜的故事。

二十年前，钼矿已经让小镇繁华起来。这种被称为"钢铁味素"的有色金属，使小镇上的人钻进了财富的过山车，喜剧悲剧闹剧开始在镇上频繁上演。镇上的农贸市场虽然与矿山联系得不算太紧密，却也是钱的晴雨表。

那时，他们四个都在市场里做买卖，三麻子卖水果，大辣椒卖蔬菜，烫不熟卖锹镐和锄头等农具，就数齐大柱卖的东西还算值点儿钱，是猪肉，他是屠夫。他们四个借着在市场里待得久的优势，挨在一起，把持着市场里人流最密集的摊位。

市场管理所总想将他们拆散，把他们赶到统一的摊区里，利于类别管理和整齐划一。每一次，三麻子抢秤砣，大辣椒喝农药，烫不熟满地滚，三大家子里的人全涌上市场，围追堵截管理所的人，弄得他们半途而废。唯独齐大柱无须别人的帮助，单刀独立，谁也不敢动他。

四个人尝到了抱团儿的甜头。想牢固地守住地盘，就得让全镇上的人都知道，他们四个人是惹不起的。于是，他们穿上了刘关张和赵云的戏装，大庭广众之下，招摇地行走在大街上，引得镇上的人看马戏一般，跟随在他们的身后。

一行四人走进关帝庙，跪在了关公像前，周围站满了看热闹的人。他们进香磕头，结拜成异姓兄弟，向全镇人宣誓，有福同享，有难同当，不求同年同月同日生，但愿同年同月同日死，谁敢动他们的摊床，就让他娘的白刀子进去，红刀子出来。

说过这些话，齐大柱"当啷"一声，把杀猪刀扔了出去。追到庙里看热闹的人，"哄"的一声，全散了。等到他们卸掉戏装，重新回到市场，附近几个摊床都让出了一大块，恐怕惹祸上身。

那架势，好像那一片最好地段的摊床，就是他们的"革命根据地"，谁也动不得。

说到这里，马所长笑了。他接着说，管理所熊了，镇政府败了，税务所更没招儿，这哥儿四个占了十几个摊床，没人敢问，最后都求到了派出所。

那时候，我还不是所长，所长也不想惹人，就派我去处理。那时，我年轻，胆也大，我他娘的要管，就得一招儿毙命。我是警察，让他们欺负住了，我在镇上还咋待？

那天，我是拎着枪去的。一路上我就大声嚷嚷，派出所是干啥的地方？是杀人不用偿命的地方。谁敢给我戴眼罩，我要他脑袋。到了市场摊床旁，他们果然没敢把家里人都聚过来，也没敢围攻我们。我他娘的心里就有底儿了，勒令他们收拾东西，滚蛋。

你想，滚蛋滚走的是钱呀，他们肯定不甘心。三麻子开始跟我要横，说我不讲理。我他娘的没时间和他掰扯，你们哥儿四个你不是头儿吗？我就拿你开刀，冲着他就开了三枪。他当时就吓软了，腿迈得像鸭子，一路屁滚尿流，摊床上的水果都不要了。

我说，你就不怕把人打死？

马所长一笑，派出所的霸道都是装出来的，否则镇不住。那时，警察允许佩枪，我他娘的装的是空爆弹，吓唬他的，只要他搬到水果专区，就结了。

谁知道这个狗东西，没真能耐，落荒而逃了。

我说，你这是野蛮执法。

马所长又笑，别书生腔了，对付浑蛋人，就得用浑招儿，让你去，给他叫爹都不好使。我说，他们四个是结盟的生死兄弟，就不怕人家暗算你？

马所长说，狗屁，人最不可靠的就是结盟。

我默认了。

关于麻辣烫后来的命运，马所长没有给我讲。

接下来的几天，我断断续续地又听到了一些。墙倒众人推，当天他们都被挤出了农贸市场，再也没回来。后来，三麻子承包了老爷庙村一座荒山上的果园，种上些瓜果梨桃。大辣椒回家整理庭院，耕耘园田，种上些时令蔬菜，自产自销。烫不熟开了个铁匠铺，修理农具，钉马掌，没几年就黄了，不会干别的，就在家闲待着。只有齐大柱豁出去了，拎着杀猪刀进了矿区，承包了谁都没看好的一座钼矿，没想到一炮炸出了钼精脉，一夜之间发了大财。

三

矿区里一夜暴富或一日倾家荡产的故事，比比皆是。故事听得再精彩，也没有亲眼见到的印象深，我要亲自去体验。可是，暴富的人怕露富，躲我远远的，倾家荡产的人没脸见人，我更是捞不着边儿。没人让我去体验，我还得老老实实地待在派出所。

大辣椒的失踪案，马所长交给了胖老虎王英和我。所里人手少，忙不过来，我就成了胖老虎的跟班儿，冒充警察，陪他办案。好在失踪案涉及不到枉法，以调查为主，属于为人民服务，我有没有执法权，无所谓。

大辣椒到底去了哪儿？还需要我们从头捋清楚。

胖老虎把大辣椒失踪那日镇上和主要交通干道上的监控录像都拷贝进了硬盘，我们盯着电脑屏幕，一帧一帧地看回放，甚至不厌其烦地反复看，从头盯到了尾，眼睛都看出泪来了，看人都是重影儿了，居然没有发现他出现在镇里。这只有一种可能了，大辣椒失踪前，没有到过镇里。

人丢了，总会留下些蛛丝马迹，大辣椒不留痕迹地从人间蒸发了，怎么查？我不敢再发挥作家的想象了，想象的东西，没准儿会南辕北辙，北地的命案就是证明。

胖老虎盯着大辣椒最后几个通话记录，一个劲儿地摇头，也是一筹莫展。那几个和大辣椒通电话的人，逐个查清楚了，都是至亲和家里人。内容也都是家长里短，每个人所讲的内容，大体上和通话时间相吻合，没什么价值。

想找到失踪的真相，还真得靠脚板儿。

胖老虎发动了警车，带着我直奔大辣椒的家。

大辣椒住在镇子东边七八里远的曹田屯。和镇里其他的村落一样，曹田屯的房子高高矮矮，参差不齐。新房子红墙碧瓦，高耸威严，高墙大院，大门紧闭。旧房子低矮斜歪，窗损墙裂，新冒的茅草飘满房顶。显而易见，高房大屋大多是在矿上有些本事的人家，属于吃夜草的马。茅草破屋,不是在矿山落下了矽肺病,就是找不到赚钱门路的人家。只有为数不多的几家,虽是旧房,却不很破,与邻居新房有着悬崖一般的落差,却不卑不亢地挺立着。大辣椒家的房子就是这样,院子里的景色比许多人家还要好一些,菜园子井字田一般规规整整,层次分明,每一寸土,都种上了各种花花绿绿的蔬菜。

不用猜,大辣椒就是个勤快人,他媳妇没说谎。

大辣椒的媳妇不在家。邻居们说,成天披头散发地找丈夫,快魔怔了。

进了屋子,我们见到了大辣椒的闺女。她倚着门框,对我们的到来表现得不咸不淡。

胖老虎里里外外打量着大辣椒的家,那眼光,似乎能把大辣椒的生活轨迹中遗留下的 DNA 都打扫出来,聚在一起,女娲一般,重新攒出一个活灵活现的人。他装出一副有一搭无一搭的样子,问大辣椒的闺女,你爸和你妈吵架不?

闺女显然是叛逆期,反问道,你爸和你妈就不吵架吗?

胖老虎笑了,他说,你猜对了,吵架。又接着问,他们俩谁对你好?

闺女答,谁对我都不好,要个手机都不给,我们班的差生都有了。

胖老虎说,你爸说,拿手机耽误学习,带你去旅游,花的钱不比手机还多吗?几天没见你爸了,想他不?

闺女哭了,凭啥想他?答应去旅游,怕花钱,躲到谁也找不到的地方去了,非得等到我开学,他才回来。

我和胖老虎面面相觑。

离开了村子,胖老虎的车开得慢。我们都是心事重重,感慨现在的孩子真不懂事儿,没意识到父亲的失踪到底意味着什么。我一路上瞅着胖老虎的眼神,企图从他的脸上找到希望,希望大辣椒只是活不见人,没有那下半句。我觉得,希望总归会有的,只是我们没有找对大辣椒失踪的原因。

我说，每个人都有逃避这个世界的理由。

沉默了片刻，胖老虎说，看样子，我离开市区，跑到乡镇来，也是逃避了？

我没有回答，但我知道，胖老虎心里的话装不住了，要揭自己的短儿了。

他说，你大概已经知道了，我是城区里的派出所所长，被免职到了这里。

怪不得镇派出所的警察对他另眼相看，怪不得马所长不敢惹他，原来如此啊。我问，因为啥？他说，我他妈的一门心思抓逃犯，忽略了检查辖区里的洗浴中心，有个卖淫嫖娼的被举报了，老板为了逃避责任，硬说我是保护伞。局长虽然不信，却问我，为啥灯下黑？我没法回答，就免了呗。

我说，就这么简单？

他说，警察丢饭碗，比穷人丢媳妇都容易。当警察比当贼还难，没让你扒掉警服，捡着了。正好，无官一身轻。

我忽然明白了，我刚来的第三天，马所长刚刚强调不许耍脸子，他就无所顾忌地和大辣椒媳妇耍起了脸子，原来如此啊。

下一站，我想去老爷庙。从曹田屯开车往东五六里，爬过虹螺山坡，就是老爷庙村。村上边有一座荒山包，稀稀落落地生长着一些果树，树林中间有一座简易的石头房，房子里住着一个孤独的人，那就是三麻子。既然到了派出所，我也学会了侦查，事先打听到了他的住所。

大辣椒和三麻子是结拜兄弟，虽说失踪前几天他们没通过电话，可这些年，他们没断了交往。亲戚中找不到大辣椒的踪迹，没准从三麻子这里能问出线索呢。

可是，胖老虎王英一口否定了我的建议，不找三麻子，硬要去镇西的龙王庙，找烫不熟。我说，顺路的事儿，何苦东奔西跑呢？

他瞅了我一眼。我很敏感，感到他的眼神里带着一种不屑，意思是说，你我谁是警察？谁懂得办案？在真警察面前，我没有了话语权。

警车穿过镇子，驶向龙王庙。镇上街道两旁的楼房在车窗外一一掠过，扩音器里的叫卖声穿过车窗，留在我的耳畔，一直带进了龙王庙村。和镇里其他村子没啥差别，龙王庙村的房子高的高，矮的矮，街巷七扭八歪，道路坎坷泥泞。烫不熟家也是个低矮的旧房子，却不如大辣椒家的规整和干净，破得房檐都耷拉了下来，房顶上新茅草拱着旧茅草，也不怕下雨漏了房。院墙边上稀稀落落地长了几株苞米，除了院门到屋门踩出光溜溜的一条道儿，满院子都是杂草，蚂蚱和蝴蝶成了院子里的新主人。

还有两只动物被我忽略了，两只奶羊倚在墙角，不紧不慢地啃着草，大奶子鼓得像棒槌。烫不熟在家呢，大白天躺在炕上睡觉，裤带都没系上。

一见到烫不熟，我就涌出了哀其不幸怒其不争的感觉。他的五官有点儿挪位，一副歪瓜裂枣的样子，明显是过着没有女人的日子。

我说，这么大院子，不种点儿啥，浪费了。

烫不熟懒洋洋地说，我家养羊呢。

胖老虎王英黑着脸，眼里透出一道凶光，咄咄逼人地瞅着烫不熟，好像烫不熟刚刚犯下滔天大罪。看得烫不熟把眼光躲在墙上，贴着墙，不敢挪动。他用眼睛逼视烫不熟的同时，还没忘了用余光扫视我，那种怀疑一切的目光，刀子般犀利地扎向了我。我觉得，他黑着脸面对烫不熟，也在含沙射影地暗示我，你不过是个跟班的，不要多嘴，警察的职责是抓住每个人心里的小鬼，别跟他套近乎。

没有人说话，也没有人动弹，中午的阳光很勉强地照进屋里一点点，屋里很暗，气氛沉闷压抑得要死。

良久，烫不熟的眼光从墙上掉下来，丢在地上，还是不敢移动，只是脚活了，不再僵硬，不安地搓着地面。胖老虎敏锐地抓住了这个细节，双手扳过烫不熟的脑袋，让他的眼睛无处躲闪，饿虎扑食般盯着烫不熟。

烫不熟沉不住气了，翻着眼白，愤愤不平地说，找我干啥？

胖老虎不怒自威，找你干啥？你能不知道吗？

烫不熟说，不知道。

胖老虎说，想！拍脑门想，警察闲的，没事儿找你？

烫不熟把头扭过去，想不理睬胖老虎。我瞅着胖老虎，心想，不就是想问出大辣椒的下落吗？人家又没犯法，何苦诈来诈去的。胖老虎的双手突然揪住了烫不熟的两只耳朵，不让他的眼睛躲开，目光箭一般射入烫不熟的眼睛里，咬牙切齿地吼道，你真他妈的是烫不熟啊，非得让老子把你的棺材抬出来。告诉我，你们合谋绑架齐大柱的事儿！

我觉得，胖老虎有些多余了。马所长交代过，警察够累的了，别没事儿找事儿。本来是找大辣椒的，问什么绑票的事儿，况且绑票那个案子是子虚乌有，顶多是打电话警告一声，何必当真呢？烫不熟眨巴眨巴眼睛，居然连连摇头，矢口否认。

本来，我挺同情烫不熟，就那么点儿破事儿，齐大柱已经告诉我们了，你说出来不就完了吗？看到他睁着眼睛说谎，忽然觉得胖老虎怀疑一切，不是没有道理。没有问题，哪儿来的答案？

胖老虎冷笑一声，话锋突然一转，说起了我们一直没提起过的大辣椒，他故意放慢语气，大辣椒被人杀了。

我吓了一跳，我们正在找大辣椒呢。这个世界，丢人已经成了新常态，城市里寻人启事满街贴，丢人不再是丢人的事儿了。无缘无故的，胖老虎咋突然说大辣椒被人杀了呢？

胖老虎打雷一般向烫不熟吼，咋死的，你最清楚！

烫不熟眼睛直了，连忙说，你们怀疑我？我没杀人，我们是兄弟，我不知道他是咋死的。

胖老虎把脸一沉，你他妈的撒泡尿我都知道，跟我撒谎，整死你！

烫不熟六神无主了，脸上汗气腾腾，那副蒸不熟煮不烂的模样没了，喃喃自语，前几天还好好的呢，咋会死了呢？他抬起头瞅着胖老虎，连连摇头说，我真的不知道。

胖老虎扯过一只凳子，坐下来，跷起二郎腿，歪着脑袋瞅烫不熟，不阴不阳地说，知道害怕了？警察的眼睛是不揉沙子的，别再撒谎了，说实话吧。

我忽然明白了，胖老虎知道烫不熟的性格，故意玩指桑骂槐、声东击西的把戏，就是想让烫不熟别耍小聪明，把知道的东西，竹筒倒豆子般全说出来。

烫不熟擦了把汗，努力要摆脱自己的杀人嫌疑，结结巴巴地说，其实，也不算是撒谎，我答应了齐大柱，不说出去，可警察问了，我不说，也是不对。

接下来，他大体上讲述了三个人是如何谋划绑架齐大柱的。

他说，我们不是非得要绑架齐大柱，你看我们三个人，是那块儿料吗？当初在镇里的市场上，我们不过是想多赚几个钱，没坑谁，也没骗过谁，拜把子不过是想造造声势，不让别人欺负了。马所长那个王八犊子，非得说我们欺行霸市，硬是把我们赶出市场，砸了我们的饭碗。

我瞅了眼胖老虎，烫不熟骂警察呢，看他有什么反应。没想到，他闭着眼睛，竖着耳朵听，边听边点头，一副赞同的样子，根本不想打断烫不熟。

烫不熟继续说，我们哥儿四个结拜的时候，对天发誓，同生共死，同享富贵。可是，齐大柱发了，把我们全忘了。他手丫儿缝流出的钱，就够我们三家过上富日子，可这个忘恩负义的狗东西，却是个铁公鸡，一毛不拔。

除了在市场上看小摊儿，我们没有别的本事。半个月前，我们哥儿仨在三麻子的果园里喝闷酒，把肚里的苦水全倒出来了。三麻子承包果园，说起来挺好听，可是，农药涨价，化肥涨价，人工涨价，果树没完没了地换新品种，早年赚的钱赔了不算，这三年越干赔得越多。梨挂在树上，到了老秋都没人摘，卵子都赔青了。大辣椒还算好些，菜种得好，不赔，可就那点儿菜园子，窗台上都种菜了，只够养活一家三口，过着狗撵气的日子。我呢，就别提了，老婆孩子都跑了，活着也没啥奔头，一个人吃饱，全家不饿，混一顿是一顿吧。

其实，我们也不想混日子过，可越想干点儿啥，就赔得越多，铁匠铺赔得我见到铁就哆嗦。出去打工，工头欠着你的工钱，死活不给。想来想去，干啥都不如待着，一亩三分地够活了。

开始的时候，我们都想到矿上干，矿上的钱赚得鲜灵。齐大柱防着我们，像防着偷嘴的狗一样，不让我们碰，说我们吃不了那份苦，还带坏了别人，就是受穷的命。我们哪是那个命啊。人都是两腿支个肚子，凭啥他发财，我们受穷？不就是差我们没拎着杀猪刀，冲向矿山，夺下矿石。三麻子就和我们俩商量，绑他娘的，不管他们家谁，绑了他，不信他舍不出钱来。

胖老虎越听越感兴趣了，他睁开眼睛，瞅着烫不熟，鼓励他接着说。

烫不熟说，没了，就这些，我们只是说说，没动真格的。

胖老虎说，你们仨可真熊，怎么个绑法，就没分分工？

烫不熟说，分了，喝酒时吵得可热闹了。大辣椒长得憨厚，他负责把齐大柱或者他老婆儿子骗出来。我呢，把人质哄到老爷庙的山上。三麻子负责把人绑了。

胖老虎又问，后来呢？

烫不熟说，没有后来了，喝酒说着玩呢。

胖老虎忽地从凳子上站起来，他说，后来，你出卖了那两个兄弟，把你们密谋的事儿告诉了齐大柱，齐大柱奖励了你两只奶羊，让你靠卖羊奶过日子。

烫不熟睁大眼睛看着胖老虎，问道，你咋知道的？

夕阳西下，日光不再毒辣，胖老虎不紧不慢地开着车，晃晃悠悠地往镇里走。

我看了眼胖老虎，不由自主地重复着烫不熟的话，羊的事儿，你咋知道的？

胖老虎只是淡淡地说了句，职业习惯。

我又问，直截了当问大辣椒有可能去了哪儿，不一样吗，何苦拐了那么多弯儿，较了那么多劲儿？

他依然说，职业习惯，警察就是较劲儿的，不较劲儿问不出真话。你不知道曲径通幽的妙处，我问话的弦外音，你永远不懂。

我被胖老虎绕晕了。

四

有个电话打进来，看神色便知，是胖老虎王英的内线。警察各自发展自己的线人，互不打听，也互不相扰，情报怎么来的，没人去问，只要准确就行。大多数线人，都是出来混社会的，五行八作，什么样的人都有，能量大，消息灵通，左右逢源。当然，线人也有不三不四的，平时混在黑道上，有时还要挟警察替他们做事儿，给他们壮胆儿。但行有行规，线人胆敢提供假情报，好日子就混到头了。

胖老虎很高兴，换了套便装，对我说，走吧，咱俩会会齐大柱。

我真的觉得胖老虎有问题，有点儿纳闷地问他，这么简单的事儿也要线人？打个电话，预约一下，不就结了？

胖老虎很生气地问我，去大辣椒和烫不熟家，我们预约了吗？

我意识到他在批评我，人都是平等的，不要攀附富贵，看人下菜碟。

胖老虎说，别说见私企老板，就是见市长，我也不会预约。当警察的习惯突然袭击，人在不防备的状态下，最容易说真话。

我觉得，胖老虎的语气中有一点儿愤世嫉俗了，是不是被免了所长，心里不平衡？动不动就小题大做。我们是在找人，不是破案，找到大辣椒就行了，没必要离题太远，问那么多无关紧要的事儿，有意义吗？跟着胖老虎，我有点儿别扭，想跳槽了。跟马所长破几个案子，哪怕是宗盗窃案，一块儿出去抓贼，也挺有意思。成天无聊地当着胖老虎的跟屁虫，没啥收获，我有点儿倦怠。

胖老虎貌似粗鲁，心比针鼻还细，他看出了我的心思，拍着方向盘问我，作家，看看外边的庄稼，和昨天有啥区别？

我眼睛瞥向车窗外，一片碧绿，没觉出和昨天有啥不一样，不解地瞅了胖老虎一眼。他笑着说，你十天不跟着我，就不认识外边的庄稼了。

我也笑了，明白了他的意思，那就是再过一段日子，案子就大不一样了。我收起了非分之想，起码，我还没把胖老虎研究明白。

不知不觉，车已经开到了矿山。阳光才从山顶上跳出，天还没热起来。

齐大柱的矿，大门紧闭。现在，夜班的矿工还在井下，早班的矿工还没到来。只有换班的时候，矿口的大门才会打开，放人出入。大门的警卫穿着不戴警标的警服，警惕地打量着没穿警服的胖老虎，还有戴着眼镜的我，态度粗暴地让我们滚开。

这应该是胖老虎的口气，却从警卫的嘴里冒出来，我以为，胖老虎会暴跳如雷。没想到，他却若无其事地笑了，没在乎狐假虎威的警卫，很随便地把警官证丢了过去，平淡地说，叫齐大柱见我们。

警卫认真地瞅着警官证，里面外面瞅了个遍，生怕是个假证，还念叨出声来，市区某派出所所长王英。

显然，警官证没有换，还是老职务，而且是跨辖区办案，警卫狐疑，也属正常。

胖老虎等得不耐烦了，吼道，看够没有？

警卫看胖老虎凶巴巴的样子，才把警官证还了回来，脸上立刻堆起了笑容，嘴巴甜得抹了蜜，连说对不起，忙着打电话。电话通了，是齐大柱不耐烦的声音。警卫尴尬地看着我们，说对不起，董事长正在会客，没时间。

胖老虎立刻甩了脸，他说，告诉你们董事长，阎王爷有时间。

说完，胖老虎拉着我，重新坐回警车，大鸣着警笛往回走。

没走多远，齐大柱开着大吉普急速追过来，打开车窗，示意我们停下，接二连三地赔不是。胖老虎的脚踩在刹车上，眼皮一耷，一句话也不说。直到齐大柱说了句我该死，他才掉转车头。

齐大柱把头探向警车，同胖老虎说话时，也发现了我。我心里暗笑，马所长说我不是警察，现在我又和警察一块儿出来办案，他肯定认为被马所长涮了。

我们被引进了会客室，我的眼睛立刻不够用了。这哪里是会客室，装饰得像金碧辉煌的酒吧。吧台上摆着加拿大的冰红葡萄酒、苏门答腊的麝香猫咖啡、武夷山的第一代大红袍，每一样都是贵比黄金。吧台旁站着两位小姐，宛若电影明星，笑容可掬地问我们喝什么。

齐大柱不认识胖老虎，毕竟，胖老虎刚来不久，镇上的人不认识他实属正常。齐大柱不敢深问胖老虎的来路，说正在办公室谈一宗买卖，让我们稍等。随后，他向两个服务小姐使了个眼色，那眼神里含着的内容不言而喻。

我不怕被他腐蚀，反正我是码字儿的，没权力，不用担心被利用，这样的机会，我一辈子也遇不到一次。胖老虎刚刚坐下，想喝点儿他喜欢喝的，看到齐大柱的眼神，还有小姐脸上的笑容，屁股被火烫了一般，立刻弹起。他挥了下手，让齐大柱交换一下，把客人领进来，我们去办公室。

我有一点儿不大情愿，但也没办法。我是胖老虎的跟班，虽说美女养眼，也不能露出贪念。虽说如此，我心里却在嘀咕，又是没事儿找事儿，既然同意了齐大柱先见客人，我们坐哪儿等不一样，非得要进人家的办公室？

办公室没那么奢华了，却宽阔得很，地上铺着绿地毯，像在草原。

等待的时间挺寂寞，胖老虎坐进了齐大柱的老板椅，左一圈儿右一圈儿地转圈儿玩儿，快活得像个孩子，一个劲儿地夸，当老板真好，椅子太舒服了，还挑衅地对我说，就是不让你坐。

看着胖老虎不着调的样子，我哭笑不得。我们是找大辣椒的，怎么觉得离我们的出发点越来越远了呢？

胖老虎不转了，双手拍拍椅子的扶手，对我说，过一会儿，你就知道这把椅子有多重要了。没多久，齐大柱送走了客人，回到宽阔的办公室，扫了好几眼，才从门后拽了把折叠椅，坐在了老板台的对面。虽说同样是坐着，老板台外的齐大柱立刻显得矮小了，说话的语气也壮不起来。胖老虎拍了几下老板台，皮笑肉不笑地说，怕阎王了吧？

齐大柱显然对自己的座位被别人霸占了很不高兴，他说，我是市人大常委，你是人民警察，为人民服务的，不应该吓唬我。

胖老虎说，我哪儿是吓唬你呀，是提醒你，倒是你拿人大常委吓唬我。实话告诉你，今天不想抓你，用不着向市人大打报告，你的常委证没有用。

齐大柱说，这么大的企业，忙得我团团转，有啥事儿，直接说吧。

胖老虎在老板椅上转了一圈儿，瞅着齐大柱，依然皮笑肉不笑，一个要死的人了，忙那么多事儿干吗，不如陪我聊聊天。

齐大柱的脸唰地一下子白了，他咽下几口唾沫，强作镇定地说，我的活祖宗，别折腾我了，直接告诉我，到底是咋回事儿？

胖老虎盯着齐大柱的眼睛，用食指点着他的鼻子说，三麻子、大辣椒、烫不熟他们三个想绑架你，是不是？

齐大柱长舒一口气，瞅了我一眼，知道秘密没法守住了，只好点头。

胖老虎又说，大辣椒失踪的事儿，你知道不？齐大柱恢复了放松的样子，又点了点头。

胖老虎说，你就没想想，大辣椒的失踪，和你有啥关系？

齐大柱满脸的茫然。

胖老虎把老板椅转过去半圈儿，背对着齐大柱说，根据现有的线索，大辣椒的失踪，还有两种可能，一是潜伏到上海，伺机绑架你念贵族学校的儿子；二是弄炸药去了，目标就是你。

齐大柱望着胖老虎的后背，惊愕地张大嘴巴。胖老虎这才把椅子转回来，瞅着齐大柱问，你们有啥血海深仇，非得弄个你死我活?

齐大柱急忙辩解,没有啊,我们井水不犯河水,我和他没有仇。

胖老虎说,没有仇?镇上开矿的人多着呢,为啥不绑别人,偏偏要绑你们家?如果不是这样,那就是第三种可能,你先下手为强,把大辣椒做了,以防后患。

齐大柱眼泪都急出来了,他是谁?我是谁?我一个企业家,犯得上和一个穷光蛋玩儿命吗?

胖老虎微笑着说,别忘了,你们是同富贵、共生死的兄弟,他要找你玩儿命。

齐大柱闭上了眼睛,长长地叹口气,就算我错了,我不该不管他们,可你也没问问,我为啥不愿意管他们。

说到这里,齐大柱的眼泪下来了。

他说,刚开矿那阵子,我把三兄弟都请来了,打仗亲兄弟嘛,开矿和打仗没啥区别,需要齐心协力。可是他们呢,像进了土匪窝子,谁也不干活儿,排起了座次,当着二老板、三老板、四老板,弄得下矿的人不知听谁的,气走了帮我找矿脉的人,赶跑了我的工程师,弄得矿工离心离德,我哪天都得赔进万八千块。那时候,人人都羡慕着万元户呢。他们每天给我弄丢一个万元户,我已经负债累累了,找我要钱的人排成队,逼得我上吊的心都有。他们却不知道愁,还在吃五喝六地当着山大王。不撵走他们,我只有死路一条。

要说有仇,就是这么结下的。后来,赶跑了这三个冤家,我慢慢地恢复了元气。钼价高涨时,突然炸出个钼精窝子,一下子就发了。这哥儿仨还想回来,我说啥也不肯了。请神容易送神难,我是缺爹还是缺祖宗,非得让他们回来祸害我?

你们也不是不知道,我不是给钱叫爹的人,建希望小学,养孤儿弃婴,自然灾害捐款,人大开会赞助,我都没少拿钱。我为啥偏偏不给他们仨钱?他们长着胳膊长着腿,凭啥不劳而获地占便宜?

我盯着齐大柱,陷入了冥想中,我看不清楚什么是他的真实面目。世上的事儿，就是这样怪，公说公有理，婆说婆有理。刚才进院的时候，我还恨齐大柱为富不仁呢，现在他却成了热衷公益事业的慈善家。而那哥儿仨呢，却成了好逸恶劳、流氓成性的恶棍。

仔细想一想，齐大柱虽然说得理直气壮，却不一定在理上。既然是患难兄弟，投资给三麻子的果园改良品种，让他种上畅销的红富士，高接换头成南果梨，再把滴灌引上山，不信三麻子成不了庄园主。对于勤劳的大辣椒，更容易了，帮他承包十几亩塑料大棚，种上紧俏的蔬菜，一季就能翻身。还有，矿山需要那么多设备，最基础的耗材就是电钻头、铁钎子、铁球子，烫不熟讨厌庄稼活儿，愿意和铁打交道，帮他开个店，有啥难的？这些都是能互利互惠的事。干不到一块儿，各干各的，也未尝不可。

可是，人就是这种怪物，像油和水那样，只能待在不同的层次里，不愿意混在一起。高贵了的齐大柱，会把儿子送到全国最贵的贵族学校，和世界名人的儿女成为同学，将来要成为上流社会的一员。他能将儿子送进希望小学，与民同乐吗？那样的话，他儿子就真的没有希望了。

水总想变成油，革命就是这样爆发的，比如麻辣烫想绑架齐大柱。

不用担心绑架的事情发生了。马所长给了放羊的一只破手机，放羊的就成了所长的眼线。只要三麻子出了石头屋，破手机的信号就唤醒马所长的手机。手机的提示音是，老爸，吃饭了。一次所里开会，马所长忘了静音，电话响了，越吵越急，好像不去吃饭，儿子就要饿死了。全所的警察笑了一下午。

马所长有个怪癖，电话铃声不用音乐，怕和别人弄混了。他喜欢人的说话声。他的线人多，不同的人，不同的语音提示。谁打来的电话，手机揣在兜里就知道，不用看，就知道是啥事儿，别人却在云里雾里。

胖老虎对此嗤之以鼻。他手机的铃声是萨克斯乐《回家》。每次接电话，他都先听一会儿音乐，不着急接，反正找他有事儿的人，不会轻易地挂掉电话。听音乐时，我看到他的眼睛空洞着，一副想家的样子。

那副样子，像掉了魂儿，还没从被免了所长的窝囊中走出来。

从齐大柱的矿上回来，我总觉得不太舒服。那哥儿仨不是不勤劳，也不是不努力，为什么总是挣扎在穷困线上？镇上的人都说麻辣烫是坏人，可除了二十年前的那场闹剧，见过他们干过啥坏事儿？连打麻将缺手了都不找他们，嫌他们没钱。

胖老虎吓唬齐大柱，我不反对。我不喜欢变色龙，哪怕他是个人物。这小子泥鳅一样钻在社会的各阶层，都能影响到市里的决策层了，该有人收拾收拾他。可我总觉得，"收拾"有悖于当警察的原则。没有证据，就这么诈人，万一让人家告一刁状，别说恢复所长的职务了，警服能否穿在身上，也危险着呢。毕竟，我们"收拾"的人，是市人大的常委。

我把担心说给了胖老虎。

胖老虎哈哈大笑，摇头晃脑地说了句《红楼梦》里的话，假作真时真亦假，无为有处有还无。

五

按常理，下一步该找三麻子了，胖老虎迟迟不动。

三麻子穷得没有手机。曹田屯到老爷庙是土路，没有监控，大辣椒失踪前是否找过三麻子，查不出证据，大辣椒的媳妇也没说出个所以然。三麻子这条线，看起来没啥价值了。否则，胖老虎不可能单独丢下三麻子。

马所长布置的大辣椒失踪案，胖老虎不想查了。全国十三亿人，失踪的事儿多着呢，别说丢个种菜的，就算丢个县长，又能怎样？地球照样转。反而，他对未遂绑票案越来越感兴趣，提出改办那宗案子。马所长说他胡闹，别说是未遂绑架案，就是未遂谋杀案，只要没有犯罪的准备和实施，就不能算成案子。

胖老虎偏说，预防犯罪，更是警察的职责，警察没案子，社会才算真安定。

马所长没办法,只能答应。人家也是当过所长的人,级别不比你差,只是暂时栖身在此,勉强不得。他不给胖老虎派助手,继续让我这个体验生活的人跟他,体验一下什么叫警察闹情绪。

案子是经常发生的,否则就不叫派出所了,尤其在矿山,每时每刻都有利益在纠结。

马所长正在称赞老天爷,送走了桑拿天,不再热得透不过气,一个电话突然打进来,派出所里的气氛"轰"地一下子,又热了起来。有人报案,齐大柱的车遭到了炸药包和手榴弹的袭击,生死未卜。我一激灵,第一反应是大辣椒终于现身了。可我没敢说,怕说错了,只能跟着全所的警察,一窝蜂跑向警车。

案发地点在兰家沟的沟底,路很窄,弯弯曲曲的,两侧是山崖,是个伏击的好地方。警笛大叫着往那里赶时,间歇的爆炸声还一声一声地传来。显然,作案人不把齐大柱炸成肉酱决不罢休。

远远的,我们看到齐大柱的车歪斜在路上,轮胎已经着火。幸好我们的警车上有灭火器,胖老虎夹在腰间,第一个跳下车去灭火。马所长跳下车,吼了声,刑警片警搜山,其他的救人!

胖老虎和马所长都不要命了,奔向了燃烧的车。

我没敢下车。这时候嫌疑人扔下一颗手榴弹,我们全得报销。好歹和现场有点儿距离,还有车挡着,我多少有些安全感。同时,我的心也提到了嗓子眼儿,为警察们担忧。他们除了警棍,没有武器。事件突发,他们没有时间请示佩枪。我在担忧,对付有炸弹的嫌疑人,遇到了危险怎么办?

这种担心渐渐地成了多余,嫌疑人的目标只有齐大柱,没想袭警。借着茂密的山林,嫌疑人逃得无影无踪。可是,轮胎燃烧的烟越来越浓,胖老虎的灭火器只能控制火势,无法将火熄灭。

我从对搜山警察的担心转为对胖老虎和马所长的担心,担心火烧到油箱,汽车爆炸了,那样的话,他们将会尸骨无存。幸好镇消防队及时赶到,消防车后面又跟来了120的救护车。

还是消防车厉害，三下五除二，火灭了。

这时，我便担忧起了齐大柱。不管齐大柱怎么有争议，终归是条人命，终归做过些好事儿，终归有需要他养的妻儿和员工。我们到这儿有一阵子了，车里面还没有动静，莫不是早就车毁人亡了？

事实不像我想的那样悲观，火灭的那一刻，车门忽然从里面打开，爬出个又粗又壮的家伙。那是齐大柱的保镖，满脸是血，一手拿手机，还在打电话，另一只手往副驾驶上指。大家七手八脚地抬出一个人，平躺着放在地上，那便是齐大柱。

齐大柱紧闭双眼，一点儿动静也没有。趁着120的护士扛着担架往这边跑，胖老虎的指甲按向了齐大柱的人中。齐大柱长长吸入一口气，苏醒过来。

好了，人没死，120救护车拉上齐大柱，绝尘而去。

剩下的事情，就是现场勘查了。这是个细活儿，不急。过了一会儿，市区的刑警队也来人了。尽管没产生严重的后果，毕竟是一桩故意爆炸杀人案，性质恶劣，何况被害人还是市人大的常委，惊动了市里。局长下令，必须尽快将凶手缉拿归案。

我虽然不是警察，也判断得出，从案发到我们赶到现场，那个受伤的保镖始终清醒着。求救的电话肯定始终没间断地打，因为直到被救出时，手机还在他的耳朵上。可是，到现场施救的人，除了警车、消防车、救护车，没见到其他的车。

兰家沟就在矿区，比派出所到现场近了许多。齐大柱那些所谓的死党、朋友和员工，居然无人到场。我忽然明白了，生死面前，钱不是万能的。

我不明白的是，车的轮胎着火了，按常理来说，车里的人不被烧死，也会被烟呛死。齐大柱和保镖怎么会死里逃生，没有多大的事儿呢？

胖老虎告诉我，齐大柱早就防备着这一天呢。他的车是防弹车，能阻燃，也能隔绝空气，开进地雷阵里也没事儿，美国总统才坐得起。

后来的现场勘查渐渐地还原了事情的经过。嫌疑人早就侦察好齐大柱的行车路线，路中间埋下了炸药包，使用的是手机遥控装置。电话一拨通，炸药包就响，吉普车就会掉进坑里出不来。所谓手榴弹，都是易拉罐做的，除了能点燃轮胎，对防弹车来说没啥威力，产生不了致命的伤害。初步判断，齐大柱是被安全气囊弹晕的，只是受了点儿惊吓。

山上嫌疑人的藏身地点已经找到，是胖老虎的功劳。他从防弹车的位置推断，在密林深处找到了那个窝儿。那是个隐秘的藏身处，能够清楚地观察路面。有几行脚印进进出出好几次，还有两个易拉罐手榴弹没有投出，上面有清晰的指纹，这是难得的证据。

我怕别人听到，趴在胖老虎的耳朵边问，是不是大辣椒？

胖老虎反问道，你想当福尔摩斯？

我赧然一笑。

胖老虎说，天知道。

齐大柱只住了一天院，出院的第一件事儿是到派出所答谢，谢救命之恩；第二件事才是修车，修那辆保了他一条命的防弹吉普。

那天早上，齐大柱扛着一面锦旗走进了派出所，感谢警察在危险面前冲在前面，不畏生死地挽救人民生命财产。当然，说这些话的时候，他面对着的是马所长。马所长忙谦让，把功劳推给了胖老虎王英，还说王英是市里的分局长，到镇里蹲点儿来了，以后你们就熟了。弄得胖老虎左右不是，只能傻笑，那双胖手不知道往哪儿放了。派出所的警察们背过身去哧哧地笑，只有齐大柱蒙在鼓里，不知道马所长是在捉弄人。

齐大柱第一次见到王英时，就感觉到了那股咄咄逼人的霸气，怎能不信以为真？他不错时机地抓住了胖老虎的手，称赞道，王局长真是神探，早就知道有人暗算我，没有你的舍命相救，我真的见阎王了。

我心中暗笑，觉得马所长的玩笑开得过分了。齐大柱这么庄重地来了，他却不正经地对待人家，是不是天天摆弄人，玩儿出瘾来了?又想起了在矿上,胖老虎拿见阎王吓唬齐大柱的话,觉得警察的话,真是没处听去,都一个样儿,只不过吓唬齐大柱的话和后来发生的事儿,是放屁赶点儿上了——臭(凑)巧。胖老虎瞅了我一眼,我们都想到了这个无法相信的巧合,会心地一笑。

接下来,齐大柱摆出了大老板的架势,显出了难得的大方。他坐在马所长办公桌旁,拿出一张支票,铺在桌面上,握着笔等着。只要马所长说个数儿,他就往上填,哪怕是个天文数字,他也不会卡壳。多少钱也买不回来一条命啊!

胖老虎不想从王局长的调侃中走回来,他要把"王局长"装到底,拿起支票,不断地往左手掌上拍,拍得"啪啪"山响。他说,人哪,有时命贱得就是一张纸,比如判决书,比如死亡证明,比如一张支票。国家还养得起警察,你还是收起来吧,找个缺钱的地方,积点儿厚德。

齐大柱站了起来,脸转向了马所长,眼光里流露出一种乞求。他说,派出所的警车还没有犯罪分子的车好,设备还没有嫌疑人的先进,这怎么能行,我给派出所买几辆好车?

马所长并不领情,他说,你那点儿心眼儿我还不知道,无事不求人,想干啥,直接说。

齐大柱说,早点儿把大辣椒抓住吧,有他在,我度日如年啊。

我终于明白了,他和我一样,怀疑大辣椒。

齐大柱前脚从派出所走出去,胖老虎就跳了起来,拿警棍抽马所长的屁股。马所长嬉笑着讨好,兄弟,兄弟,别急眼,我是看你心情不好,怕你闷坏了,少个警界精英。逗你开心嘛。祝你早日当上分局长,做我的顶头上司,那时候再收拾我,好不?

胖老虎终究比马所长小上十几岁,总算饶过了他。

午后,烫不熟迈着小碎步,小心翼翼地迈进了派出所的门,来找胖老虎和我。

胖老虎一改以往又蒙又唬又诓又诈的说话方式,客客气气地让座,又是端茶又是倒水,好像遇到了多年不见的家乡人。

我偷偷说，你的热情有点儿过度。

他说，底层人，不容易，到咱派出所做客，理当热情。

我觉得，这话虚伪，肯定有啥不可告人的目的，不想让我知道。

被别人叫了四十多年的烫不熟，被胖老虎的热情和热茶给烫熟了，眼眶里含着泪。显然，从来没有人对他这么好过。

我的眼眶也热了，老百姓真是见不得好，几句温暖的话，敌人也成了朋友。

烫不熟说，齐大柱又给了我四只羊，是绵羊，三只母羊，一只公羊，让我把它们养成羊群，那时候，媳妇就回来了。你们说，这羊，我要，还是不要？

胖老虎说，当然要，他欠着你们的。

烫不熟说，可齐大柱有个条件，找到大辣椒，这羊才真的归我，否则，人家还得要回去。

胖老虎圆睁着眼睛说，他敢！羊肯定就是你的了，齐大柱敢往回要，你就说王局长答应了，让他找我来要。找大辣椒的事儿，你就交给派出所吧，那不是你的事儿。

烫不熟没听懂，不过意思明白，羊是他的了。

我心里叹了口气，胖老虎真敢夸海口，在马所长面前刚刚推掉找大辣椒的案子，掉过身来就向烫不熟打包票，有这么做人的吗？

过了一会儿，胖老虎好像想起了什么似的，睁大好奇的眼睛瞅着烫不熟，问道，你们谋划绑架齐大柱的事儿，我没记住，再说一次，说细一点儿，好不？

烫不熟纠正道，不是我们，是三麻子。

胖老虎应和着，对对对，三麻子。说说，那天三麻子给你们买的是什么酒？

烫不熟陷入深思中，连窗外知了的叫声都听不见了。他说，我们这样的穷人，能喝得起啥好酒？就是小烧呗。小卖店打的那种，三四块钱一斤。不过，不是假酒，村里人自己的烧锅烧的，酒糟就是牛饲料。菜也没啥，大辣椒从家里带来几把青菜，三麻子在果园的空地上种了点儿花生，炒巴炒巴就当下酒菜。

我们哥儿仨喝着喝着就哭了，哭命苦，生在富得流油的矿区，就是找不到赚钱的门路。看着那些占奸取巧的人都发了财，老老实实扒在土地上的人还在受穷，觉得活得真没意思。除了当年在市场上，我们风光了几年，这二十年来，我们连点儿非分之想都没有。

三麻子抱怨，就是因为没有了非分之想，我们才受穷的。他指着山下的选矿厂，指着山那边的矿山，问我们俩，齐大柱能一把杀猪刀闯天下，我们就不能拿着杀猪刀把他的天下分了？咱们当初是发过誓的，有难同当，有福同享，分了他，咱们也不亏理。

可是，怎么分他，我们没了招儿。商量来商量去，只有绑他的票最稳妥，越有钱的人越怕死。可是，绑他的票，也不是件容易的事儿。你想啊，人家走到哪儿都前呼后拥，没法下手。绑他老婆孩子还容易些，可他儿子在上海念贵族学校，老婆在那边陪读。我们去市里一趟还迷路呢，去上海，做梦都不敢想。

喝酒的时候，我们吵圆了，最后捏着大辣椒的鼻子，让他干第一步，把齐大柱骗出来，否则，一碗酒大辣椒就得全干了。大辣椒没有酒量，他想耍赖……

听到这里，胖老虎忽然说，慢一点儿，慢一点儿，这一段儿你细点儿说。

六

大辣椒媳妇疯疯癫癫赶到派出所，破马张飞地喊，不是我们家大辣椒干的，他连点炮仗都害怕，还敢拿炸药包、手榴弹？你们一定把他找回来，当面澄清，他就是老实巴交种菜的，不是那种人！胖老虎指着椅子说，坐下，坐下，有话好好说。

大辣椒媳妇不坐，依然在喊，全镇上都在这么议论，你们得为他正名！

胖老虎说，就算不是他干的，他想绑架齐大柱，你知道不知道？

大辣椒媳妇怔了下，又吼道，他没那个胆子！

胖老虎说，我是警察，我说话是讲证据的，他有那个胆子，就不会畏罪潜逃了。

大辣椒媳妇说，你的意思是说，不是他干的，他跑了，还活着？

胖老虎扭过头，不瞅大辣椒媳妇，回敬道，我没意思。说罢，转身就走。

大辣椒的媳妇黏上了马所长，马所长的眉头拧成了山川。

我们没去找三麻子，三麻子自己找上门来了。他在派出所门口探头探脑地往里边瞅。一个协勤向他招招手，把他喊了进来。

胖老虎听说三麻子来了，不管马所长是怎么安排的，抢着去接待。当然，少不了我这个跟班的。

一般来说，派出所接待人，不在会议室，就在办公室。可胖老虎却别出心裁，把三麻子带进了讯问室。我意识到，胖老虎又要玩花招儿了，非要折腾一番三麻子不可。

讯问室其实就是审讯室，改个名称，不让人难堪而已。屋里没有窗户，灯光也很暗，只有一张讯问用的桌子，对面是嫌疑人坐的椅子。椅子是固定在地面上的，挪不走，一旦把人和椅子铐在一起，那是寸步难移，插翅难飞。

三麻子没等坐下，就一口咬定，炸齐大柱的事儿，是大辣椒干的。

胖老虎盯着三麻子，一言不发。

接下来的事情，果然被我猜中，胖老虎来了个下马威，三麻子的屁股刚一挨椅子，胖老虎的手猛地拍在桌子上，"啪"的一声，像炸雷，吓得三麻子弹簧一般跳起。

胖老虎说，交代你的罪行！

三麻子一副茫然的样子，我是来举报的，我没犯法。

胖老虎说，没犯法？你也没瞅瞅，你进的是哪个屋子？现在说，还来得及，算你投案自首。

三麻子说，这位警官，你怎么能冤枉人呢？我是来举报大辣椒的，他炸了齐大柱。

胖老虎还是不接话茬儿，别给你脸不要脸，这个屋是讯问室，不是接待室，别人的事儿与你无关，就说你自己的事儿。

三麻子说，大辣椒和齐大柱有仇，他犯的案子，凭啥审我？

胖老虎发出了一连串的问题，你和齐大柱没仇吗？他不花钱买你，你能来派出所指控大辣椒吗？你没策划绑架齐大柱的事儿吗？大辣椒的失踪和你没有关系吗？没有证据，能把你带到讯问室吗？

三麻子躲闪着，咬牙说，没有，没有，你这是诬陷！

胖老虎站起来，说道，你回去吧，和亲人道道别，有啥交代的，赶紧说，要不，就没有机会了，别让我拿手铐子逮你去，自己回来。

三麻子走出派出所时，脚步很慌乱。我说，看你把人家吓的，问了这么多，你有证据吗？

胖老虎笑了，有证据就直接铐他了。

我说，没证据吓唬人家干吗？

胖老虎冲着我神秘地一笑，又是一句，你不懂。

马所长与刑警在一起，全心全意地办爆炸案。

没出几天，案子就破了，推翻了所有人的判断，与麻辣烫三人毫无瓜葛。作案人是个高中生，成绩还很优秀，尤其是物理和化学，全校拔尖，偶尔也玩一玩电脑游戏，却没耽误过成绩。一个孩子，把案子做成这样，算得上是天才了。

我很惶惑，一个高中生，本是单纯无忧的年龄，甚至和齐大柱不怎么熟，怎么会有如此的深仇大恨？

没多久，谜底揭开。孩子的父亲、哥哥都在齐大柱的矿里上班，患了严重的矽肺病，无钱医治，双双毙命。母亲拼死拼活地供他上学，累得不行了，没法继续供了。高中生和母亲数次为父兄讨要医疗费和丧葬费，均无果而终，好像他们的死是自找的，和矿上无关，不赔偿是天经地义。

高中生义愤填膺，把父兄在矿山时留下的炸药制成炸药包和易拉罐手榴弹,埋伏在齐大柱巡视矿山时必经的兰家沟,制造了一起震惊全市的爆炸案。

我在同情高中生的同时也在想齐大柱,难道说他做了那么多公益事业,纳了那么多的税,都是假的吗?为什么还有这么多人恨他,恨他不死?是他自身的原因,还是体制或者制度上出了啥毛病?善与恶怎么会如此扭曲地集中在一个人的身上?

一个才华横溢的学生,正值花样的青春,即将把大好时光消耗在牢房里,我替孩子惋惜。

线报说,三麻子三天没出屋了。

这不是好苗头,胖老虎带着我到老爷庙山上的果园找三麻子。那天,下着小雨,虽不太热,路却很滑。坑坑洼洼的山路,到处是砾石,警车没法往上开,刮底盘,我们走得歪歪斜斜。

用不着胖老虎拽,马所长主动跟随着过来了。

以前,胖老虎对马所长拿他的案子不当回事儿,特别有意见,现在意见云消雾散了。被拉到山上的,还有烫不熟。我有点儿不解,我们办案子,带上烫不熟干什么,累赘。

已经立秋了,山上的梨长得像核桃,钻心虫在梨上钻出了黑痂,梨不再生长了。其他的果树,也没认真剪枝,生得枝叶繁茂,果实很多,却不大。不用问,果园没人用心管,也缺少农药和化肥还有农家肥的滋养,几乎快要荒废了。

果园中间的小石屋,安静得很,除了雨"唰唰"地打,没有别的声音。石屋的门,半掩着,一只山猫机警地从屋里钻出,跳到树上,转瞬间,消失得无影无踪。

不用猜,屋里肯定没人。

大家进了石屋,果然空空荡荡。被褥松散地丢在炕上,一只小炕桌还在炕中间,上面放着两只碗。饭碗没洗,饭粒结在碗沿上,已经干得硬翘翘的了。胖老虎用手指蹭了下炕桌,又摸了几下灶台,几道浮尘没了,留下的是深深的痕迹。

屋里还有一股怪味儿,那是野山猫的尿味儿。我觉得,是不是三麻子没有伴儿,野猫当成家猫养了。

胖老虎却敏锐地说,三麻子跑了。

我还是不明白,无缘无故的,三麻子跑什么?

马所长已经明白了,怪不得胖老虎绕着三麻子打圈圈,原来,三麻子真的有事儿。

胖老虎叫过烫不熟,还是问那天喝酒时的情景。烫不熟已经说了无数次了,他还在问,假如把齐大柱弄到了山上,会藏在哪儿?

这确实是个问题,小石屋就这么一间,藏不住人。

烫不熟出了屋,手掌挡在雨帽下边的额头上,四处张望着。他对胖老虎说,记得果园里有个小果窖,因为都是山碴子,挖得不深,就荒弃了,三麻子说,把人绑在那里最保险。

胖老虎问,果窖在哪儿?

烫不熟带着我们开始在果园里转圈儿,走得泥箍满了我们的鞋,再走下去,只能光脚了。果园里石头多,蒺藜狗子也多,不被石头划破,也得被蒺藜狗子扎伤。转到最后,烫不熟拍着脑袋,纳闷地说,真他妈的怪了,就在眼前来的,咋就没了呢?

果园再小,在山上也是一大片呢,况且都怕受伤,果窖又不会飞,等天气好了再找也不迟。我们只好返回。

天气没有好转,雨越下越大,下成了暴雨。

雨停的时候,天上的乌云立刻散尽,艳阳唰地一下子照射下来,远处的山与近处的庄稼爽朗地呈现在眼前。这就是秋天,痛快。

乌云散了,老爷庙村却出现了奇异的景象,上百只老鸹盘旋在山上。胖老虎听到这个消息,脸都白了,喊了一声,坏了!然后,唤上马所长,从协勤的手里抢过两把摩托车钥匙,跨上摩托车,向着老爷庙的山上疾驰而去。

我抱着胖老虎的腰,风刮得我眼睛都快睁不开了,马所长在后边跟得很吃力。又是一次玩儿命的跑,我恐惧得不得了。

雨后的山路,更加艰险,好在是摩托车,没有底盘,总能在砾石间找出缝隙,冲上山去。小石屋外的情景,让我惊呆了。一圈儿漆黑的老鸹挤在一起,"呀呀"地叫着,互不相让,翅膀折腾出了纷飞的黑羽毛。天上依然盘旋着众多的老鸹,寻找着缝隙,准备俯冲下来。

胖老虎重新加大油门,冲着老鸹群猛冲过去。

老鸹们"呀呀"地怪叫着,"轰"的一声,腾空而起。

这时候,我看到了一个快成了骷髅的脑袋。大雨把掩盖着果窖的泥土冲开了。

胖老虎和马所长的两辆摩托围着骷髅,呈"八"字形。马所长打电话到派出所,让外勤警察都到山上来。胖老虎给刑警队打电话,报告了这里的命案。

我恍然大悟,这么久的折腾,就是胖老虎要的结果,大辣椒找到了,只不过成了尸骨。我小心翼翼地问了句,是大辣椒吧?胖老虎看了一眼马所长,对我说,你也可以当刑警了。

这哥儿俩,演双簧呢,早就知道咋回事了,只不过是分兵作战。

没有了老鸹,苍蝇们乘虚而入。胖老虎折下一根树枝,轰赶着。

警察们都来了,挖大辣椒的过程,就像挖出土文物。大辣椒的肉已经腐烂了,碰一下,就会掉块肉。除了快被老鸹啄净了的脑袋,警察们尽量保持身体的完整。

一股臭味袭来,我承受不了,再一次躲开了。

大辣椒媳妇赶来了,望着挖出来的遗体,居然没有哭,趴在泥水里,扶都扶不起来,脊背在抽搐着。

大辣椒女儿凄厉地哭喊着,你不是说带我去旅游吗,怎么躺在这里了?

街头上、电视里都是通缉令,通缉涉嫌杀人的三麻子。

我忽然想起了马所长说的那句话,人最不可靠的就是结盟。如今,这生死四兄弟,全部反目成仇,都应验了马所长的话。

可是,三麻子为啥杀大辣椒,我一直搞不明白。他们俩没有怨,更没有仇。胖老虎不解释,让我耐心等待,等抓住三麻子,真相就会大白了。

这几天，胖老虎带着我，一直奔走在三麻子的亲戚家、朋友家，奔走在三麻子有可能落脚的地方。不分昼夜的奔走，累得我有点儿吃不消了。我毕竟不是警察，没有抓人的权力，更没这份义务。

胖老虎却是精神抖擞，因为成功离他只有一步之遥，他要把三麻子撵成无窟可归的兔子。

通缉令中明文规定，提供线索者赏，窝藏者坐牢。三麻子不是八路军，没人愿意把麻烦和祸根抱在家里。

三麻子很快就现形了。两万元的悬赏，让许多人眼热。有人举报了三麻子的行踪，而且地点特别详细，虹螺山怀抱中的天然寺。通缉令不能往庙门上贴，和尚不管俗间事，也就不会问三麻子为啥来到庙里头。究竟是谁想领奖金，没人会告诉你。

得到消息时是晚上，马所长和胖老虎带着派出所里的警察全部出动。因为三麻子身负命案，担心他负隅顽抗，警察们带足了警棍和警绳，唯一没带的就是枪，因为没时间向上级请示。马所长骂了句，不让警察带枪，牺牲了多少好兄弟。都注意安全，别玩命。

三麻子早就是惊弓之鸟了，没等警察接近天然寺，便仓皇地往山上逃。好在警察们的手电光特别强烈，追着三麻子的身影，让他无处藏身。

毕竟，三麻子常年在山上，也没断了劳作，虽然年龄大了些，往山上爬的速度却一点儿也不慢，我们都被甩下了。

有两个受过特警训练的警察，离三麻子越来越近了。三麻子不甘心被抓，向那两个警察甩石头。那两个警察没有枪，只能用石头回击。

山上，是一片石头大战。三麻子居高临下，石头甩得远，两个警察的手电筒都被击中了，人也受了伤，眼看着追不上了。

三麻子的黑影离我们越来越远。我以为，煮熟的鸭子又飞了，没人能跑得过他。没有枪，就没有震慑，他更不会束手就擒。

可是，意外是经常发生的，得来全不费工夫。

三麻子脚下打滑，一个趔趄倒下了，从山上哧溜哧溜地往下滑，一直滑到我们面前。居然送上门来了，马所长和胖老虎喜出望外，带着好几个人一拥而上，七手八脚地把三麻子按在底下。

马所长掏出了手铐，边铐边骂，妈了个巴子的，看你还往哪儿跑！

胖老虎突然跳起脚来骂，操你妈老马，你把我的手铐上了！

七

押着三麻子回到了派出所，怕他再跑，脚镣子也戴上了，另加一套保险，把他绑在了讯问室的椅子上，等待着刑警队来提人。

大辣椒媳妇听说三麻子被抓住了，披头散发地追进来，有警察拦着，不让大辣椒媳妇进。胖老虎使了个眼色，让她进来。大辣椒媳妇扑在三麻子身上，连打带咬，新伤加旧伤，疼得三麻子直叫娘。

我们当作没看见。

大辣椒媳妇质问三麻子，凭啥害死大辣椒？

三麻子说，我们是兄弟，我没想害死他。让他把齐大柱哄来，他不敢。我拿锹打他，逼他去。我打的是他的屁股，没想到，他吓得一缩身子，锹就砍到了他的脑袋。我把他埋在果园里，就想天天对他说，对不起。

说到这里，三麻子仰起头，长叹一声，我们哥儿仨是活废物啊，本想从齐大柱手里弄点儿钱，没想到把自己弄得人不人鬼不鬼的。

胖老虎瞅了我一眼，一切尽在不言中了。大辣椒媳妇发泄一通过后，我们俩扶着她的胳膊，把她架出了讯问室。

麻辣烫的故事讲完了，他们兄弟几个人的样子渐渐地淡出了我们的视线，还有许多事情要做，我们的故事还没有完。

后来的日子，马所长调走了，调到市区里的分局，给他的位置他还算满意，起码不让他寝食难安了。胖老虎恢复了所长的身份，不过，不在市区，留在了镇里。我体验生活的日子还没满，留下来陪胖老虎。齐大柱偶尔也来派出所坐一坐，想和派出所套近乎，也想赞助点儿钱。胖老虎对他只有一个字，滚！

　　晚上，我俩时常到镇政府外的那家小店，简简单单地吃碗麻辣烫。有时，我们被辣得合不上嘴，直到咽下去，嘴唇却是麻酥酥的。

　　之后，我们同时说，好爽。

　　这就是生活。

（原载《啄木鸟》2015年第8期）

子丑寅卯

张国庆

说实话，我不是一个会讲故事的人，更不是擅长创作段子的写手，言谈文采极度缺乏天津人的诙谐和幽默，这可能与我的性格和工作环境有关。在市局警务督察处工作了近二十年，没有大的成绩，也没有明显的失误，中规中矩地工作和生活着：受理群众投诉，陪领导下基层调研，写不完的总结和调研。现职科长，职级副处，对一个常年坐机关的警察来讲，混到这个份儿上应该知足。

2007年，我被市局派到天津老城区一个叫鼓楼西街派出所的单位挂职锻炼了一年。这一年当中，我亲历的大事小情有很多，但有几件事，却是我这辈子做梦都碰不到的。

需要说明的是，下面我要讲述的这些，很多情节或细节并非我亲身经历，而是事后听当事人或旁观者为我讲述的。

一

新年第一天的鼓楼西街派出所，与市内其他派出所相比，并没有什么不同。唯一的区别就是每天平均120个110出警记录，仍高坐全市派出所出警率的头把交椅；再就是从市局警务督察处下来一位挂职锻炼的教导员——那就是我。

鼓楼西街在市中心。辖区面积不大，但寸土寸金。各路商家云集，商场、医院、学校、酒店随便拽出一个来，都是血统高贵的行业头牌。热闹和繁华不必说，每天来这儿休闲购物的人流车辆，从早晨开始赶集似的往这儿扎。

那时，鼓楼西街派出所还没有搬迁。整套院落就是前后两座西式小洋楼。这原是民国十年，洋楼主人——天津大盐商杜善人给俩宝贝闺女盖的"绣楼"。

院子青砖铺地，院中一棵桑葚树，夏天枝叶铺天盖地。一楼会议室房顶距地面四五米，虽已近百年，却冬暖夏凉。满屋子的历史沧桑，踩着吱呀吱呀的木楼梯，拾级而上，心里总有一种穿越的感觉。

鼓楼西街派出所有四十二个民警和五个辅警。所长老庄，副所长老孟；教导员老王调分局督察队了，我接任挂职一年。按着分工，我分管所里政工并兼管第一警组。

第一警组有四个民警：警长老高，民警老谢，还有两个年轻的，一个叫小石，一个叫小乔。后面发生的事儿，听我慢慢道来。

惊蛰，到了该打雷的节气。那天傍晚，远方真的传来一声闷响，震得办公室宽大的窗户一阵哆嗦。我当时寻思，这不是打雷的动静儿，说不准是哪家高压锅炸了。

几分钟后，市局指挥中心给我们所转来110警情。报警者说，鼓楼西街红山里一停车场发生了爆炸。当时，老高和小乔正在附近

110 出警，我赶紧用电台招呼他们先去了现场。随后，我又喊上老谢和小石，驾车赶奔红山里。

正值晚高峰，马路上人来车往，买菜的、接孩子的、胡乱占道的，几条街黏糊成了一锅粥。本来七八分钟的路程，警车闪着警灯，十五分钟后才赶到。

停车场坐落在一条狭窄的半封闭街道上。临街有个院子，过去是街办事处保洁队存三轮、笤帚和土簸箕的地方。保洁队迁走后，房子基本拆干净了，甩下个百十平方米空院子，街里租给了一个外地人收废品。院子里废品堆积如山，两间简易的临建房前站着两个男人，民警小石端着硬皮本，一边问这两个人一边记着。

废品站与停车场仅一墙之隔，越过停车场是一片旧楼群。停车场里的两部私家车和一辆卖煎饼馃子的旧三轮被崩得遍体鳞伤；停车场值班室和附近几家住户的门窗玻璃被震碎了，现场满是碎玻璃、碎纸屑，还有一群围观的人。

看车人老曹是个精瘦的小老头儿，六十开外，胡子拉碴的；穿着一件脏兮兮的蓝色警用旧大衣，作训帽歪扣在脑袋上，满脸惊恐地絮叨着："当时啊，我正坐在值班室喝茶，听马三立的相声，就瞅见废品站院里飞出个冒烟的家伙。先砸在车顶上，接着就轰的一声，我这屋儿玻璃全碎了，还把我从椅子上掀过去了……"

说完，老曹心脏开始难受，脑瓜子还被电暖气磕了个大疙瘩——我们叫来了120，赶紧送老曹去了医院。

爆炸案相当敏感。分局副局长老皮带着治安科和刑侦支队的人马蜂拥而至。警车很快塞满了这条狭窄的街道。距现场十几米外拉起了警戒线。几个技术员分散开，蹲在地上，忙着拍照，搜集提取痕迹物证。

从停车场转回来，我走进废品站的院子，见小石还在与两个蓬头垢面的男人说着话。

那年小石二十七岁，红山里的社区民警，一米八的身量，体重二百斤，圆脸细长眼，说话做事总是慢半拍，走路喜欢倒背着手，自信满满的样子。老谢说，小石的派头儿绝对是副局级，可遇上事儿眼睛就发凝,让人捉摸不透。

所长老庄概括道:说话慢、动作慢、脑子慢,就蔫主意正。

老庄的评价是有依据的。那年小石在警校读书时,寒假来分局刑侦大队实习。当时的老庄是这个刑侦大队的大队长。

晚上,老庄他们抓来一个涉嫌敲诈的嫌疑人。老庄让小石跟着刑警一起审讯取证,之后,就把嫌疑人交给他和一个辅警临时看管。刑警们继续外出查证。

小石让嫌疑人伸出一只手,将手和椅子扶手铐在一块儿,接着一屁股坐在转椅上,在灯下反复翻着一本过期的公安杂志。

后半夜,睡意袭来,小石靠在椅子背儿上,慢慢仰着头打起了呼噜;辅警那天早上帮老婆出摊儿卖大饼鸡蛋,睡眠严重不足,最后也扛不住了,和衣而卧,酣然入梦。

扒手出身的嫌疑人可始终醒着。这小子睁开眼,慢慢起身,从小石大衣口袋里摸出了钥匙,打开了手铐,溜出办公室,接着从刑警队一楼浴池的窗户钻了出去……

在警界,跑差儿(天津行话叫跑差儿)可是天大的事啊!老庄电话里正被支队长劈头盖脸地骂着,楼下一刑警飞报,实习生小石上午也失踪了。不仅失踪还关掉手机,留了张纸条说:大队长,抓不到人,我死也不回来见你!

人们彻底慌了,害怕小石再出什么事儿。立刻上报分局和市局,甚至动用了技侦手段布控查找小石和那个嫌疑人。

有人甚至怀疑,这事不排除这个实习生与嫌疑人存在某些猫儿腻。两天后,老庄带人把嫌疑人从情妇的床上揪下来,押解回来的路上,嫌疑人在车上对老庄说:"队长,我嘛都交代,就是求您了一件事,别难为那胖小子。那天晚上我肚子饿了,他还给了我半包饼干呢。"

接下来,大家满世界找小石。第三天,在嫌疑人家附近的菜市场上,一个便衣刑警发现了蓬头垢面的小石。他拿着一套煎饼馃子和一瓶水蹲在路边,眼神儿凝着盯着来往路人。

实习期间的这个错误并没有给实习生小石带来什么太大的影

响。回警校说明了情况，受到班主任的严厉批评，在全班作了深刻检查。可作为负主要责任的老庄，差点儿背了一个警告处分。

此后，老庄从刑侦大队调到鼓楼西街派出所任所长。两年后，小石毕业也分到这儿。

新警报到那天，来见所领导，老庄一见是小石，握着他的手笑道："还是咱俩有缘啊！宝贝儿，那事您了让我差点儿弹弦子（天津方言，指半身不遂）。"

分到鼓楼西街派出所后，除了下社区户查，小石在班的大部分空闲时间主要是躲在宿舍研究福尔摩斯和松本清张。侦探与推理逻辑知识、年龄和工作经验在逐步增长。好吃且不爱运动的他，体重也在一路突飞猛进。

一周前，全局民警进行体能测试，小石参加青年组八百米跑，全所只有他没过关。分局政治处发来体测不合格者名单，要一个多月后补测。我问老庄该怎么办？

老庄说："不能让这小子扯咱们所季度考评成绩的后腿。让小乔抽时间陪着他跑，一天跑一千米。"

小乔与小石同龄，毕业于刑警学院侦查专业，是当时鼓楼西街派出所学历最高的民警。小伙子一脸阳光帅气，做事干练，弹得一手好吉他，街上出警的回头率很高。

于是，我让小乔帮小石制订每天的体能训练计划。可是训练没启动，小石就又摊上了这么一档子事儿。

小石显然是认识废品收购站的这两个男人。他沉着大脸，皱着眉，问了大概二十多分钟，案情基本明了。

小石汇报说，发生爆炸时，废品站里共有三个人：废品站老板老潘、伙计老二，还有个叫玉莲的山西女人——也就是老潘的相好。老潘承认，那冒烟儿的东西是他扔到院墙外的。

根据老潘、老二、玉莲在派出所的笔录，停车场爆炸案的经过是这样的。

一年前，安徽同乡叶老二进城找老潘，想赚点儿钱回家娶媳妇。老二快四十了,还是光棍儿一条。过去在村儿里,老二一直喊老潘三哥。两家从上辈儿就有交情。老潘想帮兄弟早成个家,就把他留下来,让他在废品站干废品分类的活儿,包吃住每月给两千。

几天前,郊区一家老厂房要扩拆,重点是清理一处废弃多年的旧仓库。说是仓库,其实已破败不堪,门窗都拆走了,库房和垃圾场差不多。老潘看出了其中的商机,托人低价买断了整个仓库里的东西,带老二雇了搬家公司的车,跑了两个来回,把能卖钱的东西都拉回了废品站,准备分类再出手。

这笔买卖利润非常可观,老潘带着老二劲头十足地忙活着。各种废弃机器零件、散架的办公设备、铁箱子、木盒子,战利品似的堆满了多半个院子。

傍晚时分,老潘有点儿累了,蹲在屋门口一边逗狗,一边看玉莲在院儿里做晚饭。老二从麻袋里掏出一个油渍的破木箱子,掂着说:"三哥,说不定这箱子里有金条嘞。"

老潘摸着狗头笑道:"操!要是金条,全他妈归你。"说完继续低头逗那条叫大黄的狗。

这空当儿,老二用螺丝刀麻利地撬开密封木箱的盖儿,揭开上面的一层黄油纸,下面是一排茶杯口粗细的牛皮纸筒,上面还印着些模糊的黑色汉字和阿拉伯数字。老二没见过这怪东西,拿起一个掂掂有些分量,估计里面藏什么东西了。看顶部有根细绳儿系个铁环,粘在纸壁上,就用手把铁环儿抠下来,朝外一拽,纸筒底部突然喷出一股白烟。老二忙站起来问:"三哥,这咋回事?"

老潘年轻时在边境当过兵。一眼认出老二手里拿的是一枚军用教练弹。他"噌"地蹿了起来:"操你妈,那是手榴弹!"

随后几步蹿过来,抢过来扬手扔出了墙外。停车场随后传来一声轰响……

幸好废品站墙外那条街,早已改为封闭的停车场,爆炸才没有伤人。

教练弹声响很大,但没什么杀伤力,否则后果会更严重。一墙之隔的老潘和老二没伤着,扎麻袋里半天没起来,满耳朵都是刺耳的哨儿声；炒菜的玉莲当场吓尿了裤子，大黄吓得"嗷"的一声不知了去向。

仓库里怎么会有军用教练弹呢？我们马上请来区里武装部的军事干部，对剩余的十一枚教练弹进行鉴定。

鉴定后确认，那箱子教练弹是20世纪70年代备战时候的产物，应该是这个国营企业民兵训练时遗留的。企业倒闭快三十年，厂长和职工都下岗回家了。国有资产变更为私人所有，且被转手卖了几次，唯有这仓库作为固定资产闲置着。这箱教练弹是如何流存到库房里就无从查找了。

第二天，市刑侦局又派来人，牵着两条防爆犬，把旧仓库和废品站的犄角旮旯仔细闻了一遍；我们又协助他们，把院里废品和屋里翻了个个儿，确认没有其他爆炸物后，人马才全部撤回。

当天晚上，老潘因涉嫌过失爆炸犯罪被刑拘了。一听老潘要进去，老二和玉莲蹲在派出所院儿里开始闹起来。

老二扑腾跪在地上，抱着老潘的双腿哭喊："三哥，我对不起你啊！"玉莲哭着拉着老潘说："你蹲号儿去了，俺咋办啊……"

小乔和老高使劲掰开了老二的手，给老潘戴上手铐，往看守所送。走到警车前，老潘突然扭身对老二说："老二，看好家，把狗给我看好了！"

嫌疑人老潘进去了，可事情并没有完。

市局领导批示：全市各基层派出所都要提高安全防范意识，吸取教训，举一反三，强化社区民警的责任意识。

分局领导批示：各单位都要自查自纠，全区立即开展危险品存放、使用的安全大检查，对管理疏漏的相关责任民警要追责。

小石是红山里的社区民警，无疑被推上了风口浪尖儿。

正积极要求入党的小石，突遭这个打击，回家跟母亲一说就哭了。小石父母离异，母亲是返城知青，退休前一直在街里当干部。儿子回家一学舌，母亲转天跑来派出所找老庄，哭着央求老庄，千万不能处分她儿子。

所支部研究之后，我和老庄到了分局，找分管副局长老皮作了深刻检讨，捎带脚儿帮小石说情，列举了他的一系列长处优点。

最后的处理结果是：小石负有对辖区日常安全检查疏漏的责任，全局通报批评，全所大会作检查，入党培训的事延迟。

那些日子，小石的爱情刚有点儿眉目。家境条件外加身材肥胖，亲戚朋友给他介绍了几个女孩儿都吹了。年前，老谢给他介绍了辖区一位小学的美术老师。老谢说那女孩儿也挺胖，但人很朴实，一瞅就是过日子的人。

两人见面后，胖姑娘说自己从小就有一个警察梦。小石说，我也是。于是开始约会，见了几次，两人谈得还挺投缘。

爱情的滋润，让小石的心情超爽无比，脸上不仅有了笑纹儿，走路还时常哼几句流行歌。大家正为小石的春天高兴着，一声巨响过后，眼前又是阴云密布。

全所大会作了检查以后，小石开始愁眉不展，面色憔悴，腰围明显缩水，话少了，眼神儿时刻凝着，整天无精打采的样子。

我赶紧找小石谈话，开导说，这个事件谁都不愿意发生，以后基础工作一定扎实细心，振作起来，不要背思想包袱。

其实，小石纠结的还是入党问题。他和小乔是一起写的入党申请书，本来下半年两人一起去市局积极分子培训班学习，为进入预备党员做准备，这么一来，他和小乔明显就差了半步。

还是所长老庄给了他颗定心丸："石儿啊，人一辈子不可能一帆风顺，哪里跌倒，就从哪儿爬起来。大家都在看着你，用成绩弥补过失，组织的大门随时向你敞开着，要禁得住考验啊！"

小石激动了："所长您放心，我在哪儿摔倒，定从哪儿爬起来，绝不给您和党组织丢脸。"

可小石的脚下还没站利索，五一节前，事儿又来了。

二

那天，去分局开会的副所长老孟带回分局领导的一个批件，说："麻烦事儿又来了，说咱们红山里狗患严重。"

据老孟介绍，狗患是一位区人大代表跟分局领导反映的，说红山里一带到处是流浪犬，还有疑似疯狗出没。

消息传到小石耳朵里，他的眼神儿又开始凝了。

传说是某天晚上，住鼓楼西街的这位人大代表下楼送客。客人刚要上车，车底下突然钻出一条黄狗。受到惊吓的客人顺势给了那狗一脚，那狗扭头冲他脚踝就是一口，客人后来打了狂犬疫苗仍不放心。此前，附近有位老太太也被一黄狗咬伤，担心肇事的黄狗是条疯狗。于是，情况反映到分局并附奏：红山里满世界都是狗，街上狗屎成堆，无证养狗的更多，群众出门没有安全保障。

皮副局长的批示是：鼓楼西街派出所马上组织警力追踪调查"疯狗"；必须严格市区犬类管理规定，尤其是对流浪犬、无证犬的查处力度。一个月之内，必须见到成效，给红山里的群众一个满意交代。

传达完分局领导的批示，老庄马上开会研究。

决定截至五一前，全所要掀起一个高潮：没收烈性犬，暂扣无证犬，收容流浪犬；每个警组要收缴上来一条流浪犬；每个民警必须完成一个狗证办理指标。超额完成的每条犬奖二百，完不成的年终考核要扣分扣钱，取消各类评先争优的资格。

硝烟未尽，疯狗又来。小石急得不思茶饭，扁桃体都肿起来，说话声都成云遮月了。小石的妈见儿子最近一直走背字，赶紧偷着跑到海河边的大悲院去烧香捐功德。

鼓楼西街属于市内重点地区，养狗的人很多，但让狗主们掏一千块钱办狗证，以后每年还要续交五百，大部分狗主儿不认头。过去对违规养犬，警察都是睁一只眼闭一只眼。现在任务来了，那警察的另一只眼就得睁开了。

按照所长老庄的指示，全所民警立刻行动起来，发动所有社区的主任和楼长们，在每个楼门前都贴上宣传材料，在沿街主要路段都挂上横幅。副所长老孟还请市里各路媒体记者前来报道，一位女记者还在街上追着采访买菜遛弯儿的路人。受访者一致讨伐狗和狗主不文明养犬的斑斑劣迹。主题就是一个——养狗要文明，养狗要办证。

狗主们的嗅觉甚是灵敏,很快觉察出外面的风声不对,立刻紧闭门户,将狗锁在屋里或阳台上,有敲门的不管是谁,先扒着猫眼儿,确认来人不是警察后再开门。待夜深人静或早晨五六点再出来放风。憋得这片儿的狗儿们基本都抑郁了,被屎尿憋得瞪着眼睛吱吱乱转。

街上突然看不见狗了。一夜间,红山里养狗的秩序突然变得井然而有序了。

狗没了,狗证就难办了,查无证狗就难上加难。老高骂:"再这样宣传,连他妈狗毛都看不见了!"

老谢却不以为然,他一只手轻抚着自己的谢顶说:"警长啊,着嘛急?嘛事没有啊,挖地道嘛,各村儿有各村儿的高着儿。"

按照老谢的点子,第一警组的高着儿是,白天民警该干嘛就干嘛,早晨或晚饭后悄悄地出动,打枪的不要。

其实,老高和老谢着急的理由,是担心小石和小乔完不成任务,拖第一警组的考核成绩。两人都是鼓楼西街派出所的老警察,社区里谁家养狗,甚至公母心里都明镜似的。

老谢下社区转了两天,狗证就搞定了——辖区一位开麻将馆、烫着"爆炸头"的女老板,主动抱着吉娃娃来派出所交钱办证。

老高手里有一起难缠的纠纷,没时间下社区,歪着脑袋想了想,打了个电话。一家房屋中介老板,当天下午就牵着一条雪纳瑞上门,主动申办狗证。

不仅如此,老高还完成了组里一条无主犬的收缴任务。

听老高说,这条狗本是常年在菜市场定居的流浪犬,老得连道儿都看不见了。卖水产的老宋与老高有点儿交情。那年秋天,他卖螃蟹少了四两,被附近一个叫"老臭虫"的耍儿(天津方言:打架出名的无赖)扇了两个脖溜儿(天津方言:耳光),眼镜打飞了,鼻子还呼呼冒血。

老高接110前来处理,连说带吓唬,当场打包处理——一个脖溜儿赔三百。

"老臭虫"是红山里80年代的老耍儿,鼓楼西街一带打架的"名流",但他最服派出所的老高。

1983年严打前半个月,"老臭虫"有天喝多了,带着几个兄弟路过西瓜摊儿。一个小兄弟说:"大哥我渴了。""老臭虫"弯腰抱俩西瓜就走。摊主说:"大哥,您还没给钱呢。""老臭虫"托着西瓜,扭过脸啐了瓜主儿一脸唾沫,还照着屁股踹了一脚。

几天后,全市刮起严打风暴。瓜主儿觉着心里窝囊,跟民警老谢举报了那天的抢瓜过程。当晚,老谢带几个民警用绳子把"老臭虫"从酒桌上绑走,押送市收容站。市劳教办批准:按抢劫劳动教养两年。

两个西瓜让"老臭虫"在劳教队整蹲了两年。放回来后,"老臭虫"脾气小多了,可是工作没了。片儿警老高见他整天无所事事,领一帮人在胡同里打牌喝酒,就托人帮他在管界的食品厂找了份工作。之后"老臭虫"结婚生子,日子才算安稳下来。

俩嘴巴赔了六百,让外地人老宋在菜市场找回了面子。那天在市场,听派出所食堂做饭的阿姨说,老高念叨着要找条无主的流浪犬,老宋当晚就把那条老狗绑缚起来,扭送到了派出所。

派出所后院三个大铁笼子里装了十几条狗,都是各警组那几天收来的无主犬。按照规定,月底前,这些无主犬要集中上交到市留检站处理。

所长老庄面对几天的战果很满意,挨着个儿把铁笼子里的狗看了一遍,叉着腰感慨道:"俗话说得好啊,锯动就有末儿啊!"

三

离五一还有十天,我问老高,咱们组狗证进度如何?老高说,小乔的也办妥了,就是小石还没影儿。

说起来,这小乔的运气真是不错。那天出警,路上偶遇高中时的语文老师,闲聊得知,老师现在退休在家,养了条小西施做伴儿。小乔当年在学校是班长,人品和学习成绩很受这位老师的待见。见学生遇到了困难,退休女教师二话没说,第二天就来派出所办了狗证,感动得小乔赶紧买了水果登门致谢。

而小石就不那么顺当了,因为他的目标是要抓那条传说中的疯狗。那些日子,连和胖姑娘约会的时间都搭进去了。他整天沉着脸,凝着眉毛,带着棍子、绳子和铁笼子,和协警老张开车在辖区四处蹲守搜寻。

必须要说明的是,在闹狗的那些日子里,我们第一警组谁都没闲着。除去抓狗办狗证,每个民警还有很多任务,刑事案件的线索摸排、备考全局执法资格考试、扫黄打非的排查摸底信息汇总、每季度治安拘留任务以及市局业务部门的各项考核指标等都要按时完成。

更崴泥(天津方言:麻烦)的是,那些日子,鼓楼西街除了闹狗,还闹神经病。可能是春回大地,万物萌动的缘故,几个社区的精神病人就像约好了一样,几天之内陆续都发作了。

老高社区有个叫柱子的,平时脑子还算清醒,那天突然迷糊了。他从家里翻出过日子的四千块钱,买了十几箱子鸡蛋摆在家里。柱子爹妈有些智障,连着几天跟着他吃煮鸡蛋。同一单元邻居大娘忙给老高打了电话。

老高带着小乔来到柱子家,一进门就瞅见厨房炉子上正煮着一大锅鸡蛋。老高关掉煤气问柱子:"这些鸡蛋是从哪个摊儿买的?"柱子想了半天,傻笑着说:"我忘了。"随后,就拼命往老高和小乔手里塞热乎乎的鸡蛋。

老高进了屋,围着成垛的鸡蛋箱琢磨了一会儿,就下楼招呼来附近装修的几个小伙子,把十几箱鸡蛋全部搬到社区居委会门前,又从居委会翻出一条大布标,请楼上住的一位著名老书法家挥毫写了几个字,"一个鸡蛋一份爱,真诚帮扶在社区"。然后,悬挂在楼门前。

摆好架势,老高忙着打电话,招呼他熟悉的人,附近卖早点的、开饭馆的和邻居来认购柱子家的鸡蛋。老高招呼买主,社区主任过秤,小乔收钱记账。

老高在社区说话颇有号召力，几家饭馆老板和小区的大爷大妈们得知真相后，陆续赶来认购。卖了多半天，鸡蛋不论生熟，全部售罄。有人还献爱心多给十块二十块的，结账时还多出五百。

老高把钱交给社区主任，又把柱子喊来，嘱咐说钱存人居委会的账户上，用钱找社区主任要。

卖了鸡蛋，这还不算嘛儿，更崴泥的是小乔社区有个叫春子的——一个三十多岁的女精神病人，相中了隔壁楼门一个监狱局的看守民警，天天追着要嫁给这个看守。整得这哥们儿每次出门儿都要跟特工似的戴上口罩和墨镜。回家还得贼一样，以百米冲刺状往楼上蹿。

时间长了，狱警老婆不干了，说我们家爷们儿是警察啊，凭什么天天被一个女疯子撵着跑啊。于是，堵着门儿骂了春子几次。可此举非但无效，反而更刺激了春子的激情和斗志。每天她穿得花枝招展，脸上抹得如京剧花旦，按时准点儿堵在看守家门口，执着地守望"心上人"。

春子家搬到鼓楼西街时间不长，小乔对她家的情况不是很熟。我和老高就跟着小乔找到春子的家，想做通她母亲的工作，让她看管好自己的女儿。

谁承想，春子的母亲听完我们的来意，突然高兴得直拍巴掌，说："警官啊，我同意这门婚事啊。您了帮我们给问问，到底搞啊还是不搞，给我们家闺女一个准信儿啊！"

老高使劲咳嗽了一声，给我们暗递眼色。我们忙走下楼，老高一声叹息道："教导，没治了，这他妈是遗传啊！"

春子的病越闹越厉害，最后，整得狱警两口子干脆搬到父母家避难了。跟精神病人没辙，狱警老婆便将一腔怒气对准了派出所。她几次来派出所找社区民警小乔，要求他抓紧把春子强制送到精管院去治疗，恢复她家正常的生活。

我们开始与精管院和街道及区民政局沟通。可人家说，病人没有危害他人的什么过激行为，加上春子家里每月吃低保，根本拿不出钱来住院。没钱,精管院不收。反复推扯了十几天,看守的老婆一气之下,连着两封投诉信送达到我的单位——市局督察处,说日常生活受到干扰,自身安全受到威胁,长期有家不能回,鼓楼西街派出所民警不作为……

一件让人哭笑不得的事竟变成信访案。市政法委及市局和分局领导先后批示:要求派出所派出专人与有关部门抓紧协调,妥善处理解决。

投诉信和批示转了一圈儿,又回到了鼓楼西街派出所,最后回到了我的手里——没辙啊,那些日子,我带着老高整天忙着找监狱局、精管院,与狱警家属沟通协调。老高让小乔与社区主任一道,时不时到春子家里做疏导工作。

就在我们疲于奔命地寻找解决办法时,奇怪的事儿发生了:春子对那看守民警火一般的追求突然降至冰点。起初我们以为是工作初见成效,但很快发现,新麻烦接踵而来。

因为春子突然发现,坐在眼前给她做工作的派出所警察小乔,比那看守民警长得还精神,举手投足特别像影视剧里某个韩国男影星。于是,她把枪口一转,猎取目标对准了小乔。

老高后悔道:"真他妈是找病啊,早知这样就派小石去了。"

女精神病春子看中了派出所警察小乔,不仅成了派出所这条街上热议的一大新闻,也成了黏在我们手上一块反复咀嚼过的口香糖,扯不断,甩不掉。

春子每天会不定时来到我们派出所,花枝招展地坐在值班室长椅上或门口花坛上,自言自语地嘟囔着:"我就喜欢乔警官。看不见他,我就去死,死了也要嫁给这个欧巴。"

小乔晕了。看守彻底解脱了,纳闷儿不知道鼓楼西街派出所使了什么高着儿,能让一个女精神病一夜间改了主意。这哥们儿还特地给老高打来电话说:"谢谢几位弟兄,工作真到位啊!这周六晚上'狗不理'我摆一桌。"

可怜小乔每天叫苦不迭,哪有心思吃"狗不理"包子啊!那些日子,小乔的精神高度紧张,出来进去还得随时提防春子突然冲过来的拥抱,整得他出来进去也跟防贼似的。他见着我说:"教导,您得赶紧给我想辙,再这样下去,我该神经了。"

我忙向老庄汇报,老庄出面找街道办事处民政科协商,要民政出钱,将春子强制住院治疗。民政科的人说,要报材料给区里才能拿到钱。

我们正忙着整材料,市局禁毒处正在侦破一个贩毒大案,要从派出所借调一个年轻民警去帮忙。老庄一听没犹豫,说:"赶紧的,派小乔去。"

小乔被秘密"转移"了,春子的梦也被暖暖的春风吹散了,但鼓楼西街的"精神风暴"依然没有停歇。

老高社区有个叫老蒋的单身男人,一个月前,女儿小菊未婚先孕三个月,竟与男友偷偷私奔了。男友是市场卖宠物的来子。老蒋退休前是铁路设计院的勘探员,性情内向,年轻时常年在大山里勘探,回家后发现老婆已出轨多年。

与老婆离异后,老蒋独自把女儿抚养成人。二十岁的女儿突然出走,老蒋哪经受得住这样的打击,曾有精神病史的老蒋突然崩溃,脱光了衣服,连着几个晚上在几个楼群间疯狂裸奔。目击的居民连续打了几个110报警。警察到现场,却始终找不到人影。

那天晚上,群众再次报警,说那大爷又光眼子出来了。那天所里警力紧张,我跟着老高和老谢前来围堵。警车刚拐进小区,远远就看见一个精瘦的中年男人,赤条条地站在花坛上,动作舒展地做着标准的第三套广播体操。

我们的警车在花坛附近停下,赤裸的老蒋先是一愣,随即跃下花坛向楼群里跑。这家伙虽然六十多岁了,可脚底板儿好像绑了风火轮,我和老谢追了一百多米就喘不上气儿了。老高一直坚持长跑,自诩体能和速度远超过我们,很快,我们发现老高也败下阵来。

那老蒋熟悉小区的地形,不断利用树木、花坛、自行车、破三轮和垃圾堆为障碍物,闪转腾挪、蹿蹦跳跃,忙活得老高方向和步伐始终散乱,不管脚底下怎么拼命,始终与其相差五六步,中途还把脚踝给扭伤了。最后，还是一位过路小伙子斜刺里冲过来，拦腰抱住老蒋，警民合力才把他按在地上。

在派出所里，老蒋穿着老高的裤子，老谢的旧夹克，和我们海阔天空地神聊了一夜。老高和几个民警轮流陪着他侃，中心话题就是一个：一定帮他找回女儿小菊。

天亮了，老蒋的情绪逐渐平复，握着老高的手不住地感谢道歉。老高还请他在派出所小餐厅吃了早点，最后，打电话让他弟弟把人接走了。

上午，我开车带老高去医院检查。下了车，老高一瘸一拐地对我说："教导，不是咱黍米（天津方言：笨或胆小），我一聊才知道，这老小子练长跑快二十年了，在市里长跑还拿过名次呢！"

就这样，我们第一警组的大部分警力和时间，被几条狗和几个精神病拖来拽去，整日疲惫不堪。老高脚扭伤回家暂休几天，老谢连熬了几天，严重失眠，血压升高，每天要到医院去输液。我每天穿梭于各种考核汇总、报表和总结之间。最后那个狗证，大家也就逐渐淡忘了，惦念这事儿的只有小石了。

四

自从被老庄鼓励之后，小石的精神状态一直处于激动和亢奋中。按照老谢的建议，他早晚在辖区设伏：一是寻找疯狗；二是要完成狗证任务。

小石管辖的社区有片小区叫求贤里，无证养犬的最多，狗也不是什么名狗，杂交或收养的狗居多，狗主也多是下岗职工和外地做小生意的。查狗证之前，小区花园每天遛狗的有二三十人。可是打狗高潮掀起来之后，小石发现，这里突然静寂下来，偶尔出来遛狗的，也都是办了狗证的。

运气终于来了。那天早晨七点刚过，开车巡视的小石和辅警老张在花园里发现了目标——一位戴着墨镜遛狗的中年妇女。

狗不是太名贵——萨摩耶，通体雪白，昂着头，咧着嘴，一脸笑意地透着高贵。狗主儿的口气也不低，上下看看小石，说狗证忘家里了，谁天天遛狗揣着那东西。随后又来了一句："真是闲着没事儿干了。"

小石一听就火了，说："我现在干的就是正事！走，我跟你回家取去。"

小石领着老张跟着气呼呼的女人往家走。到地儿才知道，她家住先锋里，这可是越界到老谢管辖的社区了。他听老谢说过，先锋里住的多是区里各部门的一些领导。

三室一厅的大房子，屋里古色古香，满屋的红木家具和字画。一位容光焕发、面色红润的中年男人，正俯身在书房一个案子上写着"天道酬勤"。听老婆说派出所警察来查狗证，忙从书房走出来，态度慈祥而和蔼地摘下眼镜说："你好啊，小伙子，你不是我们的片儿警吧？好像没见过你？新警察吧？"

小石见他说话拿着腔儿，估计是个什么狗屁小官僚，气更不打一处来，心里说，认不认识我管屁用，今天你就是市长也得给我把狗证拿出来。

小石沉着脸说："认不认得我没关系，我是鼓楼西街派出所的民警，请把狗证拿出来给我看看。"

男人一看小石油盐不进，是个生瓜蛋子，脸一沉，开始用鼻孔喘气，扭头问老婆："狗证不是让你早去办了吗，怎么这么拖沓？"

那女人板着腰板儿，一屁股坐在罗圈椅上，对小石说："小伙子，实话跟你说吧，我早跟你们派出所老谢打过招呼了。这几天正准备去办，这些老谢都知道。不好意思，让你白跑了一趟。"

如果在外边，这女人这样说，小石可能就闭上一只眼了。但是那句"闲着没事儿干"一直顶在小石的脑门子上。

"好啊，那我们先牵走，你什么时候办好狗证，什么时候给你！"小石说完，示意老张过去牵狗。

谁想，女人突然一拍椅子扶手喝道："太不像话了，简直无法无天。知道这是谁的家吗？认识他是谁吗？！再胡闹，马上给你们皮局打电话。"

辅警老张事后告诉我。当时小石听到"皮局"俩字,眼睛确实凝了好几秒,而后突然对那女人说:"你少拿领导吓唬我!我告诉你,我就是新警察,我谁也不认识,我就认狗证,没证就是违规养犬。老张,把狗给我牵走!"

小石当时并不知道,他们进的这家儿,男主人并非什么狗屁小官僚,而是现任区人大副主任老林。女主人是林夫人,区人大代表——鼓楼西街一家豪华大酒店的老总。

而打电话举报红山里闹狗患的,非是旁人,正是区人大代表林夫人。消息来源可靠——副所长老孟的儿子小孟,是皮局的司机,皮局接林夫人电话时,正坐车去市局开廉政座谈会,小孟回家跟老孟说了这事。

再说小石这边儿。怒气冲冲的林夫人拍完罗圈椅扶手,掏出手机,一个电话先打给了片警老谢,说你们所有个很胖的小警察在我家撒野。老谢一听就慌了,从病床上翻身坐起,一把扯下输液的针头,从医院打车赶来。

老谢进屋先把小石拉出来说:"小石,我知道这个事,人家办狗证的钱都给我了,我这几天忙着输液给耽误了。林主任是咱们区里老领导,这可不是外人啊。你先回所吃早点吧,后面的事,我来办吧。"

小石刚分到派出所时,老谢带过他一年,严格意义上说,也算是他师傅。既然师傅话说到这份儿上,小石就无语了,转身带着老张气呼呼地走了。

此时的小石还不知道,老林的女儿去年嫁给了皮副局长的儿子。所长老庄不仅是媒人,还是区里的人大代表,罩着两层关系,婚礼自然他是跑前跑后,忙着张罗了好几天。

我不知道小石走出林夫人家时是什么样的心情。听辅警老张后来说,小石眼睛凝了一路,一边开车,一边自言自语地骂:"操他妈的,这活儿没法干了。"

当天上午,所长老庄就接到了林副主任打给他的电话,内容不得而知。转天早点名后,我见老庄留住小石问:"那疯狗有着落吗?"

小石说:"目前还没有。"

老庄递给小石一支烟,说:"石儿啊,我这几天正要跟你谈谈,眼下你工作重点是找那条疯狗。有就想办法去抓,没有咱就辟谣。我们得给红山里老百姓一个交代,给区领导和分局领导一个交代!你的任务很重!靠拢组织,积极要求进步,要出成绩,这是好事,但是你稳住了,不能急躁啊,千万不能偏离重点。不能眉毛胡子一把抓,我可是信任你的!"

老庄接着说:"先锋里狗证的事我听说了。我跟老谢说了,不管是谁,养狗都得办证,没有谁可以例外。没有这个原则性,我们民警下去还怎么工作啊!"

小石满心糊涂地挺起大肚子,对所长老庄说:"所长,我懂了。"

小石和老张继续追疯狗。当然不会再去越界,也不再回家跟母亲念叨。他下了决心,必须干出点样儿,给你们瞧瞧。

这天早晨,小石和老张在花园又盘查了一位牵着京巴的中年男人,结果是无证养犬。小石暗喜,对那男人说:"要养就拿一千块钱来派出所办证。"那男人没说什么,把狗绳主动递给小石,转身就走了。

这么顺从听话的狗主儿,小石还真没见过。很快,那条京巴狗被老张塞进后院的铁笼子。老高猛拍小石的大屁股说:"小伙儿,有点儿意思!"

谁承想,晚饭后,一位七十多岁的老太太拄着拐杖来到派出所,一屁股坐在长椅上,说狗是她的,要求把狗还给她。

小石沉着脸说,要养狗可以,赶紧交钱办证。老太太翻眼看看他说:"狗在人在。"之后闭上眼睛不说话了。

就这么坐着,一直坐到半夜十二点,老太太的脸色开始发白,呼吸急促,身子也开始摇晃。无论小石怎么说,她就是不回话。

正巧,老高和老谢出警回来。老谢认识这老太太,过去管过她家户口,她儿子有些智障,母子靠低保生活。通过查询人口网络信息,小石找到了老太太的女儿,按照号码打过去,女儿一听就说:"狗就是她的命,你们看着办吧。"

小石找我请示对策。我走到值班室,想跟老太太说几句,同样是碰一鼻子灰。老谢见状，忙把我拉到屋外说："教导，赶紧放狗吧，宁可扣钱也得放。人要是倒在派出所麻烦可就大了。"

我一听，心跳也加快了。对老谢的这个建议，小石有些抵触，闷着头一声不吭。思前想后，最后我拍板——马上放狗，但不要让外人知道。

半小时后，老高和老谢趁着值班室无人，抱着狗搀着老太太上了警车，悄悄送到她家小区附近。老谢再三叮嘱说："老太太，这可是所领导破例的特殊关照，千万不要对别人说啊。明天抓紧时间来办证啊。"

老太太抱着狗，回答还是那句："狗在人在。"

三天后，我带着老谢和小石去市局参加英模事迹报告会，中午回到派出所，老高说："石儿啊，不要忙乎了，狗证解决了。"

这天上午，老高去医院拿药，回来的路上，偶遇精神恢复的老蒋。他穿着休闲运动衫，容光焕发，牵着一条小博美，正坐在小区长椅上晒太阳。见到老高，高兴地起身，跑过来握手让烟，还拉着老高坐在长椅聊了会儿天。

老蒋很开心，说女儿小菊回家了，未来女婿来子虽然比女儿大十岁，有时还犯点儿浑，但也跪地认错了。十月份我就要当姥爷了，彩礼也送来了，下个月赶紧给女儿操办婚礼。来子怕他闷，给他抱来了一条小狗儿。

老蒋再三邀约，到时请老高过来喝喜酒。老高忙着道喜，然后说："老蒋你得给我帮个忙，办个狗证吧……"

人逢喜事精神爽，状态已恢复的老蒋二话不说就答应了。转天早晨，带着狗交钱办证，指标算小石的。至此，派出所办理狗证任务全部完成，无主犬超额完成。

但是，小石却没有我们想象的那样兴奋。他对老高说："警长，这个狗证还是算您的。我自己的任务一定能完成。"

老高弄得满脸尴尬。老谢在一旁插话说："小石，你想干嘛，这不脱裤子放屁吗？"

小石清清嗓子说:"我就不信,我搞不定一个狗证。"

老高气得走出会议室,到院儿里树下抽烟。我说:"老高,你别多想,小石是不想在大伙儿面前丢面子。"

"我是热脸贴冷屁股,有本事就自己抓去吧。"老高说。

五

距五一还有一周,狗证依然没着落,疯狗更是没有踪影。小石急得眼睛红肿,扁桃体发炎,但表情仍自信满满。特别是停车场看车人老曹早上的一个电话,让小石更是眼前一亮。

老曹说,废品站的那条黄狗这几天常半夜回来,有时还带流浪狗来停车场乱搞。颜色和个头越看越像你说的疯狗,估计是停车场爆炸,把那狗给吓神经了。

废品站老潘养狗,小石是知道的。过去老潘在废品站收养了四五条流浪犬,只是当时犬类管理比较松,小石没太过注意。据说这些狗都陆续让狗贩子和区犬办的人套走了,只有一条叫大黄的狗,始终逍遥在外。

老潘说,这大黄是几年前他在路上捡的,从小就鬼机灵,老远就能识别出狗贩子和警察。有年冬天,屋里煤气倒灌,那狗拼命撞开了窗户,救了正睡觉的老潘和玉莲。此后,老潘视大黄为恩人,每天都要买根儿童肠喂它。老潘被警察带走以后,那狗也跟着失踪了。

鼓楼西街开始清理无主犬后,小石问叶老二那狗的下落。老二是个犟驴子,说:"狗长着腿呢,我咋知道它跑哪儿去了,有本事你们就抓去吧。"这话一直让小石心里很搓火。

老曹的这个信息让小石很兴奋,他决定先不声张,有枣没枣先打三杆子,先抓住这条黄狗再说。如果是那条传说中的疯狗,那么,他就可以一扫眼前的被动局面。

他喊来辅警老张,两人一商量,决定晚上蹲守收购站,来个"关门打狗"。

老曹还告诉小石，老潘进看守所后，玉莲没几天就卷着铺盖回山西了，废品站只有老二，白天出去收废品，晚上回来睡觉。

晚上，小石和老张换了一身作训服，带着绑着铁钩的棍子、绳子和狗笼，悄悄躲进老曹的值班室。

半夜十二点多，在停车场溜达的老曹打来电话说，刚才那黄狗在树下撒了一泡尿，带着一条花狗进了废品站的院子。

没想到，还有意外收获，小石异常兴奋。

院子的铁门虚掩着，老二的屋里还闪着电视的光亮。小石悄悄推开门，与老张一字排开，侧身刚挤进去，黑暗中突然传来一阵狗的狂吠。小石喊了声："开灯！"老张忙打开了强光手电。

灯柱下，一只半大黄狗站在麻袋上，紧紧盯着小石手里的棍子。地上一只花狗龇着牙跳着狂吠。小石先出招儿，伸出钩子直取那黄狗。黄狗闪身躲过，接着奔小石扑过来。小石想后退一步换招儿，不想一脚踩到一堆空酒瓶子上，"咕咚"一声来了个四仰八叉。

一旁的老张见状，抡起警棍扫在黄狗的身上。那狗爬起来，没等老张抬胳膊，冲着他腿肚子就是一口，随即在黑暗中消失。小石爬起来再看，两只狗都不见了踪影。

听到狗叫，老二趿拉着鞋，披着衣服跑出来，一看是小石拎着棍子，就问："你们还找啥？不都翻了好几遍了吗？"

小石喘着粗气说："少跟我装孙子！快说！把狗藏哪儿了？"

老二眨着小眼儿说："谁藏谁孙子，不信你搜吧！抓着算你的，抓不着算我的。"

小石扭着屁股随老二朝屋里走，气呼呼地说："妈的，这狗我今天抓定了！"

屋里乱七八糟，残羹剩饭摆了一桌子。电视里正放着中央台的动物世界。一股子怪味儿扑面而来，噎得小石差点儿一口吐出来。他憋着气，把犄角旮旯都敲了一遍，还撅着腚用棍子把床铺下划拉一遍，最后把行李箱和纸箱子、柜子都打开了，就是没有狗的影子。出来继续再搜，结果在院墙下一堆盒子后面，发现了一个尺许高的墙洞……

老张的右腿被咬了几个牙印。虽然没见血,但被疑似疯狗咬了,老张紧张得浑身乱哆嗦,连呼吸都有些急促。小石慌了,偷偷给老谢打了电话,老谢开车带老张到医院打了狂犬疫苗。

这事儿想瞒都瞒不住,所里很快知道了小石的"关门打狗"行动。所长老庄拍着桌子说:"你是真够犟的,白给你的不要,非得自己半夜瞎他妈折腾。老张真要出事了,谁负责?"

"我就不信搞不定一条狗!"站在老庄面前,小石喘着粗气,眼睛盯住地面自语道。

六

离五一还有四天。天已经很暖了,街上的行人也多了。这天是个周末,不知怎的,从上午开始,110警情一个接一个。所里三部警车几乎一刻也闲不下来。

晚上八点多,在外出警的老高和老谢带回来一个人。我仔细一看,正是废品站的叶老二。

原来,晚上市局转来了个110警情,说辖区中心花园有人打架。正在附近出警的老高和老谢开车到了现场。真是冤家路窄,打架的不是别人,正是废品站叶老二和先锋里的林夫人。

老谢疑惑:这两人怎么会干仗呢?

问了才知道:这天傍晚,林夫人牵着那条萨摩耶到中心花园遛弯儿,顺便和一群中老年妇女在喷泉边上跳《格桑花儿开》。林夫人年轻时学过舞蹈,加上是主任太太,自然很风光地站在第一排。狗也撒开,晃着尾巴一边儿玩儿去了。

舞至高潮,林太太一个华丽转身,瞥见自家萨摩耶躲在暗处,正骑在一条黄狗身上,前腿搂紧其后腰,吐着舌头,随着音乐,一前一后地快活着。她想过去制止,可后面一群大姐们盯着她的节拍和动作,于是转回头假装没看见。

很快,一阵狗的惨叫声传来。林夫人转头一看,一个男人正用皮带抽她家的狗，抽得萨摩耶满地打转，想跑都没机会。林夫人忙跑过去质问。

男人正是叶老二，他满嘴酒气地问："你家这狗是怎么教育的？长了那玩意儿乱他妈的上？"

众人一片哄笑。林夫人说："你这人怎么不说人话呢？我们家这是名犬，我们还吃亏了呢。"说完，指桑骂槐地数落自家狗，"你真不要脸，眼瞎了哈！以后长点儿记性，少出来给我丢脸。"

老二心里很烦，加上喝了不少酒，斗嘴是不行，直给了林夫人一句："你骂谁呢？我操你妈的！"林夫人气得浑身乱抖："你个臭流氓。"立刻掏手机报了警。

林夫人坐在长椅上，闭着眼，揉着太阳穴对老谢说："警官，他可骂我了，骂得实在太难听了！大家都可以做证，我现在心脏难受。"

老谢安慰道："您消气儿，干吗跟这些人一般见识。"

他突然转身问老二："有狗证吗？"

老二说："没有。"

老谢问："你的狗哪儿去了？"

众人低头再找，大黄早没影儿了。

老谢说："那你跟我走一趟吧。"

老二指着林夫人说："为啥只查我，你咋不问她有狗证吗？"

林夫人愣了一下，马上闭上眼睛："狗证没带，在家放着呢。谢警官，狗证不是您给我办的吗，我们狗可是合法的。"

老谢干咳一声说："没错儿，狗证是我办的，我可以证明。"

老谢先扣了老二的身份证，对林夫人说："要不您到医院去看看，这件事我们会秉公处理的。"

随后一拍老二肩膀说："你跟我到派出所去！"

老高站在老谢的身后阴影处，始终一声不吭……

到了派出所，我们才搞清楚，老二那天晚上喝酒，是事出有因的：几天前，法院那边来了消息，老潘因犯过失爆炸罪被法院依法判处拘役六个月，并附带民事赔偿车辆损失和老曹的医药费共计三万多。

出事前，老潘的钱都是玉莲掌管的。老潘被刑拘后，玉莲处处提防老二，突然带着钱失踪了。看守所里老潘跺脚痛骂：这个娘儿们心真黑啊！

老二手里有一万块，在银行存了定期。他打算转天取出来先替三哥还账。他想起三哥心里就开始郁闷，在屋里喝了几瓶啤酒，然后带着大黄到中心花园，醉眼看一群老女人跳舞。无意间他突然瞥见一条白狗正骑在大黄身上："妈的，人受欺负，狗也受欺负。"

于是，老二扯下皮带直奔了过去……

老谢正要开始取笔录，小石正好从外边回来。一听是老二的狗的事，兴致来了，忙主动坐下，帮老谢取证。中途，老谢也接到老庄从外面打来的电话。老庄口气挺硬，似乎是在酒桌上："老谢，给我好好收拾一下这个收破烂的，在公共场所酒后滋事，无故辱骂他人，还无证养犬。咬老张的事还没跟他算账呢！再不服就取证拘了他。"

取证完毕，老二愤愤不平，问老谢："为啥只抓我，不抓那娘儿们？"

老谢说："人家养狗有狗证，你有吗？"

老二说："她说有就有，拿来让我看看。"

老谢说："你一个收破烂儿的有什么权利查人家的狗证，只有我们公安机关才有权检查。她家狗证是我办的，就是合法的！"

老二突然站起来："合法的就可以逮谁操谁啊？"

老谢站起来，指着老二的鼻子说："你少在派出所胡搅蛮缠！配狗的事儿警察管不了。人家有证，就符合养犬规定。你无证养犬，还敢把狗牵到公共场所，酒后滋事，无故辱骂他人，冲这几条我们就能处理你。"

老二冲着日光灯咬了半天牙。老谢接着说："还有，我们接到许多群众举报，你的狗就是有疯狗的嫌疑。"

老二的小眼睛又圆了，说："群众说啥就是啥？你把群众喊来，让我问问群众,到底谁是疯狗?"

小石站起来说:"你的狗还把我们夜巡的辅警咬了,不找你赔偿医药费就便宜你了。现在你还不服!"

老二说:"你俩凭啥半夜溜我院儿里去,一堆破烂儿有什么好巡的,咬着也是自找的。"

老谢掏出手铐子,"啪"地拍在桌子上:"叶老二,你信不信,你再敢胡搅蛮缠、无理取闹,我今天可以按扰乱公共秩序、妨碍执行公务拘了你。"

老二终于闷口了,盯着地面不停地咬牙喘粗气,估计是老谢这一拳打他软肋上了。

小石说:"赶紧把狗给我牵来,是不是疯狗,我们得鉴定。还想继续养,那就交一千块钱办证。"

老二说:"身份证你们得还我,明天我得用它取钱。"

老谢摸着自己的谢顶,仰起头说:"把狗送来,就还给你身份证。"

……

半夜,老二真的用绳子牵着那条黄狗走进派出所。

见着大黄,小石有些犯怵,让老二亲手把狗装进铁笼子,之后,把老二领到值班室,找老谢取了身份证,说:"就给你七十二小时啊,不来交钱办证,我们就按无主犬处理。"

老二接过老谢递来的身份证,突然哭了,冲着院子里的狗笼子说:"对不住了,大黄,我砸锅卖铁也得赎你出去。"

老二走了,我和老高走到后院儿,看了一眼那条关进铁笼里的黄狗。那狗外观上并无疯狗的特征,安静地趴在笼子一角儿,目光冰冷,在黑暗中闪着幽绿的光。

老高说:"瞎他妈咧咧,这哪是疯狗啊!"

接下来,配狗纠纷很快被外面无数个110警情淹没了。

七

三十号那天上午，天气晴朗，街道两侧挂满了欢庆五一的国旗和五颜六色的彩旗，鲜花点缀的大街上人来人往。

一大早，小石要去分局集合，去远郊参加八百米的体能补测。我暗地委托了市局考评办的一哥们儿，让他关照一下小石。

临上车前，小石自信地前后晃动着双臂对老庄说："所长，您瞧好吧，这次保证不会拖所里后腿！"

按所里分配的指标，小石的狗证任务虽然没有完成，但全所任务总数已经完成。老庄私下做了老高和小石的工作，狗证数还是归了小石，超额奖励归老高。

上午十点，分局治安科来电话，催促派出所赶紧去上交无证犬。老高带着老谢、老张把后院的狗笼子统统装上车，送到距市区几十公里外的犬类留检站。

刚送走两小时，老二一身疲惫地推门走了进来。掏出一千块钱说："我找谢警官，俺来赎狗。"

值班民警立刻傻了眼。

遗憾的是那七十二小时，我正在百公里外山里的一个招待所，参加市局举办的督察业务考核培训班。关于老二筹钱的经过和细节，都是当事民警事后讲给我的。

那天早晨，老二先用身份证去银行取了定期存款，又掏出口袋里所有的钱，将一万两千块装在一个信封里，打算蹬着三轮把钱送到法院。但在银行门口，就被两个安徽口音的骗子用掉包计把钱骗走了。当天的110警情，有清晰的记录。

出警的民警说，真不地道啊，老乡骗老乡。俩骗子一掉包，换了两万多假币。这老二脑子肯定进水了。

厚厚的一沓子假币被收缴了。民警查看了银行附近的监控录像，证实这是两个中年骗子给老二演的一出双簧。

地上丢钱的掉包骗术，在电视上被无数次曝光。可老二一时贪心中了招儿。

当天下午，所里又接到报警，说一小时前，有人在胜利路口"碰瓷儿"。"碰瓷儿"者被民警带回了派出所。值班民警一看，还是老二。上午还是受害者，下午怎么成了"碰瓷儿"的呢？

走路一瘸一拐的老二大喊冤枉。他说从派出所出来，偶遇了一位收废品的客户——广告公司老板；老板听说他急需要钱，就临时找了个赚钱的活儿，让他出去发小广告，一大箱子广告单，发完给他二百。

谁想到，老二在路口发广告横穿马路时，被一辆车撞伤了腿。司机说有急事，拿了四百私了。老二拿到钱，没舍得去医院，忍痛接着发广告。司机办完事回来，见老二仍在路上来回溜达，于是报了警。

老二撩起裤管儿，民警发现老二的右腿和脚踝挫伤确实严重，以"碰瓷儿"为目的解释，显然是不能成立的。

这段经历让我们知道，他在十二小时内是如何赚来第一笔钱的。但几小时后，派出所再次接到110报警，说有个发小广告的外地人，在一路口昏倒了。

昏倒的还是老二。出警民警喊来了120，把他送进了医院。根据民警后来的讲述，老二昏倒是因体力透支，低血糖造成。输液治疗后老二醒过来。民警又喊来广告公司老板，给老二结了药费和两百工钱。老板心软多给了两百。

这样，老二的口袋里就有了八百。

但老二并没有离开医院。原因是，他在医院意外找到了一个赚钱的差事——夜里看护一个病人，报酬是两百。

根据老二事后的讲述和我们的调查，老二并没有说谎。

那天傍晚，老二在医院走廊里被一个男人喊住，问他是否愿意做陪护，陪护男人的老爹，一夜二百，护理到转天早晨八点。

八百加二百。这个条件，对老二来说，似乎是天注定。老二自然答应。那男人把他领到自己老爹病床前，给他一盒方便面就走了。

老人很瘦，戴着氧气罩，闭着眼睛始终昏睡着。半夜老人突然醒来，摘下氧气罩问老二："你是谁？"

老二说："我是你儿子雇来照顾你的。"老头一听就哭了，对老二说："我求你一件事，能不能帮我早点儿死？"

老二吓了一跳。老头哭诉道，老伴去世后，四个儿子很少来管他，老人只得独自生活。不久前，村里拆迁，按人头分房分钱，儿子们忙把他抬到医院。人有一口气儿就有一份儿财产。明天一早，儿子要带着人来签字办手续。

老二安慰说："大爷，再难咱也得活下去。实话跟您说吧，我吃这么多苦，出来赚钱，就为从派出所赎回一条狗！"

老人听了老二的讲述后，"呜呜"哭出了声儿。从床下摸出一沓子钱说："爷们儿，钱拿去吧，去救你的狗，钱我用不着了……"

说完，又迷糊过去了。老二赶紧喊来护士，把钱清点完毕交给护士，又打了一盆水，给老人刮脸擦身子。只是那老人一直昏睡着。

半夜，老人突然醒了，用力摘掉氧气罩，让老二喊来值班护士，说让他们做证——要把房子捐给养老院。

护士说："这事明天您得跟儿子说啊。"

老人说："我怕是活不到天亮了。"

护士怕担责任，忙说："您说吧，我用手机给您拍下来。"

……

天蒙蒙亮，窗外麻雀的叽喳声唤醒了趴在床边儿的老二。老二一抬头，感觉老人症状不对，忙喊来护士。老人已经归天……

一个小时后，一群男女"呼啦"冲进病房。从他们吵闹的过程，老二知道有老人的儿子、孙子、儿媳，还有公证处的律师。前后就差一个小时，人没气儿了，钱和房子都飞了。

一个儿子抓住护士问："你们是怎么把我爸治死的？"

一个孙子揪住老二的衣领，把他塞到墙角问："你他妈是怎么看护的？"接着就是一拳。老二鼻子被打出了血。

属地派出所接到110报警。民警们赶来询问情况，幸亏护士手机里一段几分钟的录像，让他们逃避了一场撕扯不清的家庭遗产纠纷。几个儿子和孙子说绝对不相信，说录像时老爷子糊涂着，这是瞎说的。是谁让你们录的？

吵闹一直临近到中午。最后，在110民警的调解下，老二用受伤的鼻子勉强讨回了两百元的看护费。

如果没有属地派出所110出警记录为证，恐怕没人相信叶老二说的这段经历是真实的。

这可能是我当警察以来见过最任性的人。多年以后，每次我看见有遛狗的人迎面走来，我常会想起这个叫叶老二的安徽农民，想起他的七十二小时。

七十二小时，赚一千块钱，就是为了让一条"嫌疑狗"拥有合法的身份。信守为老潘看护好狗的承诺，我相信，这是老二在七十二小时拼命赚回一千块钱的最大动力。

八

我们回忆，按老二离开派出所的时间算，截止七十二小时，应该是4月30号的下午三点。而老二是下午一点进的派出所。

"七十二小时可以赎回狗，这可是你们说的啊！"老二举着钱，蹦着高儿，近似于疯狂地吼着。

就在我们跟老二解释的时候，突然传来一个坏消息。

上午去参加休能补测的小石和三个民警，中午返程途中，司机着急回来吃饭，在高速公路超车时遭遇了车祸，一个民警当场死亡，司机、小石和另一民警均为重伤。

老庄带着我和副所长老孟马上赶赴医院。小石的脑部受伤严重，医生给他做了开颅手术。小石的母亲带着一帮亲属坐在病房外大放悲声……小石母亲拉着我的手哭着说："教导啊，我儿子最近压力太大了，半夜说梦话都在追狗啊！"

分局几位领导也都赶来，研究抢救和善后事宜。大家一直守候到后半夜，看着小石暂时脱离了危险，被推进重症监护室，我们稍微放下心来。

……

五一的早晨，下了一场小雨，整个城市空气清新而湿润。后半夜从医院回来，我迷迷糊糊睡了三个小时，起来只觉头重脚轻。

早晨，我正打算与副所长老孟交接班，有人打来110报警，说先锋里楼顶有人要跳楼自杀。

正在屋里睡觉的老庄闻听，忙跑出来，带着我们直奔现场。一看楼顶上的人，竟是昨天要赎狗的叶老二。

老二坐在五楼楼顶，头戴黄色棒球帽，双腿搭在楼顶外沿，斜背着一个收废品的电喇叭，一言不发。

大批的警车和消防车拉着警笛赶来。消防战士还在地上拉起一个大大的安全气垫。老庄仰着头，举着喇叭，耐心劝老二先下来，有事可以坐下来慢慢商量。

老二慢慢站起来，举起收废品的电喇叭回应道："我给你们七十二小时，把狗给我牵来，我交钱办证，我就要大黄合法！"

楼下的人越聚越多，有举手机拍的，有静听老二讲述自己七十二小时赚钱经过的。围观者听明白了，一条条短信也从手机里发出去了。

很快，正在处理车祸事故的分局皮副局长也带人赶来，指示划出警戒线，把围观者拦在三十米之外，尽量做说服工作。

听清了老二的诉求，皮局问："什么七十二小时赎狗，胡扯淡，这是谁说的？"之后，他低声对老庄说，"给留检站打电话。派人赶紧把那条狗弄回来。不能因为一条赖狗坏了我们区稳定大局。"皮局脸色铁青。

人群仍在聚集着。连附近的居民也都打开窗户探头观望。

"大哥，我是小动物保护协会的志愿者，我们支持你！"

人群中突然站出一位姑娘，仰着脸冲楼上喊，随后又举着钱包说："钱不够我来出。"身后无数人鼓掌起哄，跟着喊："好！我们支持你！"

"要崴泥！"老庄急得血压升高，回望身后的人群，脸色开始发白。

天空再次飘来老二的声音:"谁上来,我就跳下去!今天,我就要这条狗合法。"

根据老庄的安排,我带着老高和老谢开车直奔留检站。

出市区朝东前行四十公里,警车拐上一条很窄的柏油路。穿过一大片枯黄的芦苇地,我们找到了市犬类留检所。

这是一个几百平方米的大院子,里面几十个铁笼子里犬吠鼎沸。与值班员说明了情况,办理了简单的手续,值班员领着我们在几十个大铁笼子里踅摸(天津方言:寻找)。转了半天,也没发现老二那条黄狗。

老高央求道:"您了受累,再好好找找。这狗今天可关系着节日的稳定!"

结果还是没找到。再细问,昨天的值班员回家过节了。老高打去电话,对方吞吞吐吐说:"昨天下午开笼子喂水的时候,有条黄狗突然从笼子里蹿出来,大门没关严,那家伙从门缝儿挤出去溜了。"

"狗跑了!"老高一拍脑门,险些晕倒。老谢的脸惨白如纸。

九

五一的鼓楼西街,各商铺门前的国旗迎风招展,人流车海,如潮水般一波一波地在商贸区聚散着。老二依然呆坐在楼顶,眼睛直勾勾地看着远处的繁华街景。

楼下的人越聚越多,市局副局长也带人赶来,指示立刻启动突发事件处置方案,还调来了分局防暴队在外围维持现场秩序。为防止意外,又把围观的人群朝外推出了十米。

后来,我们才知道,近百位围观者除看热闹的之外,还有一些人是通过短信和互联网闻讯赶来的民间爱犬协会的志愿者。

站在楼顶的老二拒绝和任何人交流,几拨儿人上去都失望而归——包括专门请来的反恐心理咨询专家。

楼顶上的老二并不寂寞,不时按下喇叭开关,天空时常传来一个外地女人收废品的吆喝声：高价收购旧电视，洗衣机，电冰箱，微波炉……惹来下面一片哄笑和掌声。

我们返回时天近黄昏。狗丢了，失去了一个化解危机的绝好机会——这让在场的几位领导很恼火。

老庄建议，让老高上楼顶，他调解平事比较有经验。

此刻的老二样子很虚弱，面容憔悴，可能是一天汤水未进，见老高从天窗爬上来，他摇晃着站起来。老高举着一瓶矿泉水说："兄弟，干嘛生那么大气，先喝点儿水。"

老二说："水扔过来，你别过来！"

老高随手把矿泉水滚给了他，而后环顾四周，心里开始盘算：老二爬上去的先锋里是一幢苏式结构的坡顶老楼，建于20世纪50年代。他并不知道，林主任家就在他屁股下面。坡顶两侧，铺满深红色的瓦片，陡如滑梯，想站到楼檐儿上，人得像打滑梯一样蹲下，慢慢出溜，扑过去救人的可能性很小。

叶老二怎么会选中了这幢楼呢？

老高坐在坡顶的红瓦上说："我可不是劝你来的，就是陪你坐会儿，聊聊天。"说完，掏出烟点上，又把烟和打火机滑下去。老二捡起来，自己点了一根，问："我的狗呢？"

老高抽着烟说："我们领导已经派人找去了，刚听说，那里面有好几百条狗呢，得挨个看，也得找会子！实话告诉你，兄弟，我也喜欢养狗。"

老二扭头问："你们警察养狗办证吗？"

老高说："我要说办证了，你信吗？"

老二哼了一声："警察养狗要是办证了，我马上就跳下去！"

老高说："跳不跳先搁一边儿，你为嘛把警察想得这么坏？"

老二说："因为你们说话不算数！"

……

我站在楼下，仰头看着楼顶的老高和老二，脑子里预测了老二从楼上下来的N种方式。但许多离奇念头只是一闪而过，老二依然站在楼沿上，抽着老高的烟，固执地等待着那条已经逃亡的黄狗。

夕阳渐隐,天色暗下来。分局那边反馈过来消息说,有人开始在网上鼓动更多的人,来现场声援这个爱犬勇士。现场围观者的情绪开始焦躁而膨胀……

天黑了。有人开始举着打火机,在黑暗中不停摆动着火苗。很多人开始在互联网上留言:今夜,我们和你一起度过,今夜我们都是老二!

混乱中,还是老谢的点子高——解铃还得系铃人。

时间不长,一辆警用囚车闪着警灯从远处驶来。车门拉开,看守所两个民警带着一个剃着光头的中年男人走下来。我们一瞧,原来是老潘。

"兄弟,赶紧下来吧!命值钱啊,狗咱不要了!"老潘仰着秃脑袋喊着。

听到老潘的声音,老二激动地站起来,举着喇叭哭道:"三哥,兄弟对不住你啊!钱刚从银行取出来就被骗了;家没看好,连你的狗都没看住啊!"

"兄弟,那狗咱不要了,只要人活着,啥都有了!赶紧下来吧!咱不能给政府找麻烦啊!"老潘继续喊。

"三哥,警察说了七十二小时,拿一千块钱就能赎回狗。我挣了一千,可是狗被他们送走了。是他们说话不算话!欺负我我就忍了,连他妈狗都欺负,还让人活不!"老二连哭带喊地嚷着。

闪烁的警灯下,老潘也哭了,突然跪在地上:

"老二,你这样是他妈害我啊,你要是出事了,我还怎么回村里去?我怎么跟你爹娘交代!我求求你了!三哥给你跪下啦!"

见到老潘突然跪到地上,老二情绪激动地喊:"三哥,你是为我进的监狱。实话告诉你们,那玩意儿是我扔外边去的,不是我三哥扔的!进监狱的应该是我啊!可我在外边,连你的狗都保不住,我还他妈是人吗?"

说着,老二身子突然摇晃起来。此时,老高已悄悄溜到他身后,一把从身后猛地抱住了他。谁想楼檐太狭窄,老二身子已失去重心。在众人的一片惊呼中,老二带着老高一头跌入黑暗中……

十

　　滚落在安全气囊上之后，老二昏了过去；老高也摔晕了，几分钟才醒过来。坠落的瞬间，他的上嘴唇被老二的电喇叭磕了一个大口子，满脸都是血，送到医院缝合了六针。老二的脑袋和手臂多是轻微外伤，昏睡了十几个小时才醒过来，在病床上等待处理。

　　鼓楼西街的人们继续过节。但网络上对这件事的关注仍在升温。救助小动物协会志愿者和一些网民不停发问：老二的狗到底哪去了？七十二小时是怎么回事？老二坠楼的真相？各种猜测和议论在网上开始热炒。

　　老二一时间成了这个城市爱宠的关键词，而搭救他的警察老高却无人问起。更有无良之人在网上发帖，说老二是受老高威胁自己跳下去的；还有离奇的，说老二是被老高一脚踹下去的……

　　给你七十二小时——成了引发这个事件的导火索。

　　节后一上班，局领导拍了桌子：节日戒备期间，一条狗差点儿引发一场群体骚乱事件，搞得满城风雨，谣言四起，几乎毁了我们区保持多年的安全稳定大局，你们所要查清事实，相关责任人要严肃处理。

　　我暗地咨询和查阅了城市规范犬类管理规定，并没有七十二小时的说法，但这个叫叶老二的农民却坚信不疑。

　　一条狗把一个派出所拖进了一片沼泽，且深陷其中，进退两难。老庄私下说："不是不敢拔脚丫子，是担心带出一腿泥来。"

　　老庄在全所会上说："这个事影响很恶劣，不仅在社会上，而且在网络上已经成了少数人恶炒的话题，直接影响了全所的年底考评。这个事我有一定责任。一警组和有关民警要自查自纠，尽快把事情的真相找出来，给上级领导一个交代，给社会一个交代；怎么交代这个事，你们仔细研究。"

　　第一警组整顿一天，在会议室开始自查。每个人都回忆事情的前后经过和细节，关键就是这个七十二小时。小石住院了，神志不清，问他事情经过不可能，最接近事情真相的只有民警老谢。

民警老谢与老高同龄，虽然脑袋过早谢顶，但绝顶聪明。老谢年轻时是高中数学教师，20世纪80年代，教育系统充实公安队伍那阵子转进派出所当民警。此人做事谨慎，人脉关系甚广，脑筋灵活，老高称呼他"老算盘"。

老谢一直没说话，听大家回忆完了，慢慢呷了一口花茶说："那天晚上叶老二把狗牵来，我在值班室还他身份证，我记得身边只有小石，我没听小石说过什么七十二小时啊！压根儿就没有的事儿！我们不能听他一面之词啊，会不会是这个叶老二精神压力过大，抑郁出现的幻觉呢？"

安静极了。没有人说话。似乎是老谢的手将眼前的浓雾轻轻抹去一样，让所有的人眼前一亮。我们突然感到，事情的结局可能不会太糟——也包括当时站在值班室里的我。

……

第三天上午，皮局陪同主管政法的徐副区长和新闻媒体的记者们突然出现在老高的病房。面对几捧鲜花、"哗啦哗啦"的快门声和刺眼的闪光灯，还有装五千元慰问金的大信封，老高坐在病床上茫然不知所措。

儒雅白净的徐副区长双手拢在肚子前，首先询问了老高的伤情，然后代表区领导对光荣负伤的民警老高表示亲切慰问，同时高度赞扬了他在关键时刻临危不惧，舍身救助一个因精神抑郁要自寻短见的外地务工人员。这种精神值得全区政法系统全体干警去学习，值得在全社会去宣传和弘扬。

老高的嘴肿着，想说什么，可被纱布粘着张不开嘴，只得一个劲儿地点头，嘴里含糊不清地嘟囔着……

第二天，我在当天报纸上看到这样一条社会新闻："一外来务工者抑郁欲轻生，好民警楼顶救人光荣负伤"。随后各主流媒体及网络相继转载和报道，网络上的各种火星四溅的议论和谣传，随即被这条以正视听的新闻浇灭了。

内部调查处理结果：民警清理违规养犬属正常执行公务；叶老

二的所谓七十二小时赎狗,属无理取闹和干扰民警执行正常公务。鼓楼西街派出所在此次清理犬类管理专项工作中,调研工作不足,调解处理矛盾方法过于简单,要深刻吸取教训。之后,我帮着所长老庄代表所里写了深刻的检查和今后的整改方案。

分局治安科联合派出所调查取证,把老二出院后,直接送进了拘留所——治安拘留五天。

此后几天,我发现所里很少有人再议论与狗有关的话题;我还发现,鼓楼西街的狗们似乎回归了自由状态,白天开始懒散地陪着主人在楼群里散步,繁华地区的流浪犬们自觉排成队,从容地尾随行人穿越斑马线。

一天晚上,在前台值班的老谢接到停车场老曹的举报电话,说叶老二那条黄狗跑回来了,冲他值班室大门撒了一泡尿扭身走了,要抓你们就赶紧来人。

老谢用手指搔着谢顶说:"老曹啊,还是看好你的车吧,狗的事以后就别跟着瞎掺和了……"

一周后,那天我们正早点名,叶老二突然牵着那条黄狗,表情庄重地走进了值班室,身后还有七八个年轻的志愿者。

老二把钱和身份证复印件放在桌上说:"我要办个狗证。"

一切出乎我们的意料,就像东北人常说的——啥也别说啦!赶紧受理吧!

这个过程是尴尬而紧张的。谁都没有说一句多余的或正确的废话。包括那只胜利大逃亡的黄狗,也安静地趴在地上,等待着命运的扭转。

填表、缴费、给狗拍正面全身照片,一切按流程规范进行着;只是有人拿着手机偷拍办证过程,被办证的老谢发现后,低声制止……

办狗证要报市局治安处,逐级审批后《养犬登记证》才能下来。举着那张一千元的收据,叶老二微笑着被这些志愿者们簇拥出派出所,出门后顿时一片喝彩声。

当天晚上,一家爱犬网的论坛上,老二和那条黄狗成了"城市流浪犬——你该有怎样的身份"的头条话题。网站还配发了老二和几个志愿者在派出所门前的合影。网友的评论铺天盖地,无数网站转发和参与评论,热情空前。

之后,有民警偶然从电视上看到,老二加入了这个城市小动物保护协会,时常跟着一帮爱犬人士在公路上拦截外地贩狗的汽车……

小石的身体在逐渐康复,相识不久的女教师不离不弃;这个消息,让所有的人都感到欣慰和感动。

唯一的缺憾是,小石的脑子偶尔会出现暂时的失忆,让我们很是担忧。医生说,这需要一段漫长的时间调养和康复训练。

那天,我和老庄带着营养品去医院探望。小石母亲和女教师正用轮椅推着他在外面晒太阳。

老庄背着手,弯下腰说:"石儿啊,你可又胖了!"

小石微笑着看老庄,半天才说:"看您眼熟啊。"

小石妈忙提醒说:"傻儿子,这不是咱庄所长吗?"

小石眼睛突然亮了,说:"庄所啊,叶老二的狗证办了吧?我可给了他七十二小时啊……"

我清楚地记得,那一瞬间,我的脸,突然抑制不住地发热。

十一

七月,天越来越热,人们穿得越来越少。夕阳还挂着,鼓楼西街的几条街上的摊贩们便蜂拥而出,开始排兵布阵:烤肉串的、卖砂锅的、卖冷饮的、套圈儿的、打气球的、贴手机膜儿的、卖掏耳勺和发卡的,都出来了。

白天通畅的马路,瞬间变脸成了拥挤不堪的闹市。随着夜色降下,附近大商家也闲不住了。几家大商场门前,每晚都搭台搞促销、摇滚、街舞、有奖问答轮番登台,主持人絮叨而夸张的尖声怪叫，搅得鼓楼西街每天跟过狂欢节似的。

人多事多，麻烦事更多。满大街钉着"有困难找民警"的指示牌，110警情自然是不断再创新高。

那个周日，老庄带班，二十四小时之内，110警情竟突破了两百。有个酒鬼酒后打架，在砂锅摊儿还把出警民警小黄的小手指扭骨折了。控制住嫌疑人，送小黄去医院，喊来督察队现场调查取证，讯问整卷，直到把酒鬼送进看守所刑拘，天也亮了。

早晨我接班，彻夜未眠的老庄双眼通红，一边嚼着煎饼馃子，一边摇头说："简直是他妈熬鹰啊，一宿没眨眼！"

夏季，其实对每个派出所民警来说，差不多就像光着身子来回钻火圈儿，即使你再谨慎小心，也有走神儿的时候，不知道哪个部位会被突然烫一下。酷热加上心情狂躁的火焰，随时随地在每个角落爆燃，警察的角色就是去灭火和施救。

七月底，小乔回来了。在协助破案期间，他表现很出色，端掉了隐藏在郊外的一个制贩毒团伙，十几个嫌疑人落网。市局还专门开会表彰，小乔荣获个人嘉奖；另外还有一个好消息就是，小乔准备十一期间结婚。

其实，在女精神病春子狂追小乔之前，我听老高说，小乔的爱情已落地生根。小乔的女友小关是区团委的宣传干部，俩人是一年前开团代会分组讨论时，讨论到一块儿的。

小乔阳光帅气，小关漂亮文静；小乔的父母都是知识分子，小关的父母都是公务员；匹配度相当令同龄人羡慕嫉妒恨。谈婚论嫁，对这对恋人来说，也是顺理成章的事儿。

老高还告诉我，小乔突然宣布结婚是因为出了点儿小状况。因为在专案组破案期间，有个女刑警对小乔有了爱慕之情。女友小关闻之，担心爱情中途触礁，决定国庆节举办婚礼。

根据小乔的表现和所里当年党员培养发展计划，老庄让我代表所党支部找小乔谈了一次话，准备发展小乔为中共预备党员，顺便和小乔聊聊他的家庭和爱情，主要是叮嘱他结婚前，要处理好个人感情问题。

小乔说最近正忙着与女友小关拍婚纱照、订婚宴酒；两人交往一年多了，感情一直很稳定。最后，我们话题扯到了破案经过，还有那个缉毒队的女刑警。

小乔坦然道："那个女孩儿叫诺玛，是云南哈尼族。她是喜欢我，我们俩还扮过恋人，一起跟踪过毒贩子呢。可是我已经有小关了，不能去伤害人家。"

于是，小乔和我说起这个叫诺玛的女警。

其实，女警诺玛和鼓楼西街派出所没有任何交集。如果不是后来发生的事，这个女孩儿可能永远不会在我们的话题中出现……

十二

二十四岁的诺玛家在云南勐腊——那是靠近中缅边境的一个小县城。这个哈尼族姑娘，是从刑警学院毕业后被缉毒处特招来的，应该说是小乔的师妹。

四月，小乔被借调到缉毒处时，诺玛刚分来不到一年。她在专案组当内勤。出自同一个校门，有熟悉的校园和相同的记忆，两人的距离自然就拉近了——诺玛很喜欢这个多才多艺、阳光爽朗的小师哥。

每次小乔回来，诺玛总是塞给小师哥巧克力或是水果；小乔闲下来，也会帮她做些表格或录入一些案件信息。

专案组有严格的分工。小乔的主要任务是协助两位侦查员蹲守和取证。此案涉及跨省贩毒，外围调查取证的任务很重。刑警们白天在外边查证，晚上回专案组碰头。

周末的晚上，碰头会后，组长老付对案件很满意，说，这几天大家都很辛苦，今天晚上可以喝点儿酒。

于是，大家集中在单位小餐厅，让大师傅多加了几个菜，接着开喝。酒酣耳热时，老付说："诺玛，给我们唱个山歌儿吧。"

诺玛很大方，端着酒杯站起来，清清嗓子，声音悠扬地唱起来。那是一首祈祷丰收和爱情的哈尼族民谣,歌词没人能听懂,但那原生态的歌声,却如山林间淌来的泉水,清冽而甘甜,让在座的人都陶醉其中。酷爱音乐的小乔,听得更是心潮涌动。

老付端着酒杯说:"唱得好啊!诺玛,我看啊,就在我们天津选个阿哥吧。"

诺玛走过来,敬了老付一杯酒说:"好啊,那请付叔帮我介绍一个呗。"

大家起哄,拍巴掌喊好。老付起身,指着小乔说:"诺玛,这眼前儿不就有一个吗?"

当时,老付并不知道小乔有女朋友,纯属乱点鸳鸯谱,但诺玛知道,一听此言,低下头脸红了,小乔的脸更红了。

让两人脸红的事儿还没完。几天后,老付突然喊来小乔和诺玛,交给他们一个特殊的任务——让他俩装扮成一对恋人,中途上火车,跟踪两个从云南来的毒贩。

时间紧,两人立刻着手准备,小乔一身前卫时尚装扮,诺玛还把头发染成了橘红色。他们先乘飞机赶到郑州,而后直奔火车站,按照车次等候郑州开往天津的特快。

一对三十多岁的夫妇,抱着一个小女孩儿,坐在了他们卧铺对面——这就是他们要跟踪的毒贩!

诺玛小鸟儿般偎在小乔怀里,小乔搂着她的肩膀,低头耳语说:"我很紧张!"

诺玛说:"我也是啊!"

那一刻,两人都清晰感觉到了彼此的心跳。

对面男女说的是方言,小乔听得一头雾水,可诺玛却听得明白。那是边境一带的少数民族方言。这也是组长老付的有意安排。她佯装一边玩手机游戏,一边把听到的信息发送给天津的老付。

男人问小乔:"你们坐火车去干啥啊?"

小乔喝着可乐说:"去天津找同学旅游。你们去哪儿?"

男人说:"去天津给人家打工。"

一路上他们东拉西扯,诺玛还把随身带的一些小食品送给那女人身边的小女孩儿。

火车刚过石家庄,诺玛的脸色突然发白。

小乔低声问:"你怎么了?"诺玛说:"我肚子疼得厉害!"

小乔确定她不是在演戏,而是真的遇到麻烦了。

喝了些热水,诺玛开始出虚汗。小乔慌得不知所措,忙搀她起身去卫生间。对面女人忙放下孩子,跑过来帮小乔搀诺玛。

原来,诺玛是低血糖,还赶上不方便的日子,但羞于对小乔开口。站在厕所门口,只得低声求助那个女人。女人应了一声转身跑回座位,从包里拿了应急之物,跑回来塞给诺玛……

女人扶着诺玛躺下,又帮小乔打来热开水……痛感慢慢消失了,诺玛起身靠着小乔宽厚的肩膀,颠簸着奔往终点站。那一刻,诺玛突然感到身边的小乔,慢慢成了一座山。

对面的男人在用方言不停地埋怨那女人,让她出门不要管那么多闲事。女人说:"我看这个姑娘心眼好。"男人又叮嘱:"出站后先去快餐厅吃饭,到时会有人派车来接。"

诺玛靠在小乔身上,满脸倦怠,无聊地玩着手机。对方的每个动态和交谈内容都被她发了出去。

到天津站了。小乔和诺玛远远看到穿着铁路制服的老付和几个熟悉的刑警站在站台上,那颗悬着的心这才慢慢放下……临别时,女人拿出一袋姜茶送给诺玛,说:"阿妹啊,喝了这个肚子就不会痛了。"

小乔说,直到破案之后,那袋子姜茶一直放在诺玛办公桌抽屉里……直到有一天小乔开玩笑说,里面不会是毒品吧?诺玛这才把茶叶交给技术员,鉴定后,那就是一袋普通的姜茶。

跟踪贩毒嫌疑人的任务完成得很出色,尤其是诺玛从火车上提供的信息,为专案组及时调整下一步的侦查方向提供了有力支持。但诺玛一直为自己在车上的"意外"而自责。

"关键时刻,为啥我这么不争气呢!"诺玛说。

小乔开玩笑说:"幸亏有这个意外,要不这戏就演砸了!"

专案组开始收网。毒贩们相继在藏身处落网——包括那对以孩子为掩护贩毒的夫妇。

　　一直藏在宾馆的女人在一群便衣警察中看见拿着手铐的诺玛，顿时明白了，她小声说："阿妹，你身子好些了吧？"

　　诺玛突然将手铐塞给小乔，转身跑出人群哭了……

　　事后，诺玛对小乔说："我实在不忍心给她戴手铐。心肠那么好的女人，为什么要带着孩子出来贩毒？我真不理解……"

　　女毒贩被抓进去了。家属要几天后才能赶到天津，老付把照看毒贩孩子的任务交给了诺玛。

　　诺玛会讲当地方言，小女孩儿把诺玛当成了妈妈，与诺玛吃睡在一起，每天拉着她的手形影不离。小乔想帮忙，却插不上手，就跑出去买了一袋子衣服、玩具和食品。

　　几天后，小女孩儿被嫌疑人的妹妹接走了，小乔和诺玛一直将她们送到站台，看着火车慢慢在黑夜中消失。回来的路上，诺玛仍泪流不止地对小乔说："师哥，我太脆弱了，不适合当警察！"

　　与女刑警诺玛火车上这段惊险而浪漫的经历，小乔始终对外三缄其口。但破了案，特别是受到上级表彰以后，他还是忍不住讲述给了女友小关。

　　车上的这段"爱情"故事，让小关听着心里很不舒服，三天没搭理小乔。诺玛的出现，让小关平静的心绪突然变得复杂起来。即使小乔再三表明对方是校友和小师妹，但小关"查岗"的电话越发频繁，最后经常开车来单位接他下班。

　　三个月朝夕相处，诺玛的确喜欢上了师哥小乔。但小乔的情感河流已无岸可泊。

　　专案组解散了，二人握手话别。

　　小乔说："诺玛，在天津你没有亲人，我就当你哥哥吧！"

　　诺玛哽咽着，低下头喊了一声："哥……"

十三

八月,所长老庄从分局带回来一个好消息——分局退下来几个副处名额,局党委研究后,决定拨给鼓楼西街派出所一个副处。现职领导都是副处了,符合晋升条件的非现职老民警,只有老高和老谢。

两人年龄和资历相当,连入党都是同一年。老高是警长,不久前,在楼顶勇救叶老二光荣负伤,还接受过区领导的慰问——是报上说的"好民警",似乎优势比较明显。但老谢是所党支部委员,各方关系都是硬邦邦的。微妙的落差更让这个副处指标的归属充满了悬疑和猜测。

我是临时挂职的所领导,在这个问题上,没有表决权,只能发表个人的看法和建议,外带负责民警投票、民主测评、领导推荐等一系列程序上的事。

老高对这次机会虽满怀期待,但在不露声色的"老算盘"面前,心里实在没底。

他跟我说:"要论关系,咱比不了这'老算盘';可要论工作,哪点儿我都不比他差,最后就看领导把这个馅儿饼赏给谁了!"

谁都有仨亲俩厚,秦桧还有俩相好的呢!民警也是一样。四十多人画票、打分、民主测评,最后的结果是:老高和老谢,分数相等,票数相等。

球儿——又被观众们一脚踢回来了。

拿着这个不是结果的结果,老庄抖着手,说:"这就是热山芋,两人分不行,扔了也不行,拿着还他妈烫手。把这个结果上报分局,还是由领导定吧。"

说起来,这老高和所长老庄本是警校一期的同学。毕业后一起分到鼓楼西街派出所。那时的老庄还叫小庄,老高还叫小高。选择岗位时,小高坚决要求当治安民警,天天跟着老警破案;小庄没说什么,选择当了片儿警,帮着照顾辖区里的孤老户。

不久，分局收到表扬小庄的信越来越多。两年下来，小庄的荣誉从区级拿到了市级，最后被评为"全市学雷锋标兵"荣立三等功，并被列入入党培养对象。

小高倒是破了几个小案子，年底所里准备给他报嘉奖。没承想，一个嫌疑人指着他骂，你们警察就是一群狗。他反正抽了对方几个耳光，惹来嫌疑人家属上告。于是嘉奖取消，写检查，赔偿医药费，全分局通报批评，还差点儿背了处分。

小高就此沉了。小庄继续做好事，用轮椅推着老人在楼群晒太阳，和居民聊家常，给小学生讲法制课——大量的表扬信源源不断投给市局。小庄的事迹开始屡见报端和电视，很快成了警界青年的榜样；小高继续昼伏夜出地破案，只是不敢再抬手了……

几年后，小庄被分局提拔到一个小治安所任副所长。小高激情消散，改当社区民警。又过十几年，小庄成了老庄，从刑侦大队重返鼓楼西街当所长。小高只变成了老高，升级为老民警。

老高心里不服。老庄从老高的眼神儿中已感觉到了。他发现十几年过去了，老高俨然成了所里民警的"鹰头"。任务下来，年轻民警都效仿着他。谁见着他，老远一声"高爷"，更让老庄心里感觉不舒服。

那时鼓楼西街派出所的内部管理松懈，纪律涣散，界内案件频发，纠纷信访不断。

队伍是一团散沙，老高浑身是刺儿，还是只不肯低头喝水的头羊。老庄决心已定——先把刺儿锉平了，再把那乱撞的犄角给按下去。

那天早晨，教导员老王外出开会，老庄按花名册点卯，点到名儿的都一一答"到"，唯独老高怪声怪气地回答：有！会议室顿时一片嬉笑声。

老庄放下花名册说："我再介绍一下自己，以前我是这个所的民警，今天，我是分局党委任命，来鼓楼西任所长的。今天我要立规矩，点到名的人，必须回答到！现在重新点名！"

转天晚上，老庄让老婆买了三斤螃蟹，请老高来家喝茅台。

俩人一边啃着螃蟹,一边从警校的篮球场、食堂、宿舍扯到鼓楼西的过去和现在。老庄举着螃蟹腿,最后就一句话,从明儿开始,你必须给自己兄弟踢脚儿(天津方言:帮助、支持)。

老高是个顺毛驴。喝了人家珍藏二十多年的茅台,又被抬那么高,自信感和荣誉感瞬间回归;连碰三大杯之后,握着庄所的手说:"兄弟,以后你就看哥哥的……"

老庄先提拔他当了警长,一年后帮他解决了正科职级。

羊群走路看头羊,"高爷"的积极性来了,谁也挡不住:破案提线,清理信访积案。民警们工作热情空前高涨。一年后,鼓楼西街派出所面貌焕然一新,分局下派的各项任务指标超额完成,从落后单位一跃变成先进,还荣立了集体三等功。

其实,老庄最欣赏的,是老高的业务能力——老高心计不如老谢,但调解处理民事纠纷,嘴皮子和歪点子是老谢望尘莫及的。老高自诩是受扁鹊的启发:望闻问切,扶正祛邪,对症开方。多难缠的民事纠纷和上访人,交给老高就能搞定。

在所里,老高和老谢一直面和心不和,暗中较劲,老庄心里跟明镜似的。当初,老谢调一警组也是老庄的意思。他觉得,任何事情,平衡很重要,老高身边应该有个这样的人。

老谢也是老庄比较信任的人,不仅是他的智囊,更是协助老庄化解危机的军师:譬如从看守所提出老潘劝老二,化解七十二小时,都是老谢的暗招儿;更重要的是,老谢和社区里几位区领导一直保持着密切的往来。副处指标下来之前,老庄已经接到几位领导询问关注的电话,包括区人大林副主任。

一个副处指标,让所长老庄纠结如热锅上的蚂蚁。

十四

·进了八月,鼓楼西街的110警情开始直线拉升。研究股票的副所长老孟说:"这叫牛市拉起了涨停板。"

一个周六的晚上,八点刚过,警情升至高峰。警情翻着跟头来，十一个民警没有分身术，只得处理完一个，再奔下一个。最后，连前边值班的老谢都派出去了。整个派出所，最后留下我在值班室镇守。

晚上九点多，老高打来电话请示，说和小乔在浮华商厦门口处理一起存车纠纷，又接到教堂后街一个饭馆儿的报警，说有人喝多了，砸了饭馆几个碟子。他留下小乔处理存车纠纷，自己要去饭馆处理一下。

按规定，110出警必须是两名民警，但情况特殊，警力紧张，又是摔个碟子的小纠纷，想到老高很有经验，我就同意了。

不到二十分钟，分局指挥中心就转来一个110，有人举报，说鼓楼西街派出所民警在教堂后街饭馆里暴力执法，不仅打人还要开枪。我一听就蒙了，赶紧用电台招呼人去支援。

举报人叫林文明，自称是受害者，而"暴力执法"的民警正是老高。

回到派出所，我发现老高又受伤了——愈合不久的嘴唇被打破了，警服上还沾着不少血迹。

一问才知道，三十多岁的林文明，并非混迹市井的泼皮，而是区城管办的干部。他说鼻子被民警打破了，衣服上也沾满了血。

坐在值班室长椅上，他酒气熏天地嚷着："警号是4786（老高的警号）的警察可打我了，一会儿督察队和报社记者就到。"

时间不长，市局督察队李队长的电话就到了，说有人打了市局监督电话，投诉鼓楼西街派出所民警暴力执法，滥用枪械。李队长问是怎么回事？我说正在调查。

老谢和小乔去现场取证了。我开始询问老高事情的经过。

老高开警车绕了半天才找到那家饭馆。小饭馆不足三十平方米，地点本来就偏，再有闹砸儿的，吃饭的人都跑了。老高进门时，两个男人正骂骂咧咧朝外走，一个是林文明，另一个姓丁。饭店小老板见老高进来，指着一地的碎瓷片和酒瓶子说："警官，东西是他们砸的！"

起因很简单：晚上，小饭店老板的老婆打来电话，说孩子病了，他要提前打烊回家，带孩子去医院。见对方不理睬，就开始扫地擦桌子，喝酒的不干了，开始朝地上摔碟子和酒瓶……

老高问："地上的东西是你们砸的？"

姓丁的歪头看看老高说："谁证明是我们砸的？他这是诬陷，没人砸他东西。"说完一摆手，两人继续朝外走。

老高伸手拦住他们，指着满地的碎片说："事儿还没说清，怎么走呢？"

姓丁的显然喝大了，晃着身子说："你让说嘛啊？谁砸的你找谁去，跟我没关系！"

说完，一膀子撞开老高，朝门外就闯。

鼓楼西街这一片，打群架、耍无赖的，老高见得多了，这帮人打架，玩儿刀子可以不要命，但见了民警都规规矩矩。但这两人，不买老高的账就罢了，还用身子故意撞他，这还是第一次！

老高压住火儿，一把抓住他胳膊说："你懂规矩吗？事儿没解决，你上哪走！"

姓丁的突然反手揪住老高衣领说："把你爪子拿开！"

随后，他瞥了一眼老高的警号，对林文明说："记住他的警号4786，给市局督察队打电话，扒了这小子的狗皮。"

二十多年前，一个小子指着老高骂，警察就是一群狗，被他抽了好几个耳光。最后老高赔钱作检查，差点儿背个记过处分。

今天，对方揪住他的"皮"，指着鼻子要扒了他"皮"，老高感觉血灌头顶，手止不住地哆嗦，想：抽他几个耳光应该是最轻的。可老高在警界属于有"前科"的，气得双手只能哆嗦。

老高只得给自己来个台阶，说："是吗？那我今天就见识一下！"

说完，他摘下腰里的手台，想招呼附近的民警过来增援。这时，林文明突然从侧面一把打掉了他的手台……接着，他又从侧面抱住老高的双臂，姓丁的伸手卡住老高脖子用力一操，老高的警帽瞬间落地。让老高无法再忍的是，林文明竟伸手抓住了他腰上的六四手枪。

老高不能再忍了。一抬脚先把姓丁的踹出去两米多远，右肘朝侧面猛地一击，林文明"哎哟"一声，低头捂住了流血的鼻子。老高刚扭过脸，姓丁的飞来一个酒杯，正中老高的嘴角儿。

老高掏出枪，"咔嚓"一声推弹上膛。见警察动真格的了，姓丁的推门就跑。老高回忆说："我与他距离不过四五米，即使枪法再操蛋，也可以撂倒砸伤我的人……"

但老高握枪的手始终发软，枪口一直高高指着屋顶，大声警告："再动我就开枪了！"

林文明也被枪吓住了，就势"咕咚"一声躺在地上，一边往身上抹着血，一边掏出手机报警……

我们组织警力开始查找那个姓丁的，后半夜，他竟自己找上门儿来了。他进派出所就说要控告老高，暴力执法，滥用枪支，不是自己跑得快，差一点儿做了他枪下鬼。

说心里话，作为老高的同行，我相信他所说的一切。

但林文明和姓丁的口供显然与老高说的相差甚远。说老高暴力执法，拔枪威胁，唯一能证实当时情况的只有饭馆儿小老板了。

现场取证非常不顺。那个小老板可能是怕事儿，锁了门儿还关了手机。小饭馆儿和附近的马路上没有摄像探头。饭馆里发生的一切，没有任何证据或目击证人，除了双方差距悬殊的描述之外，只有老高嘴角儿被砸伤、林文明鼻骨骨折的诊断证明。

林文明的鼻骨骨折，显然让老高陷入了被动。尽管老高声明，对方袭警在先，并抓住他的配枪，但是没有任何证据来证实老高说的一切。

半夜，老庄突然从家里赶到派出所，说这个事已经惊动区里和分局领导了，要我们马上研究处理办法。我的意见是继续走访取证，按妨碍执行公务处理。但老庄始终若有所思地抽烟，没有明确地表态。

老高从医院回来了。这次伤得不重，主要是口腔里的内伤。

老庄说："现在的麻烦是，林文明的鼻骨骨折了，要是按司法鉴定标准就是轻伤害，按妨碍执行公务又没有任何旁证。凭眼前的这点儿材料，肯定是站不住脚，处理不好又成信访了，但这事儿我们绝不能让你老高吃亏……"

我隐约感觉，对查找证人的主张，老庄的态度不是很积极，甚至有一股和稀泥的味道，总把老高和林文明、姓丁的捏成调解的双方当事人。

老高是治安民警，熟悉办案的每个程序和细节。

转天，老高给我打来电话说，饭馆小老板的家庭住址他已经摸清了。下午，我喊上小乔，按着地址，找到了福建小老板的家。

福建人租的房子远离市中心，老婆孩子一家四口挤在一间屋里，房子狭窄昏暗，气味呛人。见警察找上门儿，小老板很紧张，坐在那儿不停地抽烟。他说酒鬼与警察动手之前，自己到厨房收拾碗筷了，就听见外面一直在吵闹……

小乔有些生气，说："把你饭馆砸了，知道打110找警察。就为你那几个破碟子破碗儿，酒鬼把民警都砸伤了！先摸摸你的良心，再跟我们说！"

福建小老板想了想，就把老婆孩子轰到了外边，拼命抽了半根烟，说："警官，对不起，不是我不说啊，是真不敢惹这些人……"

小老板的证词与老高说得完全一致，只是老高掏出枪的瞬间，小老板怕伤了自己，掉屁股钻进了厨房。

这个证据至关重要。回到所里，我问老高是怎么找到小老板的。老高说："没这点儿本事，在鼓楼西就白混了。"

处理这两个人，似乎是板上钉钉，手拿儿把攥了。小乔正忙着要整卷，老庄却让先放一放。

下午，老庄跟老高谈了一次话。从所长办公室出来，老高就突然变卦了。

老高同意所长老庄的"调解意见"：林、丁每人各罚款五百元，给民警老高赔礼道歉，一次性赔偿老高医药费和营养费三万。

很多民警最初都惊讶这个处理结果，之后就不惊讶了，因为这个林文明是区人大副主任老林的侄子。

三万——对老高这样正科级的民警来说，等同于多半年的工资。而对林文明来说，保住了饭碗，免了牢狱之灾。

在所长老庄的调解下，这件事就被如此快刀斩乱麻了。

其实，让老高同意签下这个"条约"的真正原因，还是老庄暗示给他了那个副处指标。

事后我听老高说，那天，老庄进屋就帮他分析：从林文明的鼻子分析到可能引发的逐级信访甚至反讼，给老高和派出所会带来一系列负面影响，还会直接影响到派出所与区里的关系；又分析说，吃亏就是福，一切朝前看，谁知道哪块云彩会下雨呢？

而最勾老高腮帮子的是——分局领导也希望老高要有大局意识和担当意识，尽快把这件事平息；在有些个人问题上，领导绝不会让老实人吃亏的！何况你三万块钱拿回家，换家电或存银行里，何乐而不为呢？

老庄鞭辟入里的分析，让老高突然感觉，分局领导说的那个老实人就是自己啊，"有些个人问题"不就是指副处指标吗？

大局似乎已定，击鼓传花将到尾声。

那些日子，老高的状态出奇地高涨，带伤坚守岗位，警组里的各项指标都超额完成。有些民警干脆不喊"高爷"，直接称他"高处"了。

就在这节骨眼儿上，老高突然被人举报了。

十五

分局监察室收到一封举报民警老高的匿名信，说他长期与界内社会人吃喝不分，称兄道弟。今年七月，曾纵容一帮社会闲杂人等，敲诈辖区某网吧老板六千元。虽然是匿名的，但说的时间地点都很翔实。

同样的举报信，还投给了市、区政府的相关纪检部门。

匿名信也转到老庄手里，看完后，他把信交给我说："教导，这是您的本行，配合分局监察室调查一下，抽空再跟老高聊聊。"

我在督察干了多年，收到很多类似举报警察的匿名信，除少数属实外，大部分匿名者皆怀有各种各样的目的。我们查了一通后，无外乎是添枝加叶或凭空捏造甚至诬陷诽谤。但就这封匿名信而言，涉及的当事人和地点都有证可查，我不免有了疑虑。

我感觉，这事儿一定要认真调查、要澄清，对上级要有交代，对老高更要有个交代，尤其在要晋升副处的节骨眼儿上。

我喊来老高，代表组织跟他谈网吧的事。听到有人举报他敲诈，老高急了："我操'老算盘'他妈，这是故意陷害我……"

我说："老高，你不要乱讲啊！这事要有根据的！"

老高拍着桌子说："教导，那个叫'嘟噜屁'的老婆的麻将馆就在老谢管界，就是他幕后指使的，害人真会找节骨眼儿啊！"

这时，我突然想起，春天来派出所找老谢办狗证的那个爆炸头女老板……

但这毕竟是一种猜测，没有确凿的证据是不能妄下结论的。

那些日子，老高和老谢见面如陌生人，彼此的表情就像两个拎着兵器，随时要大战三百回合的响马。

一天出警回来，老谢气呼呼地找我说："我怎么得罪姓高的了，四处给我造谣，说举报信是我写的，谁写谁他妈是王八蛋！"

民警间的闲言碎语和各种猜疑，也是甚嚣尘上……

不能因为这件事影响队伍的士气和内部团结。与老庄研究后，我马上与分局监察室的小陈着手调查此事。

这件事，还要从鼓楼西街浮华商厦搞家电促销的那场"接吻大赛"说起。

七月的一个周六，浮华商厦门前上午就搭起了台子，背景是一道彩虹般的充气门拱和各色气球——几条广告飘带被气球带上空中，上面写着"吻在七月 爱在浮华"。

这个另类的促销方式确实引来无数小情侣。参赛规则是：根据时间和动作创意难度，决出前六名，依次奖励彩电、冰箱、手机等。上午十点鸣锣,十几对小情侣登台开亲,扛着的、盘着的,各种高难动作精彩纷呈,引来上百人的围观。

亲上才知道,评委要求的姿势和难度实在太高了,想拿走奖品试比登天,有的开始败阵而走。

一对儿小情侣站着亲半小时,觉着枯燥无味,决定下台离场。不想台下看亲嘴的人堆里,有个外号叫"嘟噜屁"的小子嘴欠,说:"我操,瞧这对儿,嘴都亲成拔火罐儿了!"

人群一片哄笑声,亲嘴男挂不住脸儿了,狠狠瞪了他一眼。

"嘟噜屁"在鼓楼西街开网吧多年,出来进去也是个耍儿,身边再站着几个小兄弟,看对方一脸不服,瞪眼问:"看你妈嘛?"

对方说:"我就想认识认识你。"

"嘟噜屁"没说话,扒拉开前边的人,上去给对方来了一个脖溜儿,接着又来一脚说:"我让你再认识认识我。"

转天下午,几辆车突然停在"嘟噜屁"的网吧门前,十几个青皮小子拿着棍棒呼啦闯进了网吧,为首者是一个光头,领着满脸怒气的亲嘴男。

亲嘴男上来先给"嘟噜屁"来了俩脖溜儿,外加两脚。"嘟噜屁"顿时傻了一半儿,昨天的牛逼状态烟消云散,作揖道歉都不好使,对方开价:医药费一万。

正剑拔弩张,给网吧送"有困难找民警"提示牌的老高推门走进来。见社区民警来了,"嘟噜屁"如见天神降临,双手接过牌子说:"高爷,您了可来了!"

这帮人一见警察来了,以为他报110了。光头解开红衬衫,露出前胸一身刺青说:"你他妈是出来耍儿的吗?警察是你爸爸啊?"

遇到这阵势儿,老高心跳也在加速。对方都带着家伙,自己身上除了一串钥匙和半盒烟,嘛硬家伙也没有啊!

待坐稳了,老高对光头说:"我是这儿的片警,先把人都给我撤出去。有事跟我说!"

问清了缘由,光头说:"今儿来就是替我侄子出气的。"

老高说:"出气没毛病啊,谁让这小子嘴欠手欠呢?砸了这儿很简单，告我完事谁给兜着？"

光头四十多岁，前胸后背文了条猛龙出海，脖子上挂着筷子粗的金链子，一脸凶相。他说自己从小在鼓楼西长大，家住教堂后街，诨号"小地主"，侄子受此大辱，当叔的不能在鼓楼西栽这个跟头。

老高抽烟看他想了半天：当年鼓楼西附近绰号叫"地主"的有好几个，只是没抓过这个"地主"。

老高继续与光头盘道（天津方言：相互探寻）。忽然听光头说83年严打和"老臭虫"在劳教队一起睡过大炕、吃过窝头、喝过菜汤，且是他拜把子大哥。

老高没说话，掏出手机，拨通了说："董文学（老臭虫学名），我在教堂前的网吧，有个熟人要见你，给我跑步赶过来。"

很快，一身名牌的"老臭虫"头发油亮，胳肢窝夹着一手包推门进来，摘下墨镜问："高爷，嘛事儿？"

听罢事情经过，"老臭虫"扭头冲光头骂道："你不认识派出所高爷是吗？今天吃亏算我的了，领你的人赶紧给我玩儿蛋去！"

"嘟噜屁"也是面儿上混的人，赶紧来个顺坡下驴，谢了老高再谢"老臭虫"，掏出一千块钱和两条高级烟给光头和亲嘴男赔礼道歉。老高说："都家门口子，谁都别找麻烦，这事就结了。"

光头说："就听高爷的。"一场报复殴斗就这么化解了。

这样的调解方式，恐怕只有资深警察老高才能做到。

……

我分别找了当事人调查取证（包括在海南做生意的光头，也打电话询问了），事情过程与老高说的完全一致。如果要挑毛病，就是赔对方的一千块钱和两条香烟，双方没有书面的签字画押，只是按简单的口头调解方式处理。

在这些人面前，我们尽量回避匿名信的事，但这几个人心知肚明，给老高写匿名信的事儿早已传出去了。

"老臭虫"说："谁给高爷写这封信了，谁不是人揍的。"

"嘟噜屁"说："我要是写黑信了，出门让车轧死我……"

匿名信是打印的，没有邮寄地址，追查来源难度很大。我协助小陈将调查报告写好，上报给了分局监察室。
　　调查结果与匿名信显然出入很大，基本上还了老高一个清白，但老高心里依旧郁闷。他几次找我谈，说这是有人故意的，要求分局领导主持公道，查出背后诬陷他的人。
　　只是，分局没有如老高所希望的那样为那封信去立案调查。
　　因为，在不久前一次全区维稳大会上，区政法委某领导谈到严格执法、规范办案程序时，不点名说到某个派出所的"网吧事件"时说："我们的公安工作应该依靠那些最广大的人民群众，这是我们的传统。化解处理矛盾绝对不能搞那些旁门左道的东西，怎么可以依靠那些社会闲杂人员，甚至是有前科的'两劳'人员呢……"
　　"网吧事件"就这样成了全区执法不规范的典型。

　　立秋那天，老庄让我作陪，请老高在一家饭店喝了顿酒。酒还是老庄带的精品茅台，但我看老高喝酒的表情像咽中药。
　　老庄那天也喝了不少，劝老高说："听我说哥哥，人就得朝远处看，风物长，放眼量嘛。有些东西都是身外之物，一闭眼一踹腿，嘛也带不走。"
　　然后，老庄再三肯定老高这半年多的工作成绩，许诺说，年底必须给老高报请个人三等功。
　　面对这样一盘残局，"老实人"和"好民警"老高只得认赌服输。
　　一个月后，民警老谢成了真正的"谢处"。

十六

　　八月十五前，我们三位所领导都收到民警小乔送来的婚礼请柬。老庄和我，还被特邀为新人的证婚人。
　　老高的精神状态一直不佳，如一艘顺风破浪的帆船，突然断桅崩缆沉入了海底。话少，人也瘦了许多。

老高写了请调报告，理由是因家庭与身体状况，请求调离鼓楼西街派出所。分局党委研究批准，国庆节后，同意老高调入分局法制办，警长的职务暂由"谢处"接替。

匿名信事件后，老高与老谢已形同陌路，虽然还有半个多月就要离开鼓楼西了，但老高坚决不同意与"谢处"握手言和。

八月十五，鼓楼西街又陷入节日的狂欢状态。

这天是我带班，因为节日戒备，副所长老孟也来所备班。已经请假回家布置新房的小乔也被老高喊回来，因为一警组人少，他不想和"老算盘"一起出警。

老高是小乔的师傅，师傅既然发话了，小乔二话不说，从新房开车赶回了派出所。

那天上午的警情基本平稳。临近中午，我正在派出所小餐厅与做饭的阿姨商量晚餐多加几个菜，这时警情来了——辖区市第一妇产科医院保卫处打来110，说医院手术室发生一起医疗事故，一位产妇死在手术台上，婴儿平安。死者家属把手术室围住了，还打伤了两名产科医生。

鼓楼西街这家妇产科医院，七十年前是家教会医院，名医聚集，医术精湛。1948年，刚晋升副处的民警老谢就是从这家医院出生的。

虽然是名医名院，也挡不住医生和患者间的扯皮和医疗事故，都是人命关天的事，处理起来非常棘手。对医患纠纷，民警们基本是"三步"：灭火、调解、上法院。

来鼓楼西街派出所快一年了，我还未真正处理过医患纠纷的警情。我突然预感，这个八月十五，我们要面对的，肯定是一堆撕扯不开的乱麻。

与分局指挥中心汇报后，我赶紧调集警力赶赴医院。

医院离派出所步行不过十分钟。我带人赶到妇产科二楼手术室时，见手术室楼道外站了二三十个男女，从哭声和骂的内容，确认都是死者的亲属。

做调解工作的医院保卫处长老冯,被几个家属当成了人质,衣衫不整,一脸无辜地站在人堆里,被反复推搡着——老冯不停地用吴语普通话解释着什么……

我们扒开人群,把老冯拉了出来。死者的丈夫来子见我们把老冯拉出来,带着几个壮汉呼啦围上来。

来子也是鼓楼西的小耍儿,几年前,因为和几个人在街上"碰瓷儿"被老高和老谢拘过,平时身边也是一帮子社会人。

"你们这是嘛意思?把他拉走,你们能解决问题吗?"来子上前一把将老冯拽了回去。

一位民警伸手想把老冯扯回来。来子忙揪住老冯死命往回拖,几个家属上来助力,一用力又把老冯抢了回去……

这时,我发现老高和小乔也被家属围在中央,老高低头正和一个脸色煞白的瘦老头说着什么。我挤了过去,小乔告诉我,他就是死者的父亲。我仔细一瞅,这老头儿原来是裸跑的老蒋。

老蒋的女儿小菊死了,遗体遮着白布单,静静躺在手术台上。她死于羊水栓塞。女婴平安出生,只是刚出生就永远失去了母亲。几个家属哭着死守遗体,不准任何人靠近。

现场局面一片混乱。医院副院长老焦见我来了,忙把我拉到一边儿介绍说:"二楼有六间手术室,一天二三十台手术都在这儿。死者尸体不弄走,时间长了会污染手术室的环境。另外,外边还有很多等待手术的孕妇和患者!"

事态非常严重,七八个民警显然是控制不了眼前的局面。我马上与老庄联系,向分局汇报,快速调警力来增援。

很快,在家过节的副局长老皮、区卫生局局长、分局督察队队长、所长老庄都先后赶到医院。分局防暴队还派了二十名特警前来增援。

各方领导坐定开始商量对策,参考院方的建议,我们的解决方案是:先把死者的遗体挪至太平间;手术室全部消毒后,恢复正常手术;死者家属再与院方坐下来,商量事故鉴定和赔偿问题。

首轮谈判彻底失败。来子举着结婚证,牙口儿咬得很死,说:

"我们是合法的夫妻,不签字赔偿,嘛也别谈。不答应条件,我看谁敢动我老婆。今天我也不打算活了……"

找老蒋谈更没希望。刚看到生活的光亮,期待天伦之乐的老蒋此刻大脑陷入一片混乱,所答非所问,时哭时笑,拍着双腿,嘴里不停叨咕:"为嘛呢?究竟为嘛呢?"

转眼到了下午,一直等待剖宫产和妇科手术的家属们不干了。一堆家属堵在手术室大门口,破口大骂:"妈了逼的,生孩子还得憋着是吗?"

面对外面再起的波澜,皮副局长说:"我的意见是,先让副院长老焦出面解释一下原因,平息一下那拨儿家属的情绪。"

副院长老焦接令赶紧出去,站在门口,向众人解释手术室目前不能使用的原因。这帮人听明白后,枪口开始转向,火力对准了占据手术室的来子及家属们。

双方家属开始接火儿对骂,且逐步升级。开始是隔着民警对骂,然后是唾沫喷射,最后是拳头和飞踹交织。民警们赶紧拼命撕扯开双方,之后拉起人墙,用身子隔开双方情绪激动的家属。

矛盾非但没解决,包括副所长老孟、民警老高、小乔在内的十几个民警的脸和身上都被抓伤了。

"外面五六个待产的进不来,这不得了,要出人命的啦!"趁乱冲出包围的保卫处长老冯,跌跌撞撞地跑进临时指挥部,一边喘一边说。

这句话让所有人意识到事情的严重程度。

皮副局长请示局长后,拍板儿定调——再次与患者家属讲明道理,任何事都可以坐下谈,影响医院秩序不行。再说不服,就组织警力强行把尸体拉走,尽快恢复医院正常秩序。

用道理去说服来子他们,显然是瞎耽误工夫。只有强行。怎么强行?派民警直接上去抢,肯定是一场警民之间的肉搏。接了任务的老庄和防爆队长抖了手儿。

思来想去,还是副所长老孟点醒道:"听听老高的主意。"

民警老高又成了"香饽饽"。

最近一段时间，老高始终在低调等待着离开的时间，警组的工作基本由老谢主持了。除去和徒弟小乔闲聊几句之外，基本上保持沉默。到现场后，我发现老高一直坐在长椅上，低声劝着快要崩溃的老蒋。

老高被老庄招呼进来，意识到突然升级为领导们的智囊，不免有些紧张和意外。

"强行"还要稳妥——这是一道难题，这道题，老高本心不想解答：快要调走的人，没必要再去得罪那些人。可听到外面还有五六个等待剖宫产的孕妇，老高最终改了主意。

他建议说："首先要把老蒋和来子分别调开，因为闹事的多是来子的亲戚朋友。主家撤走了，我们再去强行，就好办多了。"

皮副局长眼睛一亮，上下打量着老高，说："我看你很眼熟啊？"

老庄忙介绍："皮局，老高就是五一那天楼顶救人的好民警，节后就要调分局治安科了！"

皮局长点点头，感慨道："这么多年，我一直在强调这个观点，关键时刻，还得看咱们这些有经验的老民警！"

老高笑了笑，心里说："去你妈的吧，再有经验的也玩儿不过你啊！"

接下来，大家又仔细研究了警力之间的配合。突击组、掩护组、疏导组、法制组、督察组的责任分工明确后，皮局握着老高的手说："老高，一切都看你的了。"

十七

老高的第一步是先钓老蒋。

即将出卖与这个可怜男人之间最后的一丝信任，让老高心里萌生出一种罪恶感，但事已至此，老高还是慢慢走了过去。

老高递给老蒋一瓶矿泉水，压低声音说："刚听主治医生说，孩子可能也有些问题，老蒋你是什么血型啊？"

老蒋一听，突然睁圆了眼睛说："孩子又怎么了？需要抽血吗？

我是 A 型的！"

老高叹口气说："可能有点儿小问题，老蒋你别着急，我刚联系了一位儿科专家。你先跟我上楼，验一下血吧，孩子更要紧！"

老蒋身边的几个亲戚耳朵挺尖，一听孩子有问题，脸色也跟着变了，都围拢过来问。

老高说："你们先都稳住了，别乱嚷嚷，都跟我上楼去验验血。老蒋岁数大了，尽量抽你们年轻的。"

老蒋带着身边五六个亲戚，悄悄跟老高上了三楼。进了一间办公室，老高说："坐下先等会儿，护士挨个给你们抽血，我先跟专家沟通一下。"

见几个特警把门堵上，老高接着下楼开始钓来子。

来子对老高始终是尊敬的。老高业余时间喜欢养热带鱼，休息时常来宠物市场转。虽然多年前老高拘过来子，但来子不记恨，因为"高爷"做事比较讲义气，说话直来直去，加上鼓楼西街这帮耍儿们对高爷的打分都很高。每次在市场一见老高，老远就招呼："高爷，进屋抽根儿烟吧！"

在来子身边坐下，老高低声说："卫生局的人有点儿松口儿了。"

来子看看老高说："差他妈一分也不行。"接着说，"高爷，我可不是冲你们警察，我就是讨个公道。生个孩子把大人治死了，什么破医院！"

老高点点头，说："来子，我要调分局去了，有些话，我不怕瞒着盖着。不就是多闹俩钱儿吗？钱，医院肯定会赔你，可你想过你老丈人吗？人家闺女没了，没人养老，日后依靠谁？"

来子转过脸，说："我还得养活孩子呢。听您这意思，老头儿有想法儿是吗？"

老高说："我不是多嘴，你老丈人去哪了？"

来子站起来，环视一圈儿，看不见老丈人的影儿了，忙问老高："老头儿哪去了？"

老高低声说："早上三楼了，正跟卫生局的人谈事儿！"

来子听罢，"噌"地站起身，对身边两个男人说："你俩跟我上楼,其他人都守在这儿……"

楼上一切准备就绪。

仨人进了屋,只有焦副院长和保卫处长老冯,压根儿没见老丈人人影儿,来子刚想转身出来,却见五六个特警堵住了门。随后,二楼突然传来一阵厮打、怒骂和撞墙的动静。

来子醒悟,猛地冲向门口,两个强壮的特警都没拉住他。刚跑到楼道,见老高和小乔正往楼下跑,来子疯了似的直扑老高。但没跑几步,就被副所长老孟和一个特警死死扭住。

"姓高的,你他妈可真够高的……"来子跳着脚骂着警察老高。随后,拼命挣脱开他们,一脑袋撞向附近的一扇玻璃窗。"哗啦"一声,玻璃碎了一地,来子当场头破血流,倒地不省人事。

"强行"带离方案完成得基本顺利,加上后来增援的五十多个民警才把事态控制住。市局督察队还把几位人大代表请到现场监督,拍照录像整个执法过程。最后,才把小菊的尸体挪进太平间。被占据了近七个小时的二楼手术室消毒后恢复正常手术。

在此过程中,三十多位民警不同程度地受了伤。最严重的一位特警右手手腕骨折,三名参与故意打砸的死者亲属被治安拘留五天。善后工作由副所长老孟牵头,成立调解小组,与院方和死者家属研究医疗事故鉴定及赔偿问题。

来子的脸缝合二十几针,头部脑震荡,被送到病房救治。

家属们的情绪也逐渐平稳,朋友和远亲们被陆续劝走。最后只留下几位直系亲属。等亲属们集中起来,人们才发现,死者小菊的父亲老蒋不知去哪儿了。问了几个亲属,都说当时乱套了,谁都没看见他。手机也处于关闭状态。在场的人都有些慌乱,唯恐精神重压下的老蒋再出什么状况。

十八

小乔的脸被抓了个血道子,快当新郎官儿了,脸上突然挂了彩,让平时很讲究形象的小乔很郁闷。回到宿舍,他一边照镜子一边骂抓他的那个泼妇。老高在楼下喊他出警。小乔放下镜子,下楼跟老高上了警车。

就在几分钟前,有人打110,说老蒋独自一人跑回了家,把自己和那条狗反锁在屋里,还拧开了煤气。

老蒋家住三贤里。这是老高辖区唯一的平房区。

地形熟悉,警车五分钟就到了三贤里。胡同口路灯下,站着十几个不知所措的邻居。

老蒋家是独门独院,属于那种狭窄潮湿的老旧平房。老高小乔刚摸到小院门前,就闻见了煤气味儿,接着是一阵狗叫。

小乔问邻居:"煤气总阀门在哪?"

邻居说:"他们家做饭一直用煤气罐。"

小乔让邻居赶紧切断电源,邻居说:"总闸我们已经拉了。"

屋里突然传来老蒋撕心裂肺的哭号,接着又开始砸东西,屋里不时传来东西粉碎的声音。

邻居搬来梯子,小乔踩着翻墙而入,打开了院门。

老高和小乔让邻居们撤到远处,他们悄悄走进去。老蒋家院子很狭窄,两间住房,其中一间连着厨房。屋里漆黑,由于出警来得匆忙,俩人都忘了带手电。

小乔说:"只能从厨房窗户摸进卧室,再关煤气。"

老高说:"我进去开门。"

小乔说:"我来吧。"说完搬过梯子,灵巧地站上了窗台。

小狗在屋里狂叫着。老蒋带着哭腔问:"外面是谁啊?"

窗户从里面反锁着。小乔用警棍猛地敲碎了一块玻璃。屋里传来老蒋喊声:"你们要偷要抢就都拿去吧!我闺女没了。我没脸活着啊!"

说话间，小乔伸手扒开了窗户插销。刚打开一扇，一股让人窒息的煤气扑面而来。

老高冲着屋里说："老蒋，我就劝你一句，你家小狗陪着你这么长时间，你还是把它放出来吧。"

此时的小乔已经进了厨房，开始摸黑进了卧室，煤气呛得小乔不住地咳嗽。老蒋身边的小博美在黑暗中大声狂叫着。

见有人进来，老蒋微弱地问："你是老高吗？我想看看你，太黑了，我什么也看不见啊！"

小乔没说话，摸黑慢慢奔向卧室的门，刚摸到门的把手。

身后的老蒋说："太黑了。我看不见啊，我要点亮儿啊。"

小乔下意识转过头，随着老蒋手里的打火机"啪"的一声，轰然一声巨响，爆燃的火球从屋里直蹿了出来，它穿透了所有的门窗和玻璃。站在卧室门前的老高感到眼前一股灼热，随后被一股热浪掀翻在地。

空气中弥漫的是头发和衣服被烧焦的气味儿。烟尘弥漫，遮住了一切，只有屋里几簇稀落燃烧的火苗，点亮了这片黑暗。老高爬起来，撕心裂肺喊了声："小乔！"

屋里跑出一个冒着烟火的人，他踉踉跄跄冲到他的跟前。之后重重摔倒在地，老高这才看清，地上的人正是小乔。

外面的邻居们纷纷跑过来救援，帮着老高扑灭了小乔身上的火。接着有人又冲进屋子，把浑身烧成黑色的老蒋和那条被烧死在他身边的狗拽了出来。

一切都在瞬间。当我们赶到现场时，完全被眼前惨烈的景象惊呆了。小乔的警服几乎被烧光了，胳膊上的皮肉已分离，头发、眉毛全部被烧焦，全身上下成黑紫色，如同电影中经历过一场惨烈战争后，被抬下来的重伤员。老高头发、眉毛被烧焦，上半身被烧伤，警服上衣和裤子被烧掉了多半截儿。

这是近三十多年来，我们这个城市，民警110出警意外受伤最严重和最惨烈的一次。

小乔烧伤面积达百分之八十五，老高烧伤面积百分之五十。

小乔的耳朵被烧掉半个，鼻子、嘴唇和双臂烧伤严重，需要几次植皮和器官再造手术。老高双臂和前胸烧伤严重，也需要几次植皮手术。

我隔着重症室的玻璃窗，看着浑身缠满纱布、戴着呼吸机、浑身插满管子的两个兄弟，躺在无菌监护室里，突然想用一种声音来释放我心中的憋闷和压抑。

虽然我这个人的眼窝深，不容易被感动或是落泪，但那天，我的泪水竟止不住地奔涌而出……

……

三天后，老蒋死了。

烧伤更为严重的他，没有力量去抗拒死神的召唤，带着那条有身份的博美犬，孤独地去了另外一个世界。遗憾的是，临死也没有见到那个刚出生就失去母亲的外孙女。

十九

从抢救到进入重症室，小乔的父母和女友小关一直守在重症监护室外。从小乔父母那儿知道，本来八月十五之后，两人要去民政局办理结婚登记手续。这个意外打击对小乔的父母无疑是一次精神重创，儿子的美好未来一夜间被毁了。

其实，大家最关注的还是小乔的爱情。对女友小关而言，与其说是对心上人身体的 次伤害，不如说是一场对自己心理的纠缠和考验，因为，小乔往日那张英俊的脸永远成为了记忆。

小乔脱离感染期一周后，小关还是走了。

这个女孩儿什么都没说，把小乔给她买的钻戒和项链放进一个首饰盒里，委托一个姑娘到医院还给了小乔的父母。小乔的父母彻底绝望了。

那天，我和老庄去医院。小乔父母与我们说了小关"退婚"的事。老庄说："这事暂时不要告诉小乔，等身体恢复再说。"

似乎是一种感应，几天后，小乔还是问母亲："怎么这几天没见小关呢？"

母亲当时就哭了，把"退婚"的事情告诉了儿子。小乔望着房顶，整整一天没有说话。

度过感染期的小乔精神逐渐恢复了。在此，请恕我不能用充满激情的溢美之词去描写和赞颂他与病痛顽强抗争的过程和精神。因为，我不想再去触碰小乔那段恐惧而黑暗的记忆。

揭开了纱布，那英气逼人的容貌，被一把火彻底毁掉了。出现在我们眼前的，是一张五官扭曲而恐惧的脸。

那天，老高坚持要我们陪着他看一眼小乔。受伤后，老高一直没再见过徒弟。

我们搀着伤情逐渐恢复的老高来到小乔的病房。一见小乔那张可怕的脸，老高大叫一声："乔儿啊，老哥哥对不起你啊！"说罢，双手捂住脸，跪在地上号啕大哭。那哭声惊天动地……

包括医生和护士，在场所有的人都哭了。无论周围的人怎么劝，老高还是哭喊："我不该喊你回来值班啊……"

小乔的眼角淌出了泪珠儿，他微微转过脸，微弱地说："师傅，我没事儿！"

随着市区各级领导的批示和慰问，还有各类新闻媒体的深度报道，老高和小乔一夜间成了我们这个城市的英雄。

派出所党支部召开党员大会，一致通过，吸收小乔同志为中共预备党员。

那天下午，我和所长老庄去医院告诉他这个好消息。

小乔依然很虚弱，全身被纱布包裹着。听到自己被批准入党的消息，小乔点了点头，之后是长久的沉默。我们正说着，病房门被轻轻推开了。一位高个儿、大眼睛的姑娘，抱着一束鲜花，拎着水果、花篮慢慢走进来。

谁都不认识她。小乔母亲问："姑娘，你找谁啊？"

姑娘没说话，而是直盯着床上的小乔，眼里突然涌出了泪水。

躺在床上的小乔慢慢支起身子说："诺玛，你怎么来了？"

高个子姑娘正是小乔跟我们说过的女刑警诺玛。

诺玛走到了小乔的面前,哭着说:"哥,还疼吗?"

在场的人几乎都愣住了。我知晓其中内情,忙把屋里的人都招呼到了病房外。

女警诺玛就这样来到了小乔身边,从此再没有离开他。

尾声

窗外开始飘雪了。

还有三天,2007 年就要过去了,我也将结束这次挂职锻炼,告别鼓楼西街派出所,回市局督察处了。

晚上,我坐在办公室,努力梳理着这一年之中我所经历的每个大事小情,梳理着我人生中这次最为沉重的体验。它真像一面镜子,站在它的面前,让我一次次看清了高尚与渺小,卑微和懦弱,执着和无奈,还有奉献和牺牲。

生活还将继续。

老潘已经出来了,玉莲也带着他的钱从山西回到收购站。有了身份的黄狗依然每天去停车场撒尿。只是一年后,废品站被拆除。叶老二离开了废品站,在鼓楼西街一家宠物商店打工卖狗粮。

春子住进了精管院,只是柱子还偶尔犯糊涂。

来子获得医院赔偿的五十万后,为老丈人和妻子小菊料理了丧事,独自抚养女儿,两年后再婚。

民警小石在女教师的细心呵护下,身体康复得很快。两年后的秋天,身体康复的他与胖姑娘结为连理,并回鼓楼西街派出所做行政内勤。

元旦后,市局隆重召开英模事迹报告会。老高和小乔将受到表彰,分别荣立个人二等功,鼓楼西街派出所荣立集体三等功。

"谢处"与老高始终没有和解。春节后,他将正式履行警长的职务。我们的第一警组将补充三位新民警。

老高还在家养伤。三个月后,经分局党委会研究,民警老高由正科级晋升为副处级。一年半后,老高伤愈归队,调至分局法制办工作。

小乔依然躺在病房,等待二次植皮手术。一年半后,可爱而可敬的女刑警诺玛成为他的妻子。三年后,带着烧伤后遗症的小乔,被任命为鼓楼西街派出所副所长。

三年后,鼓楼西街派出所迁往新址,旧址经规划纳入天津洋楼风貌旅游区。

四年后,所长老庄被任命为分局副局长。

六年后,副局长老皮因收受贿赂、滥用职权接受组织调查。

让我感伤和怀念的2007,就这样沉入了我记忆的深海。

鼓楼西街的兄弟们,一切都还好吗?

2015年4月于天津

(原载《啄木鸟·公安文学专号》2015年夏季号)

无妄之灾

彭祖贻

一

短短的半年之内,太平村范家垸死了七个人,另外还有两头猪、五只鸡。

接二连三地死人,在这个小村庄引起了极大的恐慌,关于范家垸闹鬼的说法不胫而走,也有人说是范家垸的风水出了问题。许多村民合家搬出避难,五十来户人家的小村庄中竟有十多户人家空房了。特别是在这个三月桃花开的季节,范正明家一次死了三个人,死的两头猪和五只鸡也是范正明家的,因此震动就更大了。不只三村五里的老百姓受惊吓,连政府都惊动了。

前面死的四个人，分别是村里的会计范友全、农妇赵小梅、在外当包工头的范世福和开采石场的范狗娃。由于这四个人死亡的前后无任何异兆，死亡的时间有间隔，亲属和村里的人都当成是得急病死亡，都按正常死亡办了丧事，也没人报警。如果不是这次范正明家出这样的事，也许还没有人想到报警。

武州市公安局刑警支队长田田在接到大屿县公安局的报告后，带着有博士学位的法医李明晰和大案一队的女刑警郑琼等人赶来了。到县里没有停留，与县局的刑警大队长郭义兴简单地碰了个头，就一起往现场赶。先期调查的案卷也一起带上，连案件的汇报都是在行进的车上进行的。熟悉田田的人都知道，他不喜欢在办公室听汇报。

"死的第一个人是村里的会计范友全，四十三岁，死亡时间是去年的十月二十三号的下午。当时他正在村委会做账，突然感到身体不适，人还没送到乡卫生院就死了。没有报案，当时卫生院的医生判断是急性心肌炎引起的死亡。由于他是村里干部，家属响应政府号召，将遗体火化了。"警用面包车刚一开出县城，郭义兴就开始汇报前期调查的情况。

"就事论事的话，他要是不响应号召就好了。"女刑警郑琼是个性情活泼的姑娘，说话的声音嗲嗲的，有时候还给人一种没心没肺的感觉。其实她是个非常敏锐的职业刑警，田田能够带她出来办这样大的案子，就足以说明这一点。她看了法医李明晰一眼："不火化咱们李博士今天就有事做了。"

"不打岔，说事儿，"田田打了一个手势，"第二起死亡是怎么回事？"

"第二个死的是农妇赵小梅，三十二岁，死亡时间是去年十一月十八号的上午。当时她正在地里干活，有人看到她倒下，也是没到医院就死了，也没报案。这是唯一一个土葬的死者。我们县里的法医已经开棺验尸了，连同范正明家死的那二人的提取物一起，已经送到李法医那儿了吧。结论——"

"还没出来，"李明晰说，"我不是赶这儿来了吗？想先到现场看看。"

"第三个死的是范世福,三十七岁,死亡时间是十二月七号的深夜。这个范世福在城里当包工头,手下有一支五十多人的建筑队,挺有钱的。这人死得比较风流,他在县城包了二奶,才十九岁。这女孩儿叫李佳,原是县二中的学生,人长得漂亮,不喜欢读书,父母也管不了,十五六岁就开始在外面混,跟范世福认识后,就被金屋藏娇了。范世福在城关镇的梅园小区为她买了一套四室两厅的房子,复式楼,两百多平方米。"

"光这房子就得花不少钱吧?"郑琼问。

"你这丫头怎么尽说些不相干的话?瞎打岔。"郭义兴有些不高兴,但还是就她的意思,回答了她的问题,"小地方的房子便宜,几百块钱一个平方,县城最好的地段每平方米也只有八百块左右。范世福又是干建筑的,估计花不了多少钱,连装修怕也就二十来万吧。范世福是在李佳的床上发病的,午夜,据李佳回忆应该是晚上十二点半钟左右。她当时打了120,是县医院的救护车将他拉到医院的,人是在医院急救室死的。医生诊断是死于急性肝炎导致的肝坏死。"

"别是纵欲过度吧?"郑琼笑道。

"这姑娘,什么话都敢说,"郭义兴横了她一眼,"社会上还真有这说法,说他是泄精泄死的。有个情况只是传闻没落实,范世福那天下午在一家四川人开的山城火锅店吃的火锅,喝了不少酒,吃火锅的时候还有小姐在一起,后来还去洗了桑拿。"

"你们这小县城里也有桑拿浴?"郑琼问。

"你是外星来的?"郭义兴也笑起来,跟市局来的警花搭话,其实是一件很愉快的事情,"返回县城的时候我请你去蒸一蒸,保险不比武州市差。"

"田头,现在开放的程度够深入的哈,连大屿这样的小地方都可以桑拿了,经济不一定搞上去了,这方面倒是与国际接轨了。"郑琼依然没心没肺地打趣儿,"郭大队,有异性按摩吗?有我就去。"

"就算没有的话,我专门为你安排行了吧?"郭义兴拿她没办法,"还是继续说案子吧。范世福那天回李佳那儿就已经是晚上十点来钟了,一进门就说肚子不舒服。开始李佳还没太在意,后来见他实在不行了才打120。"

"这起死亡跟范家垸有什么关系?就因为他是范家垸的人?范家垸的人死在纽约、墨尔本是不是也算?"郑琼根本就不在乎郭义兴的态度,"有点儿牵强附会吧?"

"多少有点儿牵强,"郭义兴说,"问题是,范世福死亡的这天,他恰巧回了一趟家。他家里还有老婆和三个孩子,两个老人也在。从调查的情况看,他那天到家是上午九点来钟,因为没过早,他老婆单独给他下了一碗蘑菇鸡蛋面吃了,之后在家里待了一会儿,没吃饱就回城了。他自己有车,既然他回过垸子,所以也不算牵强附会。这个人也火化了,尸体在殡葬馆停放了一个多月,原因是家属与二奶之间扯皮,家属与医院也扯了皮,城关派出所还出面调解过。但没请法医验尸,因为医院方面有结论,家属方面没有提出做尸检,只是要求做医疗事故鉴定。鉴定的结果不属于医疗事故,医院方面还是象征性地拿了两万块钱。家属与李佳扯皮其实就是为了梅园小区的那套房子,后来房子归了家属,这皮也就没扯了。"

"女人当二奶划不来,到头来人财两空。"郑琼感慨地说。

"可还是有不少女人乐此不疲,"李明晰忍不住插嘴说,"明知是火坑,硬要往里跳,前仆后继。"

"是不是跳火坑两说,人家以为是在追求幸福生活呢。"赵晓说,"乡下一些女孩子,到南边干几年,当二奶也好,做小姐也好,几年下来赚的钱够一生用。回来再找个人一嫁,照样有老公,照样生孩子,有的还做起了小老板,比当一辈子村妇强多了。现在就有那么个风气,笑贫不笑娼,不是还有一种说法嘛,贫贱夫妻百事哀。"

"说第四个死者吧。"田田打断了他们的讨论。

"第四个没什么说头,是车祸。"郭义兴说,"时间是今年的二月三号,死者范狗娃,二十九岁,在关山脚下自己搞了个小型的采石场,自己跑运输。二月三号这天,他拉了一车石头往茨坪镇送,在路上翻了车，连人带车一起栽到路边的山沟里去了，也没伤着别人，死的就他自己。县交警大队按车祸作了处理，人也火化了。"

"交警那边的案卷调过来了吗？"田田问。

"我复印了一套，在我那侦查卷的后面。"郭义兴说。

"回头我再仔细看看，"田田说，"另外你再安排力量，想办法把赵小梅、范友全他们当时在医院诊断的病历和其他能收集到的材料都收集一下，能收集多少算多少，说不定会有用的，特别是我们李博士，不定就找出什么有规律性的东西来。"

"待会儿我们就安排人办这件事。"郭义兴说。

"闹鬼的话又是怎么传出来的呢？"郑琼问。

"这个问题我们没调查，查也查不清楚，"郭义兴说，"连续死人嘛，乡下传这样的话很正常，不传倒不正常。村里确实也有几户人家外迁了，都是以前就在县城上了户口的。关于这个问题，我看应了句老话，世间本无鬼，全是人作怪。"

"你这个观点我很同意。"郑琼很认真地说。

田田又问了一些相关的情况，警车就进入了太平村的地盘。

二

太平村位于大屿县境内的关山脚下，离县城有五十来里地，三面环山，中间是平川，就风景而言，应该是一个上佳之地。关山的山势很雄伟，山上是修竹茂林，山下是一马平川，适合各种农作物生长。所以田田一到这里，就觉得这里是个修身养性的好地方，还问随行的陆畈镇派出所所长赵晓能不能将来在这儿弄块地盖房子，他说他想在这儿养老。赵晓说田支队你是不是一到这儿就想起陶渊明了？要弄地最好不要等到将来，将来的事不好说，要弄就趁我在这儿当所长的时候弄，村干部和老乡还给我一点儿面子，人一走茶就凉了。现在弄，你花城里买一个卫生间的钱，就能在这儿做个带小院子的小别野了。我再让人把你院子里种上花草栽上树，就是整个露天游泳池也不是难事，再加个城里买厨房的钱就够了。

赵晓是警官学院毕业的,当然不可能把别墅说成别野,他这么说是为了搞笑。

赵晓以前是市局治安处的民警,写得一手好公文,来这儿当所长有下派锻炼的意思。来大屿才一年多一点儿的时间,就出了不少成绩,市局、省厅的公安简报上上过好几篇,谁都知道他不会在这儿长待,回城是迟早的事。这次范家垸出这样大的事让他很不舒服,他说正准备将太平村建成无案村,连经验材料的题目都想好了——《太平村里真太平》,然后以点带面地向全乡推广,再把和谐陆畈镇的品牌打出去,所以他非常不希望这次范家垸死三个人的事是刑事案件。路上他把这个想法跟田田说了,田田说无案村、无案乡镇的想法是非常好的,就是有点儿乌托邦的味道。赵晓说,你不觉得这地方就有点儿伊甸园的味道吗?田田说,警察队伍当中应该有你这样的浪漫主义者,这地方还真有点儿伊甸园的味道。

他们说这话的时候,警车正沿着太平溪畔的公路行走。太平溪只有五六米宽,水量也不大,但水质清澈,水底的水草看得清清楚楚,水中还有些小鱼儿在游动。溪畔种着柳树,正值杨柳吐絮的季节,柳条上嫩绿初发,飘动的柳絮在空气中舞动着,一些飘落在清清的溪水中,很是好看。田田看了近处的溪水又看远处的山,山上的桃花、梨花都开了,还有野杜鹃,在苍松翠柏修竹之间成片成片的,姹紫嫣红。赵晓说:"冬天这儿的梅花也挺多的。"田田接着他这话说:"好地方,真是好地方,水真清。"

赵晓说:"那是关山中流出来的矿泉水,绝对没污染。源头在山下的大泉洞里,那个洞有多深谁也不清楚。老乡们都说洞里有条龙,变天下雨的时候,还能看到洞里往外冒热气。老辈子人说有人见过龙升天。"

"这地方谈恋爱好。"郑琼对龙的传说不感兴趣。

郭义兴笑了,说:"女孩子一见到好地方就想到谈恋爱。"

"想谈恋爱有什么不对?"郑琼说,"总比你们男人好,你们男人一见到漂亮女孩儿还想歪心思呢。结没结婚另说,巴不得将天下美色都据为己有,用不完宁可空着也不给别人用。古时候的皇帝就是这样，宫殿里需要男人干体力活儿，又怕别的男人沾了他的女人，就把男人都割了。心机黑哟，乡下的土财主也一样。"

"听郑警官说话，一点儿都感觉不出是大学生。"郭义兴被她逗开心了，对田田说，"田支队，跟你一起工作真好，奔这样案子的现场，路上还能风花雪月地说话，你也不批评哈。"

田田笑笑，目光又移向了窗外。

"我什么时候能在田支队的直接领导下工作就好了。"郭义兴说。

"想进武州市就直说，"郑琼挖苦他说，"别绕着弯儿拍马屁，拍了也没用，田头儿手上没人事权。"

"你这鬼丫头，嘴怎么这么损？"

"我是好心教你一个乖，要是政治部主任来了，你好好拍拍。"郑琼笑道，"拍马屁要找准对象，不然白费劲，对象找准了还得会拍，要是拍到蹄子上了，当心弹你一蹄子。"

"郭大队，你跟小郑打嘴巴官司是自找罪受，她铁嘴钢牙是出了名的。苏东坡说的'谈笑间樯橹灰飞烟灭'，就是形容她这嘴的。"赵晓说。

"没那么夸张吧？"郑琼笑道，"都说我说话的声音挺好听的。"

"郭大队，千万别被她的声音迷惑了，听起来嗲嗲的，让人骨头都酥了对吧？其实暗藏杀机呢，我估计美女蛇大多是这种声音。"

"哎哎哎，赵所，我好像没怎么得罪过你吧？"

"好好好，咱们换话说，"赵晓笑道，"田支队，你要真想在这儿做房子得马上，再过些时候这儿的地价恐怕就得涨了。"

"北京、上海的房价涨我能理解，人都往那儿挤嘛，"郑琼说，"这乡下也跟风？"

"武州宏基房地产公司要在这一带搞开发，项目很快就要启动了。他们那老板这段时间老往这儿跑，镇里、县里都很重视，"赵晓说，"真的一开发，这地价还不起来了？"

"在这里开发房地产不是自己找亏吃吗？这么偏僻的地方，房子卖不上价钱。"郑琼说。

"你打嘴巴官司还可以，论做生意还差点儿。"赵晓说，"别看你现在从市里过来要三个多小时，下半年这边的高速公路就通了，从市里过来也就四十分钟的事儿。再看这儿的风景，特别是刚才你看到的溪水，挺有讲究呢，市内哪有这么好的居住环境？国外有钱人都在乡下住，穷人才住城里。美国总统不是老在他农场里接待外国领导人嘛。"

"宏基房地产的老板叫冯益吧？"田田突然问。

"你认识冯益？这段时间他经常往我们这儿来，"赵晓说，"跟我还一起吃过两次饭。别看他老板做得大，人还挺谦和的。"

"你少跟他来往，这人不是什么好鸟儿，"田田说，"二十年前我亲手送他进的监狱。"

"田支队的观点我不同意，坐过牢的人就不是好鸟儿？那咱们为什么把坐牢叫劳动改造？"郑琼似乎有意要顶撞领导，"冯益我也认识，经常往我们家跑，挺好的一个人。"

"没少给你爸送钱吧？你这位千金得没得过什么好处？"赵晓开玩笑说。郑琼的父亲是市委副书记，所以他才会这样说。

"你爸才贪官呢！"郑琼反击说。

"我也想我那么一个爸呢，"赵晓笑道，"可惜我们家是祖传的农民。"

"什么思想？你将来要是当了局长，准是个贪官。"

田田回头瞪了赵晓一眼，说："赵所，我跟你提个醒，像冯益那种人，最好别打交道，即使是工作需要，顶多也就是公事公办，千万别深交，除非你不想当警察了。"

赵晓说："看来你对这人印象很差。"

田田说："我也就随便说说，往不往脑子里去，是你自己的事情。"

警车开进了范家垸。垸子不大，两三层的楼房倒不少，家家户户都用院墙围着。整个村子给人的感觉很冷清，几乎看不到人的活动。几只鸡在村落中散步，一条脏兮兮的狗从警车前跑过，又回头站下了，汪汪地叫了两声。这种景况让很少下乡的郑琼感觉很怵："太静了，静得人就像给抽空了似的，身上直起鸡皮疙瘩，怎么看不到人呀？"

赵晓说："这垸子本来人就不多。过完年了，该出门打工做生意的都出去了，自然就显得人少了。今天垸里的人恐怕都聚到范正明家去了，他家住在垸子的顶头。"

郑琼说："看这垸子的房子，这儿的经济状况还不错，自然环境也挺好的。在城里接电话时，还以为这是个多么落后愚昧的地方，谁知道是这么好的地方。要是合理布局一下，能赶上城里的小区。"

赵晓说："你莫小看了范家垸，这个垸子出能人是有名的。他们续家谱都续到范仲淹那儿去了。知道范仲淹是谁吗？"

郑琼嘴巴一撇："你以为就你读过书呀？不就是写《岳阳楼记》的那个人吗？"

赵晓绕开这话题，说："你没见来的路上铺的都是水泥吗？村道比国道不差多少吧？一多半的钱都是这垸子在外面发了财的人掏的。垸子里在大屿、在武州买了房的就有十好几户人家，城里乡下两头住，跟国外的中产阶级差不多。"

两人正说着，突然从一条偏巷中窜出一个人来，兔耳鹰腮的模样，个子瘦小，一件大得不合体的西服松垮垮地套在身上。那人扬手拦住了警车。

"是什么人哪，敢拦警车？"郑琼问，她对这人的第一印象很不好。

"是太平村的治保主任，叫范小泉。别看他人长得不咋样，挺能干的，也热爱治保工作。"赵晓让司机停车，拉开车门下去，跟范小泉说了几句话，回头冲司机招了招手，示意跟着他们走。警车跟在他们身后，拐了一道弯就到了范正明的院子前。

三

范正明家的门前白幡飘荡，香烟袅袅。起先还是安安静静的，见有客人来了，有人在院子前放了一挂鞭炮，凄厉的哭声破空而起,一波一波地在这个安静的小村子播着。其间还有乡村的丧葬音乐,小喇叭的声音尖厉而高亢。院子中摆放着两大一小三具棺材,就连经常与死亡打交道的田田也被震撼了。

范小泉迎着田田和郭义兴说:"对不起,垸里出事,给领导添麻烦了。"

赵晓说:"麻烦不麻烦都麻烦了,废话少说,介绍情况。"

范小泉说:"事情是正明叔家出的,等一会儿让他来说吧。他说得清楚些,我只先将他家的情况和我知道的出事经过简单地说一说。"

范正明今年有五十五岁了,家中一共有七口人,分别是范正明和他的妻子楚桂花,一个老母亲,长女范杏尔,三女儿范菊尔,再加上范杏尔招的上门女婿诸建设和他们才两岁的儿子范延宗,还有个二女儿范香尔嫁到本村刘家垸。

范正明膝下无儿,所以三年前将诸建设招来做上门女婿。范正明是范家垸公认的老实人,一生没与人红过脸。家中种有五亩水田,六亩旱地,山上有一片林果园,大约有三十亩的面积,每年还有十几头肥猪出栏,虽然谈不上富裕,但在太平村也算得上是中等人家。女婿诸建设是个老实人,人长得高高大大的,甚至算得上英俊,平时不多言不多语。到范家后,屋内屋外的体力活儿差不多他包圆了。平时就在陆畈镇上做卖肉的生意,好的时候一天能卖半头猪,收入虽然不高,养他自己一家三口还是有多的,赚的钱大多都交到范正明的手上。所以范正明经常在外面夸这个女婿,说别家是女婿顶半个儿,我这女婿顶两个儿怕都有多的。

死人分别是范正明的老母亲,大女儿范杏尔和她儿子范延宗。

三月二十号这天,范家出栏了三头肥猪,两头卖给贩子了,一头由诸建设自己杀了卖肉。这天一大早,诸建设就动手杀猪,岳父范正明给他打下手。太平村一带有个习惯,自家屋里杀猪,猪头、猪血、猪下水都得留下自家人享用。因为要赶早晨的生意,猪下水卸下来之后没作处理,诸建设说等他下午回来再弄,往后三轮上扔了半片猪就走了。范正明搭他的车也到陆畈镇上去了,后来又去了县城,跑肥料种子的事。翁婿俩都是下午才回来的。

诸建设到家后就忙着整猪下水,姨妹范菊尔给他帮忙。范正明一到家就挑起粪桶去菜园了,临出门前吩咐楚桂花晚上整几个下酒的菜,说是要与建设好好喝两杯。走到门口,又转身多了一句嘴,让妻子把厨房的那只最大的癞子瓜切了,煮点儿南瓜粥,再烧一盆。癞子瓜是当地的一种叫法,其实就是南瓜的一个品种,瓜皮上长满了疙疙瘩瘩。这种南瓜淀粉含量高,吃在嘴里特别粉。

范正明干农活儿是个很精细的人。家里的几亩旱田都在太平溪畔,除了每年种一季棉花,一多半是种蔬菜,他连溪边的地埂都利用起来了,他要切的那个癞子瓜就是头年在溪畔的地埂上长出来的。南瓜现在在城里是一宗很时尚的瓜菜,说是有降血压、软化血管的功效。头年在那点儿地埂上结了二十多个南瓜,他大多贩到县城里卖了,也留了几个自家人吃。年一过,就剩下这个最大的了,一直舍不得吃。范正明种了一辈子的瓜菜,还没见过自家园里长出过这么大的南瓜。瓜种也就是一般的癞子瓜种,也没特别地施肥,扯藤的时候一称,竟有三十八斤四两,把整个太平村都轰动了。乡邻有人开玩笑,说范正明种的瓜都成精了。在家里放久了,瓜皮的颜色呈金黄色,加上瓜皮上那些癞子样的疙瘩,一看就知道是瓜中极品,看一眼都是舒服的。因为这天卖了猪进了一大笔钱,也因为开春了,范正明想用瓜中的种子,才舍得让老伴切了煮南瓜粥吃。

乡下人吃饭晚,天傍黑的时候,范正明还没回家,小外孙范延宗肚子饿了,吵着要吃饭。范家这天杀了猪又开了大南瓜,楚桂花本想一家人等齐了再吃晚饭,无奈小延宗哭个不停,便让大女儿带着孩子先吃。红浇肉和煨的猪肚子汤也上桌了,顺手给婆婆也盛了一碗南瓜粥。老人年纪大了,也跟小孩儿一样嘴馋,祖孙三代三人先上桌,只留两个下酒的菜没炒。诸建设和范菊尔在屋外洗刷宰猪用的脚盆水桶,过一会儿,范正明从地里回来了,在院子里的水窖中洗粪桶。妻子见他回了,便将烧南瓜的锅洗了,将洗锅水倒进猪圈的食槽中,给翁婿俩炒下酒的菜,烧了一盘肥肠,又炒了猪耳朵和猪舌头。范正明这天情绪很好,把过年都没舍得喝的九年白云边酒开了，先说是喝一瓶，后来又把第二瓶也开了，原因是三女儿范菊尔凑热闹，也闹着要喝酒。范正明是个很随意的人，虽然从来没见过老三喝酒，居然也就同意了。没想到范菊尔是天生的酒量，敬了老爹又敬姐夫，一来二去，两瓶酒差不多见底了，三人都有七八分酒意，但也不算醉，只是酒后没再吃主食了。

悲剧是在午夜陆续发生的，首先发病的是小延宗，叫肚子痛，接下来是年迈的老婆婆，最后发作的是范杏尔，楚桂花后来也叫肚子疼。小延宗和老婆婆还没出家门人就死了，范杏尔死在去陆畈卫生院的途中。第二天早上，又发现猪圈里死了两头猪和与猪争食的五只鸡。到田田一行到范家垸的时候，楚桂花还在乡卫生院躺着。

前期的尸体解剖县里的法医已经做过了，胃内容物该提取的都提取了，李明晰这次来主要是实地了解一下情况，再亲眼看一下尸体。在听范小泉介绍情况时，他将范家人晚餐进食的品种和进餐的先后顺序一一做了记录，不清楚的地方还提了几个问题。范小泉说不清楚的地方，他都打上了问号。

这个案子开始并没有引起有关部门的重视，即使是范正明家一次死了三个人，也被当成是一般的食物中毒。幸好第二天乡里召开春耕生产会议，参加会议的赵晓无意中听到了这件事才引起了警觉。民间传说：太平村不太平，不知是出了鬼还是坏了风水。与会的干部们在聚餐的时候当奇闻说，特别是那只堪称瓜王的大南瓜，采摘的时候便有人说它成了精，因此被赋予了更为神秘的色彩。

尽管赵晓不希望范家垸所发生的事情是刑事案件，但派出所还是开展了前期调查，对此前半年之内死的四个人的情况也作了一些了解，还请县局法医对土葬的赵小梅也进行了开棺验尸，提取物连同范正明家的三位死者的胃内容物一起送到市里做化验。其余的三个人因为已经火化了，再也无法做法医鉴定了。

听了简单的介绍之后，田田私下问李明晰有什么看法。李明晰说刚刚进入情况，谈看法还早了点儿，说着又去范家的猪栏看了看。范家的猪栏建在住房的后面，猪是按大小不同分养的，死的那两头算是肥猪，再有个把月就出栏了。楚桂花的涮锅水就是倒在这两头肥猪的食槽中的,死的那几只鸡,也可以肯定是吃了这槽中的食物。

造成范正明一家三口死亡的原因,肯定与三月二十号这天晚上的进食有关,剩余的食品都被县局刑警队的技术员提取了,有待进一步化验。被传说得很神奇的那个大南瓜,李明晰在县公安局也见识过了,果然挺大的个儿,除掉切下来的三角形豁口,还有三十来斤重。他让县局的法医好好保管那个南瓜,说是返回武州的时候要带回去。

"初步判断应该是食物中毒,"李明晰在范正明家各处转了一圈之后对田田说,"吃了涮锅水的猪和鸡都死了,为我这个想法提供了证据。但中的是什么样的毒一时还说不上来,得等化验的结果出来。我怀疑与那个大南瓜有关,因为死的是吃了第一锅涮锅水的猪,这次涮锅应该是因为煮过南瓜粥。"

一旁的赵晓说:"如果真是食物中毒,我就放心了,我就怕是刑事案件。"

李明晰说:"我没说不是刑事案件,食物中毒就不能是刑事案件?"

田田说:"你早点儿回去也好,只有你那儿确定了死因,我这里的工作才有了方向。"

四

范正明家的院子,不断有吊唁的亲友前来。按这里的风俗,每来一拨人都得放鞭炮,丧葬乐队还得吹奏一阵子,再加上哭声,在他家谈案子显然不现实。田田按当地的风俗给死者上了三炷香,还郑重其事地鞠了三个躬。由于事先打过招呼,三个死者的棺材都没钉。李明晰掀开棺材盖,又对尸体作了一番观察,然后对田田说自己待在这儿意义已经不大了,想马上返回武州市去,尽快把尸体提取物的化验做出来。田田心知他已找到了某种感觉,急于回去肯定是有了想法,但他是个非常稳妥的人,没有几分把握是不会随便说话的,便安排车子送他回去,让他有事及时电话联系。

李明晰走后,赵晓说范正明家太吵,不方便工作,问范小泉能不能临时找个安静的地方谈话，还说恐怕还要在垸子里住两天。范小泉从灵棚中喊来一个正在帮忙的青年妇女，介绍说这是范正明的邻居范解生的媳妇李玲，又把田田和赵晓他们介绍了一番，说："这是乡里、县里、市里来的领导，为正明叔家破案的，要找个地方安顿下来，安排你们家行不行？一来你们两家是邻居，近，平时关系又挺好的，更重要的是你家条件好，没有闲杂人。"

李玲很热情，说："欢迎欢迎，办公、吃饭、住都没问题，我正想怎么为正明叔家里出点儿力呢。我这就回去收拾房间，你们一会儿过来。"因为有市里来的领导，李玲说话用的是普通话的腔，而且还挺标准的，就是让田田自己说普通话都没那么标准，便很注意地看了她一眼。李玲的年龄在二十至三十岁之间，身材很苗条，皮肤也很白，两个耳垂上各扎一粒亮晶晶的耳钉，根本不像个农村妇女，特别是那双眼睛，大大的，双眼皮，盼顾流波，很是风情，跟郑琼相比都不见得逊色。

田田说："你在外面打过工吧？"

李玲说："这位领导眼睛真毒，连我在外面打过工都看得出来。"

田田半开玩笑半认真地说："你很洋气，一般县城女人的气质都难得跟你比，武州市都找不出来几个。没在大城市待过三年五年的，这气质出不来。"

李玲笑了笑，说："这乡下难得见到领导你这么会说话的男人，我这就回去给领导收拾房间，你们一会儿过来。"

李玲走后，范小泉说："李玲是我们垸里最漂亮也最能干的女人。她家是三层的小楼，目前就她一个人住，爱人范解生到南方打工去了，每个月都寄钱回来给她用。现在他们过年都不在家过，今年过年她坐飞机到深圳去过的。"

田田说："在南方打工赚钱，在这儿过生活，还真是一种上佳的选择。"

"也是范解生命好，"范小泉说，"他父母很早就过世了，十几岁就在外面打工。后来学了个开车的手艺，起先是帮别人跑运输，后来在县城跑出租。认识李玲之前，是一个人吃饱了全家不饿。家里原来也就是个小连二的平房,人长得比我也强不到哪儿去,不知怎么叫李玲看中了。结婚不到一年就把三层楼盖起来了。这不,现在长期在南方待着,跟个大城市人似的,连过年都是老婆去看他。"

闲聊了几句,范小泉便领着田田一行往李玲家去了,说是邻居,其实中间还隔了两户人家。路上,赵晓问他:"听说你现在成了宏基公司的人了?"

"也不算正式的,兼职吧。"范小泉说,"冯老板看得起,让我帮他办些具体的事情。我本地人嘛,地头熟,办事方便一些。"

"你家伙脚踩几只船呀?"

"我一村干部,说穿了还是一老农民,不像你们吃政府饭的,不准搞第二职业,"范小泉说,"这点儿比你们自由,农民有农民的好处。"

李玲家的正面是红砖砌的围墙,小楼有三层,外面是白色的瓷砖贴壁,塑钢的门窗,看上去比城里的别墅差不了多少。院门敞着,院子很大,刚一进门,就见一条小狮毛狗跑过来,围着客人的脚哈哧哈哧地转着,还很娇呢地叫了两声。郑琼很喜欢这类小动物,便将狮毛狗抱了起来,很爱怜地抚摸着。田田看了看院子的环境,赞赏地夸了一句"真不错"。跟别的庄户人家不同的是,别人家院子里都是种瓜菜,再养些鸡鸭什么的,李玲这院子里栽的是花草树木,而且显见是精心侍弄的。最醒目的是两棵正在开花的桃树,满树的桃花鲜艳夺目。整个院子打扫得干干净净。李玲笑吟吟地从屋里迎了出来,说:"领导们来了?我在二楼给你们腾了两间房,就是床还差了一张,"说着瞥了郑琼一眼,"要是这位女领导不嫌弃,晚上就跟我在一个房里将就一下。我的床很宽,一米八的。"

郑琼说:"只要你不嫌吵闹。"

李玲说:"哪里的话,你们是请都请不到的客人,肯到我家住是看得起我。咱们三个睡睡。"说着,指了指郑琼怀里的狗。

范小泉说:"这狗是公的吧?小家伙占大便宜了,两个美女陪睡。"

李玲笑骂道:"狗日的范小泉,就你说得出这种流氓话。"

田田站在桃树跟前，观赏树上的花。李玲走到他跟前，说："田领导也喜欢桃花呀？"

"平时有空的时候，也喜欢在家里弄点儿花草，就是没你这条件，阳台太小。"田田说，"你这树上的花比别的桃花要好看一些，色艳，朵儿大。"

李玲说："我这树只开花不结果，就是观赏树的品种。"

田田说："难怪呢，桃花很奇妙，整个树上都开花了，却没有一片叶子。树枝像火烤过一样，焦焦的，花却开得很灿烂，衬出一种沧桑美。人都说红花要绿叶衬，独桃花不用。"

李玲对范小泉说："范主任，听到没有，城里人说话就是不一样。"

范小泉说："你这两棵树还是前年在我那个苗圃弄的吧？同一年栽的，怎么一个长这么高，花也开得漂亮些，一棵却这么矮，营养不良似的。李玲你种树还偏心哈。"

李玲笑道："一样米还吃出百样人呢。你跟范小强是亲兄弟吧？小强长得鼻子是鼻子眼睛是眼睛，你却长成个残次品，歪瓜裂枣的，能说你们不是亲兄弟？除非你老娘有问题。更别说是树了，你那苗圃的树还不是有高有矮？"

范小泉说不过她，只好说："那是，那是。"

李玲拍着那棵长得高大一些的桃树，说："告诉你一个诀窍吧。我们家前两年不是养了一条狗嘛，不知吃了什么东西闹肚子，拉稀拉了几天，搞得屋里到处脏死了。我烦不过，干脆让我们家解生给打死了，就埋在这个桃树下面。"

范小泉说："那就难怪了，动物烂了特肥。"

赵晓说："范主任，你嘴巴真稳，种苗圃也不告诉我一声。最近我们派出所院子想搞绿化，正想着找人求援弄点儿树苗花草什么的。"

范小泉说："没问题，随时要随时打个电话，我挖了给你送过去，包栽包活。我的手机号码你知道吧？"

赵晓说："治保主任的手机号码都不知道，我这所长还不白当呀？"

郑琼说:"现在当农民比当市民更好一些,田地里不种庄稼种树苗,栽下去就不用管了,呼吸的是新鲜空气,吃的是绿色食品,还用手机。"

范小泉听了不舒服,说:"就兴你们城里人用手机呀?手机不分公母,不分城里人乡下人,城里人用得乡下人照样用得。"

李玲说:"他还少说了一句,乡下男人还要进城泡小姐。"

范小泉说:"这话不能瞎说,公安局的领导都在这儿,我大小也是村里一个领导。"

赵晓笑道:"别把村长不当干部。"

李玲说:"我还就不把他当干部。所长我跟你说,他范小泉当治保主任一点儿都不合格,一年有大半年不在村子里,在城里发财,风流快活,桑拿按摩经常的事,所以村里就老出事呀。赵所长,你早就应该把他撤了。治保主任是干什么的?说白了就是看家护院儿的,他连我这小雄都不如,"她说的小雄就是郑琼抱在怀里的小狗,"我家小雄还知道来了人叫两声。"

范小泉被她损得够呛,但也不生气:"赵所长真要是把我撤了,我请你到城里做客,吃饭喝酒不算,还请你做美容、桑拿,找个俊男好好地给你按摩按摩。"

"你莫把你搞的事往我身上扯。"李玲笑道,"各位领导进屋喝茶吧。"

进了李玲的屋里,郑琼更是吃惊,一楼地面铺的是瓷砖,看样子档次还不低,从楼梯到二楼铺的都是复合地板,电视机、空调一应家用电器应有尽有,厨房里连微波炉都摆上了。郑琼各处看了看,夸张地说:"来这儿我才知道,我对中国的了解太少了。"

李玲说:"我这算什么,你到我们范主任家里看看,电视机都是背投的,垸里像我们这样的人家算是很一般的。"

范小泉说:"我那不行,钱是没少花,就是不上档次。我虽说在城里做了点儿小生意,毕竟还是在小地方,见识少。不像李玲,从南方大城市回来的,见得多,品位自然高多了。"

郭义兴问:"你在城里做什么生意?"

范小泉说:"也算不上什么生意,弄了个花木公司,盘些花花草草的东西,说是叫公司,其实也就是个摊子。在县城附近搞了个花圃,请了几个花工种植,老家这边的地,也全种那些东西。郭队长要是感兴趣,待会儿得空了去看看,看上了什么,我挖了给你送去。"

郭义兴说:"你这是个很时尚的产业,得空了过去转转。"

郑琼还是对李玲家的房子感兴趣:"李姐,你这房子得花不少钱吧?放在大城市没有百八十万下不来。"

李玲说:"花不了多少钱,地皮是自己的,光这一块儿就省了不少。做房子请垸里乡亲帮忙,我们垸里的泥瓦匠大把地抓。"

李玲的卧室在一楼,果然是一张一米八的大床,房间的摆设都是城里时兴的式样。二楼腾出了相邻的两个房间,一个房里有床,一个房里基本上是空的,只摆了一张麻将桌和几把椅子。赵晓看了,说:"你家里还开赌场呀?当心我哪天带人来抓。"

李玲笑道:"没事的时候约几个姐妹随便玩玩。跟警察打不得交道,好心好意腾房子给你们用,还换不到一个谢字,一进门就说要抓人。"

郭义兴解释说:"赵所是跟你开玩笑。"

李玲说着拎出一个开水瓶和一筒一次性的塑料杯子放在客厅的桌子上:"各位领导随意,喝水自己倒,我去给你们准备中饭。"

赵晓说:"也不要太客气,随便炒几个菜就行了,甲鱼就免了。"

李玲说:"还真没有王八给你吃,野生的现捉来不及,家养的吃不得。听说人工喂养的王八都是避孕药养的,男人吃了阳痿,女人吃了月经不调。"

赵晓说:"那不正好,省得每月出一次血。"

李玲说:"女人那东西呀,有它嫌它,没它着急,没了人就老了。"她说笑了几句,下楼去了。

郑琼说:"赵所,你下来才几天就学油了?"

赵晓说:"在乡下工作,就得荤的素的一起来才能搞好群众关系。说话太正经了,人家认为你是打官腔,不跟你走近。"

田田说:"不开玩笑了,开始工作吧。郭大队,赵所,虽说你们前面做了一些工作,我还是想把有关当事人都接触一遍,你们没意见吧?"说着从包里将玻璃茶杯取出来,取过开水瓶往杯子里续了一些水。不想茶杯中刚刚还泛着绿色的茶水一下子变黑了,田田奇怪了:"噫,这是怎么回事?"

赵晓笑了:"这是化学反应,这垸子里的人喝的水都是从太平溪取出来的,太平溪的水都是从大泉洞里流出来的,地道的矿泉水,完全可以直接饮用。而且最好不要烧开了喝,烧开了就破坏了里面的矿物质成分,就喝凉水,帮助消化。胃不好的人到这儿住些时日,连药都不用吃了,保证食欲大增。就是不能见茶叶,水一碰上茶叶就变成黑色的了。"

郑琼感兴趣地端起茶杯看了看:"真神了哈。"

"这水就暂时不研究了,"田田说,但他接过杯子也举起来晃了晃,"郭大队,就按刚才说的把工作先开展起来,没意见吧?"

郭义兴说:"田支队亲自上阵,我高兴都来不及,正好跟你学两手,哪还能有意见?需要我们办的事,你只管作指示。"

范小泉热心地问:"需要我干什么?"

赵晓说:"你就是个听差的,田支队让你找谁就找谁,再就是把伙食搞好。"

范小泉说:"哪次你到范家垸来让你饿着了?"

赵晓说:"少啰唆,现在就喊人去。"

郑琼无事,到楼下找李玲聊天。李玲正在厨房忙着,郑琼问她有什么需要帮忙的。李玲说厨房就这么点事儿,用不着你插手,我几下子就弄出来了。郑琼看她手脚麻利,便在一旁欣赏着,夸她真能干。李玲说这些事是个女人都会做。郑琼说,看看你这个家,农村女人没几个能把家收拾得这么好,你老公也是,这么温馨的家怎么舍得长年在外面?李玲说,他不在外面赚钱,也不可能有这么个家,他月月从邮局往回寄钱。郑琼说你一个人在家不孤单?怎么不要个小伢?李玲说我才多大的年龄呀,小伢的事不急。郑琼说你比一般人要想得开,城里管你们这样的叫丁克家庭。李玲问什么意思?郑琼说就是不要小伢的意思。李玲说我也不是不要,该要的时候自然会要,乘现在还年轻,快快活活地玩儿几年。郑琼说你真潇洒。

李玲说,潇洒谈不上,快活就是了。郑琼说你不如干脆跟老公一块儿在南方待着,将来有钱了就在那边置房,还要潇洒些。李玲说不是不想去,家里还有十来亩田地,要人料理,更重要的她是离不开太平溪的这口矿泉水。以前在外面打工,有一餐没一餐的,把胃搞坏了,痛起来要人命。自从喝上了这里的水之后,胃再也没痛过。

郑琼睁大了眼睛:"这儿的水真有这么神奇吗?将来我让我老爸也住过来。他是老胃病,什么药都吃过,就是治不断根。"

五

范小泉走了不多大一会儿,院子外面传来汽车喇叭的声音。赵晓出去一看,见是一辆韩国出产的现代轿车停在门口,一个黑黑瘦瘦的中年男人从车上下来,径直走进院子。赵晓回头告诉屋内的田田他们说:"冯益过来了。"

"他来干什么?"田田皱了一下眉头。

"不知道。"

赵晓刚回答完,外面的冯益就朝他打招呼,"赵所,听说市公安局来了领导?"

"你消息够灵通的哈,有事吗?"

"没事我也不会赶过来,"冯益一进屋就看到了田田和郑琼,"乖哟,田领导和郑警花都来了,这事情看起来不简单了。"说着从口袋里掏出极品云烟分撒。田田接过一支嗅了嗅,"到底是大老板了,烟的档次就是不一样,这一包得六七十吧?"说着又上下打量了对方几眼,"我以为你当了大老板会有多大变化,看上去还像个老农民嘛。"

"我本来就是个农民嘛,"冯益笑道,"别管当多大的老板,还不是得益于您当年的帮助和教育——"

"旧事就不提了，我想你不会是找上门来送好话给我的吧？"田田打断了他的话，"有事说事，没事走人，我这儿忙得很，就现在还有几分钟的空。"

冯益掏出一张报纸递给田田："您看看，报纸上把这垸里出的事情都说成什么了？"田田接过报纸一看，是省城出版的《都市报》，第二版很醒目的位置刊着大幅的标题《大屿县关山脚下一村庄连续发生神秘死亡事件，民间传说莫衷一是》，内文将范家垸连续发生的几起死亡事件都一一列举出来了，还将几种不同版本的民间传说也写了出来。其中提到范家垸口有一棵千年银杏树，被一个房地产商用六万块钱买走了，死人的事就是从这棵树挖走后开始的。记者将死亡事件渲染得很神秘，称公安部门已介入调查，并表示要继续关注事态的发展。"这跟你有什么关系？"田田问。

"这报道中提到的那棵千年银杏树就是我买的，"冯益说，"市里不是做了现代广场吗？市领导问我这个当老板的有什么好表示的，正好我在这边看到了这棵树，就花钱买了下来，连买树到搬运栽种花了十来万。现在树不是在现代广场上嘛，如果真是因为挖了这棵树坏了风水，我这心里不安呢。"

"迷信话，当不得真。"

"您大概已经知道我准备在这一带搞开发，"冯益说，"这报道把死人的事与风水都联系起来了，将来就算我做起了房子，能卖出去吗？所以我来问问情况，看你们什么时间能将事情的真相搞清楚，我也想早点儿知道究竟是怎么回事。"

"你打算把这儿开发成什么样子？"

"设计正在搞，我的基本思路是人与自然的和谐相处，基本上是庄园式别墅为主，中西合璧的那种，也适当做一些单元房。前期工作已经启动，包括广告策划都已经在做了。我那负责做广告词的人都把这地方说成人间仙境、世外桃源了。可这个报道一出来，竟然是风水出了问题，看了这报道的人谁还敢在这儿买房子？"

"冯老板，连续死人对你不是有好处吗？"郑琼突然说，"这儿有很多老百姓都吓得往外搬了，这对你将来征地搬迁少了不少麻烦，费用恐怕也降低不少吧？"

"哎呀我的郑大小姐，姑奶奶，这话可不能瞎说，"冯益的脸吓变色了，"叫你这么一说，我立马成犯罪嫌疑人了，这可是要命的事！"

郑琼说："谁让你这么势利？进门就只跟领导说话，看都不多看我一眼。"

冯益说："我不是喊了你一声吗？郑警官，刚才那话可不能随便乱说。"

田田说："你没杀人紧张什么？"

"你们公安的思维方式我很清楚，人死了，谁得好处大谁就有犯罪嫌疑，"冯益说，"叫你们当成犯罪嫌疑人盯着是舒服的事？郑警官这随口的一句话要是传到老百姓的耳朵里，人家还不定怎么看我呢。"

"冯大叔哇，人是不能有太多的钱呀，"郑琼笑道，"越是有钱人胆子越小。"

这时，李玲从后面厨房出来，见了冯益，说了一句"又来领导了"，继续往外面走去，走到门口又回头看了一眼。而冯益从见到她开始眼睛就没离开过她的身体，直到李玲消失在门外。

"你认识她？"郑琼有些奇怪地问。

"好像在哪儿见过，也可能是看错了，要是认识不会不打招呼的。是这儿的房东？"冯益仿佛才回过神来，"没想到这山沟里竟然有这样出色的女子。"

郑琼开玩笑说："冯老板的眼睛挺专业的哈。"

冯益笑起来："你干脆说我好色得了。"说着站起来，对田田说，"我来没别的意思，就想问问情况。如果是刑事案件，你们破你们的案，我投我的资，但我希望你们对新闻界发个东西以正视听。"

"公安局好像没这个义务吧？"田田淡淡地说。

"你们现在不是提倡为经济建设保驾护航吗？"冯益说，"这也关系到这关山一带未来的发展问题。"

"顺便问一句,"田田看到冯益已经走到门口了,又追着他的背影说,"你是怎么知道我们在这家的?"

"是范小泉打电话告诉我的,正好今天我在镇子上办事,顺道就过来了。"

"这案子可办出意思来了,"田田望着冯益的背影说,"一个房地产老板,竟把案子与他的业务联系起来了。"

郑琼说:"说不定是心中有鬼,找个借口来打听情况。"

郭义兴说:"郑警官,听你刚才与冯老板说话,赵所对你的评价我现在算是有感觉了。"

赵晓说:"领教了吧?"

李玲从菜园里摘了一些新鲜蔬菜回来了,郑琼迎着她问:"刚才那人你认识?"

"不认识,他不是跟你们一起的吗?"李玲反问。

"我看他眼睛一直盯着你,以为你们认识呢。"郑琼笑道,"你还怪吸引男人眼球的。"

"男人嘛。"李玲笑了笑,没再说什么,进后面厨房去了。

田田从冯益走了之后,一直皱着眉头。郑琼问:"田头儿,是不是想刚才那位冯老板的事?想他来这儿究竟是刺探情况呢,还是玩此地无银三百两的把戏?我没猜错吧?"

郭义兴说:"小郑,田支队的心思没那么好猜测吧?"

田田说:"她还真猜对了,小郑刚才随口一句话,好像把个大老板吓着了。"

第一个被喊到李玲家的是范正明。

范正明完全垮了,巨大的灾难几乎是在一夜间让他头发全白。他比田田大不了几岁,看上去却像隔辈人似的。随着田田的提问,他详细地叙述了出事那天的经过,也回答了田田提出的关于人际关系的种种问题。谈话的结果给田田的印象是:这确实是一个老好人,一个老老实实一门心思奔发家致富的农民,也是一个遵纪守法的好公民,家庭内部也叫他治理得一团和气;从他的身上,不可能找到别人害他的理由。谈话的结果，跟原来县局记的材料差不多。田田又就南瓜种植的问题很随意地跟他谈了谈。范正明说他种瓜菜从来都不用化肥，用农家肥，家里的猪粪、人粪足够用了，所以他种的瓜菜从来都不愁销路。

田田让喊的第二个人是诸建设，结果范小泉把范菊尔喊来了。赵晓说："范小泉，你耳朵长背上去了？你以为你是局长呀，乱做主张，田支队让你喊的是诸建设。"

范小泉说："刚才还说别把村长不当干部，忘了？看看，看看，耳朵还是长在该长的地方。诸建设家里那边来人吊丧了，走不开，我就先把菊尔喊来了。反正正明叔家里人都要问一遍，先问后问都是一样的。"

范菊尔今年十九岁，模样秀秀气气的，人稍显胖了一点儿，一件鹅黄色的弹力衫像裹不住她的胸脯似的，只是一连哭了两三天，两只眼睛都肿了，让人怜惜。她是家中姊妹三人中唯一念过高中的，而且是在县城的重点高中，成绩一直都不错。可惜去年高考没发挥好，离重点线只差几分，大专的录取通知书收到了好几份，她都不肯去，说是要上就上个本科。范正明也想家里出个像样的大学生，也就由她了。范菊尔目前正在城里复读，想今年再考一次。三月二十号正好是星期天，所以她才在家里，没料想却亲历这样大的家庭悲剧。

范小泉把郭义兴和田田他们介绍了一遍，说："县里市里的公安领导都来了，为你们家申冤报仇来了，莫有顾虑，有么子话大胆地说。"

范菊尔说："我有什么好顾虑的？我们家是受害人又不是犯罪嫌疑人。"

范小泉说："我话是那样说，意思是让你大胆反映情况。"

范菊尔看着田田和郑琼，问："你们真是市里来的？"

郑琼指着田田说："他是武州市公安局刑警支队的田支队长，我是大案队的侦查员。"

范菊尔盯着郑琼看了一眼："你挺好看的，不像警察，像演员，你要是穿警察服更好看。"

简单地对了这么几句话,郑琼就觉得眼前这姑娘值得琢磨,家里出了这样大的事,她还有心思说这些闲话,便想着要把闲话说下去:"你要是把书念好了,将来也可以当警察,你穿制服肯定好看。"

范菊尔说:"我就算是学法律,也不当警察,要当就当律师,挣钱容易。警察太辛苦,经常还吃力不讨好,就像你们这回来,破了案是应该的,因为你们吃的就是这碗饭,破不了案,乡亲们就会说你们是吃干饭的,你也得听着。"

一旁的范小泉奇怪地说:"菊尔,你这伢怪哈,还有心思在这儿瞎聊,说正事儿,市里领导挺忙的,没工夫跟你瞎聊。"

范菊尔说:"说正事儿你到一边去,我只跟市里来的同志说。"

郭义兴笑了笑,说:"赵所,范主任,去找副扑克牌来,我们到隔壁斗两把地主。"

范菊尔说:"我可没赶你们哈,我只是不喜欢范主任用教训人的口气跟我说话。"

郭义兴带着赵晓他们几个人到隔壁房间去了,只留下田田和郑琼二人跟范菊尔对话。田田起身把门关上,说:"小范,我看你是不愿意他们在场,为什么?"

范菊尔说:"上次派出所的人来调查的时候,范小泉就在一旁,跳进跳出的,像他是警察似的。又听说赵所长跟他关系挺好,所以我什么都没说。这两天我正在寻思,是不是到市公安局反映情况,正好你们就来了。"

田田说:"我看过你前次谈话的材料,什么内容都没有,是有顾虑?"

范菊尔说:"顾虑倒谈不上,只是有些话得当着起作用的人说,当着不起作用的人说等于白说。我怀疑我们家的事与范小泉有关,你不觉得我们家出事后他表现得太过热心了吗?一连三天,跳进跳出的,像我们家的人似的。"

郑琼说:"他是村里的治保主任,这是他的责任,没什么不正常的呀?"

范菊尔说:"正不正常,我把情况说出来你们分析。我家出事那天,我一整天都在家,那天也就他一个外人到我家来过。"

田田说:"这个情况你上次没说,材料上没有记载。"

范菊尔说:"上次找我谈话的是赵所长,我不愿意说。"

田田问:"除了这一点,还有什么吗?"

范菊尔说:"这一点还不重要吗?我们家的人总不可能自己毒自己的人吧?那天他范小泉是唯一一个有条件投毒的外人。"

田田说:"就算他有投毒的时间,总得有投毒的理由吧?世界上没有无缘无故的爱,也没有无缘无故的恨。"

范菊尔低下头,牙齿咬着下嘴唇,好一阵子不说话。田田和郑琼交换了一下眼色,郑琼问:"你是不是有什么话不方便说?或者是有顾虑?"

范菊尔这才抬起头来,说:"顾虑倒没有,我是在想话该怎么说。"

郑琼说:"照实说。"

范菊尔又犹豫了一下。"你完全可以相信我们,"郑琼加紧做工作,"我和田支队与你们大屿县没有任何利害关系。"

范菊尔说:"我不是不相信你们,我是怕把不该说的话说出来,会伤了人的。"

"伤谁?"

范菊尔习惯性地又咬了一下嘴唇:"我姐夫,诸建设,是个非常非常好的人。"

"我明白你的意思了,"郑琼说,"你要说的事与你姐有关,是吗?"

"你还确实是一个当警察的料,"范菊尔说,"话在肚子里你就猜着了。好吧,我索性就把话说了,你们一定要保密。这话也是多余,如果破案后的结果跟我猜的一样,就是想保密也保不了。"

"你大胆说吧,"田田鼓励她说,"在可能的情况下,我们尽量保密。"

"我姐,就是杏尔,"她使劲地咽了一下唾沫,能感觉她下面将要说的话可能是一件很重要的事,"杏尔只读了个初中毕业,她成绩不好,自己不想往下读了,又不想在家里干农活儿。范小泉,就是刚才那人,就把她带到城关去了。他兄弟俩不是在城关镇的北门市场有个卖花草苗木的小店子吗?我姐就在那儿当营业员,有好几年哪。"

"这又能说明什么问题呢?"田田问。

"杏尔在这过程中一直没交男朋友,"她又使劲地咽了一下,"但她去过县妇幼保健院两回,打胎,我的意思你明白了吧?"

"你把让她怀孕的人说出来我们才明白。"田田说。

"这话说出来,羞!"

"你大姐已经死了,"郑琼说,"羞不羞的已经与她无关了。现在关键是查清她的死因,还有你奶奶和外甥,人不能死得不明不白是吧?"

"我也是这样想的,"范菊尔说,"可这话说出来到底难听呢。范小泉兄弟跟我们姐妹说起来还是没出五服的堂兄妹呢。"

"你的意思是他们兄弟俩跟你姐——"

"我姐夫那人好可怜哪,从进我们家开始就拿自己当牛当马,还真是鲁迅说的那样,吃的是草,挤出来的是奶,"范菊尔的思维很跳跃,一件事还没说清楚,脑子又跳到另一件事上去了,"可他还没结婚就戴绿帽子了,心里一点儿数都没有。"

"你先把前面的那件事说清楚,你是说范小泉兄弟俩还是他们当中的哪一个?"郑琼多少有点儿急了,"你姐到底跟他们是怎么回事?"

"我说得还不清楚?怎么样才算说清楚?具体的过程我又没看见,"范菊尔说,"这件事我们家里就我知道,杏尔打小就跟我贴心,事情都是她跟我说悄悄话的时候告诉我的。我姐那个人,你别看她是个乡下女人,骨子里头其实挺浪漫的,也放得开,初一就开始看爱情小说,她跟范小泉他们兄弟的事,那时候她还挺自得的,说世上只有一夫多妻,她却享受了一女二夫的待遇。话我干脆跟你们挑明了吧,杏尔在结婚之前,还不止跟范小泉兄弟好过,她这方面在城关北门那一带挺有知名度的。"

"你想说的究竟是什么意思？你姐卖淫？"郑琼问。

"她不卖淫，她……怎么说呢？应该用风流这个词合适一些。"

"你认为这件事跟你家的案子有关系吗？"

"没关系我也不会说。"范菊尔说，"说白了，我姐要不是名声太……太大了，也不会招个外乡人做上门女婿回到乡下来。我姐结婚之后，有收心的意思了。诸建设那人，不错，别人都说他配我姐有余，她也觉得值得。但范小泉却始终放不下，瞅着机会就往我姐跟前凑，出事那天下午他去我家也是那意思。当时我关着门在房里做作业，我妈到地里去了，他以为就我姐在家，在堂屋里就动手动脚的。我听我姐说不行，说我现在是有家的人了，范小泉说什么行不行的，你那东西我又不是没用过，再用一回你也不会有什么损耗。杏尔说过去能用不代表现在也能用，当心诸建设回来撞见了。这话把范小泉说火了，说他一外码子，跟我处好了，范家垸有他一碗饭吃，惹烦了老子，他连站脚的地方都没有。我姐没办法，才说菊尔在房里做作业哪，别让她当三级片看了，想毒害青少年哪？范小泉这才老实了一些，后来他们又说了一些话，好像说着说着又吵起来了，内容我没听清楚。但有几句话我听得很清楚，是范小泉说的，他说菊尔你给我听好了，这是现在的政策坏了，搞什么一夫一妻，要是放在过去，我一定要收你做二房。我姐说过去你也收不了我，同宗同族不通婚。我们的事要是放在过去，垸里老人还不把我们沉塘了才怪，乱伦呢。范小泉让这话惹火了，说我管不了那么多，反正你一生一世都是我的人，我想用你的时候你就得给我用。我姐这时也上脾气了，说我要是不给呢？范小泉说那我要你一家人不得好活。我姐说借你两个胆子，看你敢不敢。"

"这番话是那天下午什么时候说的？"郑琼问。

"应该是四点多钟的时候吧，他走一会儿，我父亲就回来了。"

"后来呢？"

"后来他走了呀，反正那天下午就他一个外人到我们家来过。"范菊尔说。

"还有一个问题，"田田说，"范杏尔以前的那些事，你姐夫知不知道？照你说的情况，范小泉到现在还在纠缠她，诸建设难道一点儿都没有觉察？"

"姐夫他是个老实人，厚道，就算是受了什么委屈，也是自己受着，我和我二姐都拿他当亲哥——"范菊尔正说着，外面有人敲门，她起身打开门，李玲拎着一瓶开水进来，手里还拿着一个茶叶盒子和几个一次性的塑料杯子。"城里的领导都爱喝茶，刚才我还把这件事忘了，这茶叶就是我们这山上长的，水就是太平溪的水烧开的，烧开了再泡茶就不会变色了，"李玲说，"太平溪的水泡关山茶，跟杭州虎跑泉的水泡龙井茶一个意思，二位领导尝尝。"

郑琼起身接过开水瓶："李大姐，你懂得还真不少哈。"

"在外面跑了几年，长个耳朵总听些事，记下来就是知识了。"李玲说。

范菊尔的思路还在刚才的话题中："玲姐，你说我姐夫算不算个老实人？"

李玲不知道她为什么突然提这样的问题，随口说："诸建设要是不算老实人，这范家垸就没一个老实人了。"李玲泡好茶就出去了，随手又把门带上。范菊尔继续说："我大姐的那些事，我姐夫知不知道我不敢肯定，但世界上没有不透风的墙，这话最好是问他本人。"

"等一会儿我就找他谈，"田田说，"我们的谈话暂就到这儿，说不定还要找你。你这两天就在家里帮帮忙，功课也别落下了，我随时有可能找你。"

"只要能帮助破案，大学考不考都无所谓了，"范菊尔起身说，"我去喊我姐夫过来？"

"他老家来人了？"田田问。

"是他二叔，"范菊尔说，"我姐夫的二叔实际上是他养父，他从小就过继给他二叔了。"

六

诸建设上楼的时候还有些喘气,看样子是得了信儿之后跑着过来的。这人个子高高的,羊毛衫外面套着一件很合身的西装。如果不是西装上有些不太明显的油污,他的形象应该完全符合城里机关工作人员的身份。郑琼起身拉椅子请他坐,他讲了几句客气话才坐下,双手规规矩矩地放在膝盖上,状态很有些拘谨。刚一坐定,李玲也跟着进来了,手上拿了个装了一些茶叶的一次性杯子。"建设过来了,"说着,倒上一杯茶送到诸建设手上,"市里的领导都亲自来了,你们家的事肯定可以查清的。"又对郑琼说,"郑警官,正明叔家出事,里里外外全靠他一个人张罗,比儿子还靠得住。你看,他眼睛都熬红了。"

"你忙去吧,"田田说,"我们这里不用管,赵所长他们那边还好吧?"

"赵所长今天的手气特别好,"李玲说,"一摸就是大小王,炸得县里来的那个郭队长直发脾气,赵所长也不知道让一让。"

"赵所才不会让呢,所长跟大队长是平级的。"郑琼说。

"你们忙,"李玲看了田田一眼,见他沉着脸不说话,便告辞了,"我就在隔壁看他们打牌,有事喊一声。"

李玲出门,田田起身将门关上,回头见诸建设仍坐得直绷绷的。"我们随便聊聊,"田田看他有些紧张,口气尽量平和,"你二叔那边有人陪吧?"

"岳父在那边陪着,"诸建设说,"我二叔知道是你们找我,公家的事比私人的事重要,我二叔他懂理。"

"你是平谷县人,怎么到大屿这边来做上门女婿呢?"田田问。

"别人介绍的,2001年的时候,我在大屿打工,一个老乡介绍我跟杏尔认识了,"诸建设说,"见面后双方都有好感,这事就算定了。后来我岳父说他家里没儿,意思是要我做上门女婿,只要我同意,婚事方面不要我管,条件只有一个,头胎生的伢,不管男女,要随范姓。我这人脑筋不封建，答应了，后来我们就结婚了。"

"在范家过得还好吗？夫妻，岳父岳母，还有姨妹们，对你都还好吧？"

"领导，你这话里面有话吧？"诸建设紧张起来，说话也有点儿急。

"也就随便问问情况，你紧张什么？"田田说。

"乡下人没见过世面，"诸建设说，"我还是第一次跟你这样大的领导说话。"

"说你没见过世面这话不对吧？"田田翻着手里的卷宗，"我这里有你上一次在派出所谈话的记录。从你的简历看，你今年有三十岁了，对吧？读过初中，十七岁就外出打工，在广东、福建搞了六七年，应该没少见世面吧？"

郑琼听田田话里有话，感觉有些奇怪，按道理不应该对被害人的家属这样。

"跑的地方多，不等于就见过世面。虽说深圳、厦门我都去过，待的地方不是建筑工地，就是车间，住的也是鸽子笼，"诸建设辩解说，"您有话就直说，莫吓我，我这人胆小。"

"我本来没那意思，是你自己要紧张。出事那天的过程，这个材料上已经有了，你还有什么补充的没有？"田田口气松缓了一些。

"该说的，我都说了。"

"你们家里出了这样大的事，你有什么想法没有？"

"能没想法吗？"诸建设说，"我们家兄弟四个，我是老二，爹妈独独多余我一个，把我过继了。我心里打小就不舒服，到现在还不跟他们来往。二叔说来对我也还好，可他是个老单身，自己都照顾不好自己，别说是照顾我了。不是有个歌儿叫《世上只有妈妈好》，说是有妈的孩子像个宝，没妈的孩子像根草吗？我有妈也像根草。后来出去打工，到处流浪，好容易跟杏尔成了个家，岳父岳母待我也不错，这才有了个家的感觉，日子过得也算幸福，结果一个晚上的工夫情况全变了。"他说着，眼睛也红了，看得出是动了真感情，"我这会儿跟杏尔和儿子一起去死的念头都有，我二叔今天为什么赶到这儿来了?那天我给他打电话就说了这话,他怕我想不开,特意赶过来劝我。"

"假如,诸建设你听好了,我说的是假如,"田田怕他听岔了话,将意思又重复了一遍,"假如你们家的事是有人下毒的话,你认为会是谁?为什么?"

诸建设沉默了一会儿,才说:"领导,你问的这话,我这些天一直在想,家里出了这样的事,我能不想吗?领导,我家这事不但惊动了乡里、县里,连您也从市里赶到了,说明这不是一般的事,对吧?你告诉我,到底是不是有人害我们家?"

"我们不是正在调查嘛,问你呢。"郑琼插话说。

"我不是想不出来吗?"诸建设说,"我岳父那人,树叶掉下怕打破了头,一生都不撩祸的一个人。我一个外乡人,更只能夹着尾巴做人,几年来没跟人红过脸,公粮归税一分钱不欠。我在外面卖肉,从不短人斤两,秤杆都是翘得高高的,宁可少赚点儿也不让人吃亏。我就想不通,这样的事情怎么就落到我头上了呢?"

"你老婆的生活作风怎么样?"田田突然问。

诸建设犹豫了一下才说:"我就知道有这一问,上一回在派出所,你们的人没问这话我还感到奇怪。按理说,杏尔的人已经走了,人死如灯灭,有些不该说。"

"还是说明白的好,人死要死个明白,"郑琼说,"我们大老远地从市里赶来,就是为了把事情搞清楚。再说了,你是在跟我们说情况,我们不会往外传的。"

"我知道,我知道,"诸建设点头说,但又停了下来,从口袋里摸出半包石林牌香烟,抽出一支,又像想起了什么似的看了郑琼一眼,"这位女警官,可以吗?"

郑琼说:"抽吧抽吧,没关系。"

田田从口袋摸出一包玉溪牌香烟:"抽我的。"

"这怎么好意思。"诸建设嘴里是这样说,但还是站起来接过田田递过来的香烟,又礼性周到地先给田田点燃香烟,才坐下来给自己点烟,一连抽了几口才说,"杏尔在外头有些名声,我结婚前就知道。刚认识她的时候,我在县影剧院建筑工地打工,建筑包工头是我们平谷的老乡,我替他跑跑材料,照看个场子,也算是个小负责的。杏尔在范小泉兄弟开的那个花店做事,我还没认识她就知道她爱交朋友,喜欢在外面玩。有一天我们那包工头请我在街上消夜,我开玩笑说光男人喝酒没味,男女搭配喝酒才有趣。包工头说那容易,一个电话就把杏尔叫来了,把我介绍给了杏尔。那天晚上我们喝了不少酒,酒后她跟我一起到我住的地方,当晚我们就上床了。说实话我还当她是做那种买卖的,所以第二天起床我还拿了一百块钱给她。假话不说,在外面跑了不少年,这种事我以前也有过。没想到她打我一巴掌,还哭了,说她虽然不算守身如玉的女人,但绝对不是卖身的女人,她只有喜欢一个人才跟他上床。从那以后我们就算正式处朋友了,到谈婚论嫁的时候,她提的条件我都答应。我对她只有一个条件,她以往的事我可以不计较,但既然跟我结婚,就不能再跟过去的那些男朋友来往了。她满口答应了,婚后这几年,据我看,她还是守信誉的。"说这话的时候,他下意识地往门口看了看,门是关着的,但他还是担心地问:"我们在这里说话,外面听不见吧?"

"除非是贴在门上听。"郑琼起身走到门口,猛地一下将门拉开,站在门外的李玲给吓了一大跳,手中端的一盘糖果瓜子差一点儿摔地上了。"想给你们送点儿吃的,"李玲说,"又怕打扰了你们,正犹豫着敲不敲门。"

"你也太客气了,"郑琼接过她手中的果盘,"你不用惦记我们了,有事我会喊你的。"

"行行,你有事就喊我。"李玲应了一声,到隔壁看郭义兴他们打牌去了。

"你耳朵挺灵的哈,"回到房里,郑琼将果盘送到诸建设的面前,"吃点儿瓜子。"

"我是怕我说的话让范小泉听到了,"诸建设随手拣了一块糖,"他的事我小姨子是不是已经跟你们说了?"

"你是指范小泉跟你老婆的事?"郑琼问。

"他老缠着杏尔,"诸建设说,"事情杏尔都跟我说了。我们又不想跟他翻脸,也不敢明的得罪他。他在村里势力太大,书记跟他是郎舅伙的,乡里、县里也有不少关系。按我的想法,只要杏尔守得住自己就行了。也许正因为这样,他觉得我们好欺负。假话我不说,如果我们家死人的事是有人害的话,他是最值得怀疑的人。"

"除了怀疑范小泉,还有别的怀疑对象吗?"田田问。

诸建设摇摇头:"别的人我就想不出来了。"

田田说:"我们先谈到这里,有事我们会再找你,你先回去忙。"

诸建设起身,很客气地告辞了。

"我觉得这个人有问题,"诸建设刚一走,郑琼就说,"他不应该是那种见到官儿就紧张的人。"

"此话怎讲?"田田问。

"他应该是见过世面的人。"

"你凭什么这样说?"

"你没注意他抽第一支烟的时候,问了我一句:可以吗?他懂得尊重女士,"郑琼说,"真正没见过世面的乡下人,随便在哪儿抽烟都不会有顾忌。这人看起来憨厚吧,我看有装的成分。还有他抽烟的姿势,食指和中指的指尖夹烟,两个指头伸得直直的,抽这么多烟没一次将烟叼在嘴角上说话,都是指头夹着,怎么看都不像个乡下人。如果不是西装上有些油腻,我看连卖肉的都不像,就算与这个行当有关,也应该是肉联厂的厂长、副厂长之类的人物,最起码是个科长。"

郑琼的话把田田都说笑了。"女性看人凭直觉,"田田说,"女人的直觉有时候比男人的理性要准确得多。小郑,这是我最欣赏你的一点。"

"这么说你也觉得诸建设有名堂?"

"有没有名堂现在还不好说。"田田说,"是不是个刑事案件现在还都不能肯定。"

七

白天工作了一整天，把范正明家中的人都问了一遍，快吃晚饭的时候，范小泉突然对赵晓说冯老板想请客，问田支队肯不肯赏光。郑琼问范小泉说冯老板打算怎么安排？范小泉说大屿县飘香楼的飘香鸡是一绝，如果田支队肯去就到县城飘香楼用餐，如果腾不出时间，让飘香楼做好送到乡下来也行。郑琼说冯老板上午已经在田支队那儿碰了个软钉子，干吗还这么热心？范小泉说人家是做大生意的老板，他的心思我看不懂。

赵晓把范小泉的意思转告给田田，田田没说去也没说不去，单独把范小泉喊进房里，板着脸问他："为什么要把我们的动向告诉冯益？"

范小泉倒很坦白，说："冯老板关心这事，你们来了，我告诉他一声是正常的。"

田田冷笑一声："你到底是治保主任还是冯益的卧底？"

范小泉有些反感："这算不上泄密吧？我一天为你们跑前跑后，全部是尽义务的，不想落这么个结论。算了，你们的事我不管了。"

田田说："你想不管也不行了，你已经脱不开身了。我问你，范正明家出事的那天下午你是不是去他家了？你跟范杏尔又是什么关系？我明白告诉你，那天你在与范杏尔调情的时候，菊尔在房里听得清清楚楚。"

范小泉的脸色一下子变难看了："看来这事儿还真的扯到我头上了，我现在是不是黄泥巴掉裤裆里不是屎（事）也是屎（事）了？"

田田打开房门，把郑琼喊了进来，让她拿出笔录纸准备作记录，摆出了一副正式谈话的架子。范小泉更紧张了，但嘴巴还很硬，"田领导，我不是吓大的，就算我跟范杏尔睡过觉，也犯不了多大的法，顶多也就是违犯个党章，按组织程序是乡纪检组管，还轮不到你们公安局吧？"

田田说："如果不是出了人命,你那点儿花花事我问都没兴趣问。"

范小泉说："就是,乡下人,没你们城里那么多娱乐活动,男的和女的一人出样东西玩玩儿的事多得很,你们管得过来?"

郑琼说："你意思是你承认与范杏尔有关系了?"

范小泉纠正她说："你应该把话说清楚点,是有性关系。"

郑琼说："嘿,你这人脸皮还真厚哈!"

范小泉说："现在这社会,脸皮薄的人就别到社会上混了。郑警官,田领导,我也不跟你们绕了,实话对你们说了吧,范正明屋里的人命案子,跟我没任何关系,你们在我身上使劲是浪费时间。"

郑琼说："就凭你这一句话?"

范小泉说："话我说了,信不信由你。我的意思是,如果范正明屋里死人的事是杀人的话,你们用不着到外面找嫌疑对象了,在他们自家找就行了。"

郑琼说："你好像有什么看法?可不可以把话说清楚一些?"

范小泉说："我是这垸里的人,又是村党支部的成员,管的又是治保这一块,村里出了这样的事,说不动脑筋想是假话。想是一回事,说不说出来又是一回事,没证据的话不能乱说呀!现在被你们逼到这份儿上来了,不说还不行了。你们刚才已经见过菊尔了,你们看没看出她的身体有些不正常?"

郑琼问："什么意思?"

范小泉说："我在某个方面算得上是个土专家,下面的话,你们往外不能说是我说的。你可以带菊尔到医院去查一查,如果她肚子里没长瘤子的话,她肯定是怀孕了。"

田田问："你敢肯定?"

范小泉说："我肯不肯定没用,得医院说了算。"

郑琼说："如果是怀孕了有什么说法吗?"

范小泉说："我说了还是不算。这样吧,等死人入土了,菊尔不是还要到县城去上学吗?到时候你们去盯她几天就行了,看她夜晚在哪儿睡。"

郑琼说："听这话的意思你是知道的？"

范小泉说："你这女同志有意思，问话一句跟一句，让人连缓气的时间都没有。没错，我知道，有些话跟别人随便说说可以，跟你们不能乱说。你们动不动就要证据，这会儿我哪儿去给你们找证据。床上的那点儿事儿，不逮着双算不得数的。"

郑琼说："我不找你要证据了，这笔录也不要你签字，你说吧，那男的是谁？"

范小泉稍稍犹豫了一下："我刚才说了，你们在他屋里找线索就行了，范正明家就那么几个人，还有谁能把菊尔的肚子搞大？"

郑琼说："你的意思是诸建设？"

范小泉说："你想想看，范正明屋里死的是哪几个人？杏尔，小伢，没用的老太婆，为什么不死别个呢？我们这儿有个玩笑话，说姨妹的屁股有半边是姐夫哥的。呸呸呸，说粗话了。"他掌了一下嘴，把田田和郑琼都逗笑了，"我这人就这么个臭毛病，见了漂亮女人嘴上就没个把门儿的，话特别多，像郑警官这么漂亮的警花我还是头一次见，电视上的不算。"

郑琼说："听着挺舒服的一句话，干吗加上后一句？范主任，我还叫你主任哈，你其实挺狡猾的。"

范小泉问："我怎么狡猾了？"

郑琼说："田支队找你谈话，是谈你自己的问题。你呢，说说笑笑地就把话题转到别的方面去了。你自己的问题一点儿都没谈，你还说你不狡猾？"

"我的问题？我的问题该说的不是已经说了吗？我不是已经承认我与杏尔有那么回事了吗？"范小泉问，"你还要我说什么？杀人哪？你要真那么逼我我可以那么说，到时候别怪我给你们整个冤假错案出来。"

田田说："照你的意思，是姨妹跟姐夫有奸情，才——"

范小泉狡猾地笑了笑，说："意思是那意思，但话是你说出来的。诸建设这个人，我给你提个醒，莫看他外表上憨憨的，言语也不多，其实不是那么回事。我还是前不久才看清楚这个人。之前在县城里碰上,正好那天我高兴,喊他吃饭,两个人整了两瓶白酒,都有点儿高了。他酒一多特别能说,天上地下古今中外的事都知道。连萨达姆和米洛舍维奇都知道,萨达姆我清楚,伊拉克的领导,敢跟美国佬叫板。那个米什么我就不清楚了。还有,他说起黄段子来一套又一套,把我笑得肺都呛坏了,跟平时就不是一个人。像他那样的人,要骗菊尔这种小姑娘伢,还不是手到擒来?"

"不激你两句,这些话怕不会跟我们说吧?"田田淡淡一笑,起身结束了谈话,"吃饭吃饭,范主任,不会因为有这么一次谈话就不管我们生活了吧?"

范小泉说:"我哪来那么小肚鸡肠的,你让我协助你们工作是看得起我,我不管你生活就饿着你们了?这是你田支队清廉,你稍微放松一点儿,餐餐有酒喝。"

田田说:"麻烦你跟冯老板打个电话,说飘香楼我们就不去了,谢谢他的好意了。"

晚饭后,郑琼问田田,说刚刚谈出点儿眉目,怎么突然不谈了?田田说,到现在我还不能肯定是不是刑事案件,谈那么深干什么?郑琼说,现在已经有几条线了,一条是范小泉与范杏尔的关系,一条是诸建设与姨妹的关系,都是农村发凶杀案很标准的构成模式,还有个自己跳出来的冯益。一旁的郭义兴说,还是田支队亲自出马管用,一来就整出了几条像样的线索。郑琼生气了,说郭大队,你怎么不说是因为本警花来了?郭义兴笑道,一般恭维人都是冲领导去的。

田田说,是不是案件还得听李明晰的,他那不出结果,整再多的线索也没用。

晚上,田田让郑琼给李明晰打了个电话。照时间算,他下午两三点钟应该回到武州市了。按他的习惯,应该是在化验室工作了一下午,如果有结果,他早该来电话了。电话打通的时候,李明晰果然是在工作之中。郑琼问他进展怎么样?李明晰说正在进行当中。郑琼说正在进行当中是什么概念?李明晰说就是没有结果。郑琼说做个毒化没那么复杂吧?你博士的水平我是有数的。李明晰在电话那边一声苦笑，说博士这回怕是遇上新的科研问题了，我正在与省医学院和农业大学那边联系，准备请教授过来一起攻关。郑琼诧异了，说是什么问题能把你难住了，能透露一下吗？说不定我还能给你一些指导。李明晰说你那指导就免了吧，我这边弄出眉目了过去跟你汇报就是了，乡下空气好，多在那儿待两天。

八

　　李玲吃过晚饭后就到范正明家去了。警方已经同意范家明天出殡，今天晚上正是范家忙的时候，村里的能干一点儿的女人大多过去帮忙。李玲临走的时候告诉郑琼说床已经铺好了，两床被子，各人睡一被窝筒子，要是郑琼不习惯跟人睡一床，她可以到别人家借宿。郑琼说这就够打扰了，怎么能让你出去借宿呢？晚上你早点儿回来，咱们说说话。

　　郭义兴和赵晓他们拉着范小泉继续斗地主，田田一个人在房里看材料。郑琼半个小时就看完了的材料，他却翻来覆去地看个没完，似乎要在里面琢磨出一点儿什么名堂。郑琼对打牌不感兴趣，跑到田田房里想跟他说说话，田田却一门心思在材料上，根本不理她。"看出什么名堂了吗？"她把脑袋伸过去，"我真佩服你们老同志这种认真的精神。"

　　田田把案卷一合，说："这个范狗娃的死还真得琢磨。"

　　"不就一车祸吗？自己翻到山沟里去了，怪不得谁。"郑琼说。

　　"这儿有一份目击者的材料，"田田将交通事故的卷宗材料翻开，指着其中的一页说，"你看看，这个人说他看到车子歪歪斜斜地走，像个喝醉了酒的人在开车，可交警调查的结论是范狗娃那天根本没喝酒，这说明什么？"

　　"说明什么？"郑琼反问，"疲劳了，打瞌睡了，吸毒了——"

　　"你算说出名堂了，"田田说，"你去和郭大队他们说，让他们别打牌了，去把范狗娃的情况好好查一查。一是查这个人的基本情况，吸不吸毒；二是把死者事发当天的活动情况搞清楚，事情过细点儿。"

"正好给他们找点儿事情做，省得他们闲得无聊。"

郭义兴和赵晓按田田的意思出去调查了，郑琼却没事儿干，一个人跑到楼顶的平台上赏月。到了顶楼一看天，才想起来今天正好是农历二月十五，天上的月亮圆圆的，加之乡下的空气清新，暗青色的天空像洗过了一样，让她切切实实地体会到月光如水是一种什么感觉。

早春的天气，到了夜晚还是有些凉意，四周出奇地静，垸子里不见一个人走动，只是偶尔从范正明家传来一两声隐隐的哭声，使得冷寂的夜晚又多了一些悲肃的成分。从楼顶平台往外看，村子后面巍峨的关山在月光下透着淡淡的岚气，显得神秘莫测，山下的平川又舒展如画，远远地还能看到太平溪水折射着月亮的波光。长年在城里生活的她很少见到这样的夜景，兴致上来了，也没跟人打招呼，就一个人出门了。

出了垸子走不多远就到了太平溪边，她沿着溪畔的小路很随意地走着。不知不觉地走出有两三里地，在一座横跨小溪的木桥前才停下。今夜无风，溪畔的垂柳都俏立如静景画，溪中的流水波光粼粼，近处田野已经开花的油菜溢出阵阵芬芳。她靠在小桥的栏杆上，陶醉在这山野的夜色之中，直到身上的手机响了。电话是田田打过来的，问她在哪儿。她知道领导是在挂记她，回答说一个人随便出来走走，在太平溪边赏月呢，开玩笑说领导你白天说在这儿买地做房子的想法绝对正确。田田说他那也就是随便说说，叫她早点儿回去，没事早点儿休息。通过电话后，她开始慢慢往回走。

离垸子还有大约一里地的时候，突然发现前面两三百米的溪边有火光，好像还有人影在晃动。她心里觉得奇怪，便加快了步伐。前面那个晃动的人影似乎发现她了，急急忙忙地往垸子里去了。等她走近闪亮的火光处时，果然见溪边的一块菜地边有一堆尚未燃尽的纸钱，周边还插了几炷香，香烟在月光下袅袅地泛着，而前面的人影已经在垸口消失了。

回到李玲家，郭义兴他们已经回来了，几个人斗地主正兴浓，田田也在一旁观看。赵晓抬头看了她一眼，说："郑警官，找到什么诗情画意没有？一般只有诗人在夜晚一个人往野地里跑。"

郑琼知道赵晓是在挖苦她："诗情画意没找到，倒是看到有人在野地里烧纸钱。"

脸上已经贴了几张纸条的范小泉说："鬼话，不年不节的，烧什么纸呀？"

郑琼说："不信你去看嘛，就在太平溪旁边，我好像还看到人了，走近了却没了。"

范小泉说："谁发神经？晚上跑出去烧纸？"

田田却当回事了："别打牌了，咱们和小郑一起去看看，也找点儿诗情画意的感觉。"

往太平溪发现烧纸插香的地方走，一个单程大约三十分钟。路上，范小泉说郑警官胆子真大，看上去这么文弱的一个女子敢晚上在野地里跑，碰上野兽和坏人怎么办？郑琼说，那要看是长几条腿的，四条腿的我有枪，两条腿的，一对一赤手空拳我不怕任何人。赵晓说，要是遇上了三条腿的呢？范小泉大笑，郑琼知道他不是好话，对田田说："领导，加强公安队伍的思想教育真是有必要哇。"

这天的月光很好，沿着太平溪行走果然有些诗情画意。郭义兴说他经常下乡，但办案办出这种感觉还是头一次。赵晓说主要是因为有郑警花在场。一帮人说说笑笑地到了现场，在溪畔的一片菜地边上果然发现有纸钱灰和燃过的香杆。范小泉左右看了看，说这是范正明家的菜地，是不是他家来人烧的？田田皱了一下眉头，让范小泉马上与郭义兴一起去范正明家了解情况，然后让郑琼带着他和赵晓一起往她先前待过的小桥走去，问她在什么地方开始发现火光的？是不是真的发现人了？郑琼肯定是看到人了，但看得不是很清楚，距离远了一些，只有一个模糊的影，分不清男女，更不用说年龄、体貌特征了。

田田一行回到李玲家的时候，郭义兴和范小泉已经在客厅等着了。郭义兴说范正明家正忙着，除了做厨房事的人之外，还开了两桌麻将，每个人都问过了，没有任何人出门烧纸钱。郑琼说："这就奇怪了，深更半夜的，什么人会跑到那么远的地方敬香烧纸呢？"赵晓说这话得问那烧纸敬香的人。郑琼懒得跟他打嘴巴官司，问起范狗娃的情况查得怎么样。范小泉接话说，狗娃是我们坑最老实的一个人，除了脾气倔点儿，没任何毛病，不吸烟不喝酒，更别说吸毒了。郑琼看了田田一眼。田田说时间不早了，睡觉。

范小泉起身回家了，说明天一早过来安排早饭。郑琼说这人其实挺好的，先前我们对他那样，这会儿还想着我们明天的早饭。她看了一下表，过十二点了，问赵晓说李玲怎么还没回来？郭义兴说刚才还看到她在范正明家的厨房帮忙。赵晓说范家明天出殡，请客用的菜今天晚上都得赶出来，明天就来不及了，你先睡你的就是。

郑琼一上床就睡着了，迷迷糊糊地感觉有什么动静，睁眼拉灯一看，李玲还没回来，看表已经是凌晨四点来钟了。屋外有很大的风雨声，接着还有闪电和雷声，心想这儿到底是挨着山区，上半夜还是月白风清的，这会儿却又是打雷又是下雨的。也没管那么多，倒头又睡了，再醒来的时候，窗外已见曙色。她有早起锻炼的习惯，便穿衣起床了。洗漱出门，发现田田已经在院子里比画拳脚了。

"小郑也喜欢起早床呀？"田田打的是一种不太标准的太极拳，但打得很专注。郑琼看了一眼，觉得没什么可欣赏的，看到院子里那两棵桃树的花落了不少，撒了满地的花瓣。再细看，树根处还冒出了不少嫩嫩的蘑菇秧子，她蹲下来捡起几片花瓣，说："田支队，今天我才知道什么叫'春眠不觉晓，处处闻啼鸟，夜来风雨声，花落知多少'了。"边说话边用手在地上扒坑，想将散落的花瓣都放到坑里去。赵晓正好从屋里出来，看见了这情景，打趣说："《红楼梦》里有黛玉葬花，我以为是文人瞎编的，今天算是真的看到葬花人了。"

郑琼斜瞟了赵晓一眼："感觉如何？"

赵晓说："结婚太早了呗。"

郑琼抓了一把泥沙扔了过去："我叫你占便宜。"又扯了几个小蘑菇在手上把玩儿，说："这么嫩的蘑菇烧汤一定很鲜。"说着又在地上扒坑,打算把花瓣都埋了。

李玲这时从外面进院子,看到桃树边正在扒坑的郑琼,脸色一变,顺手在院门口抓了一把扫帚赶过来,尖叫了一声:"郑同志你让开,别把手弄脏了。"边说边扫,郑琼不自觉地被赶到一旁,感觉上也有些奇怪:"你昨晚怎么没回来睡呀?"

"厨房的事忙完了,天也不早了,我们几个女人开了一桌麻将,"李玲边扫地边说,动作幅度很大,地上刚刚还干干净净的花瓣,一下子便与泥土混在一起,那些嫩嫩的小蘑菇也扫没了。"乡下人办丧事都这样,也省得回来吵了你,睡得还好吧?"

"还好,"郑琼说,"那些小蘑菇你不应该扫了,让它长两天,摘了打汤多好。"

"要吃蘑菇山上多得是,回头我带你去采。"李玲说。

"你把我们小郑葬花的那点儿小情调破坏了。"田田已经打完了太极拳,站在一旁,笑眯眯地看着扫地的李玲说,"瞧她,都有点儿不高兴了。"正说着,院子外传来一声汽车喇叭声,田田回头一看,冯益的现代车停在了院子门外。

九

与冯益一起一大早赶到范家垸的还有两名记者。其中一个是《武州晚报》的记者张燕,她是晚报专跑政法口的,以前曾采访过田田,算是老熟人了,还没进门就打招呼:"田大侦探,早晨好!"田田却没理她,皱着眉头板着脸盯着冯益:"你把记者弄来干什么?"

冯益尴尬地笑了笑,望着张燕他们,张燕把话接过去了:"你应该知道我们的来意。昨天那个报道,我想做个连续的,把事情的真相告诉读者。"

田田说:"我到现在都还不知道真相,你拿什么真相告诉读者?"

"我们可以等呀,"张燕看了她的同行一眼,那是个不苟言笑的男青年,"介绍一下,方强,都市报的。田支队长别皱眉了,我不会给你添太多麻烦。反正我们在这儿的费用由冯大老板开支,我只需要在第一时间知道真相就行了。"

田田瞥了冯益一眼:"如果我说这个人是犯罪嫌疑人,你还敢跟他搅到一块儿吗?"他的本意只是想吓唬一下对方,没想到张燕一拍巴掌跳了起来:"我明白了,你现在的思路是往刑事案件方面走的,你连嫌疑对象都有了,对不?"

"这丫头不好缠,"田田对他手下的几个人说,"表面上看没心没肺的,心深着呢。大家伙儿都给我防着点儿,最好别跟她说话。"

"几位警官还没吃早餐吧?二位记者也没吃,"冯益说,"陆畈镇上有一家面馆不错,用太平溪的小银鱼下的鱼面,特鲜,去尝尝?城里绝对吃不上。"

田田说:"冯老板,凡事心思不要用过头了。"

冯益说:"不用不行呀,我前期已经投入上百万了,想停都停不下来了。"

"既然这样,咱们就去吃他一碗太平溪的鱼面,"郑琼说,"为了他那上百万。"

"上车上车,"冯益高兴地说,"赵所长,麻烦你们也把车开上。"

郑琼一头钻进冯益的轿车。在去陆畈镇的路上,郑琼故意当着两位记者的面,大谈死人事件对于房地产开发商冯益的好处,还提到他利用范小泉卧警察底的事,又逼着冯益说是不是在玩儿此地无银三百两的把戏,把冯益弄得很难堪。

吃早餐的时候,李明晰给田田打了个电话,说他马上就带着两位教授往这边赶,他说有些情况在电话里说不清,还是过来当面汇报。田田对赵晓说:"赵所,中午麻烦你在镇上安排一桌,我们李法医请教授来了。招待一定要上点儿档次,公安再穷也不能在教授面前掉价。"

张燕却高兴了,说:"这案子都闹到要请教授的份儿上了,一定特有写头。"

冯益马上把话接了过去,说:"酒席的事算我的,我让县城飘香楼派厨师带菜过来,在这边做。赵所,就在你们所食堂弄可不可以?"

赵晓看着田田,等他表态。田田说:"伙食你安排,把教授招待好就行了。郭大队,你也有任务,"他指着冯益说,"你负责跟他谈话,搞清楚前几次死人的时候他在干什么。还有,他如此紧盯着我们专案组究竟是什么意思?这两位记者,你也麻烦他们说一下冯老板是怎么找他们二位的,说了些什么。——这儿的鱼面真不错,鲜,不一般的鲜,归我埋单了。"

冯益急了:"田支队长,我好心请你们吃早餐,为什么要这样对待我?"

田田说:"你的表现让我不得不对你有所怀疑,为什么这么热心?为什么要让范小泉卧我们的底?而且,你有制造命案的理由。那话昨天我们的郑警官已经跟你说过了,不用我再重复吧?"

冯益丧气地跟着郭义兴到镇上派出所去了。

"田支队,他们都有活儿干了,我干什么?"郑琼问。

"你还怕没活儿干?"田田说,"怕是你最辛苦,要跑远路,待会儿我单独跟你说。"

与李明晰一起赶到陆畈镇的有省医学院法医系的教授周至柔,周教授与田田是老熟人了,用不着介绍,另外还有农大的一位教授王仁甫,同行的有他带的两个博士研究生。王仁甫是开着他自己的奔驰轿车过来的,还带着一些看上去很精密的仪器。李明晰介绍说王教授是国内知名的从事菌类研究的专家,他不但是农业大学的教授,还是个大老板,开着相当规模的公司,专门从事菌类研究和生产,在全国很多省份都有分公司或研究所,靠他吃饭的农民和下岗工人怕总有好几万人。

田田看王教授年龄并不大,看上去约莫四十岁,便开玩笑说王教授年纪这么轻就带博士还做这么大的产业,是会保养还是我看年龄看错了?李明晰说你田支队看人的年龄还会有错?街头算命的也没有你准。王仁甫是个典型的学者型的人,不太善于开玩笑,在派出所坐不多大会儿便要求去现场。他所说的现场就是范正明家长南瓜的那块地。

在去范家垸的路上，通过闲聊，田田才知道王仁甫的确是个不简单的人——在澳洲留过学，在英国剑桥读的博士、博士后，后来还去哈佛做过访问学者，为做研究还去过非洲沙漠和南美洲的原始森林。田田表扬李明晰能把这么大的学者请出来，还亲自带研究生跑这么远的路。李明晰说是王教授自己有兴趣，王教授不感兴趣的事恐怕省长也请他不动。田田便问王仁甫，怎么会对一起刑事案件这么感兴趣？

王仁甫回答说："我不是对案件感兴趣，我对此类事情深恶痛绝，毫无研究的兴趣，我是对案件中的某些内容感兴趣。"他告诉田田说，从李明晰提供的范正明家三位死者的送检样本看，属于典型的毒蕈中毒死亡，也就是食用毒蘑菇引起的死亡。

"既然如此，结论不是已经很清楚了吗？"田田问，"你怎么还要亲自跑一趟？"

王仁甫说："你还是先请教一下周教授吧。"

周至柔说："蘑菇中毒是可以肯定了。全世界已知的毒蘑菇大概有百余种，目前在我国已经发现的有八十余种。如果按中毒引起的症状分类，大致有四种：一是肠胃炎型，由误食毒红菇、红网牛肝菌、墨汁鬼伞菌等类毒蕈引起，潜伏期在半个小时到六个小时不等，症状是腹泻、腹痛等，其毒素目前还不清楚，但死亡率很低；二是神经精神型，由误食毒蝇伞菌、豹斑毒伞菌等毒蕈引起，其毒素为类似乙酸胆碱的毒蕈碱，潜伏期一至六个小时，除肠胃炎症状外，可有头晕、精神错乱、昏睡，还有幻觉、谵妄等症状，死亡率不高；三是溶血型，由误食鹿花蕈等引起，其毒素为鹿花蕈素，潜伏期为六至十二小时，症状除肠胃炎之外，可引起贫血、肝脾肿大等体征，对中枢神经也有影响，但经过治疗多可康复，死亡率不高；第四种，也就是我们这个案件引起死亡的这一种，为中毒性肝炎型，因食用毒伞、白毒伞、鳞柄毒伞等引起，其所含毒素包括毒伞毒素和鬼笔毒素。其中，鬼笔毒素发作快，主要作用于肝脏，毒伞毒素作用较迟缓，但毒性比鬼笔毒素大二十倍，能直接作用于细胞核，有可能抑制 RNA 聚合酶，并能显著减少肝糖原而导致肝细胞迅速坏死，极为凶险，死亡率非常高。其潜伏期也比较长，一般在食用后十到三十个小时，也有的在两天以后才发作。潜伏期一般无任何症状，一旦发作，可表现为急性肝炎、中毒性心肌炎或中毒性脑炎等。我们李法医从三名死者的送检物中检测出来的正是毒伞毒素。可奇怪的是，从你们前期调查的情况看，死者们并没有吃过蘑菇；更为奇怪的是，从你们送检的那只大南瓜中检测出了毒伞毒素，或者干脆说，那只南瓜就是个大的毒蘑菇。这就是我们王仁甫先生为什么会感兴趣、为什么会亲自跑这一趟的原因。"

"大南瓜是一个大的毒蘑菇？"田田也感到疑惑。

"当然主要的还是南瓜的成分，但覃毒素的含量很大，"王仁甫说，"这种事情我还是第一次碰到，所以我想实地看看南瓜生长的地方，并对那一带的土壤、水质做个考查，看从植物生长的角度能不能找到一个解释的途径。"

"嘀，这个案子还冒出个科研课题来了，"田田诧异地说，"事情要是搞清楚了，我们请您当我们的特邀专家。"

王仁甫说："我对你那个头衔不感兴趣，我只对这件事感兴趣。"

到了范家垸后，田田一行直接去了范正明家的菜地。王仁甫对菜地的土壤和周围植物作了详细的观察并取了样。那个南瓜由于是头年秋季收的，已经找不到原生的藤葛样本了。当天他们就在镇派出所把带来的仪器摆了起来，就地做分析化验。王仁甫说，在这儿只能大致上做一些分析，详细的结果还是要回到实验室做。不过他说了一个印象性的意见，凭观察和他的经验，那块菜地也就是很一般的菜地，看不出有什么奇特之处，应该不会长出什么让人感到意外的奇异品种，还应该是属于种瓜得瓜、种豆得豆那类土壤。

郑琼午夜的时候才风尘仆仆地从临县回到陆畈镇上，她是根据田田的安排调查诸建设的情况去了。进派出所后，她看到李明晰和王仁甫他们还在工作，觉得新奇，便过去问究竟。李明晰将王仁甫给她作了介绍，并将王仁甫的来意和疑惑也说了。郑琼听后问已经做了几个死者的毒化？李明晰说目前还只做了范正明家三个人的。郑琼问其他三个人的病理情况研究了没有？还有赵小梅的毒化为什么不同步做？李明晰不喜欢她这种说话的口气，说等你当了支队领导再管我吧。郑琼嘻嘻一笑，接着又问他狗熊是怎么死的？没等对方回答又自己回答了：笨死的！

李明晰说不过她，只好说你有什么本事尽管拿出来，光耍嘴皮子有什么用？

郑琼说："南瓜的文章应该做，但范友全、赵小梅、范世福他们的毒化和病理分析也应该同步进行。如果他们也是同类的毒蕈中毒死亡，他们肯定没吃南瓜——"

李明晰笑道："你嘴巴虽然损了一点儿，脑子还真的管用，想不服都不行。你的意思我明白，如果都是同类毒素的毒蕈中毒，那南瓜就不是唯一的投毒方式了。"

"但如果毒素是同一的呢？"郑琼故意用教育的口气说，"科研方面的事，尽可以请我们王教授王老板做，你还是应该做一个法医该做的事。"

"谢谢教诲，不过你把我们田支队的事都做了，田支队该做什么呢？"

郑琼说："我这不马上要向支队长汇报情况嘛。"

"那汇报去呀，缠着我干什么？"

"我总得先洗一洗吧，人家还是个姑娘呢，"郑琼回眸一笑，"不可能这样灰头土脸地找领导汇报工作吧？"

十

郑琼这一天跑得够辛苦的。

从陆畈镇到平谷县有六十来公里的路，再从平谷县到下面的商埠镇又有三十多公里，诸建设的老家在离商埠镇还有十多里路的刘家咀村。"那儿是湖区，"她告诉田田说，"经济条件好像比范家垸还要好一些。诸家的人都聪明能干，诸建设的哥哥和三弟都是搞水产养殖的，小弟弟也是搞水产品运输的，日子都过得不错。除了小弟弟还没结婚，跟他爹妈住在一起之外，其他两个都盖了楼房，他爹妈家也是楼房。"

田田说:"让你去平谷好像不是了解人家的经济情况的吧?"

"经济决定意识,物质决定存在,"郑琼驳斥自己的领导说,"好像哲学上就是这么说的吧?你不能听完汇报再评价我的工作吗?"

"行行行,是我不对,你继续。"田田说。

"诸建设的情况跟我们已经掌握的大体上差不多,"郑琼说,"从小过继给他二叔,初中毕业就外出打工。他这一生好像一直在跟他父母和他的兄弟们赌着气,听说他回去见他的家人连话都不说,在外面打工时还说过狠话,不混出个人样儿来决不回去。"

"他来这儿当上门女婿可能与这有关吧?"

"不知道,这你得去问他本人,"郑琼好像故意跟领导对着来,"也巧得很,当地派出所的同志帮我找到了一个刚刚从南边打工回来的人,叫刘继民,现在在深圳那边开了个手机店,高低算是个老板了,算是混得不错。刘继民说如果当年诸建设不回老家,肯定比他混得好,他到现在对诸建设离开南方回老家还不理解。"

"为什么呢?"

"他也不清楚,刘继民说,当年他在一个酒店做保安的时候,诸建设已经在一个公司搞采购了,都混到给人发名片的份儿上了,名片上还有业务经理的头衔。一个月收入乱七八糟地加起来上万,这是明的,在外跑业务多少还能拿些回扣。听说还找了个女朋友,挺漂亮的,刘继民只见过一次面。一天晚上,两个人喝酒喝多了,拿女人说事儿,诸建设一个电话就把女朋友叫过去了。"

"他知道诸建设女朋友的情况吗?"

"不清楚,他当时已经是醉眼蒙眬了,看人都重影,只有个大致印象,说话声音嗲嗲的,穿着露肚脐眼儿的吊带装。据他说,皮肤白得耀眼。可能确实喝多了,中国人没这样的皮肤,有点儿夸张的成分,但可以想象得出来,小模样肯定可以。"

"还有什么情况?"

"去了一趟平谷,回头想诸建设这个人有点儿怪怪的。无论是刘继民还是当地其他人,说起诸建设给人的印象基本上是聪明、有男人味,很有些刚性,跟我们现在看到的这个诸建设判若两人。人的变化怎么会这样大?哦,对了,刘继民说他那次跟他喝酒后个把多月的时间,诸建设就回老家来了。听当地人说,还有个女的曾经到商埠镇上打听过诸建设,是不是刘继民说的那个女朋友就不清楚了。"

"商埠镇上有人认识这个女人吗?"

"都不认识。"

"诸建设当年供职的公司是什么公司?"

"刘继民也想不起来,他答应帮忙打听,当地派出所也答应帮忙了解,"郑琼说,"好像是从事什么绿色食品开发技术服务方面的,是高科技一类的,地点不在深圳,在广州这边,听说业务做得很大。"

"刘继民会给你回话吧?"

"田支队,你应该知道我很善于搞群众关系的,"郑琼似乎嫌那一问多余,"我留名片了,我估计最迟明后天。"

"辛苦了,今晚你好好睡一觉,平谷那边的工作你就负责到底了,说不定明天还得跑路。"田田说。

"你好像把范小泉的话当真了?"

"总是一条可查的线索吧,"田田起身说,"他说范菊尔怀孕的事,叫我看八成是真的。"

"你也有这个特长?"郑琼嘻嘻一笑。

"笑什么笑?有这特长也不是坏事。"

郑琼睡了一个安稳觉,第二天早晨她起床不久,就听到赵晓在外面喊。她走出客房一看,李玲站在派出所办公楼的后门。赵晓说:"郑警官,你真有人缘哈,才同床共枕一晚上,人家就惦着你了?"

"咄,你才同性恋呢。"郑琼呸了赵晓一口,朝李玲走过去,"李姐,你怎么来了?"

李玲微微一笑,将手中的一张汇款单一晃,说:"我老公寄钱来了,到镇上邮局取钱,顺便来看看你们,案子查得怎么样?"

"正在查,到后面坐吧,喝口水去。"郑琼引着李玲往后院走去,"你老公不错哈,月月给你寄钱。我要是能找这么个老公就不上班了,学你,当全职太太,寄多少哇?"说着,伸手想取李玲手上的汇款单。

"保密,"李玲手一收,躲过了郑琼伸过来的手,指着院中停泊的奔驰轿车说,"这车是前天到我家去的那个冯老板的吧?前天他开的好像是韩国的现代,不是奔驰。"

郑琼心里暗暗"噫"了一声,嘴上却说:"不是那个冯老板的,是另外一个老板的。"

"听范小泉说,那个冯老板身价上亿,看不出来哈,"李玲笑道,"跟我们村干部差不多,又黑又瘦,根本看不出来是个富翁。"

正说着,冯益和陆畈镇的一个干部从另一间客房出来,看到李玲,他笑着点了个头。李玲也有些惶恐地回应了一个笑容,二人也没说什么,冯益就走过去了。"你们认识?"郑琼问。

"不是在我家见过一面吗?"李玲说,"好险,说他坏话差一点儿让他听见了。"

"我看他像认识你,前天在你家我就有那感觉。你们以前肯定在哪儿见过面,可能只是一下子想不起来而已。"郑琼说,"你再想想,我的感觉肯定错不了。"

"我怎么想不起来呢?"李玲说,"我记性挺好的呀,一般见过面的我都忘不了。"

"鬼话,在大街上走路,碰到人千千万万,你都记得?"

"那不算。"李玲说。两个年轻女子有说有笑地走进客房。李玲看客房的条件很简陋,头天晚上换下来的脏衣服也放在脸盆里没来得及洗。"你们下基层怎么不住好一点儿的地方呀?"说着端起脸盆,要帮着郑琼洗衣服。郑琼将脸盆夺下来,说:"使不得,叫我那些同事看到了,要笑话我的。传出去了,更没人要我了,我本来就没人要。"

"不会吧,你长得这么好,工作条件又好,"李玲有些夸张地叫起来,"想你的男人怕不是要排队?"

"想我的,不一定是我想要的,我想要的,又不见得能得到,我的事挺麻烦的,"郑琼笑道,"别光拿我开心了,你是过来人,有经验,别保守,给我传授一下。"

"我没你们知识分子想得那么多,我的经验很简单,看准了,就拿下,"李玲笑吟吟地说,"拿到手上就不要放了。"

"要是不小心弄丢了呢?"

"只要你认为是自己的东西,就千方百计找回来。自家园里的菜,除非自己愿意送人,不然的话,怎么可能白白给人家?"

"我没你这本事,"郑琼幽幽地叹了一口气说,"有些东西,丢了,就再也找不回来了。"

"你失恋了?"

"我年龄也不小了,要说没点儿经历是假话。不说了,咱们说点儿别的吧,找点儿开心话说。"郑琼岔开话题,又扯了几句闲话,李玲便起身告辞了,说是去邮政所取了钱后回垸里去,叫李玲再到垸里一定还住她家。

李玲走不多大会儿,昨晚陪着周至柔和王仁甫他们到城里住宾馆的李明晰回来了,一见郑琼就说:"郑琼,我还真佩服你,你的脑袋瓜子比一般的人就是好用一些。"

郑琼说:"什么意思嘛?"

李明晰说:"郭大队这人能办事,昨晚你休息后,他不但安排人把范友全、赵小梅、范世福的病历和医院的档案能找到的都找了,还把当时的医生都给我们找来了。我和周教授、王教授连夜看了病历,还跟医生们都谈了谈。我们认为这三个人的死亡,都有符合毒蕈中毒死亡的特征,可惜现在能做检测的只有赵小梅的东西,其他的三个死者都火化了。回去我抓紧时间把赵小梅的遗骨毒化做了。如果确认的话,我想这案子定凶杀应该没问题。所以,不管那个毒南瓜是怎么长出来的,也只是投毒者投毒的一种方式。"

二人正说着,突然听到前面派出所办公楼传来吵吵嚷嚷的声音,还没等郑琼出客房,赵晓连门都没敲就冲进来了:"范小泉那狗日的还真行,抓双了!"

"没头没脑的，说什么呢？"郑琼问，"什么抓双了？"

"范小泉一绳子把诸建设和范菊尔都捆来了，"赵晓说，"狗日的真不像话，死人白天刚刚入土，这两个人晚上就在野地里搞起来了，叫范小泉带人捉了双。"

"他怎么会干这种事？"

"我看也在情理之中，"赵晓说，"想洗清自己身上的嫌疑，最好的方式就是帮我们把案破了。也许还有其他的理由，他不是跟杏尔有一腿吗？"

十一

诸建设和范菊尔被抓双的事，在陆畈镇上引起了很大的轰动，派出所的办公楼前聚满了看热闹的人，范家垸也有不少的人赶来了。范小泉在人群中手脚纷飞地说着，一时成了新闻热点的中心人物。范菊尔和诸建设被押在留置室中。郑琼进去看了一眼，两人的神情都很沮丧，身上还有伤，看样子来的路上还挨了不少拳脚。范小泉捆他们来的绳子已经解开了，在地上散作一堆。正在休息的田田也起来了，进留置室看了一眼，转身把郭义兴和郑琼他们几个人招到所长办公室，意思是要组织两套审讯班子，分别对两个人进行讯问。郑琼说她现在还不想参加讯问，田田有些不高兴："那你想干什么？你又能干什么？"

郑琼嘻嘻一笑，说："待会儿我单独跟你汇报，这会儿我想请赵所安排个民警跟我出去一趟，说不定我回来就有破案的办法了。"

赵晓说："明摆着的重大嫌疑人你不审，脑子里又有什么花招子？"

田田盯着郑琼看了一眼，对赵晓说："你给她派个人就是了，审范菊尔这一组让你们所的女内勤上。另外派人把门口看热闹的疏散一下，现在的人真是，见不得一点儿事。"

郑琼出门的时候，看到冯益和两个记者也在人群中，张燕还拿着个小录音机在录群众的议论，便走了过去，冲着冯益说："冯老板，你一点儿大老板的素质也没有，这种热闹也赶?"

冯益说："我考虑的是我自己的事，这个案子早点儿搞清楚，我好早点儿下决心。"

"怪事，投不投资竟然跟死人联系在一起了，"郑琼四下看了看说，"不就是让张记者他们按你的意思搞个新闻报道吗？这很容易，你要是肯配合我，回头我绝对给你一个独家的，而且还是内幕的。"

冯益高兴了："那我一定听郑警官的吩咐。"

郑琼说："那你不要离开陆畈，说不定我要你帮忙的事还挺刺激的，随时等我的电话，这会儿我要去办点儿事情。"

冯益说："我的手机二十四小时是开的。"

"你等着好了。"郑琼冲他摆了一下手，与派出所配合她工作的民警一道走出了围观的人群。走出人群之后她又回头看了看，民警问她找什么人？"怪事，那人竟然没来？"她嘟哝了一句便走了，这一去就是大半天。

就在郑琼离开派出所的这段时间中，所内发生了两件很大的事情，一是诸建设开口承认人是他杀的，表示所有的一切都是自己一个人干的，与任何人无关；二是正在接受讯问的范菊尔突然歇斯底里地发起疯来，乘讯问人员不备的时候，一头往墙上撞去。幸好被反应敏捷的赵晓及时拦了一下，头虽然没撞到墙上，但在她胡乱挣扎过程中出现了流产的先兆，人还没送到镇上的卫生所，胚胎已经流出来了，卫生所的医生说她怀孕足有四个月了。

"诸建设为什么要杀人？他说动机了吗？"郑琼听了情况后问。

"他说杏尔不死他与菊尔就成不了夫妻。"赵晓说。

"他用什么办法杀人的？"

"承认杀人后什么话都不说了，像头瘟猪。"赵晓骂道。

"如果是诸建设杀人的话，范家垸死的其他几个人怎么解释？"郑琼问，"我们李博士认为死的其他几个人都有可能是毒蕈中毒呢。"

"这不正在审吗？嘴巴还没完全撬开呢。"

"我可不可以去见一下诸建设？"郑琼请示田田。

"你是专案组成员，我没有限制你工作的权力。"田田说。

郑琼走进审讯室的时候，郭义兴正在苦口婆心地做诸建设的思想工作。"郭大队，这种人你还教育他干什么？"郑琼一进门就说，"干脆把他交给范家垸的老百姓，人家不一刀刀把他剐了才怪。"

"那也是我罪有应得。"长时间没说话的诸建设抬头看了她一眼，"一刀是死，千刀万剐也是死，反正我该死。"

"想死没人拉你，"郑琼说，"死就死个明白嘛，装哑巴干什么？"

"我不是承认杀人了吗？"诸建设不耐烦地说。

"承认就说清楚嘛！哦，你说你杀人就杀人了？怎么杀的？"

"用毒药呀。"

"用什么毒药？"

"你们去化验呀，尸体不是已经开肠破肚了吗？你们化验出来是什么毒药就是什么毒药，"诸建设说，"刚才这位郭队长讲政策的时候已经说了，我不讲，你们用证据照样可以定我的罪，我等死就是了。"

"你真的想死？"

"我要说假话是你养的行不行？"

"说什么呢？我还是姑娘。"

"这王八蛋欠揍！"郭义兴生气了。

"算了，这人不是缺文化嘛，我不跟他一般见识就是了。"郑琼说，"诸建设，既然你连死都不怕了，回答我几个问题敢不敢？"

"你问吧。"

"昨天我去过平谷县，还去了你们刘家咀，对你的情况应该说多少有所了解。"

"原来你们已经在怀疑我了？"

"有一件事情我闹不明白，"郑琼说，"听说你过去在广东那边干得好好的，在一家什么公司都干到业务经理的位置了，怎么突然离开了呢？"

"都已经是过去的事了，你问这个干什么？"诸建设有些紧张了。

"你当业务经理的那家公司好像是叫博圃绿色食品开发公司吧？

公司的老板叫蒋非对不对？我听说那个蒋老板对你相当好！"

"我不想提过去的事，我有罪你让法院判我的刑好了，现在拉出去毙了也行。"

"听说你当时还有一个很漂亮的女朋友？"郑琼却不依不饶，"为什么分手了？以后见过她吗？"

"我烦！不想跟你扯那些乱七八糟的事，我不想说话了，你该怎样就怎样吧。"诸建设说完这话后果然又陷入沉默状态。但他的沉默跟先前的那种沉默完全不一样了。郭义兴从审讯室出来对田田说，他先前的沉默给人的感觉是豁出去了，与郑琼说了几句话后的沉默像是害怕什么。田田瞅着郑琼说："鬼丫头，现在是不是该把你脑袋瓜儿里的东西系统地给领导汇报一下了？"

郑琼说："这个案子如果真是我想的那样，绝对可以写成书。"

田田说："光靠想象不行，那是写小说，我们得把想象的东西整理出来，形成逻辑链，每一个关键的地方，都要找出相应的证据才行。"

十二

田田一行再次到范家垸的时候，已经是三天以后的下午了。去了一个车队，除了一台警用面包车之外，还有两台桑塔纳警车，王仁甫的奔驰也跟着。车队开到李玲家门口时，冯益的现代车已经停在那儿了。郑琼先下车进院子，看到冯益和一个五十来岁的男人正坐在院子里抽烟。那人穿着对襟唐装，头发花白，一派仙风道骨的模样。

"李玲呢？"郑琼问。

"你比我们约定的时间早到了五分钟，"冯益看了一下表，冲屋里努了一下嘴，声音压得低低地说，"她刚刚进去，正在给我准备晚饭呢。事情好像就是你想的那样。"他又指了一下院子中的那两棵桃树，桃树下的地面被人用锹浅浅地挖出了一个坑。"我们的风水先生刚挖了两下，她就要跟我拼命似的，但她很快冷静下来了，反而跟我讨价还价。你要是想错了，这事儿我还不好下台呢。"

"她承认她就是你认识的人了吗？"郑琼问。

"没承认，也不算否认，"冯益看了风水先生一眼，"我问她是不是美美小姐，她说她一个乡下女人，到了这把年纪，还谈什么美不美？后来她就留我们吃饭。"

正说着，李玲拎着一个开水瓶和一个一次性塑料杯从屋里出来。"郑警官来了？案子破了？"说着，她将杯子放在冯益跟前，倒上矿泉水，端到冯益的手上，"刚才光顾着说话，水都没让你喝一口，尝尝这儿的泉水，这水还是我直接从大泉洞打来的。垸子里的人喝这水都是在太平溪取水，我不，我嫌溪中有人洗衣服、洗菜，把水都搞脏了，所以宁可路跑远点儿。"回头见田田、李明晰和赵晓几个人也进院子，"各位领导莫忙，我另外给你们烧开水去，我知道你们当干部的喜欢泡茶。"

"就喝这水也是一样的，"田田在冯益身边的一把椅子上坐下，端起她倒给冯益的那杯水，递给李明晰，"李法医，你把这水好好化验一下。这泉水神奇得很啊，茶叶水一见它就变黑了。我是个老胃病你知道吧？前天我在这儿喝了几杯水，这两天吃饭特别香，还容易饿，平时总肚子胀胀的。你看看究竟含什么矿物质成分？"

"这方便，正好王教授他们带着仪器，"李明晰接过那杯水，回身朝院子外面喊，"王教授，周教授，先到这院子坐坐吧。王教授，麻烦你把仪表拿进来——"

"你们这是搞什么名堂，"李玲突然失态地夺过李明晰手中的水杯往地上一泼，连杯子也丢到地上去了，"一杯泉水能有什么？化什么验呀！"

在场人都被她这意外的举动弄得发愣了。"李姐，你这是干什么？我们没什么失礼的行为吧？"郑琼说。

李玲这时也意识到自己失态了："对不起，我刚才不知是怎么啦，蒙。"

"不是蒙，是紧张，害怕，对吧？"田田面带微笑地将地上的塑料杯捡了起来，举起来对着光看了看，杯中还残留了一些水，"做化验有这点儿就够了。"

"田队长，你这是什么意思？"李玲的脸色有些发白了。

"没什么意思，研究一下这泉水的化学物质成分嘛。冯老板，你今天怎么到这儿来了？"田田换了一个话题。

冯益按事先已经布置好的口径说："我不是准备在这儿搞开发吗？今天我请了这位风水大师来帮忙看了看，大师说美美小姐这院子是这一带风水的眼，奠基石就应该立在这儿。"他指了指桃树下挖的那个坑说，"那儿就是眼！"

"你刚才说什么？什么美美小姐？谁是美美小姐？"郑琼问。

"我失言了，失言了，对不起。"冯益看了李玲一眼，她整个人好像都变形了。

"李姐，你这是怎么啦？"郑琼关切地问，一只手也搭在了李玲的身上。

"我知道你们想干什么，我不是傻瓜！"李玲突然歇斯底里地大叫一声，拨开郑琼的手准备往屋里冲，却看到赵晓已经堵在门口，她进不去了，连院子门都叫郭义兴和王仁甫他们堵住了。李玲左顾右盼，发现自己实际上已经被困在一个笼子里面了，周围的每个人都冷脸冷色地看着她。僵持了片刻，她突然扑向冯益，双手朝他胡乱抓打，嘴里胡叫乱骂："你这个流氓，你这个坏蛋，你又不是警察，干吗跟他们一起叫我往笼子里钻！"

赵晓等人冲过去，好容易才将她拉扯开，冯益的头脸上已经添了好几道血痕。他掏出餐巾纸擦了一下，苦笑着说："美美小姐，我记得你是个柔情似水的女人。"

郑琼在一旁笑道："冯老板，今天我才发现你的智商不低，人家才陪了你一个晚上，这么多年过去了，你见面还能认出来。"

"郑警官，话要说清楚，什么叫陪一晚上呀？她只陪我唱唱歌、跳跳舞什么的，别的可什么事都没干。"冯益说，"这跟智商没关系，顶多只是记性还可以。我不是跟你说过吗，她当时说的普通话有咱们这边的尾音，我听出来了，多聊了几句，她也承认我们是老乡，所以印象要特别深一些。其实我一开始也拿不准，是你说她在广东那边待过，在镇上派出所我看她也像认识我的样子，才基本上肯定。"

被赵晓等人强制按在椅子上的李玲这时也冷静下来了，幽幽地叹了一口气："从你第一次来我家的时候，我就感觉坏事了。我原先想待在这么个偏僻的地方，没人能够知道我的过去，能安安静静地过一辈子，没想到还是被人认出来了。这个世界太小了，也是冤家路窄，我认了，这是命。"

郑琼说："好在你老公不在，今天的事只有我们在场的几个人知道，不会外传的。范解生现在在哪儿？"最后一句话她是很突然说出来的，话音一落，李玲的目光就不自禁地瞟向桃树那边，但很快又闪开了。郑琼与田田会心地交换了一下目光。"我问你老公，你往桃树那边看什么？你老公可不是桃花。"郑琼挖苦了一句，又继续对李玲说，"冯老板认不认出你是件无所谓的事，其实你早就已经踏上了一条不归路。"

李玲又叹了一口气："我早就听老人说过，命中有的终是有，命中无的莫强求，可我就不信，就连丢了的东西也想捡回来，到头来还是应了这句话。"

这时，李明晰和王仁甫他们已经在院子中摆开了检测仪器，准备检测那杯子中残余的水。冯益指着那边说："那杯水还真有毒哇？"

"这话你问她。"郑琼说。

"没错，是有毒。"李玲已经不讳言了。

"美美，就算我认出了你，你也不至于杀我吧？"冯益感到后怕了。

"你已经点了我的死穴，我不要你的命，你就要我的命了。"李玲说着，目光又落在了桃树根下面，"现在想起来，冯老板，这件事好像也是警察的主意吧？"

冯益指着他身边的风水先生说："正式给你介绍一下，这位是县公安局的冯局长。"

风水先生接着说："介绍得不是很准确，应该是大屿县公安局分管刑侦工作的副局长冯超。"冯超回头冲郑琼说："丫头，我装个风水先生还像吧？"

"不错，仙风道骨，像个世外高人。"郑琼笑道。

"田支队，真是强将手下无弱兵呀！"冯超对田田说，"郑警官的判断就是准。"

田田说："丫头这一回比我更敏感一些。"

听了两位公安局领导的对话，李玲不由得多看了郑琼几眼，说话也变得损了："郑警官，看不出来哈你，表面上看你就是城里来的娇小姐，说话的声音挺勾人的。你看你的眼睛，单眼皮，眼角往上挑，这叫桃花眼，出去当小姐，肯定能挣大钱，想包你的男人得排队。"

"是吗？可惜我是当警察的，到现在都没嫁出去。"郑琼没生气，目光也向桃树那边扫过去，并且露出讳莫如深的笑容。

李玲感觉到了，问："你怎么就知道我家那死鬼埋在桃树下面？"

李玲这话一出口，郑琼马上与田田对视了一眼，二人的表情也释然了："李玲，不瞒你说，在你说出这句话之前，我们还只是猜测。"

李玲听了她这话，感到沮丧，但还是想知道究竟，"你凭什么这样猜？"

"想知道？"

"想知道，我总得明白我死在哪儿吧？"

田田说："郑琼，你就告诉她吧，免得她憋得慌。"

郑琼说："李玲，我一来这儿就注意到你了，应该说我们田支队长也注意到了，你不像是一个能安安静静生活在这种地方的女性。而且你老公也不在家，据你说是去南方开车了，可村里没有一个人知道他在哪儿，完全是只有你一个人在说。就算他在南方，家里又没什么别的人需要你照顾，你完全可以过去跟他一起呀，为什么不呢？家里这点儿田地，完全可以包给别人做嘛，这一带不是很多人都这样吗？而且，所谓他离家外出打工已经两年多了，到目前为止，我们还没发现一个见过他的人！别人唯一知道他去向的方式，就是通过你每月到邮局取一次他寄来的所谓汇款，今天早晨你不是又当着我的面来了一回吗？随后我去了镇邮电所，查了他们这两年来的汇款存根，同时我也委托县公安局的同志在县里查了，这两年来没有你的一笔汇款。也就是说，所谓你老公月月寄钱给你的事，完全是你虚构的，你在撒谎。你为什么要撒这个谎呢？因为他根本不在人世了，但又要给人一种他在外面打工的假象，你想用这种方式让人感觉到他的存在。"

李玲问："你怎么会想到去邮局查呢？"

郑琼说："这是由于你犯了一个常识性的错误，当时在派出所，我要看你手上的汇款单是一个很随意的动作，而你却特别紧张，这是第一；第二，我似乎看到所谓的汇款单上没有邮戳，告诉你，我观察事物特别是细微事物特别敏感；第三，可能你不知道，现在像你这样有所谓长期定期汇款的人，一般都在邮局办有存折，汇款到了，邮局直接打进存折，根本没必要每次都采取汇款单汇款的方式，那样，邮局送到你手上的就不是汇款单了，而是一个通知涵，钱就在你的账上，想用的时候随时去取。"

李玲说："看来是我自己给自己惹麻烦了。"

郑琼说："对于你来说，这个麻烦是必须惹的，因为你对范正明家死人的事很关心，更想知道我们工作的进展，你要到派出所打听情况，总得找个借口吧？你很自然地就找到了到镇上取钱的理由。当然，你引起我们注意和怀疑的原因还很多，比如说我们在你家找人谈话，你总是想方设法地接近，甚至还偷听。还有，在派出所里，我发现你能认出现代车和奔驰车，这一点，很多在城里生活的女孩儿都做不到。"

"就凭这些？那你怎么知道范解生会在那儿？"李玲冲着桃树指了一下。

"还记得我在你家过夜的第二天早晨吗？晚上下了暴风雨，树上的桃花都落瓣儿了，树下还冒出了小蘑菇。我当时也是一时兴起，想挖个坑把花瓣埋了，正巧你进院子看到了，紧张得跟什么似的，挺失态。在这之前，我们还知道两棵桃树是一起栽的。"

"就凭这些？你们就敢让姓冯的来试我？"

"邮局月月寄钱的事情不存在，那么范解生就完全虚无了。一个女人，老公失踪了却若无其事，还撒谎，这意味着什么呢？"郑琼问,"当然,光凭这些还不足以使我们下决心。王教授,你那儿的化验做得怎么样了?"

王仁甫从显微镜下取出试管走过来,脸上呈现出很奇怪的表情,目光透过眼镜盯着李玲:"刚才那杯水里是蕈毒,应该是毒伞毒素。姑娘,这泉水里面怎么会有这种东西?你能给我一个解释吗?让南瓜也长成毒蘑菇的事也是你干的吗?"

"你们公安局还真有人才哈,"李玲看了王教授一眼,"连这东西都化验得出来。"

"看来你是很了解这种毒素的嘛。"王仁甫说。

"王教授,我们今天请你一起过来,就是想帮你解惑的,"郑琼说,"你还记得蒋非这个人吗?"

这次轮到李玲诧异了:"你们连蒋非也知道?"

一旁的田田冷冷地说:"李玲,现在可是信息时代,一个电话,一个传真,网上传递一个信息,千万里之外的事情就跟发生在眼前一样。我们公安机关更是全国一盘棋,没盯上你则已,一旦盯上你了,就相当于一部庞大而精密的机器在围着你运转。"

"难道这事会与蒋非有关系?"王仁甫问,"他可是我大学的同学,毕业后在广东那边一家研究所工作,后来下海自己办了一家公司——"

"是叫博圃绿色食品开发公司吧?"郑琼说,"你好像也是公司的董事。"

"对对,我是以科研成果入的股,"王仁甫说,"蒋非的公司做得很大,科研、技术成果推广、种植、经销,应有尽有。那年我从国外回来,路过广东,跟他见了一面,谈过蘑菇方面的一些学术问题。他非常感兴趣,要求我加盟,并且专门成立了一个研究所。蒋非的心大得很,打算搞成全国甚至是世界第一流的专业研究机构,聘我当研究所所长。当时我的主要精力在农大这边,结果是研究所成立了,我挂了个名,也安排了研究生带了项目过去了,打算先把架子搭起来。可惜时间不长,蒋非就死了,他的继承人对做专业科研不感兴趣,这件事也就不了了之。"

"我们这位李玲女士当年就是博圕公司的一位化验员，"田田说，"在博圕公司的研究所工作过两年。"

"难道这蕈毒就是从那儿来的？"王仁甫感到惶惑了。

"李玲女士是平谷县城关镇人，今年二十七岁，高中文化程度。她的曾用名很多，冯老板刚才说的那个美美只是其中一个，"郑琼没有正面回答王仁甫的问题，"如果我们调查的情况不错的话，李玲应该是在高考失败后就去了广东，在那边做过一段时间的三陪小姐。也就是在这个过程中，认识了陪客人到她做三陪的歌厅消费的诸建设。简单地说，诸建设爱上了她，并且介绍她到博圕公司工作，而且还鼓励她上成人大学。如果她生命的轨迹就照这条线走下去，她的一生应该是很幸福的。可惜，蒋非在她的生活中出现了。据我们了解，蒋非应该是那种有款有型的男人吧，又是个腰缠万贯的儒商，比诸建设更有魅力——"

"也就是个披着人皮的色狼。"李玲骂道。

"就算是吧，"郑琼说，"总而言之，因为蒋非的缘故，你离开了诸建设——"

"这怪他自己，女孩子感情动摇的时候你别跑哇，就算我跟蒋非有那么一两次红杏出墙的事，在广东那种开放的地方还真算个事呀？"李玲说。

"当时的诸建设可不像你这样放得开，"郑琼冷冷地说，"总之，这件事对诸建设的打击是致命的，整个人都心灰意冷了。他不只是离开了博圕公司，甚至连广东都不待了，他最后的归宿大家都知道，就是到这么个偏僻的山村做个上门女婿。然而，你却又找来了。李玲，是不是还是那句落俗套的话：失去了，才知道是最珍贵的？"

李玲叹了一口气，说："一个男人，为了一段感情，能够把自己整个生活都毁掉，可见他用情有多深，这是最能打动女人心的。"

郑琼说："可能还有一个反差作比较——蒋非，他对你仅仅只是玩弄，对吧？"

"他有老婆。本来，就算他要我做二奶我也认了，这总可以了吧？可他还不满足，又跟一个刚毕业的女大学生勾搭上了——"

"所以他就该死？"田田突然插话。

现场一下子安静下来了，所有的目光都落在李玲的身上。

十三

"这件事你们没有证据，永远不会有证据，这个人早就化骨扬灰了。医生还说他是死于隐性心脏病呢，还有什么中毒性心肌炎，连准确的结论都没有。"李玲突然狂笑起来，"那边公安局根本就没立案，他那傻老婆说人都死了，不愿意让他再挨一刀，根本就没有解剖就拉到火葬场烧了。"

"难道也是你下的蕈毒？"王仁甫问。

"王教授，我认识你你不认识我，那年你到化验室去视察的时候是蒋非陪着你对吧？一个大教授当然不会把一个小小的化验员放在眼里，可你要感谢我哪，我帮你完成了一个你想都想不出来的科研项目，"李玲冷冷地说，"就是把南瓜变成一只毒蘑菇，办法很简单，就是在南瓜还没长大的时候，将蕈毒素注射进去。结果让我也很意外，一是南瓜竟然长那么大，二是效果会那么好！"

"这么说你是在南瓜生长期就把蕈毒注射进南瓜里了？"郑琼问。

"提前好几个月呢，"李玲说，"我当时也是带点儿好奇心，没想到效果会这么好。"

"这位女士，这可是三条人命啊！你怎么能用效果一词来形容呢？"听她又一次用"效果"一词，王仁甫感到非常不理解，"你太冷酷了！"

"我本来就只剩下一颗冷酷的心了，"李玲说，"我手上何止三条人命？"

"难道坑里死人都与你有关？"一旁的赵晓忍不住问。

"他们都该死！有些事情，如果我不说出来，恐怕就是永远的秘密了。可现在我不想隐瞒了，我做的事情应该让人知道。赵小梅那女人，她凭什么说我妖气？说我比白骨精还勾人？我又没勾过她的男人！范友全，也不自己照照镜子，长得像个什么东西，仗着他是个会计就想占我的便宜，他不是瞎眼了吗？还有那个包工头，叫范世福对吧？竟敢说我老了，说他在城里只要肯花钱，比我年轻的女孩子大把地抓。我说你别看我老了，就算是老了你也只能看得见摸不着。他还不相信，我让他看也看不见了！"

"范狗娃的死不会与你也有关吧？那可是个出了名的老实人！"

"他老实？闷鸡子啄白米，"李玲生气地说，"那次我弄这院墙，找他帮忙到采石厂拖车石头。他问我怎样回报他，我说要钱给钱。他说如果不要钱呢？我问他什么意思？他的眼睛便在我胸口扫来扫去。偏偏那天天热，我只穿了个圆领衫，又没戴胸罩，他竟敢伸手抓了我一把，拧得我痛死了。"

"就为这儿？"

"他要流氓，这理由还不够吗？"李玲竟然理直气壮地说。

"这不都只是一些口舌之争吗？顶多也就是开玩笑过了一点儿，你就下毒手了？"

"赵所长，你以为女人好欺负呀？女人不好欺负！你们男人总把女人看成弱者。好笑！现在这社会，文化是你们男人的文化，所以，同样是做床上那点儿事儿，你们男人叫占有，我们女人叫奉献。笑话！是男人补肾吃伟哥还是女人？男人在外面出力流汗甚至坑蒙拐骗赚来的钱给谁用了……"

"好了好了，"郑琼岔断了她的话，"李玲，说你变态你可能不承认，范解生没有对不起你吧？整个范家垸都知道他是个老实人，都说娶你这个老婆就像接了个皇后在家供着，你怎能这样对待他呢？"她往桃树下努了一下嘴。

李玲往桃树下面瞟了一眼："那是他真正该待的地方，这不是他家吗？你问问这垸子里的人，我来到这个家的时候这儿是什么样子？一间破屋子，除了一张床几乎就没有什么像样的家具，亏他也敢娶我！你们现在看到的所有的一切，都是我置下的。可以说他的东西就只有这个屋基，你说他躺在他的屋基上是不是最合适了？"

郑琼说:"既然你不喜欢他,看不上他,为什么又要嫁给他呢?"

郑琼这一问,让李玲垂下了眼睑,沉默了好一阵子才幽幽地说:"郑警官,我们都是女人,女人把感情看得高于一切的。就算是当过三陪做过小姐,那也是生活所迫,卖笑卖肉那是做生意,跟感情没关系。一旦动情了,古时候不是有个杜十娘怒沉百宝箱吗?"

郑琼问:"你想表达什么?"

李玲说:"诸建设。回过头看,我这一生中遇到的男人真正爱我的就他了。我在歌厅做三陪,他第一眼就看中了我,硬是把我拉了出来,帮我进他们公司,学技术,还要我上成人大学,他是真的对我好。可惜我中途走岔路了,被蒋非所谓的绅士风度、学者风度迷住了……回过头看,诸建设是真的重情,所以我醒悟过来后就满世界地找他。我要弥补他,只要他肯原谅我,我可以为他做任何事。可惜我找到他的时候,他已经跟范杏尔结婚了。范杏尔肚子里已经有了他的娃,他不肯离婚。我既然找到了他,就不会再放弃了,我相信他是爱我的。我得每天生活在他的眼皮底下,让他天天都能看到我,所以我找了范解生这么个人。你们是没见过活的范解生,身高不过一米六,五官放在一块儿不好看,拆开看也不是物件儿,反正是鼻子不是鼻子、眼睛不是眼睛的那么个人——"

"你为什么要找这么个人呢?"郑琼问,"不是恶心自己吗?"

"我恶心他诸建设!"李玲说,"我这么个大美人嫁这么个丑东西他看了心里就舒服?我没找个要饭的叫花子够对得起他了。"

"你这不是跟自己赌气吗?"

"不可以吗?"李玲反问,"但我没想到他对我一点儿都不动心了,在一个垸里成天抬头不见低头见,他当我就是个一般的人——"

"你完全可以离婚走人嘛,犯得着在这里杀人?"

"我走得了?你看看这个楼房、这个家,得花多少钱?都是我的血汗钱,泪水钱。白扔?就算我舍得,也输不起这个人嘛!范杏尔算个什么东西?我能输她?连范杏尔都输了,我对得住自个儿?我肯定不会就这么走了,要么不走,要走就得他诸建设跟我一起走。"

"那你也用不着杀范解生嘛。"

"我受不了他,看着就恶心的一个人,那方面的要求还特别强,又不行,每做一回我都恶心我自己一回。既然顶着个夫妻的名你又不能不让他做,所以我得把他除掉。说实话,我是动了一番心思的,当初我选择他就因为他孤身一人,万一扯起皮来不会有太多的麻烦,因为我知道和这个人的结局不会好。"

"这么说你在与范解生结婚的时候就有预谋了?"

"是有预谋,但不是杀他,是想离的事,"李玲说,"杀他是后来的事,应该说是动手的前几天动的念头。那天在床上,他竟然要我做从没有做过的造型,哪儿学来的?不是看了黄片儿就是从别的女人那儿学的。他妈的他那个东西也敢在外面花,回家还要拿我当试验品,你说我能不除掉他?应该说我做得很巧妙,先是说要栽树,接着又把屋里的那条大狗弄死了,让他范解生自己把坑挖好。我算着时间让他半夜死,人往坑里一丢,扒点儿土一盖,再把死狗扔上面,再栽上树,谁也想不到有这三层。这垸里村里在外面打工的人多的是,几年不回的大有人在,谁会想到他就躺在自家屋门口?他没有别的亲人,也不会有人深问。"她娓娓地说着,似乎沉浸在某个重大的成就之中,全然不知道在场的人个个毛骨悚然。

"你做这件事就没有一点儿罪恶感吗?"郑琼问。

"我为什么要有罪恶感?我做的都是该做的。"李玲仍然是很凛然的样子。

"是这样吗?那我问你,我在你家住的那天晚上,在范正明家菜地里烧纸焚香的是不是你?"郑琼说,"你大概也看到我了,虽然我没看清你,但现在估计八九不离十。"

"干吗要问这个?"

"烧香干吗?是不是心虚?难道不是良心受到谴责才那样做的?"

"你这个郑警官呀,非要我说掉底子的话呀?事情都做到这一步了,我哪有什么良心哟!"李玲露出苦笑,"郑警官,我都到这一步了,你就给我留点儿面子吧。"

"算了，不在这儿说了，带回去细谈。"田田打手势，赵晓马上掏出手铐将李玲铐上。

"我多余地问一句话行吗？"李玲问。

"问吧。"田田说。

"诸建设他怎么样了？他是不是把罪过都揽到自己身上了？"

"你为什么要问这话？"田田问。

李玲在原地转了个圈子，把院子、小楼、桃树各处看了看，眼中流露出了不舍之情。

"怎么不回答我的话？"田田又问。

"我怕惹你不高兴。"

"说吧，随便说什么都可以。"

"你们是不是觉得这个案子破得太容易了？我如果不把事情都说出来，恐怕还够你们费劲的吧？一些事连证据都没有了，"李玲冲田田做了一个很妩媚的表情，"不是你们本事大，是因为诸建设。范小泉带人抓他和菊尔的时候，我也去了。他看到我了，当时他喊，说他会把一切罪过都承担下来，所有的事都是因他而起，不干别人的事。他那话只有我懂。表面上，他是让范小泉别抓菊尔，其实他是说给我听的。他说这话的时候狠狠地挖了我一眼，挖，不是看，你明白吗？"她冲田田又冲郑琼分别做了一个"挖"的眼神，"他那话把我打动了，在这个世界上，就他能赢我。"

"走吧，都到这个时候了，还说这些没有用的话。"郑琼在背后推了她一把。

院子外面，记者张燕从一辆桑塔纳警车上下来，在院子门口碰上了田田。"你那边采访完了？"田田问。

"我想跟李玲谈谈行吗？"张燕说。

"不行，她目前是犯罪嫌疑人，我们还没正式审呢。"田田说。

"我知道你是记者，"田田身后的李玲说，"你是不是跟他谈过了？"

"我就问她一句话，"张燕请求说，"就一句。"

"问吧。"田田身子往边上闪了一下。

张燕看着李玲说:"诸建设知道是你下的药,虽然他不知道你是怎么下的,但他肯定是你。他就让我帮他问你一句,你就不怕把他药死了吗?"

"那就要看他的命了,"李玲往桑塔纳那边看了一眼,抬高声调,"他是不是就在那车上?他连菊尔这样的乡下丫头都搞上了,却不肯跟我破镜重圆,他死不活该吗?我得不到的东西就那么便宜地让人拿走?世上没那么好的事情!"跟着,她再次抬高声调,"没死算他命大!"

"别再替他打掩护了,该他承担的法律责任他逃不了,"郑琼从背后将李玲推上警车,"他已经交代过了,埋范解生的时候是他帮的忙,人是他帮助从楼上搬出来的对不对?"

"这人怎么这么傻呀?这件事我不说鬼知道?"李玲有些生气了,隔着车窗还往桑塔纳那边"挖"了一眼。这时,只见范小泉急匆匆地从范正明的家那边跑过来,一边跑一边喊:"不好了,不好了,范正明喝农药了。"

"怎么回事?"正准备上车的田田拦住范小泉。

"他说家里出了这样的丑事他没脸活在这世上了,"范小泉说,"喝的是1059,这会儿正吐白沫呢。"

"赵所长,你带辆车去救人,"田田说,"其他人回县里。"

"悲剧还在继续呀!"车上的郑琼也狠狠地"挖"了李玲一眼,"都是因为你!"

"不能全怪我,"李玲辩解说,"要怪就怪命。"

(原载中国公安文学精选网 2015 年 12 月 31 日)

囚　禁

刘荣书

采沙船发出的轰鸣声使他听不清电话里父亲讲话的内容。

马兵皱眉,擎着手机朝远处的沙堆上走。他光着上身,赤脚。肤色说不上是古铜色还是黑色,左臂上一枚狼头刺青已莫可明辨。采沙场的工人都知道马兵接电话的一个习惯,凡是从老家打来的,他都要跑到高高的沙堆上去接听——电话信号不好。不是这里的信号不好,而是他山里老家的信号不好。他这样做,也不知出于何种目的。

此刻马兵能想象到父亲拿着手机,在老家山头转悠的情景。说一句话,便把手机从耳朵上拿下来,看手机屏幕上的信号刷条。有时有一格或两格信号，但话说不上两句，通话便中断，信号消失。人只能往更高处走，大海捞针般等待那信号刷条的出现。听完父亲那句吼：你赶紧给我回来……他的听筒里便再没了声音。马兵走到沙堆顶部，仍无济于事。他不由眯起眼睛。日光像白色火焰，将大片沙堆炙烤得刺目。只河岸边那堆新沙呈现出湿漉漉的深褐色，而沙堆背面的颜色正在一点点变浅。他蜷着脚趾，将左脚搭上右脚脚面。沙子太烫了，右脚很快便承受不住，换了左脚垫在下面，最后只能重重跌坐在地——信号倒有了，父亲的声音从一片风声里浮现出来，若隐若现，父亲传递给他的讯息大意是：杀人了！你的儿子马小丁不见了！

　　老式桑塔纳轿车是老板专为马兵配置的。马兵平日开着它，负责采购工人的伙食，以及采沙船上必需的燃料和机器零件。老板待他不错。他们萍水相逢，是在监狱里认识的。出狱时，老板对他淡然一笑，说，以后混不下去了，可以去找我……走到半路，马兵才想起给老板打电话请假。他说家里出了事，儿子不见了。至于父亲说的那句"杀人了"，他到现在也没搞清是怎么回事。他说因为走得急，城里没了通往老家的班车，只能把这辆轿车开上。他让老板派人去接手他沙场的工作。老板安慰他不要着急，只管走就是，路上小心，有什么事需要帮忙，可电话找他……天黑下来，大群蚊虫觅着车灯飞舞，撞烂的尸骸将挡风玻璃涂得污浊不堪。打开雨刷器，发现喷不出水来。只能走一段路将车停下，找块抹布去擦挡风玻璃。抹布是干的，越擦越污。他在路边撒了泡尿，浸湿抹布，擦了玻璃，这才再次将车发动。通往三一五国道的这一段路相对偏僻，走了好长时间才看见一家路边店。

　　从店里买了几瓶矿泉水，掀开引擎盖，倒进雨刷器里。旋开一瓶水，仰脖喝掉了半瓶。其间他还不停地给父亲打电话，却未有一次打通。他被父亲话语里的焦虑以及愤怒所迷惑，"杀人了"，是谁被杀了？是儿子马小丁吗？马小丁不见了，或许出事的真是这个孩子。可父亲的愤怒因何而来？他不停吸烟，偶尔会流下两行眼泪，也不去揩掉。车行至下半夜，终于驶入三一五国道宽阔的路面。汹涌车流犹如滔滔洪水，迎面的车灯晃花了他的眼睛。下半夜有点儿凉，他这才想起自己还光着膀子，遂把一件 T 恤扯过来套在身上。从三一五国道的"谈固"路口左拐，便是他们那个县所属路界。走一段平坦的马路之后，道路变得崎岖，大部分是山路。黎明前的群山更显黑暗，车灯像一柄利剑，七扭八拐胡乱突刺着。

行至米镇时已是上午时分。说是镇子，其实就一两条街，街上的人家大多是从山里搬出来的住户。政府为了鼓励山民改善居住环境，出台了很多优惠政策。但搬出来的人仍是少数，以年轻人居多。马兵跟老板干了一年后才攒钱盖起了这幢房子，还未装修，但生活用具一应齐备。他嘱咐父亲带了儿子马小丁搬下山来，就在这里住。一是方便，二是山上的老房子年久失修，夏天老是漏雨；况且这几年雨量大，泥石流经常发生。但父亲不听他的劝，执意住在老房子里。山上用来养蜂的柴房倒是不去了，把蜂箱搬下来，平日里还要做些他一生钟爱的养蜂人的事。到门前，见新房子屋门紧锁，马兵头也不回，弃了车，步行朝山上走去。

以前的家在清凉垭。只他一家住户。站在院子里，能看见对面山洼里的另外几户人家。扯开嗓子，便能打上招呼。目视距离很近，要想去对面串门，却要走上两袋烟的工夫。屋门大开，不见父亲的身影。从屋子里的情形看，父亲和儿子马小丁应该就住在这里。蜂箱摆在院子里的一棵樟树下，大群蜜蜂在院子里飞来飞去。他口渴得难受，从水瓮里舀了水喝，走出院门口，对着寂静山洼呆看了一瞬，又抬脚向山上走去。

在马兵的记忆里，父亲待在家里的时间总是少之又少。他当过兵，退伍之后，干过木匠。曾学别的木匠那样，背了家什，四方云游去给人打家具。由于手艺不过硬，熟识他的人总是不愿请他。他只能到更远的地方，有时不但得不到酬劳，因脾气不好，反会和人争吵起来，遭到别人的痛打。后来不知什么原因，父亲荒废了木匠手艺，做了养蜂人。养蜂算是"自学成才"。他用马鬃做一个绳套，爬到高高的开满白花的树上，将绳套安置在花朵表面。等蜜蜂误入绳套的过程，有一些"守株待兔"的意味。有时守候一天也徒劳无获,往往脖子和手臂都要抻得酸麻。但收获总会有的。父亲将一根白色羽毛缚在蜜蜂身上,将蜜蜂放生。追随着带有标记的蜜蜂,能顺利找到蜂巢……他用砖石在山上盖了一间简易的窝棚,他是木匠,安家置业的本事倒高人一筹。马兵当时很喜欢睡在那间棚屋里,觉得比家里的房子住起来还要舒适。母亲死后,父亲更是不愿回家住了,大部分时间待在那里,专心侍养他的蜜蜂。马兵知道,他就是在那一段时间学坏的,这跟缺少父亲的管束有很大关系。当时他寄宿在学校,周六周日也不愿回家。父亲从不过问。勉强读完初中,学再不愿上,家更不愿回。直到那年,他变坏的消息传到父亲耳朵里,父亲托老战友的关系,想把他送到部队去。部队是改造人的好地方,父亲始终这样认为。但等马兵去体检时,刺在左臂上的狼头刺青却成了被拒之门外的理由。部队是什么地方啊,别说是刺青,就是一块疤,也去不成啊!马兵还记得父亲的战友当时这样对父亲说,神情里颇有不屑。父亲窘迫的样子很让马兵难受。他劝父亲,不就当个兵嘛,我还不想去呢!父亲扭身,一拳捣在他脸上,鼻子当时血流如注。

　　棚屋破败。门前空地上散放着几只快要散架的蜂箱,有蜜蜂仍在那里出入。推开糟朽的门板,尘埃在光柱里飞旋。有鸟雀叫着从头顶飞掠出去。那张床还在,床上铺着泛黑的谷草。蜘蛛在屋角结了硕大的蛛网。他在屋子里乱转,像一匹困兽,看见父亲当年做木匠用的家什依然挂在墙上。实际上等他结婚之后,父亲是把这里当作自己的家来侍弄的。他或许想过要老死在这里……他还看见那只硕大的木箱,依然摆放在墙角原来的位置。木箱顶部和侧面都打了规则的孔洞。起初那些孔洞并不存在,他问父亲,做这只木箱干什么用?父亲不耐烦地告诉他,棺材!等我死了,你就把我放在这口棺材里埋掉。那时父亲四十出头,母亲刚刚死去。他或许是在悲伤中想到自己的命运,给自己做了这口棺材?但马兵见过盛放死人的棺材,并不是这样子。从这只木箱上,也可看出父亲木匠手艺的拙劣。棺材是用来盛放尸体的,父亲却把它当作了囚禁马兵的监室。少年马兵闯了祸,父亲总是先给他一顿痛打,然后把他丢进木箱里。木箱上安了锁环，锁环扣在锁耳里，不需用锁，马兵便插翅也难逃出来。那些孔洞是父亲怕马兵被闷死在里面，特意用木钻钻出来，再用凿子扩大的。木箱下方，还凿有一个能塞进饭碗的大孔。父亲怕他饿死，潦草地塞一碗饭进去，便懒得再理他。马兵记得初次被关进木箱时怕得要死。他在木箱里不哭也不叫，睁大眼睛，辨听着木箱外传来的动静，身子止不住瑟瑟发抖。到木箱上被钻出孔洞，光线呈蜂窝状投射在他的身上时，他倒感觉无比惬意了，在里面睡得也踏实。有时实在无聊之极，他竟会自己钻进木箱，美美睡上一觉。倒是那次，父亲将他囚禁，之后因为出山办事，他在木箱里困了两天两夜。幸亏那几天山里下雨，雨水从窗口灌进来，流进孔洞，他用舌头舔了雨水来解渴，才不至于渴死。

手机响了。是父亲打来的。电话里父亲仍是一副余怒未消的口气，他在质问马兵为什么还未赶回来。

你在哪？马兵气呼呼地问。

我在家呗，能在哪儿！

马兵未回父亲的话，挂了手机，径直朝山下走去。

马小丁死了？

谁说他死了！

你不是说被人杀了吗？

我是说马小丁杀了人，而不是被人杀！

马兵这才长嘘口气，疲惫地倚靠在糟乱的床上，听父亲开始讲事情的原委。

事情是这样的，父亲说，米家山家的那个傻儿子米童你知道吗？马兵说知道。说起米家山，马兵总有一种同病相怜的感觉。他的老婆死了，而米家山的老婆却离家出走，跟人跑到外面去了，再也没有音讯。米家山常年在外打工，就跟自己一样。他的傻儿子米童，看上去是一个长相十分英俊的少年，却是一个自闭症患者。而自己的儿子马小丁呢，则是轻度弱智。这两个傻孩子平时总是混在一起，真是应了"物以类聚，人以群分"这句老话。大概半个月之前，马小丁不见了……半个月之前？马兵坐直身子，瞪大了眼睛，那你怎么不通知我?!马兵冲父亲咆哮。父亲翻了翻眼睛，有些惭愧的样子。我以为不会有什么事呢！他和那个傻孩子米童，有时睡在咱家，有时睡在米童爷爷那里，十天半月不见是很正常的事。反正又饿不死他！你让我每天都跟着他，除非什么也别干！父亲卷了支烟，语气很强硬。马兵叹口气，听父亲继续讲下去。

几天前，米童的爷爷忽然收到一封信，是米童从外面寄回来的。信中说他和马小丁在城里，再也不回来了。但他在信里讲了一件令人感到蹊跷的事，说咱家马小丁是杀人犯……杀了谁？杀了咱村的王新莲。这可能吗？马兵自嘲地笑了。现在令他担心的不是儿子杀不杀人的问题，而是马小丁现在在哪儿。父亲说，我也不相信马小丁会杀人。平日里他连只鸡都杀不死，怎么可能会杀人！但现在村里人都在说这件事……

说到这里，父亲狠狠地瞟了马兵一眼。马兵知道父亲的心思，自他因故意伤害罪被判入狱之后，父亲最忌讳别人在背后说他有一个罪犯儿子。如果马小丁也被人说成是杀人犯，这会让他更难接受。马兵这才明白，父亲在电话里何以会如此愤怒。但他似乎并不关心孙子失踪的事。

警察来过了，父亲说，从米童爷爷手里将那封信拿走了。而王新莲也已半个多月没回过家了，她家的门上挂着一把锁。起先邻居以为她去城里找她丈夫去了，但警察给她丈夫打电话问过，这才知道王新莲并没有去城里，她失踪了……

马兵陷入了莫名的惶惑与焦虑之中，他被父亲的讲述弄得脑子有些乱。想了半天才厘清这件事的大致脉络——村子里一个叫王新莲的女人失踪了，或许是死了。接着儿子马小丁与米童也相继失踪。接着米童的爷爷收到来自米童的一封奇怪的信，指认自己的儿子马小丁是杀死王新莲的凶手。这件事听上去有些不靠谱，但事实确实存在，那就是儿子马小丁现在也下落不明。

父亲又说，刚才我去山下给你打电话时，听人说米童独自一个人回来了。

马兵听得一愣,问:那咱家马小丁呢?

父亲摇摇头,只他一个人回来的,警察把他找去问话了……

米镇派出所仍在原址,只是离马兵的新家很近。以前他是那里的常客,感觉无所谓,但浪子回头之后,马兵对那里有着万般抵触。他曾发过誓,余生再不会和警察打交道。但现在他想知道更多关于马小丁的消息,只能去找警察。他硬着头皮,走进派出所。没想到那个老王还在。所在辖区的山民都称所长为老王。从叫他小王时便与他打交道,从小王熬成老王,从普通民警熬成派出所所长。老王瘦了,目光更显犀利。马兵有些怵他。他少年时老是犯错,青年时迷恋赌博,到入狱前的故意伤害,都是老王一手查办的。老王总是骂他,有一些恨铁不成钢的意思。老王也是当过兵的人,和父亲的战友是朋友。马兵闯了祸,父亲通过战友的关系去找老王,一来二去也就熟了。马兵称老王为"叔"。这次老王见到马兵,没开口骂。马兵记得他因伤害罪被抓进来时,老王也没骂他,而是一脸严肃。他知道这次儿子马小丁的事或许比自己那次还要严重,心情不由变得沉重起来。老王问他:那辆车是你开回来的?马兵点头,奉上卷烟。老王看看烟的牌子,贴近鼻子下嗅嗅,随手放在桌面上。现在是不是当老板了?老王问。马兵有些尴尬,勉为其难地点点头。采沙场里的工人都称他为老板,但马兵知道自己的分量,从来不敢以老板自居。老王的脸上现出悦色,轻声嘀咕说,好啊,你早这么干,你爹不就早省心了!当问起马小丁的事时,老王的表情再次变得严肃起来。他不便对马兵透露太多,但肯定是出了问题。老王说,你别整天想着赚钱,还是要把家里的老人照顾好,把自己的儿子教育好。

马兵梗着脖子说,我儿子马小丁不可能杀人!

老王反问道:你儿子多大了?

十六了。

怎么说呢!老王思忖着说,十六岁的少年已经有了自己的行为能力,但杀没杀人,是要讲证据的。米童给他爷爷的那封信,已经指认马小丁有重大的杀人嫌疑。

给我看看那封信！

老王想了想，走出去，手上拿了一张纸进来。马兵接过来，只见上面写着：

  亲爱的爷爷，我在给你写信，祝你端午节好！求上帝保佑你，万事如意。我爹在外面打工，我娘离开了我们，我现在没爹没娘，只剩下你一个亲人了。我出来打工，想一边赚钱一边找我娘，你老多保重，就不要找我了。可是亲爱的爷爷，那个叫王新连（莲）的女人，真的不是我杀的，是马小丁杀的。他想和她睡觉，她不答应，他就把她杀了。是用手乐（勒）死的。当时我就在旁边，是我亲眼所见。亲爱的爷爷，不管别人怎么说，你都不要相信你孙子我杀了王新连（莲），是马小丁杀的！！！亲爱的爷爷，你要多保重，等我找到我娘，我就回家去看你。你的孙子——米童。

纸片被马兵丢在桌上，随着风势，轻飘飘跌落至脚下。他一边弯腰去捡，一边气咻咻地说，这他妈简直胡说八道。等他把那张纸捡起来，脸也涨得通红。马小丁平常胆子那么小，踩死一只蚂蚁都不敢，他敢杀一个人吗？睡女人，他到了睡女人的年纪吗？！

老王端着双臂，杵在桌面上，托着下颏。听了马兵的话，脸上掠过一丝不易察觉的微笑。十六岁，有很多少年强奸犯，比十六岁还要小。老辈人十四五岁就结婚，十六岁都可以做两个孩子的爹了。

老王的话让马兵无言以对。他点了支烟，压抑着自己的情绪。但他捏烟的手止不住簌簌抖动。他的嘴唇也在抖动，蜷起右手，去攥已经僵硬的左手。如果对面端坐的不是警察，马兵说不定会控制不住自己的情绪。

马小丁被诬陷了，他沮丧地说。

你别激动，老王说，我们也无法确认马小丁就是杀人犯。这封信存在很多的疑点，我们会去调查的。如果说杀了人，尸体在哪儿？尸体找不到，这件杀人案便不能成立。从信的邮戳上看，信发自麻城。我们已经派人去那里调查，看能不能找到些线索。

对了！马兵说，米童不是回来了吗？你们不是找他问话了吗？他是当事人，你们问一问他不就清楚了！

老王苦笑，摇摇头，对马兵轻声说，放了，什么也问不出来，早就放了。

接触米童，警察老王才算第一次接触到"自闭症"这样一个名词。他以前也听说过，却并未有实质性的了解。为此他让手下特意去网上搜了一些资料，打印给他。关于"自闭症"的条目，网上给出了如下解释：

> 自闭症，又称孤独性障碍（autistic disorder），是广泛性发育障碍（pervasive developmental disorder，PDD）的代表性疾病。主要特征是漠视情感、拒绝交流、语言发育迟滞、行为重复刻板以及活动兴趣范围的显著局限性，一般在三岁以前就会表现出来。自闭症患者"有视力却不愿和你对视，有语言却很难与你交流，有听力却总是充耳不闻，有行为却总与你的愿望相违……"人们无从解释，只好把他们叫作"星星的孩子"——犹如天上的星星，一人一个世界，独自闪烁。

老王非常认可这种解释。当米童坐在他对面，有着多年办案经验的老王，却感到无从下手。问他话，他充耳不闻。他生着一张英俊的脸，看上去像个女孩子，看了让人不免心疼。他的脸上始终挂着微笑，是一种机械的、永不能抹去的微笑。他或许没有痛苦，内心所有的感受，只能用微笑表露出来。当老王与他对视时，他似乎看着老王，但目光却穿透老王的身体，望向不知所终的某个地方。在这样的嫌疑人面前，警察老王只有崩溃的份儿。他拿了那封信，问米童是不是他写的？那封信放在米童面前，桌子上还有另外的纸笔。不待老王有任何要求，米童忽然抓过笔，在一张白纸上认认真真写起来。

老王起身转到他身后，发现他在默写那封信的内容。他并没有照抄，那内容好像铭刻于心，自然而然从笔端溢出。写完那封信，米童把笔放下，神情再次恢复到以前的状态里。

米童写的这些字与几天前寄回来的那封信只字不差，甚至连标点和错别字也不差一个，字体当然同属一人。老王心中大骇，他本想让米童随便写些字，以甄别字迹的真假。但现在米童所做的一切，大大出乎了他的意料。起初他并不认为米童会写字，认为那封信是别人借米童之名伪造。现在在事实面前，老王开始怀疑一个没上过学的自闭症少年怎么会写字，而且对文字竟然有着这么好的记忆力。他走出审讯室，问等在派出所里的米童爷爷。爷爷告诉他，米童虽没上过学，却喜欢书本，他妈妈在时，曾教过他认字。老王还是有些怀疑。他又让手下到网上去查，那个新调来的大学生警察告诉他，不用查，自闭症患者里面有很多这样的"怪才"，美国有部电影叫《雨人》，那里面有个哥哥就是自闭症患者，对数字过目不忘。老王不信他所言，仍旧要他去网上查，果真搜出一个"六岁自闭症儿童认字过目不忘"的条目。

那你就没办法让他开口？马兵问。

我有什么办法？打不能打，骂又不能骂。

马兵看了老王一眼，说，难道就这样把他放了？

不放又能怎样？！他是一个残疾人，一个刚满十三岁的不必承担刑事责任的未成年人。按照《中华人民共和国刑事诉讼法》第六十五条规定，如果没有证据，二十四小时之内我们必须放人。

那你们就认定是我儿子马小丁杀了人？

我们只是怀疑，并不是认定。

马兵咬着干裂的嘴唇，暗自骂了一句什么。

老王皱眉看了看他。

傻子米童背着他那个心爱的绿色书包，又开始在村巷与山岭间来回游荡。

　　他游荡的身影看上去形单影只。以前大家每每看到他，身旁总会有另一个身影陪伴，那就是马兵的傻儿子马小丁。清凉垭附近的山坳里只有这两个残疾少年，没有人愿意理他们。他们的世界好像自有一套通用密码，那密码对正常人的世界有所排斥，只有他们两人能倾心交流。马小丁虽愚钝，却能说上几句正常人的话。每当大家看到他俩坐在通往山外的路口时，都会不无恶意地打声招呼。你去城里打工吗？马小丁总是这样兴致勃勃地问。是啊！被问话的人故意逗他。能不能带上我啊？马小丁的神情里有一些渴望。带上你？你会做什么啊？我什么都会做。我可以去饭店洗盘子，扫地。还会做什么啊？去工地上搬砖也行！那你这么想赚钱干什么啊？马小丁低下头，我爷爷说了，大家要努力赚钱，给我爸讨个老婆，我也就能有个妈了。那好！那就带上你。可你拿什么来报答我？这倒把马小丁给难住了，他想了想，说，等我挣了钱，请你吃饭。见对方不点头，马小丁又说，那我从家里偷蜂蜜送你行不行？那好，那就带上你！

　　马小丁有些雀跃的样子，指一指身边的朋友米童，把他也带上吧，好吗？他想出去找他妈。过路人调侃够了两个傻孩子，拍拍屁股走了。第二天，马小丁果然带了蜂蜜等在路口，他的身边依然少不了他的好朋友米童。马小丁在安慰米童，如果他不愿意带你去，你就偷偷跟在后面，看他能怎么办？他们等来等去，也不见那个先前允诺带他们出去打工的人。通往山外的路上鲜有人迹，拒马河的流水在远处闪着清幽的波光。河堤上开着大片黄色的花朵，影影绰绰，随风摇曳，好像一抹抹黄色烟岚。两个少年坐久了，不免有些厌倦。他们便离开出山的路口，顺着幽曲的小径，漫无目的朝山上游逛，绿色丛林不时遮掩了他们的身影。有时他们出现在对面的山洼里，有时出现在住户密集的山脚地带。他们走到哪里吃睡在哪里，马兵父亲做好的一锅米饭，有时一个中午便见了底，有时却要吃上两三天。据米童爷爷说，两个人吃的地方不固定，睡的地方也不固定。反正两个人不归家,家里大人也很少担心过。总之做饭时多添碗米,饿不着他们就是了。

少年米童或许是在重温他和马小丁曾经一起游玩过的路径,也或许是在寻找他的伙伴马小丁。马兵偷偷观察了两天。每天吃完早饭,米童都会背着他那个绿色书包,像一个规矩的学生站在出山的路口,坐在那里,望着远处发呆。或是低了头,观察身下走动的蚂蚁。只待有人从路口经过,他才会抬起头来,呆呆看着。路过的人和他打招呼,他也不理。坐到中午时分,他会站起来,慢悠悠朝家的方向走。大概是因为刚刚发生过那件引人猜疑的事,米童的爷爷这两天始终都在看护着他。要是防不住让他自己跑出来,爷爷便四处吆喝着出来寻找。马兵无从下手。他认定一个道理,再沉默的人都有办法叫他开口,除非他是一个哑巴。

其间他去过两趟派出所,想从老王那里探听些消息。但老王很忙的样子,不是在接电话,便是正在调解乡邻间偷鸡摸狗的琐事,好像他失踪的儿子马小丁,还不及猪狗来得重要。他那个奇怪的想法,便是从那时生出来的。警察靠不住。警察对待失踪和命案,就像医生面对手术刀下的病人,那种职业的冷漠让马兵很气愤。他在派出所碰到过王新莲的丈夫,他愁苦着一张脸圪蹴在门口。他是接了警察电话从外地赶回来的。

到了第五天,米童的游走大概让家人放松了警惕,他独自一人出现在那条通往山外的路口。马兵躲在离路口不远的一座山包上观察他。山包上有一户人家。马兵对这户人家不是太熟,只知道有一对老夫妇,儿女们大概都出山打工去了。记得一年前他见过这家的老头一次,身体很好,没想到现在竟瘫坐在屋门前的椅子里,口眼歪斜,据说是脑出血后遗症所致。这家的婆婆每天出门做活前,都要将老头从屋里搬弄出来,透透气。马兵吸烟,没想到老头蜷着手,呜呜呀呀向他开了口,意思是他也要抽根烟。他递给他一根烟,他手捏不住,马兵只好将烟栽到他嘴上,又替他点了火。老头抬起蜷缩的手指,护住马兵伸过来的打火机,算是对马兵的一种致敬,又频频点头,指指身边的竹椅,示意马兵坐。

从这个角度看过去，米童所在的路口尽收眼底。越过那略高些的坡岗，马兵还能看到山脚下流淌而过的拒马河。绿草与黄花在微风吹送之下，腾起大团迷离的烟岚。他能想象出若干天前，儿子马小丁与米童坐在那里的情景。不由心念一动，问老头，每天都坐在门口透气吗？老头点头，一支香烟被他抽得很是迷醉。马兵指了指坐在山坡上的米童的身影，说前几天见过那个孩子吗？老头仍是点头。是不是看到过两个孩子都在那里？那是更早的时候。老头点点头，又蹙起眉头，抬起颤抖的手指，指着山下，呜哩哇啦地说将起来，情绪显得很激动。马兵听不懂他说什么，皱眉看他。老头已完全丧失了语言表达能力，但脑子里或许会记住很多以前发生过的事。

马兵忽然站起来。他发现米童不见了。

只是过了一瞬，米童背了绿色书包的身影再次出现。他走上拒马河宽阔的河坡，低着头，在那里来回走动，好像在寻找着什么。

马兵离开老头，以羚羊一样跳跃的姿势来到米童刚待过的地方，耐心看着米童在绿草与黄花间游走。那样的一幅画面忽然让他产生了某种错觉。从这个角度看过去，拒马河对岸有人正在搭建高耸的电网铁塔，铁塔架子在蓝色天光里闪闪发亮。戴红色安全帽的工人在架子上隐约可见。他回头看了看，看见灰黑的屋顶在一片翠绿中像一个醒目标志，坐在屋前的老头看不到了，那里和自己所处的位置，以及正在搭建的铁塔之间，三点成一条直线。从老头的角度，他的一举一动都会被看得很清楚。

他记得米童出门时两手空空，只身上背了一个绿色书包。而当他从他身边走过时，却发现他的手里抓了一支黑色塑料玩具手枪。那支手枪看来不是他从书包里拿出来的。米童一边走，一边撩起衣角耐心地擦拭。他记得那把手枪，是他春节时送给马小丁的玩具。他咳嗽一声，以引起米童的注意，但米童对他视而不见，径直朝上山的小径走去。

他朝河岸上走，一边走一边频频回头。目力所及之处不见一个人影，对岸高塔上的工人不可能注意到他，但待在山坡上的老头肯定能看到他。黑色屋顶依然清晰可见，凸起的一道山冈将屋前的一切都隐去了，但那只是仰视的角度给人造成的一种错觉。他发现刚才米童走动过的地方，青草与野花之间被蹚出了一道清晰的印痕，一些被踩倒的草茎正在慢慢直起身子。他循着野草倒伏的形状慢慢朝河岸下方走去。青草高及腿部，他摊开手掌，抚弄着草尖，掌心痒痒的。正是拒马河的枯水期，河水退得很远，大片裸露的河床依然保持着被河水冲刷过的痕迹。米童的足迹在野草与沙滩的连接处消失不见了。延伸向河床深处的是一丛丛荆棘类植物。他在足迹的消失处略有停顿，又顺着河岸走势，向前走了大约五米的距离。

　　米童的足迹再次出现，歪斜的脚印清晰地印在干燥的沙滩上。马兵看着那些脚印，忽然发现在那些脚印周围，还有另外一些足迹。是人的足迹，若隐若现，被从河床上吹来的风，以及草尖上滴落的露水侵蚀得莫可明辨。鼠类和蛇类的足迹险些掩盖了它们，但它们的存在却是不争的事实。除了那些脚印之外，马兵没有任何发现。他猜测那把玩具手枪，米童大概就是在这里捡到的。若干天前，他来过这里。那么，马小丁会不会和他在一起？他蹲下身，仔细察看那些足迹，却一无所获。他将目光转向河床深处的河水，忽然在一丛荆棘的后面，发现了一些异样。

　　那里的沙堆略有一些隆起，并不是因地势造成的。如果单从河床的走势看，河水迅疾之时，河水的流速会荡平一切。他蹲下身，已断定那突兀的隆起是人为造成。他伸出两根手指，先是小心翼翼扒开表面浮沙，手的力度令他感到松软。他又在隆起与平缓的边缘处尝试了一下，没错，被河水冲刷过的沙土很难用两根手指轻易刨开。他跪了下去，身子前倾，用两手剔开沙土表面，将沙子挠向身后。越向下挖，沙子越显松散，费不了他多少力气，在浮沙与原有土质的接壤处，他隐隐知道那是一个深坑的形状，他顺着那形状继续挖掘，心跳开始加快。忽然，他的动作停住了，感觉指尖触碰到了一种异类物质，随之一片黑色布缕暴露出来。他停了一瞬，嗓子眼儿干得难受，从额头滴下的汗水糊住了他的眼睛，嗓子里发出一种奇怪的咳嗽声。他抬起臂肘胡乱朝脸上抹了抹，动作变得异常小心。污浊的气味扑面而来,他屏住呼吸,用手指勾住那黑色裤脚,向上一拽,一只人脚跳了出来,穿在脚上的是一只红色袜子。随之出现的,还有一只遗弃在一旁的略有些跟的女式鞋子。

河床上起了一阵风。大片的野草朝一侧倒伏。马兵直起身子,惊慌失措地朝河岸上走。他边走边从裤兜里掏出手机,胡乱按了一通,将手机贴在耳朵上,又很快拿下来,攥在手里。他跑上平缓的河岸,极力朝远处看。远处的土路上有一个骑车经过的人,却并未留意他的存在,很快拐到山脚去了。他停了一瞬,再次顺河坡朝下走,走得有些踉跄,扑跌着来到他发现尸体的地方,跪下,两手拢起沙子,将尸体掩埋起来。

他走出河岸,倒退着,用一根树枝将自己留下的足印全部扫掉,包括米童遗留在那里的足迹,包括若干天前别人遗留在那里的足迹。滩头看上去静如止水,只有一些野草倒伏的印痕。但明天一早,它们便会生长如初,掩盖一切。

他仍旧确信儿子马小丁不会杀人。

百分之百地确信!但他为什么会做出那样奇怪的举动,连他自己也说不清楚。他本想给老王打个电话,手机拨通了,又被他挂掉。他有些不相信那些警察的能力。他想有些事依靠自己的力量,完全能够办到。他在那个上午始终在追寻米童的踪迹。自发现尸体之后,马兵再次听到体内发出的引擎轰鸣声。那种轰鸣像是复仇的机器在他体内启动。若干年前,他的身体里就有这样一部机器启动过。他看不到自己脸上的表情,但那个上午邂逅马兵的人,都发现他双眼赤红,头发糟乱。情绪的波动反而抑制了身体内血液的流动,如果他的脸不是被晒得那么黑,脸色必定是苍白的。

中午回到家,胡乱吃了些饭。父亲又不知跑到哪里忙碌去了。除开饲养那些蜜蜂之外,他在山洼里还种着属于自己的半亩薄田。家里发生的任何变故似乎都惊扰不了他。他处事不惊的性格,简直到了令人匪夷所思的程度。但马兵见怪不怪。他本想仰躺在床上小憩一会儿,却疲惫地睡了过去。

醒来时窗外阳光更加明烈。山区午后的阳光是浓烈而饱满的。绿色植物在阳光的灼烤下仿佛汁水一样融化，渗透在阳光里，使光线之外的事物显得更有层次。马兵被门外投进的一线阴影遮蔽了眼睛，那影子是动的。他倏忽醒来，其实是被一记响动惊醒的。他蹿到门口，看见米童背转身正朝门外走。他喊住了米童。

你是来找马小丁的吗？

米童面对着他，阳光将他面容的轮廓勾勒出一圈毛茸茸的光斑。他的脸上仍旧挂着无邪的笑容。除开眼神的一丝呆滞之外，他整个面部的轮廓堪称完美。

我知道马小丁在哪！他嘶哑着嗓子低声对他说。

米童本想转身离去，马兵的话却让他止住了脚步。

我带你去找他吧……他征询般看着他。

马兵故意加快脚步。实际上正午的山林里见不到一个人影。就连动物的影踪都很难觅。从树丛顶部筛漏下来的阳光罩住通往山顶的小径，仿佛那是一条闪耀着斑点的秘密通道。在某个陡峭山石的拐弯处，他看不到米童追随上来的身影。他停下步子，居高临下看着他。他那么瘦弱，像一个发育不良的孩童。他的头是刚刚剃过的，生着毛茸茸的发茬儿，使他的额头显得更加开阔和光洁。马兵不敢面对他那双无辜的眼睛。他像奇怪的动物一样发出一声召唤，便再次朝山上爬去。

父亲搭建的棚屋隐在一块巨石后面。当米童气喘吁吁走近时，马兵已坐在一块石头上等他了。他的脚下堆满了树上落下的叶子。米童绕过马兵，在棚屋四周查看。又伸着脖子，朝棚屋里张望了一番，他在找他的伙伴马小丁。

马兵扔掉手中烟蒂，伸手将米童一把抓到自己面前。他感觉抓在手里的这个孩子像轻飘飘的纸片。

我问你，几天前你和马小丁是不是到河边去过？

米童仰视着他，脸上没有一丝惊恐，浮现的笑容像是对马兵粗暴态度的一种嘲讽。

是谁杀了人？

你和马小丁是被谁带走的？

那封信是谁叫你写的？

为什么要把马小丁说成是凶手？

马兵不连贯的提问，其实已凸显出他脑子里对整个事件的思路。他的直觉告诉他，一定是有人控制了马小丁，或者曾经连米童一并控制了。可为什么又放走米童？米童是整个事件的关键，只要他开口，一切的疑问便可破解。但他想不到，让米童开口竟然是这么难的一件事。

他终于感受到老王的无奈了。老王是警察，有着多年审犯人的经验。在审讯米童时，各种突破心理防线的招数一定都用过。但另外的一种招数他是不会用的，他没有胆量将那种招数用在一个残障少年身上。

米童无邪的笑容迅速激怒了马兵。他挥手抽了米童一个嘴巴。出手那么重，米童从他的面前飞了出去。马兵趋前几步，伸手将米童拎起来，见米童的鼻腔里流了血。鲜红的血涂抹在米童的脸上，使一张脸显得更加白净，甚至有一丝妩媚。米童看上去像一个女孩子。米童或许感觉到了疼痛，嘴角咧着，但脸上的笑容依旧灿烂。

你看到了什么？

马兵有些惧怕，怯懦地问。

米童仍是不开口，仍旧笑容灿烂地面对着他。但那笑容在马兵看来则有些恐怖了。

接下来马兵不再抽米童的耳光，他需要控制他的暴力。他拷问的对象与他的暴力不是匹配的等级。他改用卑劣的手段折磨他，用指尖掐他，问一句，掐一下。他清晰地看到疼痛在米童脸上的变化，当疼痛加剧时，米童会错愕地睁大眼睛，不敢相信般直视着对面的施虐者。当疼痛减缓，米童的眼睛又会慢慢闭合，无邪的笑容再度从嘴角浮现出来。

马兵似乎也在经历着一场折磨。他被这个不肯说话的孩子折磨得疲惫不堪。喧嚣在体内依旧不减，他知道自己正慢慢变得疯狂。

他点了支烟，借以压制自己愤怒的情绪，点烟的手止不住簌簌抖动。那个扑倒在地上的孩子没有一点儿逃走的意思。米童也不曾惊叫,只是在疼痛难挨时,才会呻吟一声。现在他把脸埋在臂弯里,无助地扑倒着。马兵扔了烟蒂,再次将米童抓过来,扯下他背上的书包,拎在手中,向棚屋走去。他用胳膊扫开堆在木箱上的杂物,将米童丢在木箱上。书包倒扣,将书包里的杂物全部倾倒在木箱上面,一把玩具手枪、几支笔、一本本子、一册卷了边角的语文书。他胡乱抓了一支笔,将本子展开,脸抵近米童说:你不是不说话吗?我问什么,你在本子上写给我看,不然我弄死你!

是谁让你写那封信的?

是谁让你说马小丁是杀人凶手的?

你看到了什么?

屋子里光线昏暗。窗外隐隐的绿色更加重了屋内的昏暗。米童的一张脸罩在阴影里,光线在他的背部打出一道稀薄的亮色。马兵看不到这孩子脸上的笑容,只看到他无助的目光,洞穿他的身体,投向不知名的所在。此刻的米童显得有些虚弱,对马兵的命令置若罔闻。笔被他稀松地拿在手中,随时都会滑落下去。

愤怒终于让马兵失去了控制。他挥手扫掉木箱上的书包和书本,揭开木箱盖子,将米童头朝下塞了进去。

他听到发自木箱里的一声惊叫。这是他对米童施暴以来,从这孩子嘴里发出的唯一一种声音。黑暗或许震慑了米童。那声惊叫像溺水者飘荡在水面的呼喊,很快便无迹可寻。他清楚记得自己第一次被父亲囚禁时的那种感受。那是最接近死亡的一种感受。他期盼着惊叫声从木箱里此起彼伏地传出来,也算达到了他的目的。但没有,当那声惊叫被寂静舔舐干净之后,他只听到从棚屋外面传来的鸟叫。面对屋角的这只木箱,他开始变得手足无措。静默让他一筹莫展。他看见从木箱的孔洞里伸出来一根手指,那是一个孩子稚嫩的手指,手指骨节细长,黑黢黢的,指甲缝里塞满泥污。他蹲在木箱前,将手中通红的烟蒂按在指尖上,像是要盖一个独特的印戳。那手指一抖,迅速缩了回去,皮肉的焦煳味令人作呕。他仍旧听不到米童发出的尖叫,施虐对这个智障孩子来说仿佛一种独一无二的享受。他狰狞笑着，看着木箱上不规则的孔洞，想象不出当年父亲何以会想出这样一个惩罚他的措施。打凿那些孔洞或许会花费父亲很多功夫，要用木钻先将木板钻透，然后用凿子一点点扩大，从孔洞的形状上可看出父亲当年是下了一番工夫的，力争使那些孔洞保持完美和一致。但他的手艺实在不敢恭维，有的孔洞略大，有的略小，并参差着不规则的茬口。

米童的手指再次从孔洞里伸出来。马兵用手按住，再次将烟蒂戳在上面。他清晰地看见皮肉在烟蒂的灼烧下慢慢收缩，变成焦黄的颜色。他心慌得厉害，一支烟很快熄灭。米童的手再也不敢伸出来了。

他轻蔑地笑着。他想听到米童的尖叫。那种细弱的尖叫最贴近米童的话语，说不定，由那声尖叫，会把米童心里的很多秘密都给引出来。马兵走出棚屋，在破败的蜂箱前站了一会儿，又走进去，找了一只脏污的瓶子出来。他揭开蜂箱，见蜜蜂簇拥着蜂巢，密密麻麻。他用手抄了一把蜜蜂，放进瓶子里。蜂巢内起了一阵骚动。他并不慌乱，他有对付蜜蜂的经验。他将手捂紧瓶口，感觉被激怒的蜜蜂冲撞着他的手掌。

他走近木箱，卷拢手掌，使手掌成一个狭窄的出口。蜜蜂从出口处一只只爬出来，他用指尖捏住它们，一只只塞入木箱的孔洞。他知道被激怒的蜜蜂会对人发起凶猛的攻击。待在木箱里的孩子无处可逃，只能像待宰的羔羊般承受蜜蜂的愤怒。他的耳边似乎听到大群蜜蜂嘈杂的嘤嗡声，男孩儿的惊叫或许会代之而起。

但木箱内仍旧没有任何动静。一只蜜蜂从孔洞内钻出，扑跌着身子飞走了。又有一只爬出来，振翅欲飞之际，被马兵挥掌拍死在木板上。他有些崩溃，跪在那里，头抵着木箱的箱板，一下一下磕击着，欲哭无泪着说，妈的，难道你就不能开口说句话，告诉我马小丁现在在哪儿吗？

他有些累，退回到一块木墩上坐下来歇息。书包散乱在他的脚下，他瞄了一眼，皱眉抓起脚下的一册课本，胡乱翻看起来。

那是一册小学六年级使用的语文教材。他曾学过。随手翻动，翻到第十五课《万卡》。当年他最喜欢这个故事，曾经被那个给爷爷写信的男孩儿深深打动过。他嘴唇翕动，并未念出声来——亲爱的爷爷，康斯坦丁·玛卡里奇！他写道，我在给你写信。祝你圣诞节好，求上帝保佑你万事如意。我没爹没娘，只剩下你一个亲人了。万卡抬起眼睛看着乌黑的窗子，窗上映着他的蜡烛的影子。他生动地想起他的祖父康斯坦丁·玛卡里奇，地主席瓦烈夫家的守夜人的模样……马兵读到这里，忽然心念一动，想起在派出所，老王递给他的那封米童所写的信，似乎和这篇课文里万卡写给祖父的信的口气很像。他又回忆了一下，是的，真的很像——这段课文被圆珠笔在下面画了横道，像蓝色的波浪，显然是最近被人画上去的。米童不可能写出那样一封口气优雅的信。他一定是照抄了这篇课文里的某些内容。

他胡乱地翻弄整本语文书，最后端在手里不动了。从书的目录页上，他看到一行歪歪扭扭的字迹：麻城市曙光小学六年级三班，彭帅。这本语文书边角翻卷，里面乱七八糟写了一些字，还有涂鸦的人形。从字的笔迹看，都是出自这位叫做彭帅的少年之手。

米童没有城里的亲戚，这本语文书是怎么流落到他手里的？

警察老王开始着手调查失踪妇女王新莲的情况。如果没有米童那封不知出处的信出现，老王是不会去在意这个生活中不太检点的妇女王新莲的。在他所管辖的镇区，流动人口多达半数以上，离家出走或数年不与家人联系的大有人在。但王新莲的失踪，却让老王隐隐觉察到一桩命案的线索。那封信在整个山村公开之后，马小丁和米童的爷爷吵吵闹闹跑来派出所，说是报警，其实是让老王来给他们评理。这两位糊涂的老头在谁是凶手这件事上纠缠不清。特别是马小丁的爷爷，他认为米童写了那封信，简直是对他马家极大的污蔑。他把愤怒发泄在米童爷爷身上。米童爷爷一副委屈的样子，说米童写了这样一封信，又不是我教的，写了有什么法子！两个老头吵闹不休，当老王问起他们的孙子在哪儿时，两个老头这才慌了神。漫山遍野去找，找了整整一天，又一同来派出所报案，说他们的孙子不见了。

老王决定开始着手调查王新莲。

王新莲以前在城里做过妓女，并不是从做姑娘时便开始做，她那时已三十多岁，算是入行较晚的那一类人。据说她以前还算本分，只因看不惯丈夫的窝囊，更是过够了穷日子，这才去城里做了端盘子的营生。她从事服务的饭店是一家路边店，菜没多少特色，却养了几个小姐，专门为过路司机提供性服务。王新莲苦做苦累一个月，却不如小姐们脱两三回裤子，为此她觉得很是不公。在一次小姐们缺人手时，临时顶替客串了一把，随即尝到甜头。她做来做去，做到四十多岁，其间饱尝被警察抓捕的恐惧，更主要的原因还是她人老珠黄，很多顾客都不买她的账了。她便打道回府，成了农村里的一名留守妇女。但留守妇女的苦她是吃不下的，家里的几亩薄田始终荒着。她是棋牌室里的常客，断不了和男人们打情骂俏。后来，大概觉得闲着也是闲着，干脆在附近做起了皮肉生意。她的主顾大多是五十岁以上的老男人，那些男人有的死了老婆，有的老婆没死，却长时间在城里给人做保姆，日子寡淡得很，需要女人来调剂。王新莲很会估量市场价格，她收费不高，去年收费五十，今年便降到二十或三十。二十当然是对那些老顾客，或是麻将桌上的牌友。棋牌室是一对老夫妇开的。王新莲是牌桌上的活跃分子，她的脾气是只准赢不准输，赢了装进兜里，输了便赊账。有时性急，被赊账的人便将她拽进那对老夫妇的床上，潦草地行了房事。红利当然是要多付一些的，那老太婆给他们在外望风，以免被莽撞的人搅了好事。完事后，便要付老太婆一到两块钱。王新莲打扫了下身，再次坐到麻将桌上去，她的手气总会越来越好，倒是那些刚跟她睡过的男人，仿佛交了霉运。他们粗鲁地说在麻将桌上最怕王新莲，不是怕她的手气，而是怕她的×！她手上输钱，下面赢钱，那些钱迟早都要变成她的。那些常在棋牌室打麻将的男人，后来便没人再敢碰王新莲的身子了。

老王曾到棋牌室调查过一次，当时便搅了牌局。那些打麻将的男女个个脸色苍白，把钱藏得到处都是。老王一条腿踩在凳子上，暗自扫了一眼那些钱的面额，见大多是几块的零散钱币，想来赌注也不会太大,他也懒得去管。他手里摆弄着麻将牌,和颜悦色地对他们说,玩儿吧,你们继续。大家谁也不敢玩儿。开棋牌室的老太婆殷勤地给他端上一壶茶,看一眼老王严肃的面容,做贼心虚地刚想退下去,却被老王叫住了。

老王说,开棋牌室只要赢头不大,我们也懒得管。听说你还在家里给人提供卖淫的场所?

老太婆没听懂老王的话,当即面如土色,说,哪有的事,我一辈子规矩,那样说我,还不如叫我去死。说完她又妩媚一笑,说,我这么大年纪,卖谁谁要啊。

老王哼了一声,说,不是说你,我说的是王新莲。

他问那老太婆,又问棋牌室里的那些男女,最后一次见到王新莲是在什么时候?

大家想来想去,都说不清王新莲最后一次来是什么时候。这些山民记日子都是记阴历,况且是以附近的集市来推算日子的。说来说去颇让老王头疼。老王一无所获,所幸得到另外一条较为重要的线索。这些人对他讲起一个叫冯善文的人。这冯善文老王认识,很多年前便打过交道。以前在米镇一带,也算是比较霸气的一个人物,纠集了一帮弟兄,专门开设赌场、放高利贷为生。几年前,因和马兵起了纷争,被马兵打断了一条腿,从此伤了元气,也不知躲到什么地方去了。

棋牌室的人说,冯善文是年前从外面回来的,看上去日子好像混得并不好。像他那种人,棋牌室这种地方自然很适合他。很牛的样子,瞧不起我们这些玩小牌的,又没地方可去。他自诩见过些世面,和王新莲很说得来。两个人少不了在牌桌上眉来眼去,王新莲比他大了很多,都能做他娘了,也真不要脸。后来打完牌,冯善文便用摩托车驮了王新莲出去,有时正打着麻将,冯善文偶尔接一个电话,对王新莲使个眼色,两个人骑了摩托车便走。后来才知道,冯善文是在给王新莲拉皮条呢。冯善文带着王新莲,给附近山洼里的那些老头送货上门,玩一次冯善文收个零头,两个人对半分也说不定,据说价格又涨上来了,要收五十或六十……对了,王新莲不来棋牌室以后,这里也很难见到冯善文的人影了。

老王去找几个曾和王新莲发生过关系的老头询问。所有老头对老王的调查都很抵触,起先不愿讲,老王晓以利害,最后才不得不讲出来。有的说,真是没法子,我三十岁上便死了老婆,几十年里都没尝过荤腥,王新莲是曾经的美人,还允许我赊账,我快死的人了,也就顾不得丢不丢脸的。还有的说,我老婆在床上瘫了十多年,如今孩子们都大了,我手头也有了些活钱,和王新莲睡觉是我老婆允许的,她就让我在她旁边跟王新莲睡。我只是怯不过面子,才拉了王新莲在我家柴房里做了一次。但做过那一次,我再想做第二次时,我那瘫在床上的老婆便不允许了,她吃了醋,儿女们回家竟然把这件丢人的丑事讲给他们听,让我抬不起头来……问来问去老王也没调查出最近一次和王新莲发生过关系的老头是谁,附近山洼里的老年男性住得比较分散,他也没有精力将所有人都问到,调查也就不了了之。

但老王凭着职业敏感,认为那个和王新莲厮混在一起的冯善文肯定有着重大嫌疑。至于米童写给爷爷的那封信,肯定是有人指使。至于马小丁,他认为作为杀人凶手的概率几乎为零。

老王在笔记本上记下了这些人的名字,王新莲——冯善文——米童——马小丁。老王绞尽脑汁,试图厘清这些人的关系。他们是因为一封信被牵扯到一起的。有时愣神的片刻,或是在梦中,他会倏忽捕捉到某个节点,甚至猜测出整个事件的来龙去脉,冥冥中神思豁然开朗。但等他凝神再想,或是醒来,那些残缺的碎片却像轻烟一样,又在脑海里烟消云散。米童写给爷爷的信里密布了玄机。他曾派人按照信戳上的地址去调查,却一无所获。他断定这是一桩杀人案,当事人王新莲肯定已经遇害。他曾向市局通报,希望立即派出警力立案侦查,找到嫌疑人冯善文,才是查清整个事件的关键。但市局领导被最近发生在麻城的一起灭门惨案弄得焦头烂额,对这样一起普通人口失踪案无暇顾及。分管领导私下里同他嘀咕,你说要立案,可尸体在哪?如果立了案,过几天人又回来了,那不成了笑话。

那天早上,米童爷爷惊慌失措跑来找他,说米童不见了。

什么时候不见的?

昨天白天还在,但一夜都没回家。

老王埋怨着老人的不尽心。米童爷爷木讷地站在他面前,任他埋怨。老王又埋怨起了米童爸爸,他搞不清现在的人都怎么了,难道生活中只有挣钱这一门事重要?出了这么大的事,米童爸爸都没回来过一次。特别是那个王新莲的丈夫,在家里待了没几天便走了,仿佛老婆的生死与他无关一样。

出了派出所,老王和米童的爷爷并肩前行。他从爷爷口中了解到米童每天大致游逛的路线。米童的爷爷说,这些地方我都找过了,你找了也是白找。老王说,我随便走走,咱们分头找找看。

路过马兵家的新房子时,老王发现停在那里的那辆老式桑塔纳轿车不见了。他略感蹊跷,掏出手机给马兵打电话。电话通了,被对方掐断。再打,对方关机。老王暗自骂了一声。

老王是最先转悠到那个被米童爷爷描述过的路口的。他圪蹴在一块岩石上,看见山坡下拒马河平阔的河岸,河水退去得很远,绿草与黄花占尽了大片的视野,于微风里腾起一浪又一浪迷离的烟岚。河对岸的电塔高高耸立,阳光下闪着银亮的光泽。他眯了眼,转头瞄一眼太阳,目光收回的瞬间,看见身后的山坡上还有一户人家,一抹葱绿掩映着黑色的屋瓦。

老王在山间小径慢慢游荡,碰到几位山民,问起马兵的家在哪。等赶到那里时,见屋门洞开,喊了一声,无人回应。退回到院子里,站在崖头向对面崖下的一位正在洗衣的妇女打听。妇女说,不是去地里干活,便是又去他养蜂的棚屋了吧。干活的地方有多远?老王问。妇女说,远了,况且你也找不到。他又问了棚屋的所在,七拐八拐,继续朝山上走。

老王在棚屋前看到几只废弃的蜂箱。一只蜂箱的盖子打开着,密密簇拥的蜂群让他后背发痒。老王最见不得蚊子、蜜蜂之类的生物,蚊子的叫声与蜜蜂的嘤嗡更是让他受不了。当即别过头去。这个棚屋坐落在小小山洼里,周遭参天的树木成了它最好的屏障。树叶在狭窄的院子里积了巴掌厚，脚踩上去，发不出一丝声响。老王弯腰捡起一支蓝色的圆珠笔，没有笔帽。他抓在手里，脚下踩着腐败的落叶，朝敞开的棚屋走去。

棚屋内的情景让老王知道，这里已经很久无人住过了。他在铺着麦草的床上坐了坐，看见对面墙上挂着的锯子、斧子，他知道马兵的父亲曾是一位木匠。他的目光迅速被屋角的一只木箱吸引。吸引他注意的是木箱上那一个个不规则的孔洞。走近前去，看见一个孔洞旁黏着一具蜜蜂的尸体。蹲下身，将蜜蜂的尸体拿在手中，捏了捏，尸体呈鲜湿状，未及干化，显然是不久前死去的。就在这时，他隐约听到一声微弱的呻吟，像风一样划过，又倏忽静止。老王竖起耳朵，凝神聆听，外面起了风，间或有一两声鸟叫。骤起的风声仿佛一个苍老的人在叹息，又像一个行将死去的人发出微弱的呼救，令老王内心陡生起一种不适之感。

他站起来，悄悄走出屋门。

走出屋门之际，他又朝那只奇怪的木箱看了一眼。

自将老式的桑塔纳轿车发动起来，马兵感到体内那架愤怒的机器终于减缓了轰鸣。他叮嘱自己要冷静。一边开车，他会不时扫一眼放在副驾驶座上的那个绿色书包。那册纸页翻卷的语文书就摆放在书包上面。麻城市曙光小学六年级三班，彭帅……他不停念叨着。去往麻城的高速公路临时封闭，据说前方出了重大交通事故。高速路口已排起汽车的长龙，人们在烦躁不安中等待。马兵有些等不及，他将车退出来，拐上崎岖不平的省级公路。

抵近麻城时天光黯淡，从一座高耸的立交桥上看过去，城的北面聚集起暗沉的乌云。乌云仿佛巨大的铅块，快速移动。云层深处不时划过细小闪电。马兵在进入市区的立交桥上看错标志，多走了冤枉路，等他将车驶入城区，天已完全黑了下来。他不辨南北，掏出手机给老板打了个电话。老板是麻城人，应该清楚曙光小学所在的位置。当了解到马兵所处的位置时，老板告诉他，曙光小学在城西，而你在城东。

雨下了一夜。到第二天早晨还没有停歇的意思。马兵昨晚找了一家靠近曙光小学的旅馆住下。早晨起来，他买把雨伞，早早等在小学门口。塞了一包烟，和门卫套上近乎。打听彭帅。门卫说学生那么多，他记不清哪个是彭帅，六年级三班的班主任他倒是认识。又等了一会儿，门卫将一个穿雨披从大门外推车进来的女老师指给马兵看。马兵迎上去，向那位老师打听彭帅，女老师说，彭帅呀，升初中了，在十二中呢。

他去了十二中。学校在上课，学校是寄宿制，中午不放学；他又没有理由跑到办公室去打听，只能枯守在学校门口，等到下午放学。在放学的人群里找到彭帅，是一个长得胖乎乎的男孩儿。他把那册语文书递上去，眼巴巴看着他。男孩说，是我的啊！怎么，有收藏价值吗？还是要我签名？他苦笑，跟男孩儿打听这本语文书的出处。他最怕男孩儿说出这本语文书最普通的那种遭遇：小学毕业之后，被他随意扔掉，或是卖给某个收废品的人了。那样的话他的推断便没有任何价值。男孩儿告诉他，他的那些小学课本都放在家里，只不过他们去年搬了家，原来住的地方被父母租赁出去。他一颗悬着的心这才放下来，接着又是一阵暗喜，详细问了男孩儿家原来的地址。男孩儿告诉了他。男孩儿随口问：怎么，你想租我家房子吗？马兵急中生智，点点头。男孩儿白了他一眼，不屑地说，这就奇怪了，既然想租房，你打我妈电话就是了，何必拿一本破书来找我……马兵说，我不知道你妈的电话啊。男孩儿倒背如流，翻着眼白念了一通，走了。

马兵以一个租客的身份拨打男孩儿妈妈的电话。电话里的女人告诉他，房子租出去了……不待他细问，女人欲将电话挂断。他苦苦哀求，说正在找走失的亲戚，能不能告诉他租客是什么人。女人说，是一个四十多岁的男人，腿有点儿瘸。就他一个人？有没有两个男孩儿跟着他？马兵问。女人想了想，说，这倒不记得，房子是去年租下的。

他打辆出租，来到位于麻城西郊的十里堡。雨中的十里堡显得破败不堪。狭窄的街道上污水漫溢，街两旁的店铺敞开着门板，有的已亮起昏暗的灯光。出租车溅起的污水洒在一位正在雨中慢慢推车行走的路人身上。那路人是个脾气火暴的中年人,愣了一瞬,忽然将手中的自行车斜插着推倒在出租车的车头前。一场人为的交通事故转眼发生。司机摇开车窗咒骂那不怀好意的路人。路人倒显得十分冷静,抹了一把溅在脸上的雨水,出手攥住了司机的衣领。很多路人在雨中停下来看热闹,给男人帮腔。司机寡不敌众,还想狡辩,扭头去找身边的乘客,好让他为自己做证,却发现乘车人不知什么时候早就溜走了,只在座位上留下一张二十元的钞票。

　　伞忘在了出租车上,马兵缩了头颈在雨中慢慢走,身子很快淋得精湿。这是一条相对驳杂的街巷。店铺杂乱,有食杂店、面馆、小旅店、洗车行,卖寿衣花圈的店铺也掺杂其间。走完这条街巷,马兵才看见他要找的去处,是一条更加幽闭的街巷,街两边大部分是平房,独门独院。巨大而破败的工厂就在街巷尽头,高耸的烟囱与钢铁构件的厂房在雨水中更显衰败。工厂后面便是郊外的荒山,山影若隐若现。或许有一条重要的交通干道从其间穿行而过,站在这里,能听到载重汽车隆隆驶过的声音。

　　跟人打听,马兵才知道这里原是工厂的家属住宅区。工厂破产之后,住户大多搬离,房子租给来城里做生意的外地人。有的租户住在这里,有的却是当作库房用。马兵循着墙上的门牌号码,找到了男孩儿家。见院门紧闭,从门隙往里看,什么也看不到。临街是两间平房,平房后还有很大的空间,搭建了高矮不齐的临时建筑。他缩回头,脑子迅速冷静下来。他想当务之急还是要跟人问一问,住在这里的是谁?若干天前,两个男孩儿有没有在这里出现过。但打听的结果却令马兵极为失望。有人匆匆回他几句,便在雨中仓皇离开。大多数人表现出很冷漠的样子,警觉地看他一眼,对他的提问不置一词。

　　雨水顺着檐角流泻。马兵傍着屋檐走,以躲过不停降落的雨水。稍不留神,就被兜头而下的雨浇个正着。他两手交叉抱在胸前,嘴唇不住地瑟瑟抖动,顺原路拐回到那条巷子。正是傍晚收工的高峰,街上人流车流不断。街两旁的店铺全部亮起了灯火,将落在雨伞上的雨滴映得闪闪发亮……他忽然愣了一下，停住脚，回头望去，一个熟悉的身影倏忽撞进他的眼帘。那个脚步歪斜的人穿了一件宽大的黑色雨披，恍惚间马兵觉得他朝这边望了一下，便消失不见了。他拨开挡在前面的路人，向前紧追几步，抓住那人的后襟，叫了一声。那人扭过头来，看着马兵。马兵愣住了，道一声歉。不是他刚才看见的那个人。或许他认错人了。

他拐进一家面馆，要了一碗面。等面上来的间歇，剥下上衣，拧干，搭在肩上。热热的汤面开始让身子发烫。吃完面，去兜里摸烟，这才发觉烟全湿了，连同装在裤兜里的钱，以及书包里的课本，都变得湿答答的。这才觉得有必要先找一家小旅店安顿下来。他叮嘱自己要沉住气。

走出小旅店时，天完全黑透了。街上少许行人，雨下得不急不缓。他在一家杂货店重又买了一把伞，举在头上。那条僻静街巷更显空寂，亮着疏落的灯火。远处工厂里高大的烟囱在夜色中忽隐忽现，令人生出压抑之感。雨声淹没了属于城市的噪声。他走到男孩儿家的门前，看见临街的房子漆黑一团。手搭在湿漉漉的门上，轻轻一推，门竟然呻吟一声，闪开一条缝隙。

他吓了一跳，心当即慌乱地跳起来，收起伞，蹑手蹑脚走进去。

门廊过道一团漆黑。他睁大眼睛，仍是看不清整个房屋的结构。直到跌跌撞撞穿过门廊，这才看见后院的一间屋子里，亮着黯淡的灯火。

他蹑手蹑脚，凑近窗口，但玻璃上的雨水让他看不清屋子里的情况。

屋门是敞开的，他闪身走了进去。

灯泡悬得很低。一个人正背对着他在灯下整理着什么。他的背部遮蔽了大部分的光亮，使那件穿在身上的雨披显得更加宽大。听到响动，那人扭过头来，面对忽然闯进来的马兵，愣住了。

马兵也愣住了，仓促间从嘴里吐出一句，果然是你！

那人的脸抽搐了一下，从嘴角撇出一抹尴尬的笑容。

马兵的神色有些慌乱,扫视着屋子里的情况。

那人却显得异常镇定,说,刚才我在街上,看见出租车司机和人吵架,觉得那个从车上下来的人像你,没想到真的是你。

马兵咬着嘴唇不说话。

坐嘛。我们虽是仇人,但那已经是很多年前的事了。你打断了我一条腿,让我变成了跛子,你也付出了代价,坐了八年牢。以前的恩怨一笔勾销,在这里相遇,我们毕竟还是老乡嘛⋯⋯

别废话!马兵克制着自己说。冯善文,你知道我为什么找到这儿。你也清楚自己都做了什么。快告诉我马小丁在哪儿!

冯善文翻翻眼睛,说,我做了什么?我什么也没做啊!我租住在这儿,是做生意的。

马兵侧着身子,从书包里掏出那本语文书,盯着冯善文的一举一动。翻到扉页,指着一行字说,你看清楚,这个叫彭帅的,是不是这家房东的孩子?

冯善文接过那本语文书,随便翻了一下,等翻到那篇叫作《万卡》的课文时,愣住了。

不清楚⋯⋯他说,我没见过房东家的孩子,只见过房东。就是一本普通的语文书嘛,怎么了?

你撒谎,马兵说,语文书出现在米童手里,说明米童和马小丁到这里来过。米童寄给爷爷的那封信,就是仿照万卡的语气写的。是不是你叫他这么做的?说我家马小丁是杀人凶手,其实是你杀了人,你杀了王新莲。杀了王新莲之后,你带米童和马小丁来这里。米童又从这里离开了,离开时带走了这本语文书⋯⋯

冯善文惊诧地问:米童回去了?

马兵怒视着他。

冯善文低下头,机械地翻看着那册语文书,借以掩饰自己的情绪,嘴里念道:亲爱的爷爷,康斯坦丁·玛卡里奇⋯⋯他忽然抬头瞄了马兵一眼,笑一下,说,马兵,你还记得我们上学的时候,也学过这篇课文。就是讲到这一课时,我们两个人开始逃学⋯⋯

马兵愤怒地看着他,说,你还有脸提当年的事。我和你到同学家里去玩，那同学家刚卖了猪崽儿，你偷了人家的钱，却怪罪在我头上。

冯善文哈哈大笑，说，钱不是由你保存嘛，那可是一百多块啊！钱你花了，东西你也吃了，你怎么能说自己没偷呢？只是钱还没花完，那家人就找到学校，告发了我们。钱在你手里，那个盛钱的布兜也是从你家搜出来的。你真是跳进黄河也洗不清了。

马兵阴沉地笑了一下，说，就像现在，你杀了人，却想嫁祸到两个孩子身上，故意让米童给他爷爷写了那样一封信，说我家马小丁是杀人犯……说到这儿，马兵心如刀绞。他说，你小时候嫁祸过我一次，这次又想嫁祸我的儿子，你让我们父子俩都成了罪人，你他妈的这辈子就打算和我作对？可你是不是太过聪明了？你不写那封信，或许不会有人知道你杀了王新莲。王新莲的尸体到现在也没找到。尸体找不到，警察就不会过问这件事。你让米童写那封信，等于贼不打自招。警察早晚会找到你的！

冯善文愣了愣，一副沮丧的样子。

马兵问，你杀了王新莲，为何把两个傻孩子给卷进来？

冯善文看了看他，仍是在沮丧中不能自拔，随后，又轻蔑地撇了撇嘴角。

马兵被他的表情激怒，头昏脑涨。他又听到来自体内那架引擎发出的巨大轰鸣声。他挥起手中伞柄，劈头朝冯善文打去。

冯善文醒来时，发现自己被捆在一把椅子上。他的脸在灯光下肿胀得厉害。马兵坐在他对面，脸上是疲惫而焦灼的表情。他不停地吸着烟，屋子里烟气缭绕。屋外雨声渐沥。马兵身后的电视开着，发出轰隆隆的噪声。

告诉我，我儿子马小丁在哪？马兵焦躁地问。

冯善文扯了扯嘴角。嘴角的牵扯引起整个脸部疼痛。他抬起肿胀的眼皮，瞄了马兵一眼，说，你真聪明啊，凭一本语文书，就找到这里来了。

马兵阴郁地看着他。

没想到你这么聪明。冯善文叹息一声。你怎么没告诉警察啊？

你一个人就想破了这案子？

马兵说，警察很快就会来捉你的。等天一亮，我就去报案。我还要带警察去指认王新莲的尸体。她的尸体就被你埋在拒马河岸边，已经被我发现了。你早晚是一死。我只是不清楚，你杀了人就是了，怎么还会拖累两个无辜的孩子。莫非他们无意中看到了你行凶的过程，这才被你带到这里？

冯善文叹了口气，说，给来支烟行吗？

马兵拿了支烟，栽在冯善文嘴唇上，又给他点了火。冯善文吐了口烟雾，闭着眼睛说，老子混到这一步，都是你害的。

马兵说，去你妈的！

冯善文说，当年他们那帮人操了你老婆，并没我什么事。无论如何我们同学一场，我不可能做出那种下作的事来。江老大带我们去你家收高利贷，看你老婆长得漂亮，才动了心思。他半开玩笑地对你老婆说，你要是陪我睡觉，睡一觉抵五千块。你老婆信以为真，她就跟他睡了……

马兵的脸一阵抽搐。他怒视着冯善文说，没你什么事？当初设局拉我下水，总有你的事吧？！

冯善文说，当初我劝过你，你赌昏了头，听不进我的劝……听到你老婆喝农药自杀的消息，我也怕了。但没想到你冲我发难，砍断我的腿，从此让我废了身子，也臭了名声。乡里混不下去，这才来麻城混。年前做假证、贴小广告警察查得紧，这才回家躲一躲。招惹上王新莲那个骚货也真是麻烦。那女人身子贱却处处讲派头，让我替她拉皮条，居然说我是她的经纪人，也真是可笑。那天我用摩托车驮着她，跑了三十多里路，做了一个老头的生意。回来的路上她竟和我吵起来，说我私下里克扣她的收入。你想我一个大男人，再怎么落魄，也不至于放她的水吧。老头们的生意不好做，出价低，有的还赊欠。她坐在后座上，挠我的脖颈，骂我是瘸子，瘸腿的男人最没出息……我恼了。老子平生最恨别人骂我瘸子，骂我没出息。老子也曾是好汉一条，当年跺跺脚，米镇的街面四角乱颤，老子也曾玉树临风、威风八面。我停了摩托车，和她厮打起来。没想到那臭婆娘这么不经打,我只掐了她的脖子,她就断了气……

我在拒马河的河床上挖了个坑,将她埋了。当时真是死的心都有了,在河边坐了会儿,想去投案自首,或是一头扎进河里淹死算了。可想来想去,还是心有不甘。这就骑了摩托车准备来麻城躲一躲。可骑出没多远,一摸裤兜,发现手机不见了,一想准是丢在和王新莲打斗的现场……

马兵接话说,你返回去找,看见米童和马小丁在那儿了?

是啊!也不知道那俩傻孩子怎么会出现在那里的。我赶到时,一个个子高一点儿的孩子手里正拿着我的手机。我要过来,他还傻乎乎地问,叔叔,刚才看见你是和一个女人在一起啊,你自己骑摩托走了,你把那个女人藏哪儿了?怎么找也找不到。我一想,坏了!我刚才杀人的情景一定被他们看到了。我耐下心来,跟他们聊天,这才知道那个个子高的是你马兵的儿子,另外一个长得漂亮的男孩儿叫米童。我对你儿子说,我和你爸是朋友。你儿子很高兴,问我,你是和我爸在一块儿挣钱吗?我说,是啊。你儿子问,叔叔你能带我去城里挣钱吗?我想挣钱,给我爸娶个老婆,给自己找个妈。你儿子还真是一个孝顺孩子。我说可以啊。你儿子指着另一个孩子说,叔叔,你能不能也带他去呀,他想去城里找他妈妈。我故意做出为难的样子,想了想,说可以呀!但有个条件,无论遇到谁,都不能说是我带你们出去的……

就这样,我把他们带到了城里。本想带他们贴贴小广告,过段时间说不定他们就把看在眼里的事给忘掉了……可思来想去,仍觉不妥。想到王新莲的尸体总有一天会被发现,即使不被发现,她家人报了警,警察顺藤摸瓜,也会找到我。这才叫米童写了那封信。那封信我就是仿照课本上的那篇课文叫他写的。我先草拟了一份。没想到米童那傻孩子还会写信,字写得那么好。我还没想到他喜欢课本,总想着有一天能去学校里读书,课本被他藏起来了。唉,真想不到啊……

马兵听得愣神,忽然听见冯善文说,你闪开,让我看一眼电视……

马兵闪了闪身子,也扭头朝身后的电视看去。

电视里,播音员正在播报当地新闻。由于暴雨迅疾,导致省内多地发生泥石流;××县××乡灾情严重,滑落的山体直接冲进当地的拒马河,导致河水暴涨,引发汛情。

两人愣愣地看着。

电视画面中,泥石流冲毁的山坡一片狼藉,粗大的树木像横陈的尸体。洪水流泻。穿橘红色衣服的消防员背着一位老人正在下山,镜头扫过奔涌的洪水,摇到对岸,对岸高耸的电塔隐约可见。

冯善文说,是不是我们那个地方?那个老人是不是住在山坡上的刘小五他爸?

马兵愣了一下。他想起来了,背在消防员背上的,正是自己见过的那位患了脑出血的老头。电视画面中泥石流倾泻的地方,正是他发现王新莲尸体的那段河岸。

冯善文笑了,说,你刚才说的,发现了王新莲的尸体,可现在那里被埋掉了,别说是尸体,就是一辆坦克也找不到了。找不到尸体,警察也拿我没办法!

马兵愤怒地看着他,抬手抽了他一记耳光,说,你想得美!别废话,还是快说我儿子马小丁在哪?

冯善文呻吟一声,痛苦地晃了晃头,说,你看,你把我捆在这儿,我都忘了给马小丁去送吃的了。你儿子马小丁,被我藏起来了,现在我带你去找他。

城市的下半夜,雨声遮蔽了一切。除了雨声,一切好像都已死去。

冯善文被反剪两手,一瘸一拐地走在前面。马兵握着一只手电筒,走在后面。两个人淋着雨。那电筒的光照越来越弱,电量快要耗尽的样子。雨水在光照之下划出苍白的印痕。凭直觉,马兵意识到冯善文正带他朝废弃的工厂走。他压低嗓音,警告他,你别耍什么花招!

冯善文也不作答。借助手电筒的微光，马兵看到雨水顺着冯善文反剪的手指朝下滴落。走到一处围墙下，又顺围墙向前走了一段，冯善文艰难地弯下身子，半跪着，从围墙的一个豁口处爬了进去。马兵紧随其后。他抬起手电筒朝四周照看一下，见钢铁构架的厂房锈迹斑斑，雨声在幽闭的空间激起巨大回声。高低错落的烟囱像破败的丛林，仿佛在雨夜里正暗自生长。冯善文抬腿向一架铁梯爬去，或许是为了打消马兵的疑虑，扭头对马兵解释道：最近警察不是查得紧嘛，我平时就让马小丁和米童躲在这里，每天给他们送饭。他们没有身份证，警察问起来，我怕坏了事……谁知道米童偷偷跑了。这里安全得很，有两张床，他们待够了，也可以在四周转转……

马兵跺跺脚。他急于见到儿子马小丁。

梯子是用厚重钢材焊起来的，坡度不大，旋转向上，铁质扶手触上去暴起一层锈蚀的铁屑。马兵抬起手电筒，想看清楼梯通达的所在，但电筒的光照黯淡了一下，旋即熄灭。

天或许快亮了。曙色在雨幕里挣出一抹虚白，建筑物黑沉沉的，压在头顶。他已错开冯善文两米的距离，急忙迈开步子，磕磕绊绊向上跨去。

冯善文被铁梯绊了一跤，由于没有双手的支撑，人从上面滚落下来。马兵伸手拉他一把，险些被撞倒。冯善文痛苦地呻吟着。马兵自上而下注视着他。他抬着下巴，朝上面努了努嘴，说，就在里面。

是一扇铁门。楼梯在终止之处有一个宽余的回旋。这是悬在空中的一间屋子，也不知是做什么用的。马兵推开那道铁门时，很费了一番力气。他没有注意到身后的冯善文已爬了起来，背剪两手，悄悄立到他身后。在他推开铁门之际，"马小丁"的名字还未喊出口，冯善文已扑上来。撞击的惯性使锈蚀的铁门洞开，马兵一个踉跄，朝门内扑倒下去。他叫了一声，伸手去抵挡，却扑了个空，身体坠落的过程容不得他多想。他的头撞在铁壁上，发出沉闷回声。接纳他身体的不知是污水还是别的什么液体，一股刺鼻的气味险些令他窒息。他憋着气，扑腾了两下，这才站稳身子。感觉脚下的铁板是椭圆形的，有着略微的弧度。四周黑得不见五指，他张开手臂，去四下触摸。发臭的液体淹到他的肩膀处，身体移动起来很是艰难。他的手触到铁壁，猜想能容纳他的空间或许只有两米左右的距离，这或许是一个密闭的回收或处理污水的铁罐。他忽地想到儿子马小丁，会不会在这里遇害了？他嘶哑着嗓子，痛楚地喊叫起来，马小丁，马小丁……

冯善文疲惫地坐在铁罐顶部，腿朝下悬垂，好半天才喘过气来，冷笑一声说，马兵，别喊了，你儿子已经死了。

黑暗中的喊声同污水搅动的声音听不到了，那种渐渐疏落的回声让整个空间寂静得可怕。冯善文内心很是不适，他忽然恐惧起来。想到马兵会在暗无天日的铁罐中慢慢耗尽生命，那未免是一个过分残忍的过程，他觉得有必要来安慰一下这个可怜的人。

你别想逃出去了，他说，这个铁罐深五米，是工厂原来沉淀原料用的。是我把米童和马小丁他们藏在附近时，偶然发现的。当时我真想把这两个孩子推到里面淹死，但想了想，还是下不去手……你喊也没用，只有鬼才能听到。你最好别太消耗自己的精力，在里面能多活一会儿是一会儿。

你把我儿子怎么样了？

马兵的声音若隐若现，呈扩张的形式从铁罐底部冒上来。

冯善文说，我干脆告诉你吧，免得你死了心里也不安生……我最初想用离间计，来使自己脱身，现在想来，整个计划都是失败的……我对你儿子说，咱村里王新莲被人杀了，米童说是你杀死的，米童的爷爷在老家报了警，警察说要把你爸爸、你爷爷都给抓起来。你儿子到底是个傻孩子，他信了。他说米童是我朋友，这家伙怎么乱说。他当着我的面，去质问米童。你知道，米童那傻孩子从来不会跟人争执，只会仰着一张脸，没事人似的笑……那孩子的笑容真是灿烂。我为了使他相信，也为了混淆视听，特意让米童写了那封信。信发出去之前，我把那封信给马小丁看。在我的撺掇之下，你儿子马小丁真的对米童恨之入骨，那几天他老是欺负米童，喊米童是杀人犯、栽赃犯。在我的授意之下,那天晚上,我让马小丁带米童去工厂后面的山上,说既然米童说你是杀人犯,你不把他弄死,那警察就会把你弄死,不但把你弄死,还把你爸爸、你爷爷都关到监狱里。我们带了铁锹,马小丁和我两个人,在夜色下轮番挖坑。米童背了书包,在附近玩耍。马小丁问我,挖坑做什么呀?我告诉他,挖了坑,把米童埋在这里。那为什么要挖两个?马小丁这样问我,真的让我无言以对。我是想等马小丁把米童弄死之后,我再弄死马小丁,埋在另一个坑里。我敷衍他说,埋两个坑,别人才不会找到啊。他竟然对我说,那就挖得距离远一点儿,这样不就更不容易找到了?那天我闹肚子,要到坑洼里去屙屎,并且我还接了一个冗长的电话,是从前的一个朋友打给我的。我一边方便一边接电话,等回去时,看见先前挖好的坑已经填好。我问米童呢?马小丁指指掩上的那个土坑,对我说,埋在里面啦。现在想起来,你儿子马小丁并不傻,还他妈的挺聪明。他或许早就感知到了危险,始终在跟我演戏。趁我屙屎、接电话的时候,让米童跑了。之所以他没和他一块跑,或许是怕被我发现,两个人谁也跑不掉。两个傻子的世界真是奇妙。正常人根本无法和米童交流,但你儿子就能和他交流。米童对他言听计从,像一对患难兄弟……

你听清楚了吗?

冯善文探头冲脚下说,我过失杀人,却没想到会连带上你们父子,真是对不起了。

黑暗中忽然传来马兵痛苦的喊叫。

他由自己的被囚禁,忽地想起被自己囚禁在木箱中的米童。

时间已经过去了两天,由于愤怒的冲动,他把那孩子彻底忘了。

此刻他痛苦地喊叫起来,求冯善文替他把那孩子给解救出来。

你什么也不用做,只是把米童给放出来,不要让我也成为罪人。马兵这样说。

冯善文哼了一声,说,别把老子当傻子耍。你们一块死,这才是天意。

警察老王再次坐在出山的路口，朝坡下的河滩凝望。

洪水来得快，退得也快。河滩上一片狼藉，泥石流已经彻底改变了那里的地貌。

他呆坐了一个上午，莫名失踪的人让他感到巨大的压力。马兵开过的那辆桑塔纳轿车在麻城一家旅馆的停车场找到了，人却不知去向。老王断定米童的失踪跟马兵有着扯不清的关系。老王清楚马兵或许会使用暴力让米童开口，但他把米童弄到哪里去了呢？

老王睃着眼，瞄了一眼背后的太阳，雨后的日光更加毒辣。老王的视线再次停驻在对面山坡黑色的屋宇之上。

他慢慢攀爬上去。山坡上有些许微风。一个老头坐在屋檐下，抖着手，指了一张板凳让老王坐。

从这个视角看下去，出村的山口以及拒马河宽阔的河滩尽收眼底。对岸高耸的电塔若隐若现。老王沉默不语，他想，任何出山的人，在走出去之前，都不会逃过这老头的凝视。

他们会去哪里呢？他自言自语着。

老头仍旧抖着手，指着河滩的方向，嘴里呜里呜噜，像对老王讲述着他的所见。

但老王听不明白他话里的意思。

他的手机响了。

是所里一名民警打来的。告诉他麻城的一家出租屋户主给分局打了电话，说前天有一个男人拿了一本语文课本去找她的儿子，问了一些蹊跷问题，后来又给她打电话，引起她的怀疑。到出租屋去看，见出租屋内有打斗的痕迹。还有一部手机，经查，是马兵丢在那里的。分局觉得事情重大，刚才打电话叫我们马上过去。

（原载《民治·新城市文学》2015 年夏季号，转载于《中篇小说选刊》2015 年第 5 期）